I0597711

TROVARE ASHLYN

Forze Speciali alle Hawaii, Libro 6

SUSAN STOKER

Questo libro è un'opera di fantasia. Nomi, personaggi, luoghi ed eventi sono il frutto dell'immaginazione dell'autrice o sono rappresentati in modo immaginario. Qualunque riferimento a eventi, luoghi o persone reali (presenti o passate) è puramente casuale.

Quest'opera non può essere sfruttata, riprodotta o trasmessa, in tutto o in parte, senza il permesso scritto dell'editore, con l'eccezione di brevi estratti a scopo di recensione, secondo quanto permesso dalla legge.

Questo libro è concesso in licenza per uso esclusivamente personale, non può essere rivenduto o ceduto a terzi. Per condividere questo libro con altri, si prega di acquistare una copia per ciascun ricevente. Se stai leggendo questo libro e non lo hai comprato, oppure questa copia non è stata acquistata per il tuo utilizzo, dovresti acquistare la tua copia personale.

Grazie per aver rispettato il duro lavoro di questa autrice.

Copyright © 2022 di Susan Stoker

Titolo originale: Finding Carly

Traduzione dall'inglese di Emanuele Mazzola per Well Read Translations

Correzione bozze: Kelli Collins, Anna Maria Sacchi (edizione italiana)

http://wellreadtranslations.com

Design di copertina: AURA Design Group

Prodotto negli Stati Uniti

Soccorrere Piper
Soccorrere Zoey
Soccorrere Avery
Soccorrere Kalee
Soccorrere Jane

Delta Duo

La forza di Gillian
La forza di Kinley
La forza di Aspen (1 Maggio)
La forza di Jayme (15 Giugno)
La forza di Riley (15 Agosto)
La forza di Devyn (15 Settembre)
La forza di Ember (1 Novembre)
La forza di Sierra

Mercenari di Montagna

Difendere Allye
Difendere Chloe
Difendere Morgan
Difendere Harlow
Difendere Everly
Difendere Zara
Difendere Raven

Delta Force Heroes

Salvare Rayne
Salvare Emily
Salvare Harley
Il Matrimonio di Emily
Salvare Kassie
Salvare Bryn
Salvare Casey
Salvare Sadie

Salvare Wendy
Salvare Mary
Salvare Macie
Salvare Annie

Armi e Amori

Proteggere Caroline
Proteggere Alabama
Proteggere Fiona
Il Matrimonio di Caroline
Proteggere Summer
Proteggere Cheyenne
Proteggere Jessyka
Proteggere Julie
Proteggere Melody
Proteggere il Futuro
Proteggere Kiera
Proteggere i figli di Alabama
Proteggere Dakota

Ace Security

Il riscatto di Grace
Il riscatto di Alexis
Il riscatto di Bailey
Il riscatto di Felicity
Il riscatto di Sarah

Una raccolta di storie brevi

Un momento nel tempo

Copyright © 2023 di Susan Stoker

Titolo originale: Finding Ashlyn

Traduzione dall'inglese di Emanuele Mazzola per Well Read Translations

Correzione bozze: Kelli Collins, Anna Maria Sacchi (edizione italiana)

http://wellreadtranslations.com

Design di copertina: AURA Design Group

Prodotto negli Stati Uniti

CAPITOLO UNO

"Mi piace il tuo appartamento," disse Slate dopo che Ashlyn glielo aveva mostrato. Era agitata, coi nervi a fior di pelle. Non l'aveva mai invitato in casa propria, anche se si conoscevano da più di un anno.

"Grazie. Non è niente di eccezionale, ma a me piace," gli rispose Ashlyn.

Lei e Slate si erano conosciuti quando Lexie aveva cominciato a frequentare Midas. All'inizio, lui non le era piaciuto più di tanto, ma più Ashlyn passava il tempo con lui e con gli altri della squadra e più lo sentiva vicino. Slate aveva la tendenza a credere che ci fossero malintenzionati dietro ogni angolo, pronti ad attaccare non solo lei, ma anche le amiche... del resto lei non poteva biasimarlo, con tutte le *pessime* vicende accadute a Monica, Lexie, Kenna, Carly ed Elodie.

Ma a differenza delle amiche, Ashlyn non aveva problemi né sul lavoro, né con un ex. Si era trasferita alle Hawaii per via di un tipo, certo, ma Franklin si era rivelato uno scroccone svogliato. Non ce lo vedeva a sforzarsi per darle fastidio, per chissà quale motivo. Riguardo al lavoro, Food For All era un impiego da sogno. Incontrava un sacco di persone interessanti e non era vincolata a un ufficio da mattina a sera. Le piacevano le persone con cui lavorava. Lexie era meravigliosa, ovviamente, ed Elodie era un genio, quando si trattava di creare dei pasti con i viveri donati al centro.

Se da un lato Ashlyn poteva essersi presa una piccola cotta per Slate, nell'ultimo annetto, dall'altro non si aspettava certo che succedesse qualcosa con lui. Lei non era il tipo di donna che attirasse gli sguardi dei SEAL della Marina, tipi alti, affascinanti e tosti. Non era certo brutta, ma niente di speciale, almeno secondo lei. Il suo tratto migliore erano i capelli castani, lunghi e lisci. Aveva gli occhi di un marroncino noioso... senza alcun tratto del viso che spiccasse, o di cui vantarsi.

Era alta uno e settantasette, ma faticava di continuo a togliersi di dosso quegli otto o nove chili di troppo che le ammorbidivano la figura. Gambe lunghe e formose, sedere non pronunciato, curve un *pochino* troppo generose intorno alla vita...

In breve, non era certo brutta, ma non era nemmeno il tipo di donna che attirava l'attenzione quando andava in giro per strada.

Al di là dell'aspetto normale, Slate sembrava spesso irritato da lei.

Ciononostante, poco prima, quando l'aveva accompagnata a casa da una delle tante grigliate che i SEAL della squadra avevano organizzato, lui l'aveva presa totalmente alla sprovvista, chiedendole di uscire insieme a lui. Lei aveva detto subito di sì, ovviamente, ma a condizione di non volere niente di serio. Slate aveva accettato... così lei l'aveva invitato nel proprio appartamento per testare il nuovo rapporto di "scopamici".

Ashlyn non era nervosa, quando lo aveva invitato a salire, ma poi, in piedi nel proprio appartamentino insieme a Slate, era stata presa all'improvviso dai dubbi. Gli aveva appena fatto fare un giretto minimo, con tanto di visita alla camera degli ospiti, che lei usava per fare step e aerobica, e anche come magazzino per tutte le cianfrusaglie che non trovavano posto nelle altre camere; erano passati per la camera da letto, per il bagnetto in corridoio, per la cucina essenziale, per la lavanderia, che sembrava quasi un armadietto, infine erano arrivati nel salotto, sorprendentemente ampio, con tanto di balconcino che lei non usava mai, con vista sul parcheggio. Era stato quel salotto che l'aveva convinta a comprare l'appartamento. A lei piaceva l'apertura sulla cucina, non ci si sentiva soffocata.

Mentre era là in piedi, colta dall'imbarazzo, Slate si incamminò verso di lei. Ashlyn non riusciva a interpretare l'espressione che gli vedeva in volto. Sembrava... determinato. Del resto, lui aveva *sempre* quell'espressione. Slate era più alto di lei di una decina di centimetri, aveva i capelli neri tagliati molto corti, quasi allo scalpo, e aveva una leggera ricrescita di barba, anche perché era quasi sera. Teneva gli occhi marrone scuro puntati su di lei e Ashlyn non riusciva a guardare altrove, mentre lui si avvicinava.

Le mise le mani sulle spalle e strinse leggermente. "Hai cambiato idea?" le chiese con tono sommesso.

Ashlyn scosse subito la testa. "No."

"Allora cosa c'è che non va? Sembri sul punto di esplodere."

Ashlyn avrebbe dovuto ormai essersi abituata alla franchezza di Slate, invece lui riusciva ancora a sorprenderla. "Sto solo cercando di capacitarmi di tutto. Di noi. Di come siamo passati da due persone che non andavano mai molto d'accordo a... questo."

Senza dire una parola, Slate le avvolse un braccio intorno alle spalle e la tirò verso il divano. Si sedette, facendola accomodare con sé e tirandola più vicino al proprio fianco. Poi afferrò il telecomando dal tavolo vicino al divano, tirò più vicino il pouf quadrato... lei non aveva un tavolino da caffè, preferiva un bel pouf imbottito... e cliccò per accendere il televisore.

"Ehm, Slate?"

"Sì?" le rispose, senza alcuna preoccupazione apparente.

"Non facciamo... ehm... hai capito?"

Lui annuì. "Oh, sì, facciamo, ehm, *hai capito*, ma non mentre ti vengono gli attacchi di nervosismo al solo pensiero."

"Non sono attacchi di nervosismo," protestò Ashlyn.

Lui si voltò e la guardò con un sopracciglio alzato.

Lei non poté far altro che ridere. "Va beh, un pochino sono nervosa, ma non significa che non ti voglia."

Slate fece un gran sorriso. "Meno male, Ash, perché anch'io ti voglio. Però non c'è alcuna fretta."

Al che lei scoppiò a ridere.

"Cosa c'è?" le chiese Slate, quando lei riprese il controllo di sé.

"Non posso crederci, *questo* Duncan Stone ha appena detto che non c'è fretta," gli spiegò provocandolo, "ma se sei il re dell'impazienza!"

Il sorriso che gli vide in volto le fece venire una stretta allo stomaco. Quell'uomo era troppo affascinante, tanto da far male.

"Per le stupidaggini non mi piace aspettare," confessò lui. "Non mi piace arrivare in ritardo, mai. Se c'è un piano, preferisco eseguirlo e farla finita, ma quando si tratta di intimità... non ho assolutamente alcuna fretta. L'attesa è buona parte del gusto, e devo dire, piccola, che è più di un anno che aspetto di assaggiarti, di infilarmi tra quelle belle gambe lunghe... quindi posso aspettare ancora un pochino."

Ashlyn si mosse al suo fianco. Accidenti, che uomo, senza scampo. "Non ero nemmeno sicura di piacerti."

"Mi piacevi. Mi *piaci*," le rispose semplicemente.

A quelle parole, tutto il nervosismo di Ashlyn sparì. Era eccitata da morire, e il pensiero di Slate tra le gambe, come glielo aveva appena descritto, le fece indurire i capezzoli. "Vuoi davvero guardare la TV?" gli chiese.

Slate non spostò l'attenzione dal viso di lei. "Voglio fare ciò che vuoi fare anche *tu*."

"Io non voglio guardare la TV."

"Sputa il rospo, Ash," la sollecitò.

Lei si accorse dei suoi muscoli tesi. Con gli occhi fissi in quelli di lui, trovò il coraggio di dirgli: "Ti voglio. Ti voglio da tanto tempo. Anche se a volte mi dai fastidio, non significa che non ti abbia già immaginato nel mio letto."

"Fammi strada," le rispose Slate con un tono di voce profondo e vibrante che le fece venire i pizzicori nelle parti intime.

Lei sorrise e si alzò, seguita a ruota da Slate, e si avviò per il corridoio, dritta verso la camera. Immaginò di dover essere ancora nervosa, ma sapeva senza dubbio che Slate stava per stravolgerle l'esistenza... in ogni modo possibile.

Ashlyn raggiunse il letto e si girò verso Slate.

Lui alzò una mano e le passò il dorso delle dita su una guancia, facendole venire la pelle d'oca sulle braccia. "Niente di serio", gli ricordò. "Se lo facciamo, non puoi diventare troppo assillante con me. Beh... non più di quanto non lo sia già. Ci stiamo solo divertendo."

Slate annuì. "A me va più che bene. Non sono ancora pronto ad accasarmi."

"Hai un profilattico?" gli chiese.

"Sì."

Meno male, perché lei non ne aveva. Era passato un po' di tempo, da quando era andata a letto con un uomo, e di sicuro non si aspettava di portarsi in camera Slate, quella sera.

"Ultima chance di cambiare idea," la avvertì con voce profonda.

"Potrei dire lo stesso di te," replicò lei.

"Col cazzo."

"Allora spogliati," gli disse in tono di sfida. Ashlyn doveva ammetterlo, le piaceva quel gioco. Le piaceva quell'accordo libero. Erano solo due persone attratte l'uno dall'altra, e stavano per fare sesso. Nessuna dichiarazione, nessuna promessa, nessun tipo di pressione.

Senza dire altro, Slate si prese il lembo della maglia e se la sfilò dalla testa prima che Ashlyn potesse batter ciglio.

Lei lo fissò, sbalordita da tutti quei muscoli. Slate aveva un ciuffetto di peli sul petto che le fece venire voglia di leccargli i piccoli capezzoli, messi in evidenza dai pettorali. Ashlyn mosse le mani prima ancora che il cervello potesse controllarle. Gli appoggiò i palmi delle mani sulla pelle e lui inspirò di scatto a quel contatto.

Eh sì, sarebbe stata una bella esperienza.

Lui portò le mani al lembo della maglia di Ashlyn e lei alzò le braccia, per aiutarlo a sfilargliela. Appena sfilata la testa, i capelli le ricaddero sulle spalle. Le ciocche le solleticarono la pelle, ma lei dimenticò tutto, tranne le mani di Slate, che gliele mise dietro la schiena, aprendole abilmente il gancetto del reggiseno.

"Bella," le mormorò abbassando la testa.

Lei gemette e lasciò cadere la testa all'indietro, quando lui le succhiò un capezzolo, con forza.

Quando poi lui alzò la testa, i loro sguardi si incrociarono... e partì la corsa per vedere chi si sarebbe denudato in meno tempo.

Prima che Ashlyn se ne accorgesse, erano già entrambi sul letto completamente nudi e Slate la stava baciando come se non gli bastasse mai.

Lei gli passò le unghie sulla schiena e cercò di tirarlo più vicino, ma era impossibile: i loro corpi erano già in contatto dal petto alle ginocchia. Ashlyn sentì sull'inguine l'erezione potente di Slate, che la fece rifiorire di lussuria. Ne aveva bisogno. Nel profondo. Doveva scoparla con forza.

Strappò la bocca da quella di lui e gli ordinò: "Dentro di me. Subito."

"Devo assicurarmi che tu sia pronta per prendermi," ribatté lui, mentre i loro fianchi si scontravano.

"Sono pronta."

Ma Slate non la prese in parola. Infilò una mano tra i loro corpi e andò a sfiorarle il clitoride con la punta delle dita, facendola scattare. Lei sapeva già cosa avrebbe trovato: non era mai stata tanto eccitata in vita sua.

"Bagnata," le sussurrò Slate con un sorrisetto vagamente presuntuoso.

Lei alzò gli occhi al cielo. "Sì, sì, sì... te l'avevo detto che ero pronta."

Lui non aggiunse altro, ma mosse le dita più in basso. Gliene infilò uno dentro con estrema lentezza, e Ashlyn chiuse gli occhi per gemere. Era meraviglioso, ma lei voleva di più.

Aprì gli occhi appena lo sentì staccarsi. Il dito di Slate scivolò fuori dalle pieghe bagnate per andare a prendere il preservativo che aveva gettato sul letto quando si era tolto i pantaloni.

"Sbrigati," gli disse passandogli le mani sui bicipiti, su e giù.

"Adesso chi è l'impaziente?" le chiese scherzando.

"Santo cielo, vuoi davvero fare il rompiscatole, proprio *adesso*?" gli domandò sbuffando.

Lui fece una risata e si infilò il profilattico, e Ashlyn si accorse in quell'istante di non aver mai riso prima, mentre faceva sesso. In passato, con gli altri partner, aveva sempre pensato solo a fare: il sesso non era mai stato un divertimento, solo soddisfazione... un pensiero che la rattristò.

Ma poi ogni pensiero di risate e divertimento svanì dalla testa, quando Slate le infilò la punta del membro tra le gambe.

Lei comprese per la prima volta quanto ce l'avesse grosso. Non era particolarmente lungo, ma era più spesso di chiunque altro fosse venuto a letto con lei. Abbassò lo sguardo e trattenne il fiato, mentre lui la penetrava centimetro dopo centimetro. Ashlyn sentì i muscoli contrarsi, quando il dolore cominciò a soppiantare il piacere che aveva sentito pochi attimi prima.

Lui sembrò accorgersene e strinse i denti, fermandosi mezzo fuori e mezzo dentro di lei.

"Dammi un secondo," gli sussurrò lei, mentre convinceva il proprio corpo a rilassarsi per accettarlo.

Lui mosse la mano che non stava tenendo la base del pene e con il pollice prese a sollecitarle il clitoride. Lei sgroppò, facendosi così penetrare di più.

"Adesso sì, piccola, puoi prendermi. Cazzo se sei bella. Tutta per me, prendi il mio cazzo, quanto sei fica."

Lei si accorse appena di quelle parole, per le ondate di piacere che la attraversarono quando lui le sollecitò il clitoride più rapidamente. Gli strinse i bicipiti con le dita, mentre lui la stimolava con maestria.

"Sei pronta per andare oltre?" le chiese.

Lei non sarebbe riuscita a parlare nemmeno se la sua vita fosse dipesa da quello: era sopraffatta dall'emozione.

"Sei pronta," decise lui, con un tono che lasciava facilmente trasparire desiderio. Slate non smise di sollecitarle il clitoride anche mentre la penetrava fino in fondo.

Gemettero entrambi, quando i testicoli le toccarono le natiche. Lui la prese per i fianchi e la tirò più vicina, guadagnando un'altra frazione di centimetro dentro di lei.

"Porca vacca, Slate. È... tu... *dannazione*," balbettò Ashlyn.

Lui fece una risatina e lei ne sentì le vibrazioni nel punto in cui i loro corpi erano congiunti.

"So che non stai ridendo di me," gli disse corrugando la fronte.

"No, impossibile," le rispose, evidentemente ancora divertito.

Per ripicca, lei strinse i muscoli interni e si sentì vendicata appena il sorriso svanì dal volto di Slate, che ansimò.

"Se hai finito di ridermi in faccia, magari possiamo scopare?" gli chiese con un certo cipiglio.

Slate la guardò negli occhi, poi appoggiò i gomiti di fianco a lei. Finirono per essere schiacciati uno sull'altra, mentre lui rimaneva piantato dentro di lei più che poteva.

"Vuoi che mi muova, Ash?"

"Sì!" esclamò lei.

"Mi piaci troppo," le disse mentre ondeggiava i fianchi tirandosi indietro, per poi affondare di nuovo in lei.

"Anche tu," gli rispose.

"Mi sa che non durerò tanto," la avvertì. "Sei troppo stretta. Troppo fica. Poi è passato tanto tempo dall'ultima volta."

Ashlyn ne fu sorpresa. Non che ritenesse Slate un donnaiolo, ma si immaginava che avesse delle esperienze con una certa frequenza.

"Voglio che venga anche tu," la implorò.

Lei ansimò: "Verrò."

"No, piccola, intendo prima di me. Voglio sentirti stringere intorno al mio cazzo."

Furono parole crude che la eccitarono da morire. Gli annuì.

"Toccati," le ordinò.

"Prepotente," mormorò lei, che gli lasciò andare un braccio per far scivolare una mano tra i loro corpi.

"Non mi hai ancora visto diventare prepotente," le rispose.

Lei non poté che alzare gli occhi al cielo. "Ti prego."

Cominciò a masturbarsi. "Potresti farti soprannominare Prepotente, tanto ti piace dirmi quello che posso e che non posso fare."

"In questo momento, dovresti masturbarti fino a venire," ribatté lui.

Ashlyn non trattenne un gran sorriso.

Slate scosse la testa. "Cazzo, mi farai morire. Sbrigati, Ash. Voglio vederti venire e sentire il tuo orgasmo. La prossima volta farò di meglio, ti farò venire con la bocca e con le mani, prima ancora di penetrare il tuo corpo fradicio di eccitazione. Stavolta non potevo aspettare. Del resto, praticamente ti sei accesa appena ti ho toccata."

Lei non si sentì minimamente imbarazzata. Si era bagnata nell'attimo stesso in cui lui l'aveva toccata. Diamine, persino prima, anche solo parlando sul divano. Slate la eccitava come nessuno l'aveva mai eccitata prima. Le si allargò il sorriso.

"Sarai sempre tanto eccitata per me?" le chiese.

"Probabile."

"Bene. Dai, forza, piccola. Adesso."

"Sissignore," gli rispose stuzzicandolo e muovendo le dita con più foga sul clitoride. Non aveva molto spazio per muoversi, ma sentirlo dentro mentre si masturbava fu più che sufficiente per amplificarle il piacere fino all'apice.

Slate si sollevò un poco, per poter guardare i movimenti di Ashlyn, poi cominciò con calma a spingere dentro e fuori di lei.

"Davvero fighissima," mormorò. Puntò gli occhi dove i loro corpi si congiungevano.

Bastarono quelle parole ad Ashlyn per esplodere. Mentre la prima ondata dell'orgasmo la attraversava, Slate si spinse dentro di lei. Poi continuò a spingere, prolungandole il piacere. Lei non si era mai sentita minimamente come in quel momento. Era quasi troppo potente.

Non passò molto, prima che Slate grugnisse, spingendosi

più che poteva dentro di lei per poi fermarsi con i muscoli contratti, mentre veniva. Le vene del collo di Slate sporgevano, poi lui slanciò la testa all'indietro e gemette.

Ashlyn si agitò sotto di lui, voleva di più. Ne aveva ancora *bisogno*.

Slate sembrò accorgersi che lei non aveva ancora finito, perché, appena dopo essersi ripreso, alzò il busto, si sedette sui talloni e la tirò su, mettendosi sulle gambe il sedere di Ashlyn. Era rimasto dentro di lei, la tenne contro di sé con una mano, mentre con l'altra cominciò a stimolarle bruscamente il clitoride.

"Slate!" esclamò lei, cercando di agitarsi per staccarsi.

"Dammene un altro," le ordinò.

"È troppo sensibile," gli rispose con voce roca, pur spingendosi contro quel tocco.

"Non hai ancora finito. *Ancora*," le disse.

"Oddio!" gemette Ashlyn, sentendo un altro orgasmo montare dentro di sé.

"La mia bella arrapata," le disse Slate con orgoglio. "Funzionerà tutto alla perfezione."

Ashlyn voleva rispondergli, ma era troppo concentrata sul proprio respiro.

"La prossima volta ti lecco la passera," aggiunse Slate, fissandola. "Vedere il mio uccello dentro di te è eccitante da morire, cazzo. Ti sento tutta attorno. Stavolta sono stato troppo veloce, ma poi mi farò perdonare."

Slate amava essere scurrile. Lei non ne aveva idea e non riusciva a credere a quanto la eccitasse.

"Smetti di cazzeggiare," le disse bruscamente. "Vieni, Ash! Dai, ecco. Ci sei quasi. Cazzo, non hai idea di quanto mi piace quando mi stringi il cazzo."

Ashlyn partì. Inarcò la schiena e lanciò un urlo strozzato mentre veniva di nuovo. La seconda volta fu anche più intensa della prima. Le pareti interne si strinsero con forza attorno al membro di Slate. I muscoli palpitarono e lei non poté fare altro che lasciarsi andare tra le sue braccia, tremante.

Quando il picco del piacere passò, Ashlyn vide il sorriso soddisfatto sul viso di Slate, prima che lui si tirasse fuori, facendo grugnire entrambi per il dispiacere. Poi la spostò sul letto, per farle mettere la testa sul cuscino, la coprì con il lenzuolo e le passò con dolcezza una mano sulla fronte sudata.

"Ti è piaciuto?" le chiese.

"Sei in cerca di complimenti?" gli rispose stuzzicandolo.

"No no. Conosco già la risposta, volevo solo sentirtelo dire," ribatté lui.

Ashlyn fece una risatina. "Ecco, allora te lo dico: sì, mi è piaciuto. Anzi, è stato fantastico, cazzo."

"Bene. Adesso devo liberarmi di questo profilattico."

Lei annuì, poi chiuse gli occhi. Era sfinita. Probabilmente perché non aveva un orgasmo tanto intenso da anni. Forse da sempre. E Slate gliene aveva appena procurati due. Lo sentì vagamente scendere dal letto e poi udì il rumore dell'acqua corrente nel bagnetto.

Solo quando avvertì di nuovo il letto muoversi, aprì gli occhi. Slate era seduto vicino a lei, completamente vestito.

Lei immaginò che alcune donne si sarebbero offese, se l'uomo con cui aveva appena fatto sesso se ne fosse andato tanto alla svelta, subito dopo; ma lei e Slate avevano deciso di frequentarsi liberamente, e lei fu come sollevata nel vederlo andarsene. Le piaceva avere uno spazio personale e non voleva affrontare il tipico imbarazzo del mattino dopo. "Vai a casa?" gli chiese, mezza assonnata.

"Sì."

"Va bene."

Lui la fissò per un momento, poi annuì. "Vedrai che funzionerà."

Lei non poté che alzare di nuovo gli occhi al cielo. Le sembrava di aver ripetuto quel gesto più volte quella sera che nel decennio prima. Però Slate sembrava stimolarglielo. "Sì, funzionerà," confermò.

"La prossima volta durerò di più," le disse.

"Lo hai già detto. Ti sembra che mi stia lamentando?" gli chiese.

"No, no, ma è una questione di orgoglio," le rispose alzando una spalla.

"Come vuoi," gli disse.

"Devi alzarti per chiudere la porta a chiave, dopo che sarò uscito."

"Basta che ti tiri dietro la porta quando esci," gli rispose.

"No. Devi alzarti per chiudere a chiave e mettere la sicura."

"Slate, sono troppo comoda, al caldo, mi hai appena fatto venire due volte. Non mi muovo da questo letto."

Lui si alzò e lei chiuse gli occhi, tornando a godersi il caldo del letto; ma dopo un secondo gridò, mentre lui la prendeva in braccio con tanto di coperte.

"Slate!" gridò per protesta, pur mettendogli un braccio intorno al collo per tenersi stretta.

Lui non le rispose: attraversò l'appartamento con lei in braccio, verso la porta. Poi la mise coi piedi a terra e lei afferrò la coperta per evitare che cadesse, lasciandola nell'atrio con le natiche di fuori. Certo, aveva appena scopato con Slate, ma adesso lui si era rivestito ed era pronto a partire, e non le andava troppo a genio rimanere nuda davanti a lui.

"Chiudi la porta a chiave," le ordinò.

"*Oddio*, che pesante che sei!" si lamentò lei.

"Chiunque potrebbe aprire la porta con un calcio, se non è chiusa a chiave," le spiegò senza alzare la voce. "Sono sicuro che Senior Chief Petty Officer Albertson te l'avrà insegnato."

Ashlyn non poté che ridacchiare: era andata con le amiche al corso di autodifesa di Elizabeth, ma i ragazzi non riuscivano a chiamarla per nome. Come forma di rispetto, usavano sempre il titolo completo.

"Va bene," brontolò, ben sapendo che Slate aveva ragione, per quanto non le piacesse non essere più a letto, a godersi gli effetti dell'orgasmo.

"Ti va di fare qualcosa, il prossimo fine settimana?" le chiese Slate.

Lei annuì. "Certo. Penso che le altre non abbiano niente in programma."

"Se ti serve qualcosa in settimana, non esitare a farmelo sapere," aggiunse lui.

"Va bene."

Poi lui la sorprese prendendola per la nuca e tirandola più vicino. Ashlyn incespicò un poco, cercando di tenere la coperta mentre si appoggiava con l'altra mano al petto di Slate.

Lui la guardò con un'espressione molto intensa. "Lascio decidere a te cosa dire agli altri di noi."

"Cosa intendi dire?"

"Sappiamo benissimo entrambi che, appena Elodie e le altre sentiranno che ci frequentiamo, si creeranno delle aspettative. Accidenti, anche i ragazzi della squadra. Quindi, se vuoi che ce lo teniamo per noi per un po', a me sta bene."

Lei deglutì a fatica. "Vuoi che rimanga un segreto?"

"No."

Quella risposta immediata la sorprese, tanto da farle sbattere le palpebre.

Lui le spiegò: "A me non frega nulla se gli altri sanno che ci frequentiamo. Il nostro rapporto non è affar loro, in ogni caso. Però l'ultima cosa che voglio è crearti dello stress, se le amiche ti fanno il terzo grado. *Noi* sappiamo che ci stiamo solo divertendo, ma non voglio che ti vengano delle ansie, se ti fanno pesare le nostre scelte."

Lei si rilassò. "Penso di poterle gestire. E tu riuscirai a gestire i ragazzi?"

"Sì."

Lei fece spallucce. "Allora a me va bene dirlo. E poi... magari mi danno dei consigli sul sesso. Ti dà fastidio, se parlo alle amiche di noi due?"

Slate fece un gran sorriso. "Prima di tutto, non hai bisogno di alcun consiglio sul sesso, piccola. A giudicare da come ti sei accesa per me, probabilmente sarò *io* ad aver bisogno di consigli su come soddisfare *te*!"

Ashlyn si accorse di arrossire, ma lui proseguì prima che l'imbarazzo la sopraffacesse.

"In secondo luogo, a me non interessa se parli alle amiche di quel che facciamo a letto, ma non dovresti sentirti in imbarazzo, se ti va di discutere del nostro rapporto o di sesso con *me*."

"Va bene," gli rispose Ashlyn. "Slate?"

"Sono qui, piccola."

"Io... quando decideremo che è finita... non voglio che la nostra amicizia sia rovinata, né voglio creare degli imbarazzi agli altri."

"Quando sarà ora di chiudere, rimarremo in buoni rapporti," le rispose Slate, "ti do la mia parola."

Lei sapeva che non era tanto semplice, ma era ancora al settimo cielo per gli orgasmi e non riusciva a preoccuparsi del futuro del loro rapporto, in quel momento. "Va bene."

"Va bene. Stasera puoi farti un bagno," aggiunse lui.

"Come?"

"Un bagno," ribadì Slate. "Eri davvero stretta e io non sono stato dolcissimo. Un bagno ti aiuterà a smaltire il gonfiore che potrebbe presentarsi domani. Specialmente perché ho la sensazione che passerà del tempo, prima che io riesca ad andarci piano con te."

"Capito," gli rispose. Sentendoglielo dire, si accorse di

essere un po' gonfia tra le gambe, e un bagno le sembrò un'idea paradisiaca.

"Farò anche la scorta di preservativi. Possiamo tenerli un po' qui e un po' da me."

"Posso prenderli io," si offrì Ashlyn.

Lui sembrò divertito. "Sai che dimensione prendere?"

"Ehm... XXXL?" fece per indovinare.

Slate scoppiò a ridere. Quando tornò in sé, ripeté: "Prendo io i preservativi."

"Va bene."

"Venerdì sera passo a prenderti. Usciamo a cena, poi andiamo da me," le disse.

Ashlyn voleva protestare per quel modo di darle gli ordini, ma aveva troppa voglia di ripetere ciò che avevano appena fatto a letto, voglia che sembrava avere anche lui.

"Che ne dici se vengo io da te? Così poi non dovrai riportarmi a casa."

Lui la fissò per un lungo momento, poi annuì, si abbassò, le baciò la fronte e le lasciò andare la nuca. "Chiudi a chiave," le ripeté, poi si girò e uscì dall'appartamento senza dire altro.

Ashlyn chiuse la porta come le aveva ordinato, con tanto di chiusura di sicurezza. Poi si avviò verso la camera da letto e andò dritta in bagno. Aprì l'acqua della vasca e si fissò allo specchio, intanto che la vasca si riempiva.

All'esterno, sembrava sempre la stessa, ma lei si *sentiva* diversa.

Il rapporto con Slate segnava l'inizio di una nuova Ashlyn. Non si sarebbe mai più concessa di innamorarsi alla cieca, come le era successo con Franklin. La cosa più folle che avesse mai fatto era stata trasferirsi alle Hawaii con un uomo che aveva appena conosciuto, ma che pensava fosse "quello giusto". All'inizio, l'aveva trovato ammaliante.

Invece trovava liberatorio, avere un rapporto senza aspettative da parte di entrambi.

C'erano troppi dettagli di Slate che la irritavano da impazzire, era impossibile innamorarsi di lui tanto facilmente. Lo trovava impaziente, prepotente e cercava di controllarla; era troppo macho, troppo dedicato al lavoro, fin troppo arcigno. Sì, a volte sapeva essere divertente, e il suo modo di fare autoritario e protettivo era una conseguenza della sua professione, ma insomma... nell'insieme, era un po' troppo.

Però poteva accettare quei difetti, per un rapporto fisico, perché a letto Slate ci sapeva fare. Poi non era nemmeno tanto male, a guardarlo.

Passato qualche mese, una volta che si fossero stancati l'uno dell'altra, sarebbero tornati amici. Cari amici che si vedono quando anche gli altri del gruppo escono insieme. Non sentire la pressione di trovare qualcuno con cui passare il resto della propria vita era una vera catarsi.

Ashlyn sorrise mentre entrava nella vasca, compiaciuta della svolta che aveva preso quella serata.

CAPITOLO DUE

"QUALCUNO HA voglia di fare un'altra uscita di pesca, questo fine settimana?" domandò Aleck dopo l'allenamento. Erano passati due giorni.

"Che giorno avevi in mente?" gli chiese Jag.

"Sabato."

"Certo," rispose Midas.

"Ci sto," aggiunse Mustang.

"Non posso," disse Slate.

Si girarono tutti verso di lui con la stessa espressione incredula.

"Perché no?" gli chiese Aleck. "Tu sei *sempre* libero."

Slate alzò le spalle. "Venerdì esco con Ashlyn e penso proprio che non riuscirò ad alzarmi presto sabato mattina, per uscire con voi, ragazzi."

A quel punto, gli altri cinque della squadra avevano tutti la bocca spalancata.

"Come, cosa? Tu e Ashlyn?" gli chiese Pid. "Quando è successo?"

"Lo scorso fine settimana l'ho accompagnata a casa dalla

grigliata e le ho chiesto di uscire. Lei ha detto di sì," spiegò Slate pacatamente.

"Un momento, un momento. Tu e Ashlyn vi *frequentate?*" gli chiese Midas. "Ma almeno vi piacete?"

"Certo che ci piacciamo," rispose Slate.

"Mi venga un colpo. Siete sempre pronti a beccarvi," commentò Mustang. "L'altro ieri, quando Ash stava consegnando dei pasti, tu le hai mugugnato contro di nuovo, poi hai borbottato qualcosa, del tipo che il suo lavoro non è sicuro. Lei ha perso le staffe e ti ha dato una bella lavata di capo, poi se n'è andata."

"Già," confermò Slate. Non poté trattenere un gran sorriso, al ricordo dell'espressione irritata sulla faccia di Ashlyn. Lui sapeva di essere pesante, continuando a battere sempre sullo stesso chiodo: non gli andava a genio che lei andasse in giro a bighellonare per l'isola, per consegnare pasti a domicilio. Però non riusciva a smettere di pensare a tutti i rischi che correva... in particolare se qualcuno avesse deciso di prendersi molto di più di un semplice pasto a domicilio.

"Com'è?" gli chiese Jag.

"Ci frequentiamo senza impegno," disse Slate agli amici. "Non è che vogliamo sposarci, né abbiamo intenzione di fare figli. Non andremo a vivere insieme. Non siamo come voi, ragazzi, ci interessa solo divertirci un poco."

"Quindi la usi solo per il sesso?" gli chiese Mustang.

Slate non si offese per quel commento: il caposquadra non gliel'aveva chiesto con tono irrispettoso, sembrava solo sinceramente curioso. Peraltro... come poteva sentirsi offeso, quando lui e Ashlyn stavano facendo proprio quello? "Che ci crediate o meno, mi piace passare il tempo con lei, e guarda un po', anche a lei sembra piacere passare il tempo con me. Sì, il sesso c'entra... del resto avete gli occhi anche voi, l'avete visto quanto è bella. Perché *mai* dovrei starle alla larga? Però la cosa è reciproca. Siamo d'accordo che non vogliamo un rapporto serio, siamo solo amici speciali."

"Terreno sdrucciolevole, amico mio," lo avvertì Midas.

"Stiamo bene così. Quando la chimica si esaurirà, torneremo a essere amici. Andrà tutto bene," spiegò Slate.

"Le ultime parole famose," scherzò Aleck con flemma.

"No, dico sul serio, ci vediamo e basta. Che ci crediate o meno, due persone *possono* avere un rapporto che non passa da zero a quattrocentosessantasette in una sola settimana," disse Slate ai compagni di squadra. "Non ci siamo tuffati alla cieca, sappiamo entrambi come andrà."

"Ma potrebbero esserci degli imbarazzi, se non finisce bene," lo avvertì Pid.

Slate cominciò a sentirsi irritato. "Non ci sarà alcun imbarazzo. Ne abbiamo già parlato."

Gli altri ridacchiarono.

"Ecco, ne avete parlato, quindi è finita lì, eh?" gli chiese Midas.

"Sì," gli rispose Slate. "E penso che sia finita anche questa conversazione. Lo so che voi non ci credete, ma sta bene a entrambi un rapporto senza vincoli. Non lo teniamo segreto, e se Ashlyn non l'ha ancora detto alle vostre donne, sono sicuro che lo farà presto. Non cambia nulla, nelle dinamiche del nostro gruppo."

"Tranne che non sei libero di venire a pesca questo sabato," aggiunse Aleck col suo solito sarcasmo.

Slate alzò gli occhi al cielo.

Mustang mise una mano sulla spalla di Slate. "Beh, spero proprio che vada tutto come volete voi," gli disse. "Ashlyn è fantastica, Elodie le vuole molto bene e anche le altre, sono tutte molto amiche. Per la cronaca, penso che voi due sareste una bella coppia. Tu sei più serioso, mentre lei è più rilassata. È una combinazione che funziona."

Slate annuì. "Sì, funziona."

"Bene. Possiamo spostare la gita in barca per un altro fine settimana," disse Aleck.

"Comunque io probabilmente non sarei riuscito a venire," spiegò Jag, "con Carly stiamo lavorando a organizzare le nozze."

"Come ve la cavate?" gli chiese Midas.

"Bene. Stiamo cercando di trovare la data giusta per affittare il Duke's. Non è semplice come sembrerebbe, prenotare un intero ristorante. Specialmente un posto tanto popolare quanto il Duke's," spiegò Jag scuotendo un poco la testa.

Il discorso passò alle nozze in arrivo di Jag e Carly, e Slate non resistette all'istinto di lasciar vagare i propri pensieri. C'era stato un tempo non molto lontano in cui nessuno degli amici si sarebbe fatto beccare a parlare di cavolate, come organizzare nozze, piuttosto morti! Ormai le cose erano cambiate, gli altri erano tutti innamorati pazzi.

Tornò coi pensieri ad Ashlyn, come gli era capitato spesso, negli ultimi giorni. Non si era mai preoccupato tanto per una donna. In tutta onestà, lei lo aveva assolutamente sbalordito, con la proposta di diventare amici particolari, ma ormai gli era passata. Di sicuro, lui non era pronto ad accasarsi come gli altri della squadra. Aveva solo trentanove anni, con tutto il tempo davanti per sposarsi e metter su famiglia, una volta uscito dalla Marina.

Eppure, era rimasto colpito dagli amici, che ce l'avevano fatta, perché avere un rapporto a lungo termine durante la carriera di un SEAL era diabolicamente difficile. Lui ne aveva avuto più prove dirette, con altri SEAL, o altri dipendenti della Marina. Partner che non sopportavano di stare in solitudine durante le lunghe missioni, a volte anche durante quelle corte. Qualcuno cominciava a tradire non appena cominciava una missione.

Slate voleva evitare quella situazione. Voleva trovare una donna di cui potersi fidare a priori, una donna che non lo tradisse, ma non lo credeva possibile, se non dopo essere uscito dalla Marina.

Quindi, un rapporto casual con Ashlyn gli andava più che bene. Non avevano parlato di darsi l'esclusiva, ma lui era abbastanza certo che a lei non interessasse nessun altro, almeno in quel momento.

"Come va la gravidanza di Monica?" chiese Jag a Pid.

Slate tornò a prestare attenzione alla conversazione.

"Va bene. Adesso le vengono le voglie più strane, ma penso sia normale, dopo tutto quello che ho letto," rispose Pid. "Mancano ancora sei mesi, cazzo, non vedo l'ora."

"Elodie ha già comprato tipo cento vestitini per la tua bimba," disse Mustang. Pid e Monica avevano saputo di recente che avrebbero avuto una femmina ed erano entrambi al settimo cielo.

"Kenna invece ha comprato un po' di jeans e magliette, dice che le bambine non dovrebbero essere costrette a indossare sempre cavolate fru fru," aggiunse Aleck.

Risero tutti.

"Accidenti, sarà viziatissima," disse Pid.

"Esatto, perché tu invece non sarai il primo a viziarla?" gli chiese Jag scuotendo la testa.

"È vero," confermò Pid.

"Avete già pensato a che nome darle?" gli chiese Midas.

"Ne stiamo ancora discutendo," rispose Pid.

"Il che significa che ci stanno litigando, ma alla fine Monica le darà il nome che vuole," ragionò Mustang con una risatina.

"Sinceramente, il nome non mi interessa. Le voglio già un bene dell'anima, tanto da far paura," disse Pid.

Slate ascoltò gli amici scambiarsi battute avanti e indietro. Era felice per Pid e per gli altri della squadra, ma era anche totalmente contento di non doversi preoccupare di cose come i nomi dei neonati o i programmi per le nozze.

Eppure, i pensieri continuavano a tornare al fine settimana scorso, al divertimento condiviso con Ashlyn. Una donna che si accendeva tanto, così rapidamente. Era stata pronta per lui in un batter d'occhio. Non vedeva l'ora di stare con lei, venerdì sera, per esplorare meglio la chimica che c'era tra loro.

"Va bene, basta spettegolare," disse Mustang, tagliando corto i ragionamenti di Slate. "Ragazzi, ci vediamo alle nove in punto. Dobbiamo esaminare le informazioni sul missile nucleare che la Corea del Nord afferma di aver testato. Laggiù le tensioni si stanno esasperando, specialmente da quando la Cina ha annunciato il suo supporto al programma nucleare dei coreani."

"Pensi che ci manderanno laggiù?" gli chiese Jag.

"Non lo so. Può anche darsi. Per ora, dobbiamo solo aspettare e vedere come va. Ragazzi, lo sapete bene che può anche darsi che oggi ci mettano a fare ricerche sulla Corea del Nord, per poi spedirci il giorno dopo su un aereo diretto in Bulgaria."

Slate annuì. Era proprio vero, uno degli aspetti che a lui piacevano di più del lavoro dei SEAL. L'entusiasmo, il dover sempre stare sul chi va là.

Gli amici si salutarono e andarono ai rispettivi veicoli. Slate entrò nel suo Trailblazer e si avviò verso la sua casetta vicina alla spiaggia. Non era esattamente *sulla* spiaggia, gli sarebbe stato impossibile permettersi un posto sul mare, ma era abbastanza vicina. Quando si era trasferito in quella casa, aveva dovuto fare molti lavori, e il proprietario gli aveva fatto uno sconto enorme sull'affitto, quando lui aveva accettato di riparare nel tempo libero tutto ciò che andava riparato.

Ormai aveva portato la casa a un livello ottimale, per una casa in affitto. C'erano ancora lavoretti che Slate avrebbe potuto fare, ma non aveva voglia di impegnare troppe energie e altro lavoro per un'abitazione che non gli apparteneva. Una volta uscito dalla Marina, si sarebbe comprato una casa, in cui avrebbe investito sudore e lacrime, se necessario, fino a trasformarla nella casa dei suoi sogni.

Arrivò a casa, si fece una doccia, indossò l'uniforme e, con un'occhiata rapida all'orologio, notò che aveva ancora un po' di tempo da impegnare, prima di doversi avviare per la base. Senza pensarci troppo, prese d'istinto il telefono e cliccò sul nome di Ashlyn. Era mattina presto, ma lei era una persona mattiniera e probabilmente era già in piedi.

"Buongiorno," gli disse rispondendo al telefono.

"Ciao," le disse Slate. "Ho pensato di telefonarti, per sentire come stai stamattina."

"Sto bene. È successo qualcosa?"

"Deve per forza succedere qualcosa, per telefonarti?" le domandò Slate.

"Beh, no, ma dato che non mi hai mai telefonato prima a quest'ora del mattino, ho pensato di chiedertelo."

"Prima non ci frequentavamo, adesso sì," le rispose Slate semplicemente.

Ashlyn si lasciò sfuggire una risatina; sentendola, Slate non trattenne un sorriso. Di qualunque umore fosse, dopo averle parlato, anche dopo aver discusso con lei, lui si sentiva sempre meglio.

"È vero," gli disse, "com'è andato l'allenamento?"

Non fu una domanda a sorpresa: si conoscevano da molto tempo, abbastanza per condividere i programmi quotidiani. Lei sapeva che Slate si svegliava presto, quasi tutti i giorni, per andare ad allenarsi con gli altri della squadra, e sapeva anche l'orario in cui tornava a casa di solito. Sapeva anche del suo carattere impaziente e ostinato, dell'abitudine a guidare un po' troppo veloce e del suo amore per i piatti tipici hawaiani.

A sua volta, lui sapeva che Ashlyn era molto appassionata per il lavoro, tendeva a fidarsi un po' troppo delle persone, non amava particolarmente i piatti tipici hawaiani e, quando era contrariata, diventava tranquilla e introversa, piuttosto che mettersi a urlare o a far baccano.

C'erano senz'altro dei vantaggi, nell'aver fatto amicizia con una donna, prima di frequentarla. Slate poteva dire sinceramente che Ashlyn gli piaceva come persona già dal momento in cui l'aveva conosciuta. Non gli piacevano alcune delle decisioni che lei prendeva, perché gli davano l'impressione che Ashlyn prendesse un po' troppo a cuor leggero la propria sicurezza, ma nell'ultimo anno aveva sviluppato con lei un'amicizia piacevole.

"Slate?" lo chiamò. "Ci sei?"

"Scusa, sì, ci sono," le rispose, sbalzato fuori dalla propria introspezione. "L'allenamento è andato bene. Oggi Mustang ci è andato piano, abbiamo nuotato solo per cinque chilometri, poi altri cinque di corsa sulla sabbia."

"Santo cielo, che scansafatiche che siete."

Slate se la immaginò che alzava gli occhi al cielo e gli venne di nuovo da sorridere.

"Io pensavo di cavarmela bene con la mia ginnastica, venti minuti di step a livello intermedio, prima di trangugiare i rotolini alla cannella che mi sono preparata nella friggitrice ad aria."

Slate ridacchiò. "Devi mangiare più verdure."

"Sì, sì, sì," gli rispose canzonandolo. "Fammi indovinare, tu per colazione ti fai un frullato proteico."

"No no." Slate fece un momento di pausa, poi aggiunse: "Una barretta proteica."

Ashlyn scoppiò a ridere e lui chiuse gli occhi: avrebbe potuto sentire quella risata ogni mattina, per il resto della sua vita, e non si sarebbe mai stancato.

A quel pensiero, fu colpito da un briciolo di preoccupazione. Anche se si erano messi d'accordo per un rapporto amichevole, per quanto speciale, e nessuno dei due aveva chiesto altro... era passata meno di una settimana e si rendeva già conto che nutriva verso quella donna qualcosa di più, di semplice lussuria. Probabilmente da sempre. Non era innamorato, ma ci teneva ad Ashlyn.

La domanda successiva gli fece mettere da parte ogni pensiero.

"Ecco, appunto, ovviamente. Avrei dovuto saperlo. Qualche programma interessante per oggi?"

"No," le rispose, "solo riunioni, e tu?"

"Non proprio. Oggi però incontro una nuova utente."

"Stai attenta," le disse Slate; le parole gli erano uscite di bocca senza nemmeno pensarci.

"Slate," lo richiamò.

"Lo so, lo so, me l'hai ripetuto cento volte che sei una donna adulta e vaccinata, che un sacco di gente consegna pacchi o cibo a domicilio ogni santo giorno senza alcun problema... ma io non esco con quelli, io esco con *te*. Poi, ti conosco: tu non lasci giù i pasti davanti alla porta, suoni il campanello e vai via. No, tu entri a casa degli utenti, ti fermi un po' a chiacchierare. Il pensiero che qualcuno ti metta le mani addosso mi fa diventare matto. Quindi se ti chiedo di fare attenzione non è per fare lo stronzo, è solo che so benissimo quanto male c'è nel mondo e non voglio che quel male torca un solo capello della tua splendida testa."

Dopo quella tirata, Slate fece un respiro profondo. Ad Ashley davano molto fastidio quelle tirate sul suo incarico per Food For All. Certo, esistevano anche impieghi più pericolosi, ma a lui non piaceva affatto che andasse in casa di estranei.

"Va bene," gli disse dopo un breve silenzio.

"Va bene?" le domandò, confuso da quella semplice risposta. Ashlyn gli teneva sempre testa su *tutto*.

"Sì. Lo so bene che il mio lavoro non ti entusiasma, ma credici o no, io *sto* attenta. Lexie conosce sempre il mio percorso e chi sto per andare a visitare. Ho sempre con me il mio cellulare e lei ha un'app per tracciarmi, la può aprire per vedere dove sono in qualunque momento. Quando vado a casa di un utente nuovo, le mando un messaggio appena arrivo e uno quando esco. Tutto sommato, presto tutte le attenzioni possibili, Slate."

Lui non era al corrente dell'organizzazione logistica di Lexie e di Ashlyn; avrebbe dovuto saperlo, si sarebbe sentito un poco meglio. "Che app è?" le chiese.

Ashlyn si mise a ridere, sorprendendolo. "Di tutto quel che ti ho detto, è l'unica cosa che ti è rimasta?"

"Mi è rimasto che fai tutto il possibile per prevenire ogni pericolo in cui potresti trovarti, guarda che l'apprezzo, più di quanto tu creda. Non sapevo che aveste un'app per tracciare gli spostamenti, e sono maledettamente felice che tu usi questo sistema con Lexie, quando vai a fare una consegna a un utente nuovo per Food For All. Pensavo solo che non sarebbe male, se qualcun *altro* potesse seguirti, solo nel caso che Lexie non sia nei paraggi per intervenire. E a me non dispiacerebbe essere quel qualcuno. Non ho intenzione di approfittarmi della tua fiducia, se mi dai l'accesso, Ash. Però mi farebbe stare molto più tranquillo."

Lei sospirò. "Posso seguire anch'io i tuoi spostamenti?" gli chiese con sarcasmo.

"Sì." Qualche mese prima, mai e poi mai Slate avrebbe concesso quel tipo di libertà a qualcuno, nemmeno ai compagni di squadra. Però aveva conosciuto Ashlyn e sapeva che *anche lei* non avrebbe mai approfittato del privilegio di conoscere i suoi spostamenti a qualunque ora del giorno e della notte. Ecco perché non aveva alcun problema a condividere i permessi dell'app di tracciamento.

"Wow, non hai nemmeno esitato," commentò lei.

"Solo perché non andiamo a comprarci gli anelli di fidanzamento non significa che io non ti rispetti e che non voglia un rapporto il più concreto e vero possibile, per il tempo che staremo insieme," le disse Slate.

"Giusto. Va bene. Ti mando i dettagli dell'app," gli disse Ashlyn.

"Grazie, e c'è qualcos'altro che dovresti sapere."

"Oh, cacchio, che cosa?" gli chiese.

Slate fece una risatina. "Niente di cui preoccuparsi. Volevo solo avvertirti che stamattina ho detto agli altri di noi due."

"Quindi stamattina dovrei aspettarmi il terzo grado da Lexie e da Elodie al lavoro," pensò lei ad alta voce.

"Non saprei, cioè, i ragazzi *sanno* come tenere qualcosa riservato," commentò Slate ironicamente. "Sai, sicurezza nazionale e tutto il resto."

Come previsto, Ashlyn si mise a ridere. Slate amava la facilità con cui riusciva a farla divertire, e preferiva di gran lunga sentirla di buon umore, piuttosto che quando si arrabbiava con lui. Al loro primo incontro, erano partiti certamente col piede sbagliato, e ora Slate doveva ammettere di aver detto cavolate di proposito, con una certa regolarità, tanto per farla agitare. Però si rendeva conto di quanto fosse più bello sentirla ridere, che vederla arrabbiata.

"Sì, certo, quando si tratta di gossip, voi siete davvero delle comari," gli disse Ashlyn appena riprese il controllo di sé.

Slate non smentì. I ragazzi si confidavano sempre molto delle proprie vite, senza dubbio. Gli amici parlavano molto volentieri dei propri rapporti e di ciò che capitava. Lui si era sempre sentito un po' fuori da quei discorsi, in disparte ad ascoltare quelle conversazioni, quindi gli aveva fatto estremamente piacere, quel mattino, dire agli altri qualcosa che non sapevano già. Solo che non voleva dare agli altri un'idea sbagliata del rapporto con Ashlyn.

Chiaramente rimase in silenzio troppo tempo, perché lei lo chiamò di nuovo: "Slate?"

"Sì, piccola?"

"Non sei arrabbiato per il mio commento sul gossip, vero? Cioè, so che siete perfettamente in grado di mantenere un segreto, è ovvio. Immagino che nella vostra testa rimangano un sacco di porcate di cui vorreste poter parlare con qualcuno, ma non potete."

"Non sono arrabbiato," le disse con tono dolce. "E con gli altri ho fatto una promessa tempo fa, che se le porcate fossero diventate troppo pesanti, ne avremmo parlato insieme."

"Ottimo."

"Volevo solo avvertirti, tutto qua."

"Grazie, lo apprezzo. E, giusto perché tu lo sappia, io non ho detto ancora nulla alle amiche perché, beh... sanno che mi piaci da tanto tempo e *di sicuro* salteranno alle conclusioni sbagliate, specialmente con tutto ciò che sta succedendo ultimamente, tra gravidanze e nozze."

"Ti piaccio da tanto tempo?" le chiese Slate, accorgendosi di avere in volto un sorriso da ebete, ma non preoccupandosene.

"Foooooorse," gli rispose mangiandosi la parola.

"Quindi, quando mi dicevi le peggio cose e mi sbuffavi perché ero eccessivamente irritante, in segreto volevi veramente saltarmi addosso?"

"Non direi che mi piacevi proprio tanto, ogni volta che superavi il limite e mi davi della stupida, sostenendo che rischiavo la vita solo perché consegno dei pasti confezionati. Però, quando non eri troppo preso dagli eccessi, mi è capitato di pensare a come sarebbe stato portarti a letto."

Slate sentì l'uccello scattare nelle mutande. "Ti sei mai masturbata, al pensiero di cosa potrei farti?"

"Sì," gli rispose, senza alcuna esitazione o vergogna. Quella massima sincerità era uno dei cento motivi per cui le aveva chiesto di uscire insieme.

"E invece tu? Ti sei mai masturbato pensando a me?" gli chiese lei.

"Cazzo, ogni volta," le rispose quasi grugnendo.

"Beh, accidenti," commentò lei.

"Che c'è? Qualcosa che non va?"

"Finirò per far tardi al lavoro, perché adesso sono eccitata e mi sa che dovrò prendermi un momento per sfogarmi, prima di andare."

"Accidenti, bella, così mi ammazzi," le disse gemendo.

"Ehi, io ci sto a fare sesso al telefono, se tu ci stai."

"No."

"No?" ripeté lei sorpresa.

"Viviamo a nemmeno dieci minuti di distanza. Se sei eccitata, mandami un messaggio o telefonami e ti raggiungo subito. Non siamo mica in un rapporto a distanza, piccola."

"Non pensi che fare sesso al telefono sia figo?" gli chiese.

"Può anche essere," le rispose Slate, "ma è anche un sacco frustrante. Specialmente adesso che sono stato dentro di te e che so quanto mi piace sentirti intorno al mio uccello. Preferisco di gran lunga *te* alla mia mano."

"Wow, ehm... va bene, ho capito."

Ashlyn sembrava confusa, e Slate l'adorava. "So che abbiamo già deciso di vederci venerdì sera, ma ti dispiacerebbe se passassi da te stasera, dopo il lavoro?" le chiese.

"Per nulla."

"Ottimo. Ti mando un messaggio per avvertirti quando sto arrivando."

"Vuoi che ti prepari qualcosa per cena?"

"No no. Avrò voglia di fare qualcos'altro, non di mangiare." Slate sapeva di essere piuttosto esplicito, ma dopo la piega che aveva preso la conversazione, non aveva saputo resistere. Il pensiero di Ashlyn sdraiata sul letto, con una mano tra le gambe per masturbarsi, gli era rimasto impresso nella mente. L'idea che lei si toccasse con lui dentro più che poteva era intensa; il pensiero che lei avesse delle fantasie e lo pensasse mentre si masturbava era altrettanto eccitante.

"Ecco, allora a questo punto ci vediamo più tardi."

"Sì. Ash?"

"Sì?"

"Mi piace."

"Che cosa?"

"Noi. Dire quello che pensiamo. Non aver vergogna di ammettere che ci desideriamo a vicenda."

"Anche a me," gli rispose.

"Bene. Allora di' alle tue amiche di noi due. Mandami un messaggio col nome dell'app per tracciare, e oggi fai attenzione, mi raccomando."

"Autoritario," gli disse sbuffando.

"Sapevi a cosa andavi incontro, quando hai accettato di frequentarmi."

"Anche questo è vero. Va bene, Slate, allora passa una buona giornata. Spero che i terroristi non scelgano proprio oggi per fare casino, perché se no mi incazzo, se qualcosa ti impedisce di raggiungermi, più tardi."

"Niente mi impedirà di raggiungerti," le rispose Slate. "Davvero farai tardi, stamattina?"

"Oh, sì. Di sicuro."

"Merda," ripeté Slate scuotendo la testa. Non avrebbe dovuto chiederglielo. Gli sarebbe rimasta in mente l'immagine di Ashlyn che si masturbava prima di andare a lavorare.

"A dopo," gli disse con una risatina.

"A dopo," rispose Slate.

Slate terminò la telefonata e chiuse gli occhi. Gli servì un momento per tenere il proprio corpo sotto controllo. Appena poté camminare senza che l'erezione spingesse per uscirgli dalle mutande, afferrò la barretta proteica che si era ripromesso di mangiare per colazione e si avviò verso la porta.

CAPITOLO TRE

"Oh mio Dio!" gridò Elodie più tardi, quel mattino.

Ashlyn sussultò, ma non perse l'espressione sorridente.

"Mi stai dicendo che sei andata a letto con Slate quattro giorni fa e che hai aspettato *finora* per dircelo?" le chiese Lexie.

Ashlyn annuì. "Sì, proprio perché sapevo che avreste reagito in questo modo, ma il nostro è un rapporto leggero, non fatevi delle idee mielose con gli occhietti a stellina su noi due," disse per avvertire le amiche. "Solo perché voi siete vergognosamente felici coi vostri SEAL, non significa che io e Slate finiremo allo stesso modo. Ci frequentiamo, andiamo a letto insieme, tutto qua. Si può anche avere un rapporto leggero, senza che diventi troppo serio, mi capite?"

"Ma certo che ti capiamo," le rispose Elodie, "però mi ricordo che non è passato molto tempo, da quando ci hai detto che Slate *ti piaceva*."

"Infatti mi piace," ribadì Ashlyn, "ma solo perché mi piace uno non significa che taglierò di nascosto la punta dei preservativi per farmi mettere incinta e costringerlo a sposarmi. È tanto per passare il tempo, per divertirci. Accidenti, ci conosciamo già fin troppo bene, con tutte le uscite della squadra a cui abbiamo partecipato.”

“Ma senti, sotto sotto, non credi di volere di più?” le chiese Lexie.

Ashlyn fece spallucce. “Mettiamola in questo modo: questo fine settimana, dopo che mi ha fatto uscire fuori di testa con due orgasmi, si è rivestito subito e se n’è andato; a me non ha dato minimamente fastidio. Mi piace vivere per conto mio. Mi piace dormire da sola nel mio letto. Ragazze, so come vanno le cose. Slate è un brav’uomo, ma alla lunga mi stancherebbe a morte. Proprio come io stancherei lui. Siamo troppo diversi, sotto molti aspetti. Ci frequentiamo, passiamo il tempo insieme, ma non so per quanto durerà. Nel frattempo me la godo più che posso, finché dura.”

“Tutto qua?” le chiese Elodie. “Non pensi nemmeno a un rapporto più serio?”

“Non ho *idea* di come potrebbero andare le cose tra noi due, ma per adesso siamo contenti entrambi di un rapporto rilassato, leggero. Non ci sono pressioni. Il sesso piace a entrambi, farlo con lui è stato spettacolare, accidenti. Un giorno Slate si metterà in ginocchio per dirmi che si è innamorato follemente di me e che non può vivere senza di me? Ne dubito fortemente, ma mi va bene così. Sono sincera.”

“Beh, sono contenta per voi,” commentò Lexie. “Slate mi è sempre sembrato un po’ formale, ma se siete entrambi contenti di frequentarvi senza impegno, allora buon per voi.”

“Grazie,” rispose Ashlyn, sentendosi più sollevata di quanto credesse. Le due amiche le piacevano, le rispettava, voleva che accettassero il suo rapporto libero con un uomo ammirato da tutti.

Non le era sfuggito il fatto che Slate potesse avere qualunque donna volesse. Era un eroe, un uomo di tutto rispetto, con un fascino mozzafiato, con un fare iperprotettivo che a volte poteva far spavento. Quindi il fatto che volesse uscire con lei era per molti versi una sorpresa. Lei avrebbe vissuto giorno dopo giorno, finché quel rapporto non avesse seguito il suo corso naturale.

Ashlyn non aveva dubbi che *sarebbe* finita. Però era determinata a goderselo più che poteva, finché stava insieme a lui.

"Allora... è andato tutto come speravi?" le chiese Lexie con gli occhi che le brillavano.

"Mi hai sentito, quando ho detto due orgasmi, vero?" le chiese Ashlyn con un sorriso.

Elodie e Lexie fecero un gran sorriso.

"Solo due? Sul serio, devi puntare ad averne di più," le disse Elodie.

Ashlyn scoppiò a ridere. "Beh, stamattina mi ha telefonato per dirmi che aveva vuotato il sacco, per così dire... che aveva detto agli altri di noi due. Poi, a fine conversazione, chissà come, ho ammesso che mi masturbavo pensando a lui, e lui ha ricambiato dicendomi che si toccava pensando a me. Adesso, invece di aspettare fino a venerdì per portarmi fuori a cena, viene da me stasera... e mi ha detto di non preparare nemmeno la cena."

Elodie si fece vento con una mano.

Lexie sorrise. "Appunto. Beh, tu preparati, perché sembra proprio che quei due orgasmi diventeranno roba da poco, dopo stasera."

"Non è strano?" chiese Ashlyn. "Parlare di sesso con Slate in questo modo?"

Le amiche risposero allo stesso tempo.

"No."

"Per niente."

"Ecco come stanno le cose," proseguì Elodie. "I nostri uomini? Sono sexy. *Molto* sexy. Forse sarà per via del testosterone, perché devono avere sempre tutto sotto controllo quando sono in missione. Non lo so il perché. Magari ci saranno delle ricerche scientifiche sul tema, santo cielo. Ma perché mai *non* dovremmo parlare di sesso? Gli uomini ne parlano spesso, liberamente e apertamente. Siamo noi donne che, persino di questi giorni, di questi tempi, ci sentiamo dire di essere pudiche e formali, di non parlare di sesso. È una stupidaggine. Il sesso è meraviglioso, ed è totalmente naturale. Il sesso con qualcuno che ami e che ti rispetti, qualcuno che vuole farti passare del tempo a letto nel migliore dei modi? È eccezionale."

"Io non ha mai saputo cosa fosse la vera intimità, prima di Midas," ammise Lexie. "Stare con qualcuno che vuole farti venire prima è..." le voce le si affievolì.

"...speciale." Ashlyn terminò la frase.

"Esattamente."

"Non accontentarti mai di un sesso mediocre," le disse Elodie. "Se Slate non ti dà ciò di cui hai bisogno per eccitarti, aiutalo a capire *cosa* ti serve."

"Nessuno di noi due ha avuto problemi. Ve lo giuro, non deve far altro che guardarmi e sono già bagnata," ammise Ashlyn. "Mi si è infilato dentro, tipo, in cinque secondi netti, ma ha insistito perché avessi un orgasmo per prima. Poi me ne ha fatto venire un altro quando era dentro di me, anche se lui era già venuto," concluse Ashlyn.

Lexie ed Elodie le sorrisero.

"Sì, allora va bene," le disse Lexie dopo un momento.

"Sto pensando che non ti servirà alcun consiglio, ma noi siamo qui, se hai bisogno," aggiunse Elodie.

"Grazie, ragazze," disse Ashlyn. Come aveva fatto a trovare delle amiche tanto care? Non ne aveva idea.

"Sul serio, però, sono contenta per te, e hai ragione," proseguì Lexie, "non c'è niente di male a divertirti con Slate.

Basta che abbiate chiaro entrambi quel che volete, penso che sia fantastico, che vi frequentiate."

"Son d'accordo," aggiunse Elodie. "Adesso sentite, se abbiamo finito di parlare di sesso... che poi mio marito mi manca anche se l'ho visto stamattina... magari possiamo mettere insieme questi scatoloni, così puoi partire con le consegne e io intanto comincio a preparare i pasti per domani."

"Sissignora, agli ordini!" rispose Lexie prendendola in giro.

Elodie appallottolò un tovagliolino e glielo gettò addosso.

Nella mezz'ora successiva, le tre amiche lavorarono insieme a preparare le confezioni coi pasti che Ashlyn avrebbe poi consegnato a domicilio. Il nuovo cliente del giorno era una madre single. Il marito era morto in un incidente avvenuto in un cantiere edile. Non c'era assicurazione e la famiglia si era trasferita alle Hawaii proprio per quel lavoro, quindi sull'isola non c'erano parenti che potessero aiutarla. La signora faceva fatica a trovare un impiego con una paga decente che coprisse l'affitto dell'appartamentino in cui viveva, la spesa, le fatture mediche che si accumulavano, oltre alle spese generali della vita quotidiana.

Lexie le aveva parlato la settimana prima, quando la signora aveva telefonato disperata, perché non aveva nulla da mangiare per il figlio. Era stata inserita subito nei giri del servizio e finalmente Ashlyn si sarebbe fermata anche da lei, per la prima volta.

All'inizio, quando era partito il servizio di consegna pasti pronti a domicilio, il giro comprendeva forse una decina di fermate. Col passare dei mesi, sempre più persone avevano saputo del nuovo servizio di Food For All e le richieste di consegne erano aumentate rapidamente. Ormai Ashlyn consegnava pasti ogni giorno ad almeno una trentina di case. In pratica aveva tempo solo per le consegne. Programmava con attenzione il percorso, per non rimanere indietro e per non perdere tempo. Non poteva continuare ad aumentare il carico di lavoro, ma era troppo difficile dire di no a chi aveva veramente bisogno di aiuto e non poteva raggiungere uno dei due centri di Food For All.

Proprio come aveva immaginato Slate, Ashlyn aveva degli utenti che preferiva e con cui passava più tempo. I Turner erano una famiglia giovane, Brooklyn aveva solo ventun'anni, Trey ne aveva ventiquattro. Si erano trasferiti a Oahu da Maui, nella speranza di trovare più opportunità di lavoro. Avevano due figli, Curtis, tre anni, e Briar, due anni. Si arrangiavano come potevano, ma ce la facevano proprio grazie all'aiuto di Food For All.

James Mason era un signore di ottantotto anni che viveva grazie ai sussidi sociali e alla pensioncina che riceveva dalla Marina. Aveva prestato servizio per due turni nella guerra del Vietnam ed era rimasto ferito; aveva dovuto lasciare la carriera militare, ma non aveva perso l'amor di patria. Era un signore divertentissimo, le raccontava sempre delle storie molto affascinanti. Ashlyn cercava sempre di tenergli compagnia più che poteva, non solo perché era chiaramente un uomo solo, ma perché le piaceva moltissimo ascoltarlo parlare di quando era ragazzo, durante la seconda guerra mondiale, e di quanto fosse cambiato il mondo da allora.

Christi Dryden era una signora diversamente abile di quasi trent'anni, viveva in un appartamento con la sorella. I genitori erano morti da qualche anno e Lori faceva di tutto per tenere con sé Christi. Ashlyn la rispettava immensamente, perché si era assunta la responsabilità di occuparsi della sorella. Non era semplice, date le esigenze mediche molto costose, quindi i pasti preparati e consegnati da Food For All erano di grande aiuto, in quanto le consentivano di mettere da parte i soldi per pagare una collaboratrice che tenesse compagnia a Christi durante il giorno, mentre Lori lavorava.

Tutte le persone a cui Ashlyn consegnava i pasti erano in difficoltà. Alcuni giorni erano più deprimenti di altri. Lei vedeva il livello di povertà in cui vivevano alcune persone, ma in generale gli utenti cercavano di vivere al meglio con ciò che avevano ed erano molto grati per ogni aiuto ricevuto.

Dopo aver messo nella sua Toyota RAV4 i pasti pronti con l'aiuto di Lexie e di Elodie, Ashlyn si prese un momento per inviare un messaggio a Slate con il nome dell'app di tracciamento che usava. Non si aspettava una risposta immediata, invece, prima ancora che uscisse con la macchina dal vicolo dietro il centro di Food For All, sentì il telefono vibrare.

Slate: L'ho già scaricata. Devi aggiungermi, piccola.

Scuotendo la testa per quell'impazienza, Ashlyn si prese un minuto per inviargli una richiesta via mail, aggiungendo il numero di Slate alla cerchia di amici nell'app. Per quanto si fosse lamentata con lui dell'atteggiamento troppo protettivo, non poteva negare che le faceva piacere. Non aveva assolutamente alcun problema a consegnare pasti a domicilio, gli utenti erano tutte brave persone di etnie diverse, età diverse, vari percorsi di vita. Non si era mai sentita una sola volta in pericolo, quando entrava nelle loro case.

Ma dopo tutte le tragedie accadute alle amiche, anche lei apprezzava che qualcuno si preoccupasse per lei. Qualcuno che si fosse allarmato, qualora le fosse successo qualcosa; non che si aspettasse che accadesse qualcosa di anomalo.

Sentì il suono di una notifica, vide che in effetti Slate aveva già scaricato l'app di tracciamento ed era già in grado di seguirla nei suoi spostamenti. Sbloccò il telefono e aprì l'app;

sorrise, quando vide la nuova icona sulla mappa, con l'etichetta DS. Duncan Stone.

Anche lei poteva vedere che Slate era alla base della Marina, vedeva persino in quale edificio.

Un sorriso da sciocca le riempì il volto. Cliccò per spegnere lo schermo e mise il telefono nel portabicchieri più vicino. Non aveva bisogno di guardare la mappa, per raggiungere la prima decina di indirizzi del percorso. Aveva visitato quegli utenti abbastanza volte per conoscere il percorso a memoria.

———

Quando Ashlyn finì di fare le consegne e tornò al centro di Food For All, era stanca, ma anche un po' su di giri, perché a breve avrebbe rivisto Slate. Aveva la mente piena di pensieri divertenti, su ciò che avrebbero fatto quella sera, quindi, quando entrò nell'edificio, non si aspettava l'imboscata di Kenna, Monica e Carly. C'era anche Lexie, che cercava di nascondere la smorfia bonaria. Elodie era l'unica assente.

"Ragaaaazzaaaa!" esclamò Kenna appena Ashlyn entrò nel salone, all'ingresso dell'edificio.

Ashlyn scosse la testa. "Immagino si sia sparsa notizia?"

"La notizia che tu e l'ultimo scapolone finalmente vi siete messi insieme? Accidenti, certo che si è sparsa!" esclamò Kenna con entusiasmo.

"Davvero eccezionale, Ash," aggiunse Carly con un po' più di calma.

"Sono proprio felice per te," commentò Monica. Un po' alla volta, anche la donna più riservata del gruppo stava uscendo dal guscio. Monica non era mai stata il tipo di persona che amasse stare al centro dell'attenzione, ma ormai si stava aprendo, almeno col gruppo di amiche.

"Grazie, ragazze. Anch'io sono decisamente contenta," rispose Ashlyn.

"Sembravate già molto affiatati, alle nozze di Monica e Pid al Kualoa Ranch," disse Kenna. "Sei sicura che non stavate già..." lasciò la frase in sospeso, ma fece un gesto inequivocabile col pugno.

Ashlyn alzò gli occhi al cielo. "Buon Dio, ma quanti anni hai, dodici? Ma no, io e Slate all'epoca non facevamo sesso. Sul serio, anche se a volte è molto irritante..."

"A volte?" la interruppe Lexie.

"Esatto, va bene, anche se spesso è molto irritante, è anche divertente e mi piace passare il tempo con lui. È ovvio, non è che avessimo tanta scelta. Siamo sempre fuori col gruppo e gli altri sono tutti già presi," spiegò Ashlyn, facendo l'occhiolino a Carly, l'ultima in ordine temporale a essersi innamorata di uno dei SEAL. Lei e Jag si erano messi insieme solo di recente, ma sapevano tutti che lui aveva messo gli occhi addosso a quella bella cameriera già da molto tempo. "Era inevitabile, in un certo senso," concluse.

"Penso che sia fantastico!" esclamò Kenna. "Ma ti immagini se Slate portasse una tipa nella nostra cerchia e si rivelasse una stronza?"

"Però avete sentito *anche* che il nostro è un rapporto tranquillo e senza impegno, vero?" domandò Ashlyn prima che le amiche si entusiasmassero pensando ad altre nozze imminenti. Erano immerse fino al collo nella programmazione della cerimonia di Carly e Jag, che si sarebbe svolta al ristorante Duke's in centro a Waikiki, e non si sarebbe sorpresa se le amiche avessero cercato di combinare una doppia cerimonia o qualcosa del genere.

"Ma cosa vuol dire, esattamente?" le chiese Carly.

"Solo che non siamo innamorati, tutto qua," rispose Ashlyn.

"Non ancora," mormorò Lexie con un filo di voce.

Ashlyn la ignorò. "Ci piace passare il tempo insieme. Facciamo esattamente quello che fanno milioni di altre coppie nel mondo... ci conosciamo meglio, ci divertiamo passando del tempo insieme, prendiamo la vita un giorno alla volta."

"Allora puoi vedere degli altri uomini e lui può vedere altre donne?" le chiese Monica.

Ashlyn alzò le spalle. "Immagino di sì."

"Immagini di sì? Non ne avete parlato?" le chiese Kenna incredula.

"Ragazze, sono passati due secondi e mezzo da quando mi ha chiesto per la prima volta di uscire," insisté Ashlyn.

"Però Kenna ha ragione. Sapere se il vostro è un rapporto esclusivo o no è importante," spiegò Monica.

"Vero? E se poi lui si scopa una tipa qualunque e viene a casa tua per farsi un altro giretto?" le chiese Carly.

Ashlyn strinse i denti, si stava agitando. "Slate non è il tipo."

"Lo so," rispose Carly, "stavo solo cercando di fare un'ipotesi."

"Ti darebbe fastidio, se lui uscisse con un'altra mentre frequenta anche te?" le chiese Monica.

Ashlyn cercò di non prendersela con le amiche. Stavano solo cercando di proteggerla... ma era comunque un po' irritante. Il significato di "senza impegno" non era sufficientemente chiaro?

"E se tu incontri qualcuno che ti piace? Immagino che non gli farebbe piacere sapere che stai con un altro allo stesso tempo," aggiunse Kenna.

"Sentite, sono tutte ipotesi inutili. Io *non* vedo nessun altro, e nemmeno Slate. Santo cielo, non abbiamo nemmeno il tempo di incontrare altre persone. Passiamo quasi tutti i fine settimana con voi e con gli uomini della squadra. Non è che prima anche voi bussaste alla mia porta per portarmi fuori, comunque. Vedremo come fare se diventa un problema," rispose Ashlyn.

"Stiamo solo cercando di proteggerti," disse Lexie sottovoce.

"Lo so, e lo apprezzo. Però io sto bene, Slate sta bene. io sono molto contenta di non aver la pressione psicologica di chiedermi se è 'la persona giusta' e se vorrà avere figli e tutto il resto. Per adesso prendiamo tutto con leggerezza... e voglio che anche voi ci prendiate senza problemi."

"Va bene."

"Andrà bene."

"Nessun problema."

Ashlyn fu sollevata di sentire l'immediato supporto delle amiche.

"Adesso quando vi rivedete?" le chiese Carly.

"Beh, avevamo programmato di uscire a cena venerdì, ma quando mi ha telefonato stamattina mi ha chiesto se poteva passare da me stasera."

"Oooooh," commentò Kenna.

Ashlyn alzò gli occhi al cielo. "E prima che me lo chiediate: sì, abbiamo fatto sesso. Sì, è stato meraviglioso. Sì, ho avuto più orgasmi. Sì, lo rifaremo stasera. C'è altro che volete sapere?"

Scoppiarono tutte a ridere.

"Penso che tu abbia spiegato abbastanza," le disse Kenna, che ancora rideva.

"Adesso possiamo cambiare argomento e cominciare a parlare di qualcun altro?" chiese Ashlyn. "Carly, le ultime sulla tua cerimonia?"

Per fortuna, le amiche furono contente di lasciarla in pace e cominciarono a parlare delle nozze di Carly. Finalmente erano riusciti a fermare una data, mancavano due mesi e mezzo. Era un po' prima di quel che si aspettasse Carly, ma dato che dipendevano dalle date del Duke's e dalla disponibilità ad affittare l'intero ristorante per qualche ora, non potevano essere troppo pignoli.

Ashlyn ebbe la sensazione che, almeno secondo Jag, due mesi e mezzo non fossero abbastanza presto, ma non lo disse ad alta voce.

Lexie e Midas erano gli unici due che non erano già sposati e non stavano programmando le nozze. Nessuno dei due aveva fretta di convolare o di avere figli, ma Lexie aveva ammesso con Ashlyn di recente che Midas l'aveva nominata beneficiaria dell'assicurazione sulla vita, in modo che non avesse problemi, in caso gli succedesse qualcosa.

Il pensiero che uno di loro fosse ferito fu come un colpo al cuore per Ashlyn. Nell'ultimo anno, li aveva conosciuti molto bene e se uno di loro fosse stato ucciso, tutte le amiche sarebbero state devastate.

Dopo un'oretta e mezza, Ashlyn guardò con discrezione l'orologio. Almeno *credette* di averlo guardato con discrezione. Lexie le si avvicinò e la prese sottobraccio. "Qui posso finire da sola. Vai pure a casa."

"Ma..." esordì Ashlyn.

"No no. Ci penso io," ripeté Lexie con decisione. "Hai voglia di tornare a casa per prepararti, si vede."

Ashlyn sorrise. "Che sciocca che sono."

"Ma no, sei in un rapporto nuovo, non sei affatto sciocca. Vai." Lexie le fece l'occhiolino. "Non fare nulla che non farei anch'io."

"Allora ho molta scelta, posso fare quello che voglio," ribatté Ashlyn.

"Esatto." Lexie la abbracciò. "Divertiti."

"Mi divertirò. Grazie." Ashlyn ricambiò l'abbraccio e salutò le altre con un cenno. "Ragazze, ci vediamo! Io vado!"

"Ciao!"

"Saluta Slate da parte nostra."

"Gli orgasmi siano con te!"

L'ultima battuta fu di Kenna, e Ashlyn non poté non ridere. Voleva molto bene alle amiche. Erano tanto diverse tra loro, ma volevano tutte il meglio per lei e per le altre. Ashlyn aveva la sensazione che, sotto sotto, sperassero ancora in un amore folle tra lei e Slate, ma per il momento, e per il futuro prossimo, lei era contenta di godersi un sacco di orgasmi mozzafiato.

CAPITOLO QUATTRO

Slate aprì l'app per quella che gli sembrò la quattrocentesima volta quel giorno. Aveva regolato le impostazioni in modo da ricevere una notifica ogni volta che Ashlyn si muoveva dopo essere rimasta nello stesso posto per più di quindici minuti. L'aveva seguita nel giro di consegne di quel giorno, i pasti a domicilio degli utenti.

Era quasi imbarazzante, sentirsi ossessionato dal pensiero che tornasse al centro di Food For All sana e salva.

Quando Mustang lo aveva richiamato, perché Slate si era distratto durante una riunione, lui aveva fatto di tutto per fare attenzione. Dal momento in cui gli era arrivata la notifica che Ashlyn era arrivata a casa, però, il tempo gli era sembrato trascorrere al rallentatore. Slate non riusciva a pensare ad altro che a ciò che voleva farle, una volta raggiuntala.

Alla fine, Mustang aveva chiuso l'ultima riunione e dato a tutti il rompete le righe. Slate non si fermò a chiacchierare con gli amici: andò subito in corridoio, verso l'uscita. Era quasi ridicola, la voglia irresistibile di vedere Ashlyn. Sentì l'uccello duro nei pantaloni e imprecò. Si comportava come un ragazzino arrapato, non come un uomo adulto di trentatré anni.

Guidò troppo alla svelta, come al solito, per raggiungere l'appartamento di Ashlyn. Gli brontolava lo stomaco, ma l'ultimo dei suoi pensieri era il cibo. Aveva sopportato i crampi della fame tante volte in passato... non era sempre semplice, durante una missione, fermarsi per mangiare... lui era abituato a saltare i pasti, quando era su di giri, e in quel momento si sentiva senz'altro su di giri. Era concentrato, voleva raggiungere Ashlyn e riprendere da dove avevano lasciato in sospeso quel mattino al telefono.

Parcheggiò e salì le scale fino al piano di Ashlyn nel palazzo, senza ricordare molto del viaggio. Poi arrivò. Bussò alla porta da cui era uscito qualche giorno prima con una soddisfazione che non ricordava di aver mai provato da tanto tempo.

La porta si aprì quasi subito e Slate mangiò con gli occhi Ashlyn, mentre entrava. Indossava un paio di leggings e una maglia oversize con le maniche lunghe. Si vedeva subito che non indossava un reggiseno; aveva i capezzoli già turgidi, dietro il cotone rosa pallido.

"Ciao," gli disse chiudendo la porta e mettendo il chiavistello.

Nell'attimo stesso in cui la porta fu chiusa completamente, Slate la prese per le spalle e la fece girare, mettendola con la schiena al muro.

Lei lo fissò con gli occhioni marroni e il respiro irregolare che lui adorava. I lunghi capelli lucidi le scendevano sulle spalle, sfiorandole le punte dei seni. Aveva le guance arrossate, alzò subito le mani per prendergli i bicipiti.

"Ciao," rispose Slate, in un saluto ritardato. "Hai avuto una buona giornata?" Si costrinse a parlare, prima di scatenarsi su di lei come una pantera in calore.

Lei accennò un sorriso. "Sì. A parte il terzo grado delle amiche, ma è tutto a posto."

Slate annuì. "Nessun problema con le consegne?"

"No no. Hanno fatto tutti i bravi. Nessun maniaco con l'ascia dietro l'angolo."

Slate scosse la testa esasperato.

"Sei riuscito a far funzionare l'app?" gli chiese.

"Sì." Non era il caso di dirle che l'aveva tampinata per tutto il giorno. Ad alcuni avrebbe dato l'impressione sbagliata, sapere che Slate voleva seguire tutti gli spostamenti della sua donna, ma dopo tutto quello che era successo a Carly, a Monica e a tutte le altre, lui preferiva non correre rischi. Era sicuro che, col passar del tempo, l'ossessione di controllare che Ashlyn fosse al sicuro sarebbe scemata. Forse.

"Hai fame? So che mi hai detto di non preoccuparmi della cena, ma avevo preparato delle verdure al forno e me ne sono rimaste. Posso bollire della pasta e mettere tutto insieme, immagino che non ti basterebbe mangiare solo verdure per cena."

"Ho una fame da lupo," le rispose Slate.

Lei sembrò sorpresa. "Va bene, fammi passare che metto su l'acqua."

"Non cibo. *Te*," chiarì lui, passandole le mani sui fianchi. Non gli uscivano nemmeno delle frasi di senso compiuto, ma Slate non sapeva che farci. Il pensiero di metterle la bocca tra le gambe lo faceva sentire una specie di Neanderthal.

Il sorrisetto sensuale che illuminò il viso di Ashlyn lo fece sentire molto meglio sulla leggera ossessione che gli stava crescendo dentro per il suo corpo.

Lei gli strinse le mani sulle braccia per un momento, poi si scostò di lato, gli afferrò la mano e gli fece strada per la camera da letto.

Slate concentrò gli occhi sul suo sedere, mentre camminavano insieme. Ashlyn aveva le curve nei punti giusti. I seni erano grandi, ma non eccessivamente, la figura era bilanciata dai fianchi molto sensuali. Prese perfette per lui. Le labbra carnose erano affascinanti, Slate non vedeva l'ora di sentirsele intorno all'uccello. Le ciocche brune lisce erano morbide e setose, lui immaginava quella massa di capelli che gli solleticava il petto, mentre lei lo cavalcava. Gli occhi marroni appassionati sembravano sempre luccicare per un'emozione di qualche tipo... ironia, compassione... irritazione, ogni volta che lui faceva il prepotente.

Eh sì, non c'era nulla in Ashlyn che non lo facesse eccitare da impazzire. Slate non sapeva bene come mai ci avesse messo tanto a chiederle di uscire, ma era entusiasta di averlo fatto, finalmente.

Lei lo tirò in camera da letto. Gli lasciò andare la mano e, senza dire una parola, si tirò su la maglia, sfilandola dalla testa.

Per un momento, Slate fu ammutolito. Non poté far altro che rimanersene là in piedi a fissarla, meravigliato. *Le donne tendono sempre a preoccuparsi del proprio aspetto esteriore*, pensò Ashlyn, *mentre gli uomini sono creature dal cuore semplice. Amano le tette. Punto.* E i seni di Ashlyn erano perfetti.

Slate fece un passo avanti e alzò le mani senza nemmeno accorgersene. Gliele afferrò e le passò i pollici sui capezzoli; gli piacque sentirli diventare ancor più turgidi al tocco.

"Accidenti, quanto sono sensibili," le mormorò.

In risposta, Ashlyn inarcò la schiena, incoraggiandolo. Proprio come gli era successo qualche sera prima, Slate fu sopraffatto da un istinto irresistibile. Aveva bisogno di quella donna. Gli sembrava di morire, se non fosse entrato dentro di lei entro sessanta secondi.

Dopo un respiro profondo, e dopo essersi ripromesso di non fare il bis dell'altra volta, in cui era venuto maledettamente presto e senza apprezzare Ashlyn veramente, Slate si costrinse a staccarsi da lei per fare un passo indietro.

"Togliti tutto e vai sul letto," le disse con voce roca. "A gambe aperte."

Ashlyn non fece commenti, ma sorrise appena e si abbassò per sfilarsi i leggings. I seni le dondolarono per il movimento, e Slate dovette di nuovo costringersi a non saltarle addosso.

Anche lui si tolse i vestiti a tempo di record, o almeno così gli sembrò. In un secondo, gettò alcuni preservativi sul comodino vicino al letto e si toccò. Sentì subito l'uccello scattare, più che pronto ad affondare nel corpo caldo, bagnato e stretto di Ashlyn.

Ma non subito.

Lei salì sul letto come le aveva ordinato e divaricò le gambe con le ginocchia piegate e le piante dei piedi ben piantate. A Slate non sfuggì che le guance le si arrossarono appena Ashlyn si espose.

Salì anche lui sul letto, andando subito tra le gambe di lei. Si abbassò e le baciò teneramente la pancia appena pronunciata. Si sentì in colpa per non averle detto molto, da quando era arrivato... maledizione, non l'aveva nemmeno baciata... Slate alzò lo sguardo e le chiese: "Stai bene?"

"Starò meglio se la smetti di cazzeggiare," ribatté lei.

Con un gran sorriso, sollevato dal fatto che anche lei voleva andare al sodo proprio come lui, Slate si leccò le labbra, poi si abbassò leggermente e andò giù con la testa.

Già dal primo assaggio del suo centro leggermente pungente, Slate si perse.

Sapeva già che non gli sarebbe mai bastata. Il modo in cui Ashlyn sospirava, il modo in cui alzava i fianchi per andargli incontro, per incoraggiarlo a continuare, il modo in cui stringeva ogni muscolo del corpo, quando lui la leccava in un punto particolarmente piacevole... accidenti, avrebbe potuto passare tutta la notte tra quelle gambe.

All'inizio l'assaggiò, leccandole le pieghe e quasi non

prestando attenzione al clitoride. Se da un lato era sicuro che le piacesse ciò che le stava facendo, dall'altro non voleva accontentarsi di darle piacere. Voleva farla sballare.

Le mise una mano sulla pancia per tenerla ferma e le infilò un dito fino in fondo, mentre con la bocca si agganciava al clitoride per succhiarlo. Come previsto, lei scattò sotto di lui.

"Slate!" esclamò Ashlyn.

Slate sorrise, ma senza staccare la bocca dal clitoride. La sentì stringere i muscoli interni intorno al dito, mentre si agitava. Colpì con la lingua il piccolo fascio di nervi, e quando il dito cominciò a scivolare più facilmente dentro e fuori, bagnandosi, lui capì che si stava avvicinando il momento.

"Sì, dai, ecco! Santo cielo, sì! Porco cane, Slate..."

Gli parlò con un filo di voce, quasi con disperazione, così lui aumentò l'impegno, succhiandole il clitoride con maggior forza.

Le bastò quello per esplodere. L'orgasmo le sembrò ancora più intimo, con la bocca di Slate addosso e il dito dentro. Ashlyn tremò fuori controllo, cercò di chiudere le gambe e sbatté le cosce contro le spalle di lui.

"È troppo, Slate... basta!" gli disse con un filo di voce.

Ma non era abbastanza. Nemmeno lontanamente. Slate alzò la testa e usò la mano che le aveva tenuto sulla pancia per stimolare il clitoride.

Lei gridò e scattò incontrollata. Emise un suono che le si strozzò in gola, volando di nuovo oltre il limite. Lui non aveva mai goduto, nel provocare un orgasmo a una donna con tanta forza, ma vedere Ashlyn persa nel piacere, tra le proprie mani, era una soddisfazione irresistibile. Era come se si fosse arresa, alla sua mercé... e lo faceva impazzire.

Ashlyn tremava ancora, quando lui le tolse il dito dal canale ancora palpitante, per metterselo in bocca succhiandolo con gusto. Maledizione, che sapore da sballo. Si alzò sulle ginocchia e afferrò un preservativo dal comodino. Se lo infilò addosso e poi lanciò un'occhiata alla faccia di Ashlyn.

L'espressione inebriata che le vide negli occhi lo fece sorridere. Era un'espressione grandiosa, e gliel'aveva provocata *lui*. "Sei pronta?" le chiese.

Lei stava ancora annuendo, quando lui preparò l'uccello davanti alle pieghe e lo spinse. Era grosso, e la sensazione di quel corpo cedevole che gli si apriva fu abbastanza per fargli scoppiare la testa. Proprio come l'altra notte, nel momento stesso in cui la sentì stringersi intorno a lui, Slate capì di essere nei guai. Gli sarebbe stato impossibile durare abbastanza a lungo per provocarle un altro orgasmo. Era troppo eccitante. Glielo stringeva troppo forte.

"Cazzo, che donna!" esclamò a denti stretti, mentre sentiva i testicoli avvicinarsi al corpo in preparazione.

Lei ridacchiò e Slate ne sentì le vibrazioni intorno all'uccello. Non aveva mai scopato una donna che rideva, non aveva idea della sensazione di piacere incredibile. "Magari, dopo che ti avrò scopata per cento volte, forse riuscirò a durare per più di due cazzo di secondi," brontolò, mentre nel frattempo si tirava fuori e si spingeva di nuovo dentro di lei.

Ashlyn non gli rispose a parole: alzò le mani per afferrargli i bicipiti, affondandogli le unghie nella pelle, mentre lui cominciava a scoparla con forza, rapidamente.

Non passò molto tempo, prima che il piacere lo sovrastasse, impedendogli di trattenersi. Slate si spinse più in fondo che poteva e gemette, gli venne la pelle d'oca sulle braccia mentre si sfogava.

Per un attimo, fu preso dalla vergogna. Di nuovo, non era riuscito a durare, appena entrato dentro di lei. Era un uomo adulto e vaccinato, non un cazzo di ragazzino.

Ashlyn però fece un suono di gola profondo e soddisfatto. "È stato meraviglioso," gli sussurrò. "Non mi è mai capitato di venire tanto alla svelta."

Almeno lui non si sentì l'unico. Si abbassò su di lei, non era ancora pronto a tirarsi fuori. Sapeva di doversi liberare del preservativo, ma non riusciva a staccarsi da lei. "Ah sì?" le chiese.

Lei gli sorrise. "Eh sì."

"E ancora una volta, io sono venuto come se fosse la mia prima volta," le disse con rimpianto.

"Adesso ti dirò un segreto, omaccione," gli disse Ashlyn. "Quando uno non ce la fa a trattenersi, è una specie di complimento."

"Ecco," commentò lui un po' scettico.

"Dico davvero. Ti dirò di più: per un sacco di donne, andare avanti per dieci, venti o chissà per quanti minuti, non è questo gran piacere. Arriviamo a un punto in cui vogliamo solo che l'uomo venga e la finisca. Per me, personalmente, sta tutto nella stimolazione del clitoride."

Con sua grande sorpresa, a quelle parole Slate sentì uno scatto all'uccello. Il fatto che lei non avesse timore a dirgli ciò che desiderava gli piacque molto. "Terrò presente," le disse con tono confuso.

"Riuscirò mai a metterti addosso le mani e la bocca?" gli chiese.

Lui sentì l'uccello mostrare altri segni di ripresa. Lo voleva anche lui. Ashlyn in ginocchio davanti a lui, o tra le gambe, che gli faceva un pompino, era una delle sue fantasie ricorrenti.

Abbassò una mano e tenne saldo il profilattico, mentre scivolava fuori da lei. Ashlyn arricciò il naso, era adorabile. Slate gattonò fino al bordo del letto, poi, con una torsione del busto, si girò verso di lei appoggiandosi su una mano. La baciò a lungo, profondamente, in scioltezza, rimpiangendo di non averla baciata prima. Poi si tirò indietro e si fermò a fissarla.

"Slate?"

"Vuoi il mio uccello, Ash?"

Lei arrossì, ma annuì.

"Appena riuscirò a controllarmi e non ti salterò addosso nell'attimo stesso in cui ti vedo, avrai la tua chance."

Come previsto, lei alzò gli occhi al cielo. "Cioè, tipo, allora mai," sbuffò.

Slate scoppiò a ridere. Non riusciva a trattenersi. Sembrava tanto seccata, perché lui non riusciva a toglierle le mani di dosso. "Torno subito," le disse alzandosi per andare a togliersi il preservativo.

"Eh... adesso hai fame? La mia offerta di bollire al volo della pasta con le verdure è ancora valida."

Slate ci pensò per un momento, poi annuì. "Sì, mi farebbe piacere."

Lei fece un sorriso raggiante. "Ottimo."

Lui non si trattenne: si abbassò di nuovo sul letto per baciarla sulla fronte, poi andò in bagno, raccogliendo da terra l'uniforme, che aveva lasciato ammucchiata sul pavimento.

Dopo venti minuti, era seduto al tavolino della cucina di Ashlyn e mangiava delle penne con delle verdure eccezionali, una cena semplice ma gustosissima. Il modo in cui aveva condito le verdure al forno era unico. Erano un filo piccanti, e il sapore dell'aglio era quasi preponderante, ma la pasta bilanciava il tutto.

"Sono buone?" gli chiese Ashlyn.

"Sono deliziose," le rispose Slate. "Allora, come sono andate le visite di oggi, tutto bene?" le chiese.

Il viso di Ashlyn si accese. "Sì. C'è questa famiglia che si sta dando tanto da fare per non far mancare nulla ai figli, ma sai, sono giovani. Non riesco a immaginare come sia avere due figli piccoli, coi genitori di ventun anni. Ma Brooklyn è una mamma davvero fantastica, da quel che vedo. Curtis e Briar sono adorabilissimi. Qualcuno potrà anche pensare che il lavoro che faccio sia deprimente... sai, con tutte le persone che incontro, sempre in difficoltà. Però io di solito non la vedo così."

Ovviamente, lei la vedeva diversamente. Ashlyn era senz'altro il tipo di persona da bicchiere mezzo pieno, un altro dei motivi per cui Slate era attratto da lei.

"Sì, le persone che vedo ogni giorno sono in difficoltà, ma non capita a tutti? Le difficoltà non riguardano sempre il denaro. Ci sono anche le persone che non si sentono all'altezza, che vogliono solo un po' d'amore, oppure c'è chi soffre di una malattia cronica. Ci sono milioni di modi diversi di essere in difficoltà, se riesco a risolverne almeno uno, portando a domicilio dei pasti sani e appena preparati, allora mi sembra di fare la differenza nelle vite degli utenti, anche se una piccola differenza."

Slate annuì. "Ho visto persone tanto povere che possedevano letteralmente solo gli abiti che indossavano, persone che dormivano per terra, che usavano come tetto solo un paio di tavole di legno trafugate da una pila di rifiuti. Però sono le stesse persone che ti offrono subito un poco di spazio sotto una coperta logora, se ne hai altrettanto bisogno. Persone disposte a regalare l'ultimo pezzo di pane a qualcuno che ha più fame, pronte a salutare gli estranei sempre con un sorriso. Quindi, sì, capisco perfettamente cosa intendi. Essere poveri non significa essere cattive persone, anzi, come del resto essere ricchi non significa essere brave persone."

"Esattamente."

Slate non riusciva a togliere gli occhi di dosso alla donna che gli stava seduta davanti. Per tanto tempo, Ashlyn era stata solo l'amica delle donne della squadra. La rompiscatole che amava prenderlo di mira. Dopo aver passato un po' di tempo con lei, Slate si era accorto con sorpresa per la prima volta che i battibecchi e il sarcasmo erano solo segnali del fatto che lei stava bene con qualcuno. L'aveva vista interagire con lo stesso guizzo e con le stesse battutone, quando passava il tempo con le amiche.

Sempre intorno al periodo di quella rivelazione, si era accorto di essere attratto da lei anche fisicamente. Quella sera, seduto di fronte a lei, mangiando la cena che Ashlyn gli aveva preparato con tanto impegno, Slate poteva ammettere di sentirsi più compatibile con lei di quanto avesse pensato all'inizio.

Inoltre, a lui non era mai importato dei soldi. Certo, era contento di averne abbastanza per pagare l'affitto di casa, per mangiare e per comprare quei pochi oggetti materiali che desiderava, ma non aveva mai aspirato a raggiungere il livello di ricchezza, per esempio, di cui godeva Aleck. Come Ashlyn, anche a lui interessava solo poter fare la differenza nella vita degli altri, quando poteva. Sentendola parlare con tanto rispetto degli utenti, fu ancor più grato di aver trovato finalmente il coraggio di chiederle di frequentarsi.

Tra il modo in cui lei si accendeva per lui sotto le lenzuola, e il fatto che potessero avere una conversazione davvero profonda, Slate si convinse ancor di più che frequentare Ashlyn sarebbe stato meraviglioso, finché fosse durato.

Appena finì di mettersi in bocca l'ultima forchettata di pasta, gli squillò il telefono.

"Scusami," disse ad Ashlyn mentre prendeva il telefono.

"Non preoccuparti," gli rispose disinvolta mentre si alzava e gli prendeva il piatto vuoto.

"Slate," rispose, notando che era Mustang a chiamarlo.

"Ciao. Hai tempo per parlare? Stavo pensando alla situazione in Corea del Nord e mi sono venute delle idee, volevo discuterne con qualcuno."

"Sì, però puoi darmi una decina di minuti?" gli chiese Slate.

"Ma certo, non è niente di che, se sei impegnato possiamo parlarne domani."

"Nessun problema, sono contento di darti la mia opinione."

"Ottimo, allora richiamami quando puoi."

"Va bene, a dopo," gli rispose Slate.

"A dopo."

Appena lui chiuse la conversazione, Ashlyn gli disse: "Devi andare."

Slate annuì, si alzò e la raggiunse nel cucinotto. "Mustang ha delle idee di cui vuole parlarmi. Roba di lavoro."

"Capito. Nessun problema."

Slate scrutò con attenzione l'espressione di Ashlyn, nel caso desse segno di essere irritata o arrabbiata, perché lui se ne andava subito dopo mangiato. Non trovò alcun segno. "Ho apprezzato molto la cena."

"Ma certo, è il minimo che possa fare. Venerdì sera mi farai mangiare, vero?"

"Certo," le rispose Slate.

"Posso chiederti dove mi porti?"

"No."

Ashlyn gli mise un finto broncio. "Però non hawaiano, va bene?"

"A te piacciono le malasada. Sono hawaiane," le disse Slate con una piccola smorfia.

"Le malasada in pratica sono delle ciambelle. Sono impasto fritto ricoperto di zucchero. A chi non piacciono?" ribatté lei. "Invece il resto, d'altro canto..." Ashlyn ebbe un brivido.

Slate fece una risatina. "Lo so bene che non è il caso di portarti in un ristorante hawaiano, anche *se* non sai cosa ti perdi. Però ti piacerà, promesso."

"Va bene."

"Vuoi ancora passare prima da me? Posso venire a prenderti."

"Vengo io da te. Non voglio esserti di peso, se poi devi riportarmi a casa."

"Va bene. Dico solo che non sarebbe un problema."

Ashlyn fece spallucce. "No, va bene così."

Slate annuì. "Allora vado, credo."

"Guida piano."

"Sempre."

Ashlyn alzò gli occhi al cielo, mentre lo accompagnava alla porta. "Sì, certo, signor Schumacher."

"Non vado tanto forte," ribatté lui.

"Ehm, invece sì. Non sopporti i semafori rossi, gli ingorghi, chiunque ti stia davanti per più di due secondi. La tua impazienza si moltiplica per dieci, quando sei al volante di una macchina."

Lui non poteva certo negare. Ashlyn aveva ragione, quindi si limitò a farle un gran sorriso.

Lei rispose scuotendo la testa, ma gli sorrise. "Vai," gli ordinò. "Ci sentiamo più tardi."

A Slate fece piacere che lei non gli mettesse il broncio perché stava andando via. In pratica si erano visti per fare sesso, e a lei sembrava andar bene. Essere sulla stessa lunghezza d'onda lo rendeva più contento che mai.

Si avvicinò a lei di un passo per abbracciarla. Poi la baciò sulla fronte e si girò per andarsene. "Chiudi bene a chiave," le disse mentre apriva la porta.

"Ma va?" commentò Ashlyn.

Era sempre una rompiscatole, ma Slate dovette ammettere che gli piaceva quel fare stizzoso. "Ci vediamo."

"Ciao, Slate."

Mentre tornava a casa, solo quando giunse a metà strada, Slate si accorse che stava ancora sorridendo.

CAPITOLO CINQUE

ASHLYN NON RIUSCIVA A RICORDARE di aver avuto una settimana migliore di quella. La sua vita sessuale era improvvisamente al settimo cielo. Tutti gli utenti stavano bene, almeno per il momento. Persino l'amicizia con Elodie, Lexie e con le altre sembrava chissà come migliorata, solo grazie al rapporto con Slate. Si sentiva felice. Felicissima.

Quella sera, Slate l'avrebbe portata fuori a cena. Lei gli aveva suggerito quel rapporto particolare, amici di letto, perché trovava Slate eccitante praticamente da sempre, ma non si era immaginata che tra loro scattasse subito un legame tanto magnetico. Lei credeva che avrebbero continuato a uscire con gli amici, col gruppo di sempre, magari facendo sesso ogni tanto, niente di più.

Però si era accorta che Slate era molto più profondo di quanto lo credesse. Le dispiaceva averlo giudicato male. C'era di più, al di là del SEAL della Marina tanto bello e prepotente che lei aveva sempre visto.

Sì, c'erano degli aspetti del suo carattere che le davano fastidio, ma si stava accorgendo di poter soprassedere a quei dettagli, perché gli aspetti positivi erano molto più importanti. Slate era sempre impaziente, autoritario e troppo protettivo, anche un po' scorbutico. Però era anche sensibile e apprezzava le piccole cose, ad esempio la cena che gli aveva preparato, e a letto sapeva trasformare i propri tratti più irritanti in abilità positive.

Ovviamente, il sesso da favola non era l'unico segreto del successo di un rapporto, ma poteva rendere una relazione di coppia di gran lunga migliore.

Ashlyn accostò davanti alla casetta di Slate nelle vicinanze della spiaggia e sorrise. Le piaceva molto quel posto. Non era niente di maestoso, anzi, da fuori sembrava piuttosto decadente. Però era entrata dentro una volta o due, e Slate aveva fatto un ottimo lavoro nel creare un ambiente domestico molto accogliente.

Parcheggiò sul ciglio della strada davanti alla casa di Slate e si avviò verso la porta, che si aprì prima ancora che lei potesse bussare.

Ashlyn aveva perso fin troppo tempo a cercare di decidere cosa mettersi, per quell'appuntamento. Lui l'aveva già vista con indosso ogni tipo di vestito, dai jeans al costume da bagno, ma dato che quello era il loro primo appuntamento ufficiale, voleva sentirsi speciale. Così aveva optato per una gonna morbida che le arrivava appena sotto le ginocchia, una camicetta azzurra aperta a V e un paio di sandali con allacciatura a fibbia che, secondo lei, le mettevano in risalto i polpacci.

Erano passati solo due giorni, da quando Ashlyn l'aveva visto l'ultima volta, ma quando lui le aprì la porta, sembrava persino più bello di come se lo ricordava. Invece dell'uniforme, Slate indossava un paio di jeans e una camicia blu marino. I capelli neri gli incorniciavano il viso perfettamente. Sul viso, aveva un accenno di ricrescita della barba fatta quel mattino, Ashlyn non vedeva l'ora di sentire di nuovo quella pelle ruvida sul proprio interno coscia sensibile.

Arrossì, per come i pensieri le correvano subito al sesso, poi gli sorrise. "Ciao. Spero di non essere in ritardo."

"Solo pochi minuti," le rispose Slate con la voce profonda e vibrante che lei conosceva benissimo. "Entra pure."

Ashlyn sapeva bene che a Slate dava molto fastidio quando gli altri arrivavano in ritardo. Sembrava un tratto del suo DNA, essere in orario o in anticipo. Però non sentì nemmeno un briciolo di irritazione, nel modo in cui le rispose. Era una bella sorpresa, e non era il caso di rimarcarla.

Le mise la mano calda dietro la schiena per sostenerla, mentre lei si incamminava in salotto; Ashlyn pensò solo a non girarsi di scatto per saltargli addosso. Oddio, era diventata una maniaca sessuale, ed erano andati a letto insieme solo due volte. Era quasi imbarazzante. Però si accorse di sfuggita del rigonfiamento nei jeans di Slate e il senso di colpa le passò.

"Ho prenotato per le sette e mezza, quindi abbiamo un po' di tempo, prima di dover partire. Vuoi sederti sulla terrazza sul tetto per un po'?"

"Sì." Ashlyn non dovette nemmeno pensare, prima di rispondere. La terrazza sul tetto era la parte più bella della casa di Slate. L'aveva costruita lui stesso, dopo aver chiesto e ricevuto il permesso del padrone di casa. Slate viveva a un isolato dalla spiaggia, ma da quella pedana sopraelevata sembrava quasi di trovarsi già sulla sabbia. L'ultima volta che era andata a trovarlo con qualcuno del gruppo, il sole stava tramontando: era stato uno degli spettacoli più belli a cui lei avesse mai assistito.

Poi, le balenò in mente qualcosa che le aveva detto. "Come, per le sette e mezza? Pensavo mi avessi detto che la prenotazione era per le sette."

"Ho mentito," le rispose senza alcun rimorso. "Sapevo che non ce l'avresti fatta ad arrivare qui in orario, così ho lasciato un gap per ammortizzare."

Ashlyn si accigliò e si mise le mani sui fianchi. "Penso di essermi offesa," gli disse.

"No, non offenderti," ribatté lui avvolgendole un braccio intorno alla vita e tirandola più vicina.

Lei gli atterrò addosso con un versolino. Quando lui abbassò la testa e le prese le labbra tra le proprie, lei dimenticò la propria irritazione. Anzi, dimenticò proprio tutto.

Si erano già baciati prima, ma quel baciò le sembrò più godurioso. Fu più lento, più provocante, con qualche piccolo morso e qualche leccata, prima che lei si aprisse spontaneamente per lui.

Quando infine si staccarono, Ashlyn non si ricordava nemmeno di cosa stessero parlando prima. Però lui glielo ricordò subito.

"Mi dà fastidio arrivare in ritardo, ho solo pensato di prenderci un po' di tempo, non si sa mai."

Lei non si prese la briga di arrabbiarsi. L'aveva addolcita con un solo bacio. L'aveva già inquadrata fin troppo bene... il che non era un buon segno per il futuro.

"Come ti pare," gli rispose sbuffando.

Slate fece un gran sorriso. "Dai, ho portato su del vino con due bicchieri poco prima che arrivassi."

Certo, un gesto dolce. Non poteva aspettarsi un gran ritardo, se aveva già preparato il vino all'aperto.

Salì le scale, con Slate alle calcagna. In circostanze normali, si sarebbe un po' preoccupata di salire quelle scale, ma sapeva senza dubbio che Slate non l'avrebbe lasciata cadere. L'unica altra volta che era salita su quella terrazza, le era venuto un attacco di nervi, perché i gradini erano stretti e ripidi, ma in quell'occasione non aveva alle spalle Slate.

Aprì la porta in fondo alle scale e sospirò contenta, uscendo all'aria tiepida della sera. Slate aveva costruito una specie di alcova, con un tettuccio, in caso avesse desiderato sedersi all'aperto sotto la pioggia, ma per il resto era molto semplice. Una superficie di assi di legno, con un paio di sedie e un tavolino. C'era un parapetto basso tutto intorno, un metro o poco più, che garantiva un minimo di sicurezza senza dare un senso di chiusura. Da lontano, oltre i tetti delle case dall'altra parte della strada, c'era l'oceano. Ascoltando con tensione, Ashlyn poteva sentire le onde frangersi sulla spiaggia.

"Mi piace molto quassù," gli disse con un sospiro.

"Lo so."

Ashlyn si voltò verso Slate. "Lo sai?"

"Eh sì. Ti ho osservata, quando sei venuta quassù l'altra volta, era chiaro che questo panorama ti piaceva molto."

Ashlyn fu alquanto sorpresa che Slate l'avesse notato, dato che erano passati almeno tre mesi, ma le scaldò il cuore sapere che anche allora lui la osservava con attenzione.

"Dai, siediti qui. Ti prendo un bicchiere di vino," le disse Slate indicandole una delle sedie Adirondack, estremamente comode; l'altra volta aveva persino immaginato di portarsene via una, se solo avesse potuto farne scendere una dal tetto e infilarsela in macchina senza farsi notare da lui.

Ashlyn non beveva mai nulla di alcolico, se sapeva di dover guidare, proprio mai, ma non voleva far pesare troppo le proprie piccole manie. Si sedette e sospirò immediatamente, godendosi il panorama lontano delle onde che sciabordavano.

Slate le passò un bicchiere di vino bianco e lei ne bevve un sorso minimo, mentre lui si accomodava sulla sedia vicino a lei. Anche lui si era versato un bicchiere.

"Ti piace il vino?" gli chiese; non riusciva a ricordare di avcrglielo mai visto bere, in passato.

Lui alzò le spalle. "Sì, perché?"

"Non lo so, è solo che... non pensavo."

"Non sarà la mia prima scelta, se voglio bere e rilassarmi, ma so che a te piace e mi sembra giusto condividere con una bella donna un bicchiere di bianco, qui seduti sulla terrazza.”

Lei sorrise. Oddio, che bella cosa da dire.

“Posso sempre andare da basso a prendere una lattina di birra, scolarmela, poi schiacciarla con una testata, se ti fa star meglio,” le disse con un gran sorriso.

Lei scoppiò a ridere. “No no, il vino è perfetto. Grazie.” Era davvero perfetto. Vedere quel bicchiere delicato nelle grandi mani callose di Slate era anche un po’ sexy. Lei sapeva bene quanto quelle mani potessero essere dolci, la sensazione di sentirsele addosso.

“Quanto è riparata questa terrazza?” gli chiese guardandosi attorno per cercare di capire se qualcuno potesse vederli dalle finestre delle case che li circondavano.

Slate sbuffò. “Non abbastanza riparata.”

“Accidenti,” commentò lei con un filo di voce.

Slate non disse nulla, si limitò a bere un altro sorso di vino e la fissò da sopra il bicchiere. L’espressione nei suoi occhi era intensa, e Ashlyn ebbe la sensazione che le sarebbe bastata una mossa anche minima, e la cena sarebbe stata subito dimenticata.

Per quanto amasse fare sesso con Slate, però, non vedeva l’ora di uscire con lui e aspettava quel momento da tutta la settimana. Fino a quel giorno, erano usciti solo con tutti gli altri del gruppo, o con alcuni di loro. Lei voleva conoscere Slate in una situazione faccia a faccia.

Ashlyn distolse lo sguardo e si voltò per guardare lontano. “Se avessi io una terrazza come questa, ci vivrei,” disse dopo un momento.

“Io vengo sempre qui sopra,” ammise Slate, “specialmente dopo una missione impegnativa. Guardo le stelle, ascolto l’oceano... mi aiuta a tornare in equilibrio.”

Ashlyn annuì. Poteva capirlo bene: per lei, uno dei posti più belli era la terrazza dell’attico di Aleck e Kenna. Quella casa era bellissima, anche se costava più di quanto lei avrebbe mai potuto permettersi, ma quel panorama sull'oceano valeva ogni centesimo del prezzo.

Rimasero in silenzio, tenendosi solo compagnia per un po'; Slate bevve un sorso di vino, poi a un certo punto guardò l'orologio e le chiese: "Sei pronta a partire?"

"Se ti dico di no? Se volessi rimanere qui seduta per tutta la notte?" gli chiese.

"Allora rimarremo qui seduti per tutta la notte. Posso telefonare e ordinare qualcosa da mangiare, una consegna a domicilio. Puoi tenere il tuo bel fondoschiena su quella sedia per tutto il tempo che vuoi."

"Ottima risposta, ma ho voglia di uscire. Sono troppo curiosa di sapere dove mi porti questa sera."

"Ammettilo, non ti fidi di me," le disse Slate.

Ashlyn fu sorpresa da quelle parole. "Io mi fido di te," gli rispose. "È vero," insisté, vedendolo poco convinto. "Cioè, diamine, se non mi fido di te, di chi *altri* posso fidarmi?"

"Quando faccio qualcosa, tengo sempre presente cosa è meglio per te," la rassicurò Slate, che non le diede il tempo di replicare a quella dichiarazione. Gli era uscita molto più seria del tono della conversazione. Si alzò in piedi e le porse la mano. "Dai, andiamo, che ti porto a mangiare."

Ashlyn si alzò e prese il bicchiere.

"Lascialo pur lì. Vengo su più tardi a sistemare tutto. Non voglio farti scendere le scale con una mano impegnata, ti serviranno entrambe per tenerti al corrimano."

Anche lei non era tanto entusiasta di dover scendere quelle scale con un bicchiere in mano, quindi annuì.

"Vado prima io," le disse Slate aprendo la porta di accesso alle scale.

"Così se cado mi prendi al volo?" gli chiese per stuzzicarlo.

"Esatto." Fu una risposta immediata e sincera. "Mettimi

pure una mano sulla spalla, se vuoi," proseguì Slate, mentre aspettava che lei si avvicinasse.

Lei deglutì a fatica. Caspita, le riusciva sempre più difficile ricordare i difetti di Slate, tanto era dolce. Scesero le scale senza che lei si rendesse ridicola scivolando, poi Ashlyn prese la borsetta e lo seguì fuori dalla porta.

Slate le aprì la portiera del suo Trailblazer e Ashlyn fu meravigliata dalla cortesia e dalla sollecitudine che le mostrava. Era più abituata ai bronci e alle frecciate, che al lato gentile di quella serata. Però non le dispiaceva. Niente affatto.

Ashlyn si sorprese, notando che, invece di dirigersi verso Honolulu e Waikiki, Slate svoltò verso il lato occidentale dell'isola, prendendo la 93 verso Waianae.

Voleva tanto chiedergli dove la stesse portando, ma riuscì a contenere la curiosità, anche perché sapeva che non gliel'avrebbe detto comunque. Dopo un piacevole tragitto panoramico costeggiante, Slate accostò nel parcheggio di un ristorante chiamato Staxx Sports Bar & Grill.

Spense il motore e si voltò verso di lei. "Non è niente di fastoso, ma non credo tu sia il tipo di donna da locali troppo raffinati."

"Infatti," gli confermò lei subito.

"Fanno dei deliziosi piatti tradizionali di Tonga, ma anche bistecche, alette di pollo, taco al pesce, hamburger... e dobbiamo assolutamente assaggiare le crocchette di patate. Dopo la cenetta che mi hai preparato l'altra sera, immagino che le crocchette all'aglio ti potrebbero interessare, devi assaggiarle."

Ashlyn fece un gran sorriso. "Mi piace l'aglio, fammi causa!"

"Per tua fortuna, piace anche a me," le disse Slate. "Dentro ci sono anche un sacco di TV, freccette, a volte organizzano tornei di poker o dei quiz."

"Ooooh, quiz?" ripeté Ashlyn con entusiasmo, "adoro i quiz! Faccio pena, ma li adoro."

"Per la cronaca, piccola, non ho scelto questo posto solo perché sono un tipo che si trova bene solo nei locali sportivi. L'ho scelto perché fanno da mangiare benissimo e perché volevo condividerlo con te."

"Ho capito." In realtà, quel dubbio non le era nemmeno passato per la mente, ma le fece piacere quel chiarimento.

"Dai, andiamo. Giuro di aver sentito il tuo stomaco brontolare per tutta la strada."

Lei alzò gli occhi al cielo. "Non è vero."

Slate le fece un gran sorriso e lei giurò di aver sentite le ovaie esplodere dalla voglia, per il calore con cui l'aveva guardata.

"Prima mangiamo," mormorò lui, per poi saltar giù dal veicolo, dimostrando di essere sulla stessa lunghezza d'onda per il tipo di *fame* che aveva la priorità.

Lei non lo aspettò: saltò giù prima che lui potesse raggiungerla.

Slate non fece commenti, il che la sorprese un po': la prese per mano e le fece strada verso l'ingresso.

Dopo un'ora, Ashlyn era seduta sulla poltroncina in finta pelle e sospirava appagata. "Queste crocchette di patate sono letteralmente le migliori che abbia mai mangiato," gli disse allegramente.

"Lo credo bene, infatti ne avrai mangiati dieci chili," ribatté lui per stuzzicarla.

La cena era stata molto cordiale, la conversazione sempre aperta, non si erano creati momenti di noia o di imbarazzo in cui guardarsi attorno nel ristorante affollato; Ashlyn era molto gratificata dall'interesse che lui aveva dimostrato nei confronti di tutto ciò che gli aveva detto. Del resto, anche lei era stata affascinata dai racconti di alcune delle missioni. Lei sapeva benissimo che non gli era consentito parlare dei dettagli più riservati, ma quello era un aspetto di Slate a cui prima non aveva mai fatto caso.

Come quella volta che lui e gli altri erano stati esclusi dal punto di estrazione e avevano dovuto letteralmente strisciare per cinque chilometri, per non farsi individuare dal nemico. Oppure quando aveva mangiato dei ragni e un serpente, perché una missione si era prolungata più del previsto e le razioni erano terminate.

Slate cercava di raccontarle quegli episodi mantenendo un tono leggero e divertente, e anche se Ashlyn rideva quando lui se l'aspettava, il pensiero dei pericoli corsi da Slate e dagli altri ogni volta che partivano per una missione non era esattamente un argomento di cui ridere.

Appena finito di mangiare gli antipasti, lei aveva scelto un hamburger Staxx, mentre lui si era divorato la pancetta brasata, e stavano aspettando il gelato fritto che avevano ordinato per dessert.

"Posso farti una domanda?" esordì Ashlyn.

"Ma certo," le rispose Slate sporgendosi in avanti e appoggiando i gomiti sul tavolo, per prestarle la massima attenzione.

"Vorrei chiederti un consiglio... però solo se non diventi troppo protettivo nei miei confronti."

"Non posso promettertelo, perché io mi *sento* protettivo nei tuoi confronti," le rispose Slate con calma, "però farò del mio meglio per moderarmi, dato che stiamo solo chiacchierando."

Ashlyn fece una risatina, era una risposta tipica di Slate, come poteva offendersi. "Va bene, allora, sai che poco fa stavamo parlando dei miei utenti?"

"Sì."

Ashlyn era stata piacevolmente sorpresa dall'interesse di Slate nei confronti delle donne e degli uomini a cui lei portava da mangiare. Ne aveva parlato con reticenza, perché sapeva che lui non era esattamente entusiasta di quell'impiego, ma lui l'aveva ascoltata con attenzione, le aveva fatto domande pertinenti e sembrava sinceramente incuriosito dalle persone con cui lei interagiva ogni giorno.

"Beh... stavo pensando a Christi."

"È la signora in carrozzina, esatto?" le chiese Slate.

"Sì, proprio lei. Non so esattamente quale sia la sua disabilità, però mi sembra imbarazzante chiederglielo. Cioè, se passassi più tempo con lei e con sua sorella, di sicuro ne parlerebbero, ma immagino non sia così importante. Insomma, stavo pensando di provare a organizzarle un'uscita da casa. Del tipo, portarla in spiaggia a prendere dell'aria fresca, qualcosa del genere. Sono sicura di poter trovare il modo di trasportarla, ma non voglio che Lori si senta in difetto per la mia offerta. L'infermiera che la assiste chiaramente verrebbe insieme a noi, ma è solo che non so come toccare l'argomento."

"Quando arrivo, lei è sempre in casa. Di solito sta seduta davanti alla TV. È solo che mi dispiace, sono alle Hawaii e Christi non esce mai. Tu che ne pensi?"

Slate allungò un braccio sul tavolo per prenderle la mano. "Prima di tutto, penso che tu abbia il cuore più grande di chiunque conosca. In tanti si limiterebbero a svolgere il proprio compito, consegnare i pasti, finita lì, senza conoscere i Turner, senza aggiungere qualche extra per gli utenti più anziani, e di sicuro senza preoccuparsi troppo di una ragazza disabile che ha bisogno di una boccata d'aria fresca."

"Però?" lo imbeccò Ashlyn, dopo una lunga pausa.

"Non sto dicendo che sia una brutta idea, anzi, ma magari Christi è contenta così, le piace quella vita. Forse non le piace l'aria di mare perché le ricorda una vita che non può più vivere, a causa della disabilità. Oppure può darsi che le dia fastidio sentirsi osservata quando esce di casa. È chiaro che parlare con Lori è un passo importante, perché in fin dei conti è lei la responsabile del benessere della sorella. Mi hai già detto che lavora molto duramente per tenere con sé Christi e che l'ultima cosa che vuoi è darle l'impressione che non stia facendo abbastanza."

"Anche questo è vero," intervenne Ashlyn.

"Però, anche se parli con Lori e lei è d'accordo, se riesci a organizzarle un trasporto, sempre controllando che il posto dove la vuoi portare non abbia delle barriere architettoniche, e se l'infermiera è contenta dell'uscita e accetta di accompagnarvi... c'è sempre un passaggio importante che manca."

"E quale?"

"Chiedere a *Christi* se anche lei ha voglia di andare in spiaggia. Hai detto che non parla, ma deve avere un modo per comunicare. È pur sempre un essere umano e ha il diritto di dire la sua opinione, non è giusto che si decida senza nemmeno interpellarla."

Ashlyn fissò Slate. Aveva ragione. Ragione al cento per cento... e lei si sentiva un'idiota. Non che l'avesse detto apertamente, ma lei *aveva* intenzione di parlarne con Lori e con l'infermiera... ma non con Christi. Chiuse gli occhi, si sentiva in difetto.

Slate le strinse la mano. "Dai, guardami."

Lei non voleva aprire gli occhi, ma lo fece per incontrare il suo sguardo.

"È fortunata ad avere incontrato una come te."

Ashlyn deglutì a fatica. Si era infervorata per cercare di rendere migliore la vita di Christi, senza nemmeno chiedersi se quella donna fosse o meno contenta. Non la vedeva come una *persona*. Non veramente. Si era solo fatta un'idea e aveva cominciato a programmare senza vederla da tutte le prospettive. Chiedere a Christi se le facesse piacere andare in spiaggia avrebbe dovuto essere la *prima* cosa da fare, non l'ultima.

Slate le si avvicinò e si portò alla bocca le loro mani

intrecciate, per baciarle con dolcezza le dita. "Sei una persona sensibile e meravigliosa, Ashlyn. Ci *tieni* agli utenti, accidenti, sei fantastica."

Lei fece una risatina. Toccava proprio a Slate farla ridere, quando lei stava di merda perché si sentiva tanto insensibile.

In quel momento arrivò il cameriere con una ciotola gigante, in cui c'erano tre porzioni di gelato fritto. Appoggiò la ciotola e aggiunse due cucchiai. "Buon appetito!"

Slate le tenne la mano destra e fece per prendere un cucchiaio. Ashlyn cercò di liberare la mano, ma lui la trattenne. Fingendo di ignorare quel tentativo di liberarsi, lui prese una cucchiaiata di gelato e se lo mangiò.

"Ehi, furbacchione, mi serve la mano per mangiare," gli disse lei con un gran sorriso.

"Hai l'altra mano," le rispose con fare disinvolto.

"Sì, ma io non sono mancina," gli ricordò lei.

"Lo so. Se mangi il gelato con la sinistra, io riesco a prenderne di più."

"Dai!" esclamò Ashlyn, che ormai rideva e tirava la mano con più forza.

Slate accennò un sorriso. "Lo sai che ne mangi più del dovuto, se non ti limito in qualche modo."

"Non è vero!"

"Piccola, tra tutte le persone che conosco, sei quella più appassionata di dolci. Non importa che tu abbia divorato il doppio del tuo peso in crocchette e che ti sia ingozzata come se avessi il verme solitario, se ne hai l'occasione va a finire che ti vaporizzi il gelato e me ne lasci appena due o tre cucchiaini sciolti."

Ashlyn non poté più resistere: a quell'immagine si mise a ridere ancor più di gusto. "Va bene. Se mi dai indietro la mia mano, prometto di mangiare solo la mia metà."

Lui sgranò gli occhi scettico.

"Ma tu non dovresti preoccuparti di mangiare solo robe sane, mister 'colazione proteica, solo frullati o barrette'?"

"Oggi è venerdì, il giorno in cui mi abbuffo," le rispose senza batter ciglio.

"Dai, sbrigati che se no si scioglie!" esclamò Ashlyn.

Slate le strinse di nuovo la mano, poi la lasciò andare. Lei non esitò: prese l'altro cucchiaio e lo affondò nel gelato. Ne prese una bella cucchiaiata e fissò Slate.

"Cazzo, quanto sei carina," le mormorò lui, per poi tornare a concentrarsi sul dessert.

Ashlyn non avrebbe mai immaginato in un milione di anni che sentirsi chiamare "carina" l'avrebbe tanto accesa... ma del resto non si sarebbe mai aspettata che glielo dicesse proprio Slate. Arrivarono a finire il dessert senza che il sorriso le sparisse dal volto.

CAPITOLO SEI

QUANDO ACCOSTARONO DAVANTI alla casa di Slate, dopo cena, Ashlyn si sentiva estremamente sciolta. Era stata una serata fantastica. Passare il tempo con lui a tu per tu era stato adorabile. Slate era bravissimo a conversare. Quando uscivano con gli amici, rimaneva sempre in disparte, parlava piuttosto raramente. Quando lo aveva conosciuto, la prima volta, si era fatta un'idea di lui come di un lunatico tendenzialmente deprimente, invece era tutto l'opposto. Solo che preferiva lasciare gli amici al centro dell'attenzione.

"Vieni su?" le chiese Slate appena spento il motore.

Era abbastanza tardi, ma nessuno dei due doveva lavorare il mattino dopo, così Ashlyn annuì. "Se per te va bene."

"A me va più che bene, accidenti," le rispose avvicinandosi, prendendola dietro la nuca e tirandola più vicino. La baciò con grande trasporto, senza nemmeno aspettare di uscire dalla macchina; le loro lingue si intrecciarono e Ashlyn sentì un immediato fremito di desiderio.

"Andiamo," le disse con voce graffiante, subito dopo essersi staccato da lei e aver aperto la portiera.

Lei fece un sorrisone e lo imitò, incontrandolo ancora

davanti al veicolo. Slate le mise un braccio intorno alle spalle e le fece strada fino alla porta.

Stranamente, non la spinse subito con la schiena al muro per spogliarla. Invece, le fece un cenno col mento verso il divano e chiuse la porta. "Siediti, prendo qualcosa da bere."

Lei era ancora eccitata, ma si lasciò ricadere nella scioltezza che l'aveva pervasa durante il tragitto in macchina e andò a sedersi sul divano. Era un divano in finta pelle estremamente comodo. Quando l'aveva visto per la prima volta, anche lei l'aveva cercato su internet per comprarne uno uguale, ma il prezzo si era rivelato eccessivamente alto.

Quando Slate tornò con un bicchiere in mano, lei aprì la bocca per dirgli che non voleva bere troppo: doveva guidare per tornare a casa; ma lui la anticipò.

"È solo Sprite. Ho immaginato che non volessi niente di alcolico."

"Grazie," gli rispose Ashlyn, contenta, ma non sorpresa, che Slate si preoccupasse per lei.

Lui le si sedette vicino e mise sul tavolino da caffè la bottiglia di birra che si era preso dal frigo. Poi, dopo aver aspettato che lei bevesse un sorso di bibita, le prese il bicchiere dalle mani e lo appoggiò sul tavolino, vicino all'altro bicchiere. Poi le si avvicinò.

Invece di tirarla a sé, però, la fece girare e le fece abbassare la schiena, tirandole su le gambe e prendendole i piedi sulle ginocchia. Infine le tolse i sandali e cominciò a massaggiarle le piante dei piedi.

"Porco cane, non smettere mai più," gemette Ashlyn.

Slate sorrise e continuò a massaggiarla.

Era difficile per lei credere di essere a casa di Slate, con la pancia piena e con l'uomo per il quale nutriva una cotta da mesi, una *bella* cotta, che le massaggiava i piedi.

Slate aveva acceso solo la luce della cucina, quindi in salotto c'era piuttosto scuro. Era tranquillo. Ashlyn fece un sospiro appagato e si prese un cuscino dal divano per infilarselo sotto la testa, in modo da vedere cosa stesse facendo Slate e rilassarsi allo stesso tempo.

Passarono diversi minuti, in cui lui continuò a massaggiarla, prima che lei gli dicesse: "Che bello."

Slate accennò un sorriso.

"Non intendo dire il massaggio. Cioè, anche quello è grandioso. Anzi, proprio stupendo. Ma intendo... *questo*... passare il tempo con te. Vivere insieme nel momento."

Appena quelle parole le uscirono di bocca, lei si sentì una sciocca; ma avrebbe dovuto sapere che Slate non l'avrebbe mai messa a disagio.

"Sì, è vero. A volte, tra gli orari di lavoro e le faccende che vedo e che sento, mi dimentico di vivere nel momento, non mi prendo il tempo di apprezzare la vita."

"Hai parenti?" gli chiese.

"No, mi hanno coltivato nell'orto," le rispose Slate senza batter ciglio.

Ashlyn lo spinse con un piede. "Idiota. Sai cosa voglio dire. Non ti ho mai sentito parlare dei tuoi genitori, o di altri parenti."

"Non parlo molto di loro," le spiegò lui riprendendo il massaggio. "Però ci sono. Ho una sorella più grande che lavora come assistente di un politico, al Congresso, a Washington DC, poi ho un fratello più piccolo che lavora in un ranch in Montana."

"Wow. Non potevate essere più diversi, eh?" gli chiese Ashlyn.

"Infatti. Però così è tutto più interessante, quando ci troviamo."

"E i tuoi genitori?"

"Vivono in Idaho, hanno quattro ettari di terreno. Mia mamma ha lavorato come insegnante, mio papà come commercialista. Adesso sono entrambi in pensione e si godono la vita in tutta tranquillità," le disse Slate. "E tu invece?"

"Io sono figlia unica," gli rispose Ashlyn. "Quando ero bambina, mi è mancato tantissimo avere qualcuno con cui passare il tempo. I miei genitori sono ancora insieme... ma avrei preferito che divorziassero tanto tempo fa."

"Non vanno d'accordo?" le chiese Slate, che smise di massaggiarle i piedi e le appoggiò il braccio sulle caviglie.

"No. Da sempre, mi ricordo che si sono sempre attaccati a vicenda, e non in modo scherzoso, come dei pazzi. Litigavano sempre, poi facevano pace, poi il giorno dopo erano già pronti a urlarsi dietro di nuovo. Mio papà ha dormito un sacco di volte sul divano."

"Che schifo."

Ashlyn alzò le spalle. "Cosa vuoi farci, a tanti bambini è andata anche peggio. Almeno i miei lavoravano, quindi non ci sono mai mancati i soldi. La tipica famiglia del ceto medio. Ho sempre avuto qualcosa da mangiare e vestiti nuovi da indossare."

"Però?" la imbeccò Slate.

Lei lo guardò. "Però cosa?"

"Sentivo arrivare un 'però'. Non ti mancava nulla di essenziale, ma per il resto? Tu che parte avevi, nelle dinamiche della famiglia?"

Cacchio, Slate era un ottimo osservatore. "Un sacco di volte, erano troppo impegnati a prendersi a coltellate per ricordarsi che avevano una figlia. Quando poi si accorgevano di me, prendevano a insultarsi a vicenda per avermi cresciuta nel modo sbagliato." Ashlyn alzò di nuovo le spalle. "Ho imparato che era meglio starmene per conto mio, piuttosto che attirare la loro attenzione. Sono diventata indipendente abbastanza giovane."

"Che brutto, piccola," commentò Slate.

"Infatti," confermò lei.

Rimasero un po' in silenzio.

"Mi dispiace, sono deprimente," gli disse lei dopo un momento.

"Ma no, non è vero, al contrario, mi affascini."

Ashlyn lo guardò sorpresa.

"Anche se non hai avuto un'infanzia felice, con degli esempi tutt'altro che positivi, sei un'amica leale, lavori sodo, hai dei sogni, delle ambizioni e sei sensibile nei confronti degli altri. Non so proprio da dove o come ti sia venuto, con dei genitori del genere, ma sono impressionato."

"Ho imparato a fare molta attenzione quando ero giovanissima. Dovevo recepire l'umore dei miei genitori per capire come interagire con loro. Crescendo, ho fatto lo stesso con gli altri. Osservavo sempre tutte le persone che avevo vicino. Mi è bastato guardare come reagiscono le persone trattate male, e come reagiscono invece le persone alla gentilezza, per decidere che volevo essere una persona gentile e non trattar male gli altri," gli spiegò Ashlyn.

"Beh, di sicuro ci sei riuscita," commentò Slate.

Non avrebbe potuto trovare parole migliori per confortarla. Altre donne apprezzavano complimenti sull'aspetto esteriore, o regali materiali; per lei invece, sentire Slate che si complimentava per la gentilezza significava il mondo. "Grazie."

Rimasero ancora in silenzio, Slate riprese a massaggiarle i piedi, ma cominciò a muovere di più le mani, passandole sulle caviglie, poi più su, intorno alle ginocchia.

Quando infine cambiò posizione sul divano, piegando un ginocchio e girandosi per averla di fronte, Ashlyn sentì il palpito aumentare.

Aveva indosso una gonna, l'aveva scelta perché era carina, per un primo appuntamento. Era una gonna ampia e comoda... e in quel momento non impediva in alcun modo a Slate di girovagare con le mani. Lui gliele infilò sotto al tessuto della gonna, per andare a massaggiarle l'interno delle cosce.

Ashlyn non riuscì a trattenere un gemito.

Un sorrisetto malizioso gli spuntò in volto, e quando le spostò di lato il tessuto delle mutandine, lei chiuse gli occhi e divaricò le gambe per lui.

Non passò molto tempo, prima che un orgasmo cominciasse a crescerle dentro. Le mani di Slate erano magiche, e lui sapeva esattamente dove e come toccarla per farla librare.

Dopo qualche minuto, mentre lei ansimava, cercando di controllare i fremiti del piacere che le aveva provocato, Slate le disse: "Mi piace questa gonna."

Ashlyn non si trattenne e scoppiò a ridere.

"Dico sul serio," ribadì lui, "non sai quanto è stata dura per me tenere le mani a posto tutta la sera."

Lei si mise seduta, ignorando le proprie mutandine bagnate. Sapeva che se le sarebbe tolte presto. "Dura?" gli chiese, guardandolo in mezzo alle gambe e ammiccando. L'erezione si vedeva chiaramente, dietro la cerniera dei jeans.

Slate si alzò in piedi e le porse la mano. "Ci trasferiamo in camera da letto?"

"Sì, con piacere," gli rispose garbatamente prendendogli la mano. Appena lui l'ebbe tra le braccia, la sollevò da terra, si piegò in avanti e le mise una spalla sotto la pancia, infine la sollevò, portandola sulle spalle.

"Slate!" gridò Ashlyn.

"Silenzio, donna," le rispose lui avviandosi verso la camera da letto.

Ashlyn non poté far altro che ridacchiare, mentre lui la portava in spalla come una specie di trofeo vinto in una gara di lotta. Quando arrivò sul bordo del letto, ce la lasciò cadere sopra. Lei rimbalzò e rise ancor più di gusto, ma non rimase sdraiata a lungo. Moriva dalla voglia di mettere le mani sull'uccello di Slate, e quello le sembrava il momento ideale.

Mentre lui si stava sfilando di dosso la camicia, lei scivolò giù dal letto, gli abbassò la cerniera e glielo prese in mano prima ancora che lui se ne accorgesse.

"Merda!" esclamò Slate, mentre Ashlyn gli abbassava le mutande e glielo tirava fuori.

Aveva la punta rosa scuro, le vene che scorrevano a tutta lunghezza pulsavano di eccitazione. Lei lo guardò negli occhi mentre abbassava la testa, per passargli la lingua su e giù, per tutta la superficie dell'asta dura.

Una goccia gli imperlò subito la cappella, e Ashlyn non trattenne un sorriso soddisfatto.

"Smettila di cazzeggiare," brontolò lui mettendole le mani sulla testa e infilandole le dita nei capelli.

Lei avrebbe voluto prenderlo in giro, per l'impazienza, ma in quel momento anche lei aveva altrettanta voglia di cominciare. Aprì la bocca e lo prese dentro più che poté. Non andò molto avanti, perché era troppo grosso. Poi Ashlyn cominciò ad andare su e giù con la testa lentamente, infilandone sempre un pochino di più; le piaceva molto quel sapore... e i gemiti che gli uscivano di bocca senza sosta.

Lui strinse la presa tra i capelli di Ashlyn, ma senza spingerla a muoversi più veloce, o a prenderne in bocca più di quanto non si sentisse lei. Poi Slate si spostò e divaricò meglio le gambe, mentre lei glielo succhiava.

In passato, a lei non era mai piaciuto tanto il sesso orale, ma con Slate la faceva impazzire. Adorava avere il controllo di quell'uomo forte e pericoloso. Con una mano cominciò a masturbarlo, mentre continuava a muovere la testa su e giù.

"Porco cane, piccola... è troppo bello! Non hai idea. Mi piace venire dentro la tua bella passera, ma questo è..." inspirò di scatto e non riuscì a finire la frase, quando lei spostò l'altra mano e gliela mise intorno allo scroto, velocizzando i movimenti della bocca.

Lei era totalmente immersa in ciò che stava facendo e non

sentì che Slate le aveva lasciato andare i capelli. Tutto a un tratto, Ashlyn si sentì volare di nuovo, e atterrò con la schiena sul letto, poi Slate le afferrò le cosce con rapidità, tirandola per i fianchi fino sul bordo del letto. Le tirò su la gonna e le strappò di dosso le mutandine di pizzo, sembrava un selvaggio.

Slate afferrò la scatola di preservativi dal comodino e nella foga di aprirla li sparpagliò in giro. Riuscì ad aprirne uno e se lo infilò a tempo di record. Poi le fece divaricare le gambe e glielo appoggiò tra le cosce.

Poi però si trattenne, fece un respiro profondo e chiuse gli occhi, ovviamente cercando di controllarsi.

"Sono pronta," gli disse Ashlyn, "scopami, Slate."

Lui abbassò lo sguardo su di lei, che gli vide negli occhi un'espressione di sollievo. "Ti è piaciuto leccarmelo, vero?"

"Sì." Non c'era alcun motivo di mentire. Lo vedeva benissimo anche lui, quanto si era bagnata, prima ancora di penetrarla.

"Non mi tratterrò, non durerò a lungo," la avvertì.

Ashlyn sorrise. Quelle parole non la sorpresero. "Va bene."

Erano proprio le parole di cui Slate aveva bisogno. La penetrò con una spinta sola, facendola inspirare di scatto. Poi la stava già scopando con forza.

Le piaceva, ma non sarebbe bastato per farla venire, però non le importava: sapere di aver fatto impazzire fino a quel punto Slate era eccitantissimo. Lei era convinta che gli capitasse raramente di perdere il suo proverbiale autocontrollo ferreo, che lo circondava sempre come uno scudo.

Non passò molto tempo, prima che Slate imprecasse a denti stretti e lasciasse cadere la testa all'indietro, tremando con tutto il corpo. Vederlo venire fu bellissimo. La soddisfazione, il godimento e la meraviglia sul suo volto la appagarono al pari di un orgasmo. I jeans gli penzolavano dalle ginocchia, era più bello di qualunque modello mezzo nudo che lei avesse mai visto.

Ed era tutto per lei... almeno per il momento.

Alla fine, Slate riaprì gli occhi e trovò quelli di lei. Anche Ashlyn tremava, ma sembrava determinata.

"Tocca a te," le disse.

Lei scosse la testa. "Va bene, non..."

Lui la interruppe bruscamente tirandosi fuori da lei e inginocchiandosi sul pavimento a fianco del letto. Poi Slate afferrò un cuscino e glielo infilò sotto al sedere.

"Slate?"

"Buona," le disse con fare un po' burbero. Poi le chiese: "Hai mai avuto un orgasmo al punto G?"

"Ehm, non sono sicura..."

"Allora non ti è mai capitato," le spiegò. "Aspetta, piccola, sto per stravolgere il tuo mondo come tu hai appena stravolto il mio."

Lei non ebbe il tempo di commentare, perché lui si abbassò e iniziò a farla impazzire.

Dopo una mezz'oretta, Ashlyn era completamente sfiancata. Slate le aveva dimostrato che, in effetti, non le era mai venuto un orgasmo al punto G, un piacere completamente diverso e intenso. Poi l'aveva spogliata, l'aveva spostata di peso sul letto, l'aveva messa a pancia in giù e l'aveva presa da dietro, facendola esplodere un'altra volta... però rimanendo dentro di lei, con le dita sul clitoride, prima di venire anche lui una seconda volta.

Infine si erano sdraiati sul letto, sudati, esausti. Slate l'aveva tirata più vicina e lei gli aveva appoggiato la testa sulla spalla. Ashlyn non aveva mai vissuto *nulla* di tanto piacevole e intenso quanto ciò che le aveva fatto Slate nell'ultima ora. Quell'uomo era veramente un pericolo!

"Stai bene?" le chiese passandole una mano tra i capelli.

Lei si accoccolò meglio, quasi facendogli le fusa. "Sto una meraviglia," gli rispose, "e tu?"

"Cazzo, perfetto," le rispose trascinandosi le parole.

Lei gli sorrise contro la spalla.

"Mi stavo chiedendo qualcosa," le disse Slate dopo un minuto o due di silenzio piacevole.

"Che cosa?" gli chiese Ashlyn.

"Lo so che non hai problemi a bere, in generale, ma c'è un motivo particolare e profondo per cui non vuoi nemmeno un drink, se devi guidare? A parte il fatto che è la cosa giusta da fare, ovviamente," aggiunse.

Santo cielo, era *davvero* intuitivo. "Prima di trasferirmi alle Hawaii, lavoravo in un locale a San Diego," gli rispose, "si chiama Aces Bar & Grill, appartiene a una donna sposata a un SEAL."

"Conosco quel posto," disse Slate, "un'atmosfera meravigliosa."

Ashlyn gli annuì contro. "Sì, piaceva molto anche a me. C'era sempre un tipo, proprio tutti i giorni, un veterano che arrivava sempre piuttosto presto e si sedeva in fondo al bancone, a scolarsi qualche drink. Beveva qualcosa di trasparente, pensavo fosse del gin, o qualcosa di simile... sai, tipo un Rickey... sai, quello con gin, succo di lime e acqua gassata. Era un tipo divertente, mi ha raccontato un sacco di belle storie sul suo servizio in Marina. Ho immaginato che avesse perso la moglie da poco e che si sentisse solo. Se ne andava sempre verso le dieci, prima che il locale si affollasse."

"Comunque sia, un giorno sono arrivata per il turno e lui non c'era. Jessyka, la proprietaria, mi ha dato la cattiva notizia: era rimasto ucciso la sera prima in un incidente d'auto dovuto all'alcol. Io ho immaginato che si fosse messo alla guida ubriaco, invece no: salta fuori che qui al locale beveva solo della Sprite con l'aggiunta di lime. Qualcun *altro* si era messo al volante da ubriaco e gli era andato addosso, incidente frontale."

Slate la avvolse con un braccio e si voltò per baciarla in fronte.

"Lo so che la vita è breve, che non sappiamo quando arriverà la nostra ora, ma io non vorrei mai, *mai* fare una stupidaggine e diventare colpevole di una vita troncata. Per questo ho scelto di non bere mai, quando so che devo guidare. Anche solo un drink, a meno che non sia sicura che passeranno delle ore prima di mettermi al volante. Non posso farlo. Ho apprezzato davvero il vino, prima, e credimi, se non dovessi guidare ne berrei un altro bicchiere o due. Però... in ogni caso, ecco perché ne ho bevuto solo un sorso."

"Penso sia un ragionamento molto giusto."

"Non voglio darti l'impressione di una che ti giudica, se ti fai un bicchiere a cena, niente del genere. È perfettamente normale. Solo che io non ci riesco. Penso a quel signore tanto tenero, mi dispiace ancora."

"Uno dei miei compagni delle superiori si è messo al volante dopo aver bevuto e si è schiantato la sera del ballo di fine anno, eravamo in seconda," le raccontò Slate a voce bassa. "È stato tristissimo. La ragazza in macchina con lui non è morta, ma è finita in sedia a rotelle con la spina dorsale tranciata di netto. Quindi ti capisco. Per la cronaca, io faccio molta attenzione. Se devo guidare, bevo al massimo un bicchiere."

Lei gli diede un colpetto al petto; le piaceva la sensazione del poco pelo ispido. "Lo so. L'avevo notato."

"E adesso che ho rovinato l'atmosfera... possiamo parlare di quanto ti sei scaldata succhiandomi l'uccello?" le chiese Slate.

Ashlyn scoppiò a ridere. Con un altro uomo, probabilmente si sarebbe sentita in imbarazzo, invece Slate le faceva sembrare naturale parlare praticamente di qualunque argomento, sdraiata tra le sue braccia, nuda. Appoggiò la testa sulla mano che gli teneva sul petto, poi lo guardò. "Non so che farci, Slate, sei troppo figo."

"Anche tu, piccola. Vedere le tue labbra attaccate al mio uccello è stato come un sogno che si avverava."

Lei gli sorrise. "Bene, perché mi sa tanto che lo rifarò, anche perché mi hai fermata prima che finissi."

A quel punto fu Slate a ridere. "Vuoi che ti venga in bocca, Ash?"

"Ehm... forse?"

Lui fece un sorriso... enorme. "A me sta bene."

Ashlyn sbadigliò all'improvviso. "Scusa," gli mormorò, "Sarà meglio che vada."

Slate la fissò per un lungo momento, poi finalmente annuì. "Vuoi farti una doccia, prima di andare?" le chiese.

"No, grazie, se no mi sveglio troppo. Vado a casa e mi fiondo a letto. E poi," aggiunse, "un po' mi piace avere addosso il tuo odore."

"Anche a me piace il tuo," le rispose, "riuscirai a stare sveglia abbastanza per arrivare a casa sana e salva?"

"Certo."

"Mentre ti cambi, ti preparo un tè da portar via, ti va?"

"Ottima idea, grazie Slate."

Lui si mise seduto, tirandola su con sé. Poi le mise due dita sotto al mento e le fece alzare lo sguardo. La baciò a lungo, lentamente, più dolcemente rispetto ai baci che si erano dati prima. Quando si staccò, Slate la guardò in faccia, poi spostò lo sguardo altrove.

"Hai i capelli sconvolti dal sesso," le annunciò con un gran sorriso.

Lei alzò gli occhi al cielo. "Che spasso, e tu hai un bel *succhiotto* da sesso," ribatté accennando col mento un punto sul petto di Slate che gli aveva succhiato prima, incapace di resistergli.

"Lo porterò con onore, piccola," le disse, all'apparenza per nulla imbarazzato da quel segno sulla pelle. La baciò di nuovo, con forza e rapidità, poi si tirò fuori dalle coperte.

Lei gli fissò con ammirazione il sedere per un momento, mentre lui attraversava la camera per raccogliere i vestiti che si era tolto prima. Slate era muscoloso, una figura morbida, Ashlyn avrebbe voluto mettergli di nuovo le mani addosso.

"Su," le ordinò. "Prima che diventi troppo tardi. Non mi entusiasma l'idea che ti metta a guidare a quest'ora di notte, ma so che se commento in qualunque modo, tu te la prendi e mi dici che sono ridicolo con un uomo di Neanderthal."

"Ehm, veramente hai *appena* commentato," lo informò Ashlyn.

Slate la ignorò e si infilò un paio di pantaloni grigi comodi... senza indossare alcun intimo. Quando si girò per guardarla, lei lo squadrò e deglutì. Ashlyn non aveva mai capito le donne che andavano su internet a lasciare commenti da sballo sotto le foto degli uomini con pantaloni come quelli, ma in quel momento le capiva. Si vedeva chiaramente l'uccello sporgere, e immaginarselo era persino più eccitante che vederlo direttamente.

"Guardami negli occhi, Ashlyn," le disse Slate, con un tono chiaramente divertito.

Lei si sforzò di alzare lo sguardo da quell'uccello appetitoso.

"Alzati, vestiti, ti preparo il tè," le disse Slate.

Ashlyn annuì.

"Cazzo, sei bella," mormorò lui; poi si girò e andò in bagno.

CAPITOLO SETTE

Dieci giorni.

Ecco quanto tempo era passato dal primo appuntamento, e da allora Slate aveva parlato con Ashlyn ogni giorno.

Era entusiasta di quanto stesse andando bene il loro rapporto. Il sesso era la fine del mondo. Non era mai stato con una donna appassionata, entusiasta e sensuale quando Ashlyn. Però c'era di più. Gli piaceva ascoltarla parlare delle sue giornate. Era interessato a sentire come stessero gli utenti di Food For All. Non vedeva l'ora di condividere con lei le stupidate che si dicevano e si facevano, durante le giornate di lavoro con gli altri della squadra.

Era diventato anche ossessionato da quella maledetta app di tracciamento.

Proprio quel pomeriggio, Pid gli aveva dato addosso, dopo che l'aveva controllata per quella che gli era sembrata la cinquantesima volta. Lui voleva solo assicurarsi che Ashlyn stesse procedendo nelle varie consegne senza alcun problema.

Quella sera, avevano in programma di uscire a cena, ma dopo la giornata di lavoro Slate non era dell'umore adatto, né nelle condizioni migliori per fare qualcosa, se non andare dritto a casa a sedersi sulla terrazza sul tetto e scaricare la tensione. Non voleva deludere Ashlyn, non è che non volesse vederla. Solo che aveva bisogno di starsene seduto per un po' in uno spazio tranquillo, senza dover parlare con qualcuno.

Aspettò di essere tornato a casa, prima di telefonarle, in modo da potersi concentrare sulla conversazione, senza dover parlare e guidare allo stesso tempo.

"Ciao!" gli disse Ashlyn allegramente nel rispondere. "Stai arrivando?"

Anche lei poteva seguirlo con l'app di tracciamento, ma non sembrava tanto incline a farlo. Slate non sapeva se esserne contento o irritato.

"Purtroppo non riesco a venir da te stasera," le disse.

"Ah." Il tono della voce di Ashlyn non nascondeva la delusione.

"Ti dico la verità, oggi è stato uno schifo, al lavoro," le spiegò, "non sarei di gran compagnia, stasera, anzi, mi sento anche un po' di nausea."

"Stai male?" gli chiese preoccupata.

"No, ma è che, oggi pomeriggio, per l'addestramento, abbiamo guardato dei video ripresi da body cam e da elmetti per quattro ore. Ho la testa nel pallone. Mi sembra di aver navigato per ore su una barca in balia delle onde dell'oceano."

"Oh, santo cielo, quattro ore a guardare quella roba? Ho visto alcuni video di quel tipo, quelli ripresi dalle body cam della polizia, mi sento male solo a guardarne due minuti. Mi dispiace tanto, Slate."

"Di solito non mi dà così fastidio, ma stavamo cercando di capire cos'è andato storto nella missione di una squadra che stiamo analizzando, quindi abbiamo dovuto guardare più volte le riprese di ciascuno. Quindi, sì, alla fine è un po' troppo."

"Io non soffro il mal di mare o il mal d'auto, ma a volte mi vengono delle emicranie bruttissime," gli disse Ashlyn . "Non sono sicura se siano emicranie o mal di testa, perché mi vengono ogni tanto, però ci sto malissimo, a volte. L'unico modo per stare un po' meglio è sdraiarmi al buio, senza alcun rumore intorno. Quindi ti capisco. Posso fare qualcosa?"

Slate non fu sorpreso dal fatto che Ashlyn accettasse senza problemi di cambiare programma. Sembrava sempre adattarsi alle situazioni, quali che fossero. Motivo numero duemila per cui gli piaceva stare insieme a lei. "No, ho solo bisogno di scaricare la tensione. Probabilmente andrò di sopra in terrazza a rilassarmi un pochino."

"Dovresti mangiare qualcosa," gli suggerì con dolcezza. "So che magari non te la senti, dopo tutti quei video, ma sarai certamente affamato e lo stomaco vuoto può farti stare peggio di adesso."

"Va bene, piccola."

"Slate... dico sul serio."

"Va bene, mangio qualcosa più tardi," le disse, mentendo spudoratamente.

"Va bene. Per caso... no, come non detto."

"Cosa?"

"Volevo solo chiederti se i video erano brutti anche... in un altro senso. Hai detto che stavate cercando di capire cos'è andato storto."

"Sì. Erano brutti," le rispose Slate senza spiegare. "E tu invece? Com'è andata la tua giornata?" le chiese, cercando di proposito di cambiare argomento. Non voleva pensare ai suoi compagni SEAL caduti a terra, che morivano per i colpi ricevuti nell'imboscata in cui era caduta quella squadra.

Dopo un po', non riusciva a vedere altro che le facce dei propri compagni di squadra sui corpi dei caduti. Mustang che moriva dissanguato dopo essere stato colpito. Gli occhi vitrei di Aleck che fissavano il cielo, come se la sua testa fosse mezza andata. Le grida di dolore di Jag, che cercava di applicare un laccio emostatico alla propria gamba per fermare l'emorragia a fiotti dall'arteria femorale. Poi c'era Pid, che gridava disperato alla radio chiedendo aiuto, mentre cercava insieme a Midas di contenere gli attacchi del nemico.

"È andata bene. Oggi ho fatto quello che mi avevi suggerito."

"E che cosa ti avevo suggerito?" Per quanto Slate avesse desiderato rimanere da solo, quella sera, si accorse che Ashlyn era l'unica persona con cui riusciva a parlare in quel momento. Quella voce lo rilassava, togliendogli di dosso parte del peso che gli gravava addosso.

"Prima di discutere con la sorella o l'infermiera di Christi di portarla sulla spiaggia, ho chiesto a *lei* cosa ne pensasse. Sai come ha risposto? Anche se non può parlare, mi ha fatto capire senza mezzi termini che a lei *non* piace la spiaggia. Mi ha fatto un sacco di gesti con le mani e mezzi grugniti, ma quando le ho suggerito che invece potevo portarla fuori in cortile, mi ha sorriso. *Sorriso*, Slate. E ha continuato a sorridere, alzando lo sguardo verso il cielo appena uscita, verso il sole. È stata una bella giornata."

"Davvero fantastico, piccola."

"È stato un gesto minimo, e avrei dovuto pensarci, a chiederlo prima a lei. Invece mi ero persa nei problemi logistici, tipo come portarla in macchina, poi in spiaggia, poi pensavo di parlare a tutti tranne che a lei. Il tuo consiglio è stato davvero azzeccato. Penso che troppe persone parlino *delle* persone disabili, invece di parlare *con* loro. Quindi grazie per lo scappellotto virtuale, per avermi fatto capire che mi stavo comportando da sciocca."

"Volere il meglio per gli altri non è un pensiero sciocco," le disse Slate. "Tu hai un cuore enorme, è una delle tue qualità migliori."

"Anche se a volte ti fa diventare matto?" gli chiese Ashlyn.

Slate fece una risata; davvero non si aspettava di riuscire a ridere, quella sera, dopo tutto ciò che aveva visto, ma evidentemente Ashlyn aveva reso possibile l'impossibile. "Lo stesso cuore che mi tiene sveglio la notte," le disse.

"Pensavo che fosse la mia personalità... vincente," gli disse scherzosamente.

Al che, Slate si mise a ridere più di gusto. "Ah sì, anche quello," confermò.

"Va beh, senti... grazie per avermi avvertito che non vieni, questa sera, mi dispiace tanto della tua giornata pesante e che ti scappa da vomitare. Vai su in terrazza... ma attento a non cadere. Sarebbe uno schifo, dover ammettere coi tuoi amici che ti sei rotto una gamba perché camminavi come un marinaio ubriaco e inciampando da solo sei caduto dal tetto di casa tua."

Slate non riusciva a smettere di sorridere. "Sì, sarebbe *davvero* uno schifo."

"Ci sentiamo domani?" gli chiese Ashlyn.

"Sì, piccola, certamente."

"Bene, allora a domani."

"A domani."

Slate chiuse la telefonata e fece un respiro profondo, appoggiandosi contro il mobile della cucina. Stava meglio. Non benissimo, ma meglio. Parlare con Ashlyn gli aveva fatto capire che lei lo metteva sempre di umore migliore. Le immagini che aveva visto quel giorno gli passavano ancora davanti agli occhi, ma erano come attenuate. Con un leggero sorriso, afferrò una bottiglia d'acqua e andò verso le scale che portavano alla terrazza sul tetto.

Dopo un'ora, Slate si sentiva molto più rilassato. L'aria fresca e il suono dell'oceano avevano avuto l'effetto sperato, alleggerendogli l'umore. Anche la nausea si era affievolita, grazie al cielo.

Fu vagamente distratto da una macchina che svoltava nella via... a cui fece più attenzione quando la vide infilarsi nel vialetto di casa sua. Preoccupato, perché non aspettava nessuna visita e non conosceva quella macchina, si alzò per vedere meglio chi fosse.

Vide sul lato dell'auto il logo di un'app di consegna pasti a domicilio.

Alzò gli occhi al cielo: aveva capito subito che Ashlyn non era riuscita a trattenersi dal prendersi cura di lui. Andò verso le scale per scoprire cosa gli avesse ordinato per cena.

Il ragazzo aveva già appoggiato la busta davanti alla porta e stava tornando verso la macchina.

"Se aspetti un attimo, ti prendo la mancia," gli gridò Slate.

"Non serve, la mancia sull'app era già molto generosa. Buon appetito!"

Slate scosse la testa, prese la busta e tornò in casa. Appoggiò il cibo sul mobile della cucina e cominciò ad aprire le confezioni; il profumino che ne uscì gli fece venire l'acquolina in bocca.

Ashlyn aveva ordinato all'Oahu Grill, un ristorante hawaiano che lui amava, e non aveva badato a spese.

C'era il calamaro luau, con delle foglie di taro sobbollite e mescolate con il calamaro e latte di cocco; c'era il pollo hakka, pollo fatto a spezzatino con spaghetti di riso, cotti in una salsa di soia di media dolcezza, con fagiolini e carote; infine c'era un'insalata Ho'io, con felce a penna di struzzo, gamberetti essiccati, pomodori e cipolle, sempre con una salsa a base di soia. C'era persino il dessert: del gelato di Kona conservato con del ghiaccio secco.

Tutti i piatti che Ashlyn aveva ordinato erano piatti di cui lui aveva parlato in qualche occasione, dicendole che gli piacevano molto. Non sempre ne aveva parlato direttamente *con lei*, ma discutendo con gli altri amici, quando erano tutti insieme.

Ashlyn non scherzava: faceva sempre *molta* attenzione... e si faceva in quattro per mostrare agli altri quanto ci tenesse.

Slate non pensò nemmeno di riversare il cibo nel piatto: appoggiò i contenitori sul tavolino e prese le posate.

Prima di tuffarsi in quel pasto dal profumino delizioso, prese il telefono per inviare un messaggio ad Ashlyn.

Slate: È impossibile che riesca a mangiare tutto da solo, ma grazie per aver pensato a me.

Tre puntini comparvero subito in fondo all'applicazione, e Slate attese con impazienza che lei finisse di scrivere e premesse Invio.

Ashlyn: Ma per favore, ti ho visto mangiare e sono sicura che quello che ti ho ordinato non è nulla. Spero ti sia passata la nausea.

Slate: Sto bene.

Ashlyn: Sì, certo. :) Ho pensato che ti servisse un bel pasto succulento per sentirti meglio.

Slate: Lo apprezzo.

Ashlyn: Adesso comunque sei in debito, perché ti pappi tutto quel gelato da solo senza dovertelo conquistare. Spero che non si sia sciolto. Quando ho telefonato, il tipo mi ha assicurato che lo mettono in una confezione che lo tiene buono per almeno due ore, ma io ero comunque scettica.

Slate: È perfetto, e la prossima volta che usciamo puoi mangiare tutto il gelato.

Ashlyn: Aspetta che mi salvo la schermata del tuo messaggio, così se ti dimentichi e mi rubi il cucchiaio, posso farti vedere la prova.

· · ·

Slate rise di nuovo sonoramente. Stava per rispondere, quando sentì ancora lo stomaco brontolare. Accipicchia, voleva solo mandarle un grazie al volo, invece era assorbito da una conversazione, al posto di mangiare.

Slate: Ti saluto, così posso mangiare prima che si freddi. Grazie, piccola. Per me è importantissimo, ti sei fatta in quattro per farmi arrivare la cena.

Ashlyn: È un piacere. Goditi i tuoi piatti hawaiani untuosi e strambi, Slate.

Ancora una volta, lui rise scuotendo la testa.

Slate: Sogni d'oro.

Ashlyn: Anche a te.

Ashlyn: Oh, senti... penso di non avertelo detto prima, ma grazie per quello che fai, Slate. Lo so che non è sempre semplice, anzi, un sacco di volte è uno schifo che metà basterebbe, ma sono grata a te e ai tuoi compagni di squadra. Ci sentiamo domani.

Slate era abituato a sentirsi ringraziare per il suo servizio. Spesso gli sembrava poco spontaneo, come se qualcuno recitasse una parte che si sentiva obbligato a recitare, invece di dire ciò che provava veramente. Invece le parole di Ashlyn gli sembrarono genuine. Spassose, com'era tipico di Ashlyn, ma davvero sincere. Proprio le parole che aveva bisogno di sentirsi dire quella sera. Dopo tutto ciò che aveva visto quel giorno, quelle parole affievolirono ogni immagine negativa che ancora gli fosse tornata in mente.

Prese la forchetta e la affondò prima nel luau, sospirando di appagamento quando gli aromi e i sapori gli invasero la bocca. Sì, il cibo hawaiano non era il preferito di tutti, ma lui lo adorava.

Guardò di nuovo la cena nei contenitori: non ricordava l'ultima volta in cui qualcuno si fosse dato da fare per prendersi cura di lui quanto aveva fatto Ashlyn quella sera. Quasi sempre, era lui a prendersi cura degli altri. Si sentiva... davvero bene.

Ashlyn era rilassata sul divano di Slate, stanca ma appagata, pensava all'indomani. Carly e Jag avevano invitato tutti al Duke's per quella domenica, per assaggiare le varie opzioni disponibili per il loro ricevimento di nozze. In realtà, era solo una scusa per trovarsi tutti e passare il tempo insieme, perché i piatti nel menu del Duke's erano tutti deliziosi. Non importavano tanto le scelte, il ricevimento sarebbe andato alla perfezione. Ashlyn era entusiasta di passare del tempo con tutte le amiche e gli amici.

Erano passate quasi due settimane, dalla sera in cui Slate le aveva telefonato per annullare l'appuntamento e la cena. Lei sapeva di avergli ordinato un po' troppo da mangiare, ma voleva farlo stare meglio e gli aveva ordinato tutti i piatti che gli piacevano di più. Se non poteva stare con lui di persona, almeno gli aveva mandato da mangiare.

Per fortuna, aveva funzionato. Quando Slate l'aveva rivista, alla prima occasione, le aveva mostrato *esattamente* quanto avesse apprezzato quel gesto. Lei non si aspettava nemmeno di poter avere tanti orgasmi in una notte sola, ma lui le aveva provato quali fossero i veri limiti del suo corpo.

Il loro rapporto sembrava diventare sempre più solido. Anche se a volte battibeccavano per delle scemenze, lei non aveva mai l'impressione che Slate fosse davvero irritato... o che si stesse stancando di lei.

Da parte sua, lei era orgogliosa di lui, del suo lavoro di SEAL, Slate era un uomo fantastico da avere al fianco, ma soprattutto le piaceva stare con lui. La rendeva felice. Non si vedevano ogni giorno, ma si parlavano e si messaggiavano di frequente. A volte, lui le telefonava dopo l'allenamento del mattino, altre volte aspettava che fossero tornati entrambi dal lavoro. Le chiedeva sempre degli utenti e continuava a mostrarsi interessato ai racconti che lei condivideva, a proposito degli uomini e delle donne che le capitava di incontrare.

Quel mattino, Slate era passato presto a prenderla e avevano passato la giornata percorrendo il sentiero Kealia, nella zona più a Nord dell'isola; il panorama da lassù era bellissimo, natura rigogliosa e oceano mozzafiato, ma Ashlyn aveva fatto molta fatica. Non pensava di essere tanto fuori forma, invece aveva dovuto ammetterlo. Quando finalmente avevano disceso il crinale della montagna, le sembrava di essere sul punto di crollare.

Ovviamente, Slate non aveva avuto pietà, e invece di preoccuparsi troppo di lei, che ormai ansimava pesantemente, l'aveva stuzzicata e spronata. Ma era proprio la spinta che le serviva per completare il sentiero.

Ashlyn non ricordava di aver passato giornata migliore con un uomo. Era rigenerante sapere di non dover essere sempre perfetta, insieme a Slate. Poteva sudare, brontolare, indossare un paio di pantaloni qualunque, tirarsi su i capelli senza pettinarli, a lui non importava. Sembrava apprezzarla per com'era, una sensazione meravigliosa.

Così Ashlyn era indolenzita e stanca per la camminata, ma contenta. Stava vegetando con lui sul divano, dopo che lui aveva preparato hamburger per cena e lei ne aveva mangiati due. Si sentiva sazia e rilassata.

"Oggi è stata una bella giornata," gli disse dopo un momento.

Slate aveva acceso la TV e aveva scelto il film *Red* con Bruce Willis e Morgan Freeman. Era un bel film, ma Ashlyn faceva fatica a tenere gli occhi aperti. La fatica di quel giorno e la pancia piena la facevano appisolare.

"Davvero bella," confermò Slate.

"Stavo pensando..." esordì lei.

"Che il Signore ci protegga!" intervenne Slate stuzzicandola.

"Ma stai zitto!" gli rispose lei scuotendo la testa, per poi cercare di dargli una gomitata senza riuscirci, dato che aveva il braccio già attaccato al fianco di Slate, che le aveva messo un braccio intorno alle spalle.

"Scusa," le disse, con un tono affatto dispiaciuto. Anzi, Slate sembrava divertito. "Dai, dimmi."

"Stavo pensando a quanto cambino le cose, pur rimanendo sempre le stesse. L'altro ieri stavo parlando con James Mason... sai, quel veterano della marina a cui consegno i pasti... e lui mi diceva che andava spesso con la moglie a fare lunghe passeggiate sull'isola. Portava sempre un cestino per fare merenda. Niente di straordinario, di solito mangiavano panini e patatine. Trovavano un bel punto in cui fermarsi a bordo sentiero, si sedevano e si godevano la compagnia mentre mangiavano. La nostra giornata di oggi mi è sembrata simile."

Slate le strinse le spalle e la baciò sulla testa. "Eh sì, è stata davvero una bella giornata."

"Scommetto che James potrebbe darci dei bei consigli per altre passeggiate come questa, magari dei sentieri non impegnativi come quello di oggi, che mi ha sfiancato."

Slate fece una risatina. "Sei andata bene, piccola."

"Sì, certo, ansimavo come un ippopotamo fuori allenamento."

"No, dai, non è vero. Magari come un maialino fuori allenamento..."

"Slate!" esclamò Ashlyn, mettendosi seduta per potergli sferrare una gomitata per bene.

"Dai, scherzavo!" le disse lui immediatamente prendendole il braccio. Poi si spostò e si abbassò sul divano portandola su di sé.

Ashlyn lo sentì muscoloso e solido sotto di sé, ma sorprendentemente comodo.

"Ti piace," le disse. Slate.

Le servì qualche secondo per togliersi dalla testa il piacere di stare sopra di lui. Sentiva l'uccello tra le proprie gambe, non era eretto, ma lei sapeva che le sarebbe bastato un commento provocante, o una strofinatina contro di lui ammiccando, per farglielo diventare duro. Le piaceva sentirlo reagire tanto prontamente... come anche lei rispondeva al corpo di Slate. Però non era il momento: si stavano godendo quella semplice intimità. L'atmosfera non era carica di erotismo, ma era molto piacevole.

"James? Eh si, mi piace. Alcuni degli anziani a cui consegno i pasti sono brontoloni incalliti. Si lamentano del cibo che porto, anche se glielo consegno gratis. Non mi invitano mai ad entrare, di sicuro non mostrano alcun interesse a conoscermi. Invece James è diverso. La prima volta che ho bussato alla porta di casa sua, lui ha subito insistito che entrassi. Mi ha offerto un bicchiere d'acqua bella fresca e mi ha detto che ero molto carina."

"Sarà che si sente solo, non hai detto che la moglie è scomparsa di recente?" le chiese Slate.

"Sì, ma sinceramente penso che sia fatto così, è un tipo

accogliente e gentile. Mi ha detto varie volte che sua moglie se la prendeva sempre con lui perché faceva amicizia con tutti quelli che incontrava. Il tipo alla cassa del supermercato, camerieri e cameriere, commessi al negozio di ferramenta..."

"Mi ha parlato anche di ciascuno dei suoi vicini di casa. Quel tipo sa praticamente tutto di *tutti*. Anche le cose losche," aggiunse Ashlyn. "Mi ha parlato di una donna che viveva a tre case da lui e che tradiva il marito con l'istruttore di surf del figlio. Un giorno il marito è tornato a casa presto dal lavoro e il tipo del surf è stato costretto a uscire dalla finestra a culo nudo."

Slate fece una risata. "Questo James mi sembra proprio un bel tipo."

"Infatti. Anche lui ha i suoi vezzi, però... alcuni mi preoccupano."

"Del tipo?"

"Beh, la settimana scorsa ero da lui ed è arrivato un tipo che gli aveva riparato il tetto perché c'era una perdita, doveva dare una ripulita. Invece di pagarlo con un assegno, James è andato al tavolo della cucina, dove c'era un vaso decorativo, da cui ha tirato fuori una mazzetta di banconote da cento. Ne ha sfilate tre e le ha passate in mano a quel tipo. Poi ha rimesso il resto della mazzetta nel vaso." Ashlyn scosse la testa. "Dopo che quel signore se n'è andato, ho chiesto a James perché avesse tanti soldi in giro per casa e lui mi ha detto che non si fida delle banche, che i suoi genitori avevano sofferto per superare la grande depressione, per via dei crolli in borsa che arrivano ciclicamente negli anni, e quindi preferiva tenersi i soldi a portata di mano."

"Non è una soluzione furba," commentò Slate aggrottando la fronte.

"Eh, lo so. Ho cercato di convincerlo che il mondo è cambiato parecchio, ormai, gli ho anche detto delle leggi che proteggono il conto corrente in banca, ma lui ha fatto spallucce e mi ha detto che era anziano e che era abituato così," disse Ashlyn. "Però mi preoccupa, anche se ha ottantotto anni e in banca non gli darebbero chissà quali interessi. Tuttavia immagino che, se è stato approvato come utente di Food For All e riceve i pasti a domicilio, non navighi nell'oro."

"Magari, la prossima volta che vai da lui, potresti suggerirgli di non tirar fuori una mazzetta di contanti davanti a uno sconosciuto qualunque. Sventolare banconote davanti al naso è una tentazione troppo forte, qualcuno potrebbe tornare per derubarlo."

"Gliel'ho già detto," rispose Ashlyn. "Lui si è messo a ridere e mi ha risposto che è vecchio, ma si ricorda bene come sparare."

Più che sentirne il suono, Ashlyn percepì le vibrazioni della risatina di Slate. "Penso che quel tipo mi piaccia."

"Ti piacerebbe," aggiunse Ashlyn. "Ho la sensazione che fosse autoritario e super protettivo, da giovane, proprio come te."

Slate le sorrise. "Mi piace che ti preoccupi dei tuoi utenti," le disse. "Sei una brava persona, Ashlyn Taylor."

"Anche tu, Duncan Stone."

"Come hai fatto a scoprire il mio nome e cognome, me lo dici?" le chiese.

Ashlyn finse di chiudersi la bocca come una cerniera. "Non te lo dirà mai." La verità era che, durante una conversazione con le altre a proposito dei soprannomi degli uomini della squadra, lei aveva domandato quale fosse il nome completo di Slate. Nessuno lo sapeva, così Elodie si era assunta l'incarico di scoprirlo. Nel giro di due giorni, aveva inviato un messaggio ad Ashlyn con il nome e il cognome di Slate.

"Non importa, davvero, non è che mi dispiaccia o che me ne vergogni," le disse Slate.

"È un bel nome, forte, come te. Anche se non capisco come mai non ti chiamino Stone, invece che Slate[1]."

"Penso che sia per i capelli neri. Sai, neri come l'ardesia," le spiegò.

Ashlyn trovava divertenti i soprannomi degli uomini della squadra. Le sembravano un po' sciocchi, ma ormai conosceva Slate da troppo tempo e non riusciva a pensare di chiamarlo con un altro nome.

Ashlyn aprì la bocca per dirgli quanto le piacessero quei capelli neri, ma le parole furono anticipate da un enorme sbadiglio.

Slate spostò la mano e gliela mise dietro la testa, abbassandogliela dolcemente sul proprio petto. "Riposati, piccola, sei stanca."

Era davvero stanca, ma le dispiaceva troppo non essere di compagnia. "Sto bene," gli rispose.

"Non riesci a tenere gli occhi aperti," ribatté lui scuotendo appena la testa. "Chiudi gli occhi e riposati per un attimo."

"Sei sicuro?" gli chiese Ashlyn, accoccolandosi già contro di lui. Slate aveva sempre il corpo caldo e lei stava molto comoda addosso a lui.

"Sì, io mi guardo il film."

"Va bene, svegliami quando è finito."

Lui rispose con un suono a bocca chiusa.

Ashlyn doveva essere più stanca di quanto credesse, perché l'ultima cosa che ricordò fu la sensazione della mano di Slate che le accarezzava i capelli... poi più nulla.

———

Ashlyn si mosse e fece una smorfia, era chiaro che aveva esagerato, nella passeggiata con Slate. Aveva tutti i muscoli del corpo indolenziti. Cercò di girarsi sull'altro fianco per guardare l'orologio sul comodino e vedere che ore erano...

ma un braccio pesante intorno alla vita le impediva di muoversi.

Aprì gli occhi e si accorse di non essere nel proprio letto.

La sera prima le tornò in mente come a sprazzi: aveva parlato con Slate, poi si era addormentata addosso a lui... e fu presa dal panico.

Accidenti, non aveva mai dormito insieme a Slate. Non ne avevano nemmeno mai parlato! Quando cenavano insieme, poi di solito facevano sesso a casa dell'uno o dell'altra, poi chi non viveva in quella casa si alzava e se ne andava. Era una routine che funzionava bene per lei, che non si offendeva quando Slate se ne andava, come anche lui non sembrava dispiaciuto di vederla andar via.

Invece Ashlyn non aveva idea di come l'avrebbe presa Slate, trovandosela in casa il mattino dopo. Gli uomini potevano avere reazioni bizzarre, in situazioni come quella, e lei non voleva agitare le acque, quando tutto sembrava andar bene in un rapporto così fresco.

A lei piaceva come avevano impostato il rapporto, le piaceva Slate e non voleva fargli pensare che ci fosse bisogno di cambiare quella routine per un rapporto più serio. Passare la notte insieme era senz'altro un cambiamento enorme nelle regole non dette su cui si erano basati nell'ultimo mesetto.

"Buondì," le disse Slate mezzo addormentato.

Ashlyn non sapeva bene che fare. Saltar fuori dal letto, scusarsi e filarsela a gambe levate? Fingere che fosse perfettamente normale svegliarsi nel letto di Slate, tra le sue braccia?

Ma Slate era Slate e prese l'iniziativa prima di lei. La tirò dolcemente per la spalla fino a farla sdraiare supina accanto a lui. Poi si tirò su un gomito tenendole l'altro braccio intorno alla vita. "Che succede?" le chiese leggermente accigliato.

Per una volta, Ashlyn avrebbe preferito che lui non fosse tanto intuitivo. "Nulla."

"Piccola."

Le bastò quella parola. Solo una parola, tanto densa di scetticismo, e lei non poté far altro che sputare il rospo, dicendogli ciò che pensava.

"Mi dispiace! Non volevo addormentarmi su di te. Cioè, in realtà volevo, poi tu hai detto che potevo. Eri troppo comodo e io ero stanchissima per la camminata. Avresti dovuto svegliarmi, me ne sarei andata. Non volevo cambiare le regole del nostro rapporto."

"Prendi fiato, Ash, va tutto bene. Prima di tutto, ho insistito io che dormissi. Mi è piaciuto tenerti tra le braccia mentre tu crollavi. Comunque russi, lo sai?"

Ashlyn aggrottò la fronte. "Non russo."

"Sì, invece russi. Non a pieno volume, sai, tipo hai il respiro pesante mentre dormi. È adorabile."

"Concentrati, Slate, ma non sul mio russare," gli disse.

"Sì, scusa. Sapevo che eri stanca e non è assolutamente un problema. Poi il film è finito, ho cercato di svegliarti, ma eri fuori. Cioè, proprio totalmente *fuori*. Non so nemmeno se sia normale dormire tanto profondamente. Del tipo, se qualcuno ti entra in casa? Se scoppia un incendio? Probabilmente non ti sveglierebbe nemmeno un terremoto."

"Ho sempre avuto il sonno molto profondo," ammise Ashlyn con un certo imbarazzo.

"Appunto. Un'altra cosa di te che ho imparato ieri sera. Oltre al fatto che russi."

"Smettila con questa storia che russo!" brontolò Ashlyn. "Io *non* russo!"

"Ceeeerto, va bene. Insomma, ho cercato di svegliarti e tu mi hai schiaffeggiato, dicendomi di tacere. Così ti ho portata qui, ti ho spogliata, abbiamo fatto l'amore a lungo e lentamente, poi sono andato a dormire anch'io."

Ashlyn lo fissò con sguardo assente per cinque secondi buoni.

"Non è vero. Non sarei riuscita a dormirci."

Slate aveva mantenuto un'espressione impassibile, ma a quelle parole si mise a ridere. "Puoi giurarci che ti avrei svegliata. Cioè, altrimenti che smacco sarebbe stato! Però dai, davvero, ti ho portata qui perché è più comodo, poi mi sono messo a letto con te. Ho anche dormito benissimo, accidenti. Tu comunque, davvero piccola, dormi come un sasso, se parti, parti. Per me è perfetto, sai, perché io ho il sonno leggero. Se tu ti girassi e rigirassi nel letto durante la notte, sarebbe una rottura perché mi sveglieresti di continuo, ogni volta che ti muovi."

Ashlyn continuava solo a fissarlo. Per la prima volta, si accorse di avere addosso solo le mutandine. Slate le aveva tolto la maglia, il reggiseno e i leggings. Non le dispiacque. Del resto l'aveva già vista svestita. Slate aveva visto tutto ciò che lei poteva offrirgli, anche da vicino e molto intimamente. Era stato un gesto molto personale, prepararla per la notte, un gesto che lei apprezzava: si era preso cura di lei quando lei era troppo stanca per farlo.

"Allora non ti dispiace che sono rimasta tutta notte?" gli chiese di getto.

"Ma non hai sentito nulla di ciò che ho appena detto?" le chiese Slate.

"Ehm... sì."

"Allora non hai fatto molta attenzione, perché nulla di ciò che ho detto potrebbe in alcun modo indicare che mi è dispiaciuto, che rimanessi qui tutta notte."

"Va bene."

"Ottimo. Sei indolenzita, stamattina?"

"Sì."

"Quanto?"

"Ehm, su una scala da uno a dieci, circa dodici."

Lui annuì, si abbassò e la baciò sulla fronte, poi cominciò a rotolare via.

"Slate?" Ashlyn lo chiamò, allungò una mano e gliela mise

sulla schiena nuda. Slate indossava un paio di boxer, niente più. I muscoli della schiena si contrassero, mentre lui si girava per guardarla.

"Sì?"

"Dove stai andando?"

"Vado a prenderti degli antidolorifici. Poi ti riempio la vasca da bagno. Ti aiuterà a rilassare un pochino i muscoli. Come ti piace l'acqua? Tiepida, calda, o da scottarsi?"

Ashlyn deglutì sonoramente. Aveva invaso lo spazio di Slate senza lasciargli scelta, e lui continuava comunque a prendersi cura di lei, che aveva esagerato il giorno prima?

"Piccola? Come ti piace l'acqua del bagno?"

"Un tantino sotto il bollente," gli rispose.

"Capito. Stai pur qui e rilassati. Io torno in un momento con dell'acqua e le pillole."

"Fai il bagno con me?" gli chiese di getto.

"No, io non faccio il bagno."

"Invece il sesso?"

"Invece cosa?" le chiese di rimando inclinando appena la testa.

"Io... ehm... vuoi farlo?"

Un sorriso malizioso gli illuminò il viso. "Accidenti, certo che sì, ma sei indolenzita. Non penso che deperirò fino a morire, se per una mattina non entrerò nella tua affascinante passera. Mentre ti fai il bagno, io preparo qualcosa per colazione. Magari possiamo farci una passeggiata tranquilla sulla spiaggia di Waikiki prima di incontrare gli altri al Duke's. Un po' di movimento ti farà bene ai muscoli. Però se hai altro da fare, se avevi impegni per stamane, non c'è problema."

Qualcosa era cambiato all'improvviso tra loro, e Ashlyn non era ben certa di come prenderla. "È domenica, di solito la domenica sono più pigra, quindi no, non aveva alcun programma, niente da fare prima di incontrare gli altri al Duke's."

"Ottimo. Aspettami qui, torno subito."

Poi Slate si girò un po' di più verso di lei per baciarla brevemente sulle labbra, infine si alzò.

Lei continuò a guardarlo alle spalle e lo vide sparire nella piccola cabina armadio. Lo vide uscire dopo qualche secondo con indosso un paio di pantaloni neri comodi e lo vide dirigersi verso la porta del bagno. Sentì l'acqua scorrere dopo un minutino, poi Slate uscì dal bagno, le sorrise e se ne andò senza aggiungere altro per recuperare gli antidolorifici in cucina.

Appena fu fuori dalla camera, Ashlyn si lasciò ricadere sul letto ed espirò lentamente, a lungo. Era felice più di quanto riuscisse a esprimere: Slate non se l'era presa perché era rimasta a dormire tutta notte. le dispiaceva non essersi svegliata, quando lui l'aveva portata in braccio in camera da letto, ma allo stesso tempo era sollevata che il loro rapporto sembrasse perfettamente a posto.

A lei piaceva Slate, era un brav'uomo. Non era pronta a lasciarlo andare e sembrava non fosse nemmeno il momento di preoccuparsene.

Ashlyn non aveva dubbi che, prima o poi, si sarebbero stufati l'uno dell'altra. Pian piano, le abitudini di Slate avrebbero cominciato a darle fastidio, probabilmente un fastidio reciproco. Succedeva sempre.

Però, per il momento, si sarebbe goduta le cure di Slate... e un bel bagno caldo.

———

"Stai benissimo!" esclamò Lexie più tardi, quel giorno.

La giornata era passata in estrema scioltezza e Ashlyn non ricordava un "mattino dopo" migliore di quello che aveva condiviso con Slate. Le aveva portato un bicchier d'acqua con le pillole, ordinandole in modo autoritario di bere tutta l'acqua. Lei l'aveva preso in giro, arrossendo solo un poco quando lui l'aveva presa per mano e le aveva fatto strada in bagno. Anche se aveva fatto sesso con lui in una moltitudine di posizioni, camminargli al fianco quasi completamente nuda alla luce del giorno era tutt'altra cosa. Però lui non l'aveva messa in imbarazzo. Le aveva indicato semplicemente lo spazzolino da denti che aveva tirato fuori da un cassetto e lasciato in bagno per lei.

La temperatura dell'acqua nella vasca era perfetta, e Ashlyn c'era rimasta immersa finché la pelle non le si era raggrinzita. Poi si era sciacquata con la doccia, si era lavata i capelli con lo shampoo di Slate e si era vestita, infine l'aveva raggiunto in cucina.

Lui nel frattempo aveva preparato una casseruola con patate, uova e spinaci e l'aveva tirata fuori dal forno appena lei l'aveva raggiunto. Avevano parlato ancora di James e della famiglia Turner, mentre facevano colazione, poi avevano parlato di una coppia di giapponesi appena trasferitisi sull'isola e ancora in difficoltà nell'ambientarsi. Lui le aveva detto che sul lavoro era un periodo molto intenso, che c'era il rischio imminente di una missione per lui e la squadra.

A lei non era piaciuto quel pensiero, ma le missioni rientravano nel lavoro di Slate e lei non si era fatta riguardo nel rivolgergli un milione di domande. Lui non aveva potuto darle molte risposte, e lei ne aveva capito il motivo.

Dopo la colazione, lui aveva accompagnato Ashlyn nel suo appartamento per farla cambiare, dato che dovevano prepararsi per l'uscita al Duke's. Avevano fatto una passeggiata su e giù per la spiaggia di Waikiki, guardando gli altri e inventandosi delle storielle divertenti sui tipi più sgargianti in circolazione.

"Sul serio," ripeté Lexie. "Stai davvero bene. Se non ti conoscessi, direi che sei incinta."

Ashlyn quasi sputò il sorso di *mai tai* che stava bevendo,

il cocktail che Slate le aveva passato poco prima, mentre lei chiacchierava con le amiche. Ashlyn non aveva intenzione di guidare per il resto della giornata, quindi non aveva problemi a lasciarsi andare un poco... e ovviamente Slate lo sapeva.

"Mamma mia, ma no, non sono incinta!" esclamò Ashlyn appena fu in grado di parlare.

"Io la penso come Lexie. Sei diversa, non è un male, sei solo... *diversa*," le disse Kenna bevendo un sorso del suo drink.

"Sono la stessa persona di sempre," rispose Ashlyn.

"Il rapporto con Slate sta andando bene," commentò Elodie. Non era una domanda.

"Sì."

"Son contenta," aggiunse Elodie.

"E la prendete sempre senza impegno?" le domandò Carly.

"Ma certo, perché?" le chiese Ashlyn.

"O, no, nulla. È solo che... lascia perdere."

"Sul serio, perché?" insisté Ashlyn.

"Va bene, però non puoi arrabbiarti. Stavo solo pensando che non ho mai visto Slate tanto... calmo. Di solito, dà l'impressione di essere sul punto di alzare le mani e gridare 'vaffanculo' per poi andarsene di corsa."

"Sono d'accordo," commentò Monica, che aveva in mano un bicchier d'acqua invece di un cocktail, per via della gravidanza. "Di solito si guardava intorno di continuo, come se fosse stato sempre in cerca di un pericolo, o magari di una scusa per andarsene. Ultimamente, ha gli occhi sempre incollati *su di te*."

Le parole delle amiche la fecero sentire circondata d'affetto. Ashlyn fece spallucce. "È molto protettivo, lo sapete anche voi, perché anche i vostri sono uguali. È solo fatto così."

"Hai ragione," le rispose Lexie, "ma adesso sembra più intenso."

"Ti ha sempre osservata, ma ultimamente è diverso," aggiunse Elodie.

"Beh, facciamo sesso," rispose Ashlyn con molta praticità. "Il nostro rapporto è cambiato, è più personale. Magari oggi mi guarda con più intensità solo perché ieri sera e stamattina non l'abbiamo fatto e adesso è arrapato." Cercò di sminuire i commenti delle amiche, perché pensare a un qualunque tipo di rapporto permanente con Slate era pericoloso. Conoscevano entrambi le regole e lei non aveva intenzione di incasinarle. Non sarebbe stato giusto nei confronti di entrambi.

"Aspetta, aspetta un momento," disse Lexie socchiudendo gli occhi, per poi guardarsi intorno e avvicinarsi ad Ashlyn. "Ieri sera *e* stamattina? Hai dormito da lui? O lui da te?"

Ashlyn sospirò. Voleva molto bene alle amiche, che a volte però erano troppo osservatrici e, quando faceva comodo, avevano una memoria da elefanti. "Sì. Non era previsto, ma mi sono addormentata da lui sul divano e lui non è riuscito a svegliarmi, perché ho il sonno pesante, così mi ha portata a letto di peso."

Tutte e cinque le amiche sospirarono come se quella fosse stata la storia più romantica di sempre.

"In effetti dormi che sembri morta," commentò Kenna dopo un momento. "La prima volta che abbiamo dormito insieme, mi è dispiaciuto perché facevamo un sacco di baccano mentre tu dormivi, ma tu non hai fatto una piega."

"Ma va tutto bene?" le chiese Lexie mettendole una mano sul braccio.

Ashlyn annuì. Aveva confidato a Lexie poco tempo prima di non aver mai passato la notte con Slate, aggiungendo che, se avessero compiuto anche quel passo, il loro rapporto ne avrebbe risentito in peggio.

"Va tutto bene, anzi, molto bene," rispose Ashlyn.

"Ehi, ragazze, è tutto pronto!" gridò Jag. Si erano soffermati tutti nella zona bar del Duke's, mentre la cucina preparava le pietanze. Alani, la manager, aveva fatto preparare alcuni tavoli in un angolo del ristorante apposta per il loro ritrovo.

Le amiche raggiunsero i rispettivi uomini, ma Elodie prese Ashlyn per il braccio, trattenendola per un secondo. "Sono felice per te," le disse.

"Grazie," rispose Ashlyn con un sorriso.

"So che avete deciso di frequentarvi senza impegno, ma devo dirtelo... non aver paura di cercare ciò che vuoi."

Ashlyn la fissò. Elodie aveva passato un inferno ed era riuscita in qualche modo a uscirne viva, non solo sana di mente, ma anche con un uomo disposto a smuovere mari e monti per farle avere tutto ciò che lei aveva sempre desiderato.

"Quel che voglio è divertirmi. Uscire con uno che non sia uno stronzo, che non cerchi di approfittarsi di me, che mi apprezzi per quella che sono. Finora Slate è stato così. Non sono pronta ad accasarmi. Non voglio sposarmi, almeno non adesso, e di sicuro non voglio dei figli in questo momento della vita."

"Dico solo di non essere troppo testarda, altrimenti rischi di rimpiangere di aver rinunciato a qualcosa che potrebbe essere la cosa migliore che ti sia mai capitata nella vita," le disse Elodie.

"Slate è un brav'uomo. Anzi, è un uomo *magnifico*. Ma non sono sicura che sia la mia 'anima gemella'. Dopo posso saperlo? Ho avuto pochissimi rapporti seri impegnati," le spiegò Ashlyn. "Prendiamo un giorno alla volta, ci godiamo la compagnia reciproca e il sesso è la fine del mondo. L'ultima cosa che voglio è mandare tutto all'aria perché voglio correre."

"Ti capisco," le disse Elodie. "Senti, non lasciare che gli ormoni comandino sul buon senso."

Ashlyn aprì la bocca per chiederle cosa intendesse, con

quell'espressione, ma fu avvolta da un braccio intorno alla vita. "Tutte le robe buone saranno finite, se non ci muoviamo," le disse Slate con impazienza.

Ashlyn alzò gli occhi al cielo. "Sempre di corsa," gli rispose stuzzicandolo.

"Accidenti, certo che sì, se si tratta di arrivare a mangiare prima di quelli là," le rispose Slate.

"Lexie sembra pronta a litigare con chiunque si avvicini troppo a quelle alette di pollo, le sta pregustando da quando ha sentito che sarebbero state nel menu," commentò Elodie.

Si avvicinarono all'angolo, tutti gli altri si stavano riempiendo i piatti di assaggi. Slate si avvicinò ad Ashlyn per sussurrarle: "Tutto bene?"

Lei si fermò e lo guardò. "Sì, perché?"

"Perché ti senti a disagio, quando sei al centro dell'attenzione, e mi è sembrato che la chiacchierata con le amiche diventasse bella calda."

Ashlyn fu sorpresa che Slate se ne fosse accorto, ma forse non avrebbe dovuto: si conoscevano già da un po', anche se avevano cominciato a frequentarsi ufficialmente solo da un mesetto circa. "Sto bene. Volevano solo sapere se sei bravo a letto."

Slate sbatté le palpebre.

Lei non riuscì a tenere un'espressione seria e scoppiò a ridere. "Santo cielo, se solo potessi vederti in faccia!"

"Sei terribile," le disse brontolando. "Stavo solo cercando di essere carino."

Lei tornò seria e gli mise una mano sul braccio. "Scusami, lo so che volevi essere gentile e lo apprezzo. Sto bene. Mi dicevano solo che oggi mi hanno trovata molto felice. Infatti sono felice, Slate. Stamattina ero preoccupata, temevo che ti desse fastidio il modo in cui ho superato i limiti che ci eravamo imposti, per far funzionare il nostro rapporto. Invece tu hai fatto sembrare tutto estremamente normale. È una giornata davvero fantastica e sono molto soddisfatta di come vanno le cose tra noi due."

"A me non piace imporre regole a un rapporto," le rispose seriamente. "Accidenti, ci sono già troppe regole che devo seguire sul lavoro. Voglio che il nostro rapporto vada avanti in modo naturale. Non mi ha creato alcun problema, Ashlyn, il fatto che tu sia rimasta da me per la notte. Anzi, mi ha fatto piacere che non dovessi guidare da sola a tarda notte... è un aspetto che mi preoccupa sempre, quando vai via da casa mia. Ti ho detto la verità: ho dormito benissimo. Non sono pronto a una convivenza, niente del genere, ma passare la notte insieme, da te o da me, per quanto mi riguarda non è affatto da escludere."

Ashlyn gli fece un gran sorriso. "La penso anch'io come te."

"Ottimo. *Adesso* possiamo andare a prenderci qualcosa da mangiare?" le chiese.

Nonostante l'atteggiamento di Slate dopo quella risposta, lei si accorse che si era rilassato. "Sì." Poi Ashlyn gli mise una mano al lato della testa e aspettò che lui la guardasse negli occhi. "Grazie."

"Di cosa?" le chiese Slate.

"Di essere te stesso."

Quelle parole non esprimevano esattamente ciò che voleva trasmettergli. Ashlyn era contenta che Slate fosse il tipo di uomo che si preoccupa della propria donna, se questa deve guidare a casa da sola a sera tarda, per quanto lei sia perfettamente in grado di farlo. Slate si era preoccupato per lei, per via dei muscoli indolenziti. Le aveva preparato un bagno, poi l'aveva portata a fare una passeggiata rilassata, invece di fare qualcos'altro di più utile. Slate si era preoccupato che le amiche la stessero tormentando, aveva ascoltato volentieri tutte le storie degli utenti che lei gli aveva raccontato, e naturalmente stava sempre in pensiero per lei, per via delle tante case che visitava, e lei lo sapeva bene.

Ashlyn era felice che Slate fosse com'era sotto molti aspetti.

Lui doveva aver capito il significato profondo di quelle parole, perché non le commentò scherzando: si limitò ad annuire, poi si abbassò per baciarla. Sui due piedi, in mezzo al ristorante, le coprì le labbra con le proprie e si fece avanti per entrarle in bocca. Le sembrò un bacio... più intenso del solito, chissà perché. Più ricco di significati.

Quando lui si tirò indietro, lei si leccò le labbra e lo fissò. Slate le portò una mano alla guancia e le accarezzò col pollice la pelle con un movimento dolce, poi le annuì di nuovo, le prese la mano e la trascinò verso gli altri.

———

Più tardi, quella sera, dopo che Carly e Jag avevano deciso le pietanze da ordinare per il ricevimento di nozze, dopo che Ashlyn aveva riso con le amiche finché le aveva fatto male la pancia, dopo essersi fermata a casa di Slate per fargli prendere i vestiti da allenamento e il necessario per il lunedì, avevano cenato, e Slate aveva tirato fuori un litro di *mai tai* che si era portato via dopo aver convinto Carly, nonostante non fosse del tutto lecito; ne avevano bevuto fino a ubriacarsi e lui l'aveva scopata sul divano, contro un muro, leccandola fino a farla implorare di smetterla, infine avevano fatto l'amore lentamente, a lungo, finché lei non si era ritrovata totalmente fiacca e rilassata contro di lui, a letto.

"Sei ancora indolenzita?" le chiese sottovoce mentre le accarezzava la schiena, muovendo una mano su e giù.

Lei non poté far altro che ridere. "Mi ricordo a malapena il mio nome, dopo tutto l'alcol e gli orgasmi. Non saprei dirti se sono indolenzita nemmeno se ne andasse della mia stessa vita."

Slate fece una risatina.

Un silenzio piacevole scese tra loro per un minuto o due. Poi Slate le disse: "Anche oggi è stata una bellissima giornata."

Lei gli sorrise addosso; quelle parole la riscaldarono fino al midollo. "Anche per me."

"Domani che programmi hai?" le chiese.

Lei sbuffò. "E chi lo sa!? Non vorrai davvero che adesso mi metta a pensare, vero?"

"Sai che mi piaci, così?"

"Così come?"

"Brilla, e in coma da sesso."

Lei fece una risatina. "Come mai non sono sorpresa?"

"Io mi alzo presto per l'allenamento. Vuoi che ti svegli, prima di andare, o ti lascio dormire?" le chiese.

"Svegliami," gli rispose immediatamente.

"Sarò *in grado* di svegliarti?" le domandò di rimando.

"Ma sì," gli rispose un po' goffamente. "Ho il sonno super pesante solo appena addormentata. La mattina, quando ho dormito abbastanza, mi sveglio facilmente."

"Va bene, piccola. Ti metto un bicchier d'acqua vicino al comodino. Ricordati di berlo tutto senza fare tante storie, va bene?"

"Non sono *tanto* ubriaca," ribatté lei protestando, anche se era passato del tempo, dall'ultima volta che aveva bevuto quanto quella sera.

"Fa niente," le disse.

"D'accordo, signor so tutto, la berrò."

"Grazie."

Le faceva piacere la presenza di Slate. All'inizio, quando avevano cominciato a frequentarsi, Ashlyn pensava di essere più felice avendo il letto tutto per sé, o almeno così pensava; invece si era accorta di non poter pensare a un solo motivo per voler rimanere da sola. Slate era caldo, le piaceva accoccolarglisi contro, e nonostante i muscoli era un cuscino eccezionale.

"Ash?"

"Hmmm?" gli rispose, quasi addormentandosi.

Dopo una lunga pausa, lui le disse: "Dormi bene."

Lei ebbe l'impressione fulminea che quelle parole non fossero esattamente quelle che lui voleva dirle, ma era troppo stanca e appagata per fargli domande. "Anche tu."

CAPITOLO NOVE

SLATE FISSAVA con lo sguardo abbassato la donna che dormiva a letto. Il giorno prima... anzi, gli ultimi due giorni erano stati... una rivelazione. Se da un lato il sesso era stato il migliore che lui avesse mai fatto, se gli piaceva l'entusiasmo con cui lei godeva a letto, si accorgeva sempre più che gli piaceva altrettanto stare con lei, anche quando non lo facevano.

Era passato molto tempo, da quando era andato a letto con una donna a dormire. *Dormire.* Come aveva detto ad Ashlyn, lui aveva il sonno leggero, il minimo rumore o movimento di solito lo svegliava. Quindi rimanere a letto con una donna dopo aver fatto l'amore di solito significava una notte insonne. Invece, con Ashlyn, che aveva dormito tanto profondamente, lui non si era mai svegliato una volta.

L'alba stava per fare capolino, era lunedì mattina, Slate doveva arrivare in tempo all'allenamento, altrimenti Mustang gli avrebbe fatto passare le pene dell'inferno. Slate però non riusciva ad andarsene. Non sapeva come mai Ashlyn lo rendesse tanto riluttante ad andar via. Era una brava persona, lui la rispettava, ma non era pronto ad accasarsi come i compagni di squadra.

Con quel pensiero in mente, Slate si abbassò su di lei per scuoterla leggermente.

Lei gemette.

Lui non trattenne una smorfia. "Ehi, piccola, sto per andare."

"Vabbè," borbottò lei.

"Svegliati e bevi un po' d'acqua," le disse con tono deciso.

"Sono sveglia," gli rispose con una voce che non nascondeva la bugia.

"Ash, *su*, mi hai promesso che avresti bevuto l'acqua."

Ashlyn aprì gli occhi e si corrucciò. "Sei davvero irritante," gli disse.

"E tu starai molto meglio se bevi dell'acqua. Fidati."

"D'accordo," brontolò lei allungando un braccio per prendere il bicchiere che lui le stava porgendo. Se lo trangugiò senza smettere di respirare, facendolo sorridere ancor di più.

"Ecco. Contento?" gli chiese sbuffando mentre si lasciava ricadere sul letto.

"Sì. Stavo pensando..." esordì Slate.

Lei sbadigliò. "È troppo presto per pensare, a quest'ora del mattino, non fa bene alla salute."

"Mercoledì questo abbiamo un addestramento in acqua, poi abbiamo il resto del pomeriggio libero. Che ne diresti se venissi ad accompagnarti per finire le consegne di quel giorno?"

Lei spalancò di nuovo gli occhi. "Dici sul serio?"

"Sì."

"Certo! Mi farebbe molto piacere. I Turner sono nel mio giro del mercoledì. Anche James. Oh, anche Jazmin, torna da scuola col figlio Henry verso le tre e mezza, a lui piace tutto ciò che riguarda il mondo militare. Sono sicura che gli farebbe piacere conoscerti."

Slate non sapeva bene perché si era offerto di accompagnarla... probabilmente voleva sentirsi meno nervoso per quelle consegne. Ma quella risposta ricca di entusiasmo gli fece piacere. "Ottimo. Possiamo vederci al centro di Food For All dopo pranzo. Ti va bene?"

"Perfetto."

"Allora è deciso. Adesso torna a dormire per un po'. Vuoi che ti telefoni dopo l'allenamento, tanto per sentire che ti sei svegliata e sei in piedi?" le chiese.

"Sì, mi chiami? Di solito sono brava ad alzarmi, ma oggi penso di avere un po' di postumi della sbornia."

Slate stava per ridere, ma sapeva che non le avrebbe fatto piacere. Sapeva che Ashlyn avrebbe sofferto per quanto aveva bevuto, ecco perché aveva insistito affinché bevesse dell'acqua.

"Va bene, piccola. Allora ci sentiamo dopo." Slate si abbassò e la baciò dolcemente sulle labbra.

"A dopo," gli rispose, poi allungò un braccio e gli prese la mano prima che Slate si avviasse. "Slate?"

"Sì?"

"Non vedo l'ora che arrivi mercoledì."

"Anch'io, piccola. Anch'io," le disse; poi le strinse la mano e si avviò verso la porta. Si voltò un'ultima volta per guardare la donna che sembrava incapace di togliersi dalla testa; infine si costrinse ad andare.

———

"Come va con Ashlyn?" gli chiese Mustang dopo l'allenamento. Gli altri erano già andati via e Slate stava aiutando il caposquadra a rimettere in macchina i pesi che avevano usato quel mattino.

"Ci frequentiamo," gli rispose.

"Ma va là? Che bella scoperta," gli rispose Mustang, "ma

mi sembra che adesso siate più seri di quando avete cominciato a vedervi."

"Perché?" gli chiese, incrociando le braccia al petto.

"Senti, non voglio essere maleducato, ma se ne accorgerebbe persino un cieco che il vostro è un rapporto intenso.
Nonostante affermiate di essere solo amici 'speciali'."

"Anche *io* non voglio essere maleducato, ma il rapporto tra
me e Ashlyn è qualcosa di nostro," gli rispose Slate. Non si
sentiva pronto a parlare con gli altri del proprio rapporto.
Accidenti, non sapeva nemmeno bene che dire. Si frequentavano. Punto. Maledizione, non stavano pensando di sposarsi
come Jag e Carly, non stavano pensando a come chiamare il
proprio bimbo, come Pid e Monica.

"Appunto, questo lo capisco. Però sto solo cercando di
proteggerla. Le donne non sono... non sono come noi. Sono
più sentimentali. Sia io che Elodie siamo preoccupati che
vada tutto a rotoli, se uno di voi due si innamora dell'altro e
non viceversa."

Slate non trattenne una risata. "Ma noi non siamo innamorati," gli rispose senza esitare. "Accidenti, è stata Ashlyn a
proporre un rapporto di questo tipo, amicizia 'speciale'."

"Però ultimamente avete passato più tempo insieme, e
adesso anche la notte," replicò Mustang.

Slate divenne torvo. "E allora?"

"Allora, dico solo, stai attento. Mi piace Ashlyn. Piace
anche a Elodie. Insomma, piace a *tutti*. È solo che non voglio
che ci siano imbarazzi in futuro, se il rapporto tra voi due non
funziona."

"Non ci saranno imbarazzi," affermò Slate con decisione,
ma lesse sul viso dell'amico un'espressione scettica. "Ne
abbiamo già parlato anche noi e ci va bene così. Anzi, ci va
alla grande. Il sesso è buono, anzi no, è fenomenale, cazzo. Mi
piace passare il tempo con lei, insieme ci divertiamo. Però
finita lì, Mustang, davvero."

"Sai cosa dicono delle scuse non richieste, vero?" gli rispose l'amico con sarcasmo.

"Devi smetterla di starmi addosso," ribatté Slate. "Ti rispetto e sarei disposto a prendermi un cazzo di proiettile al tuo posto, ma mettiamo da parte questo argomento. A noi va bene così. Mi piace, non sono innamorato e non sono pronto ad accasarmi come te e gli altri. Se non ti va bene, non so cosa dirti. Non mi è arrivata la circolare con scritto che devo sposare la prima con cui vado a letto," gli disse, ormai sulle difensive.

"Va bene," rispose Mustang alzando le mani in segno di resa. "Allora lascio perdere. Ho detto quello che dovevo dire. Torniamo al lavoro. Non ho ancora detto nulla agli altri, affronterò l'argomento stamattina, quando saremo tutti alla base, ma c'è una seria probabilità che ci spediscano in Bahrein in settimana."

Slate trasalì. "Dobbiamo fare da bodyguard?"

"Esatto," rispose Mustang annuendo. "Le tensioni sono ancora molto alte, adesso che Israele fa parte del Comando Centrale al posto di quello Europeo. Con l'incontro di CENTCOM in programma in Bahrein per la settimana prossima, ci hanno chiesto non solo di collaborare alla sicurezza dei delegati USA, ma anche di essere presenti qualora ci siano casini."

"Maledizione," sospirò Slate, poi alzò le spalle. "Sempre meglio che strisciare sulle montagne in Iran o in Iraq in cerca di ribelli."

"Verissimo. Nessuno si aspetta che ci siano problemi, al di là del dovere... dovremo starcene là e annoiarci a morte per qualche giorno, mentre dei politici cercano di trovare qualche compromesso sulla politica estera."

"Va bene. Oggi ascolterò con attenzione i dettagli. Ah, aspetta, pensi che partiremo *dopo* mercoledì, vero?"

"Molto probabile, perché?"

"Ho detto ad Ash che vado con lei a fare le consegne, mercoledì pomeriggio," gli spiegò Slate.

Mustang fece un gran sorriso, ma rispettò la promessa e non ne approfittò per infilare un altro commento sul rapporto con Ashlyn. "Penso che dovresti farcela comunque. Le conferenze non cominciano prima di domenica, quindi penso che non partiremo prima di venerdì. Al massimo giovedì sera."

"Ottimo. Non ci aspettiamo complicazioni sul nostro rientro, vero? Sarebbe una vera rottura, se Jag e Carly dovessero riprogrammare le nozze."

"No, anzi, è per questo che ho insistito col comandante affinché ci assegnasse questa missione e non un'altra," gli spiegò Mustang. "So che manca ancora un mesetto alle nozze, ma sappiamo bene che a volte anche una missione corta e semplice può trasformarsi in tutt'altro."

Slate annuì in segno di approvazione. Mustang era un ottimo caposquadra. Non aveva paura di prendere decisioni difficili, quando erano indispensabili, ma aveva sempre a cuore il miglior interesse dei SEAL sotto al suo comando.

"Adesso vado, a più tardi," gli disse Slate.

Mustang annuì e chiuse il baule della macchina. "A dopo."

Mentre tornava a casa, Slate si sforzò di non pensare troppo alle parole di Mustang. Lui e Ashlyn stavano bene. Sapevano com'era impostato il loro rapporto. Nessuno dei due era pronto per un rapporto permanente, non erano innamorati. Il rapporto andava bene. Anzi, benissimo.

Slate si rifiutava di farsi influenzare dalle preoccupazioni degli amici. Solo perché volevano vederlo sistemato come loro, non significava che dovesse succedere per forza nell'immediato.

Tornò coi pensieri alla sera prima. Ashlyn era arsa di desiderio per lui. Gli venne duro, Slate fece un respiro profondo. Anche se solo per un momento, pensò che avrebbe preferito tornare a casa da lei. Gli sarebbe piaciuto svegliarla mettendole la bocca tra le gambe, provocandole un orgasmo o due prima di venire anche lui. Invece avrebbe dovuto accontentarsi della propria mano sotto la doccia.

Poi avrebbe telefonato ad Ashlyn, per assicurarsi che si fosse svegliata e alzata; infine sarebbe andato a lavorare. Se la squadra era in procinto di andare fuori sede, c'erano molti aspetti logistici da organizzare. L'intera settimana sarebbe stata colma di rapporti e informazioni da recuperare, per non parlare dell'addestramento di mercoledì mattina. Passare del tempo a fare le consegne con Ashlyn sarebbe stato un bel momento per staccare da una settimana che si stava delineando come frenetica.

CAPITOLO DIECI

"Mi sembri stanco," sbottò Ashlyn. Non intendeva essere scortese, partendo così in quarta, ma ormai l'aveva detto e non poteva rimangiarsi le parole. Non vedeva Slate da lunedì e la deprimeva vederlo così sfinito.

Per fortuna, lui non se la prese. "Eh sì, gli ultimi due giorni sono stati pesanti."

Slate le aveva parlato della missione in arrivo proprio il lunedì sera, quando le aveva telefonato, rassicurandola però che non si sarebbe trattato di nulla di pericoloso. Lei non era sicura di potergli credere completamente, ma dato che lui non le aveva ancora mai mentito, aveva immaginato di potergli dare il beneficio del dubbio.

Anche se la missione non era di quelle in cui rischiare l'osso del collo, comunque Slate si stava dando molto da fare. Solo la sera del giorno prima aveva avuto conferma di potersi prendere quel pomeriggio libero.

Lei aveva atteso con ansia quel momento, voleva presentargli alcuni degli utenti, anche se avrebbe capito, qualora lui fosse stato costretto a rimandare; però era stata contenta quando lui aveva confermato. Nonostante tutto, si sentì in dovere di aggiungere: "Se preferisci non andare, se hai bisogno di fare una siesta o altro, ti capisco."

Erano in piedi nel parcheggio vicino al centro di Food For All, dove si erano incontrati dopo pranzo; da là, lei avrebbe dovuto riprendere il giro delle consegne. Slate le si avvicinò e le mise le mani ai lati del viso. "Ormai è un po' che aspetto con ansia questo momento. Tutte le storie che mi hai raccontato sui tuoi utenti mi hanno catturato. Voglio venire con te, Ash."

"Va bene," gli rispose con un sorriso enorme.

Lui la fissò per un lungo momento, poi abbassò lentamente la testa. "Non ti ho ancora salutata come si deve, vero?" le chiese. Non le lasciò il tempo di rispondere, perché le coprì le labbra con le proprie. Fu un bacio diverso dal solito, più lento, pigro, eppure fece venire i brividi ad Ashlyn.

"Adesso sono pronto a partire," le disse, dopo aver tirato su la testa ed essersi leccato le labbra, come per cercare di catturare tutto il sapore di lei.

"E io sono arrapata da morire," mormorò Ashlyn, che fu premiata dalla risata di Slate. Lui andò al posto di guida del RAV4 e le aprì la porta. Lei si accomodò dietro al volante e lo guardò fare il giro per andare dall'altra parte.

Quando anche lui fu all'interno e con la cintura di sicurezza allacciata, le disse: "Parti pure, Schumacher."

Ashlyn alzò gli occhi al cielo. "Sei un cretino," gli replicò avviando il motore.

Lui si limitò a sorridere.

Dopo essere uscita dal parcheggio, mentre guidava, Ashlyn gli chiese: "Ti dà fastidio che guidi io?"

"Perché mai?" le chiese con un tono chiaramente confuso.

"Beh, gli uomini come te sembrano sempre aver voglia di comandare, di avere tutto sotto controllo. Lasciare che sia una donna a guidare sembra andare in senso opposto."

"A me non frega nulla se guidi tu," le disse con scioltezza.

"Ci sono momenti in cui preferisco avere il controllo, non posso certo negare di avere il pallino del controllo, ma piccola, ti ho vista guidare, sei attenta e non corri rischi inutili, non vai troppo veloce e non hai mai suonato il clacson a nessuno in un momento di rabbia. So che gli incidenti possono capitare lo stesso, ma a me va benissimo che guidi tu."

Per alcune donne, potevano essere parole quasi irrilevanti, invece Ashlyn ebbe l'impressione di superare quasi una prova cruciale. Che sciocchezza, stava solo guidando, per l'amore del cielo, ma insomma. "Grazie," gli rispose dopo un momento. "Ho sempre pensato che fosse una scemenza, quando un uomo si sente più al sicuro perché sta guidando."

Slate le sorrise. "Allora, da chi andiamo per primo?"

"Dai Turner. Trey sarà al lavoro, probabilmente, ma Brooklyn è a casa con i piccoli."

"Hanno due e tre anni, vero?" le chiese Slate.

Contenta che si ricordasse, Ashlyn annuì. "Già. Di sicuro danno un bel da fare."

"Tu vuoi avere figli?" le chiese Slate.

Ashlyn spalancò gli occhi e gli lanciò un'occhiata rapida.

Lui rise. "Tranquilla, non intendo dire adesso. Sono solo curioso."

Lei lasciò andare un sospiro di sollievo. "Meno male."

"Hmmm, non mi sembra un bel sì deciso," commentò lui.

Ashlyn fece spallucce. "Non è che non mi piacciano i bambini. Mi piacciono, ma è solo che finora non ho mai avuto l'istinto materno. Forse sono un po' egoista, ma mi piace la mia vita. Vedo Brooklyn, o Jazmin, o gli altri genitori a cui consegno i pasti, vedo quanto è difficile, sono sempre esausti e non è che muoia dalla voglia di diventare mamma."

"Non pensi che siano felici, coi loro figli?" le chiese Slate.

"Non è questo, è ovvio che amano i loro figli. Probabilmente la penserei diversamente, se avessi figli miei, ma per adesso non me la sento, l'idea non mi attira molto." Alzò di nuovo le spalle, faticava a trovare le parole giuste. "Faccio fatica a spiegarmi."

"No no, ti sei spiegata benissimo. Comunque, per la cronaca, non penso che tu sia egoista. Avere dei figli è un impegno enorme, che richiede tempo, un sacco di fatica e sì, anche soldi. Per non parlare delle difficoltà e dei rischi del mondo, che sembra diventare sempre peggio ogni giorno che passa. Ti capisco."

Ashlyn lo guardò di nuovo. "Tu invece come la pensi sui figli?" Non riusciva a credere di aver avuto lo spirito di chiederglielo. Del resto, era stato lui ad avviare quella conversazione.

"La penso più o meno come te. Ma la mia reticenza è dovuta soprattutto al fatto che mi dispiacerebbe troppo lasciare un figlio senza padre, se dovesse succedermi qualcosa. Sono bravo nel mio lavoro, ho al mio fianco cinque degli uomini migliori che potessi scegliere per proteggermi, ma quando arriva la tua ora, non c'è santo che tenga. Non voglio che mio figlio o mia figlia debba subire la mia morte."

"Ma tu non sarai sempre un SEAL," ribatté lei.

"Vero. Una volta fuori dalla Marina, le mie sensazioni sull' avere dei figli potranno cambiare." A quel punto fu lui a fare spallucce.

Rimasero in silenzio per un po', mentre lei guidava.

"Comunque, per quel che vale, io penso che saresti una mamma eccezionale," le disse Slate. Troveresti sempre il modo di far funzionare tutto, se avessi un figlio. Immagino, probabilmente metteresti un bel seggiolino con tanto di cintura di sicurezza e andresti avanti col giro di consegne, e i tuoi utenti sarebbero fuori di testa."

Lei sorrise. "Grazie. Penso lo stesso di te. Anche tu saresti un papà meraviglioso. Ho la sensazione che saresti totalmente contagioso, tipo che i tuoi figli sarebbero tutti come te, in miniatura. Ti seguirebbero dappertutto e vorrebbero essere proprio come il papà."

Slate non le rispose, ma le prese la mano e gliela strinse dolcemente, tenendogliela mentre lei guidava.

Ecco cosa aveva sempre cercato Ashlyn in un rapporto, da sempre: qualcuno che fosse onesto con lei, qualcuno che fosse un vero partner, con cui ci fosse un legame anche sessuale... qualcuno che le facesse venire la pelle d'oca anche solo tenendola per mano.

Trattenne un sospiro ironico: non si sarebbe mai immaginata di trovare esattamente ciò che aveva sempre desiderato, ma con un uomo che frequentava solo senza impegno.

Dopo una decina di minuti, Ashlyn accostò nella strada in cui vivevano i Turner. Parcheggiò di fronte alla loro casa e spense il motore. Lei e Slate scesero dalla macchina e andarono sul retro. Slate le prese di mano lo scatolone con i pasti e la seguì verso la porta d'ingresso.

Lei bussò leggermente; non voleva svegliare i bambini, qualora stessero facendo un riposino, ma da dentro si sentirono grida entusiaste: non stavano dormendo.

Brooklyn aprì la porta e uscì sotto la loggia, mentre Briar e Curtis vennero fuori gattonando e si aggrapparono alle gambe di Ashlyn.

"Ash!" esclamò il bimbo con un sorrisetto.

La sorellina non disse nulla, alzò solo lo sguardo e fece un gran sorriso.

"Ciao bimbi! Fate i bravi oggi?" domandò Ashlyn.

I due bimbi non risposero, non che lei se l'aspettasse. Ashlyn guardò la loro mamma... e trattenne una risata per il modo in cui la vide fissare Slate, che indossava ancora l'uniforme con cui era andato al lavoro quel mattino e aveva cominciato a lasciarsi crescere la barba. Le aveva detto che la barba serviva per la missione che sarebbe sopraggiunta nel giro di pochi giorni, spiegandole che, in molti luoghi del mondo, la barba lo aiutava a mimetizzarsi meglio tra gli abitanti del posto. In quel frangente, la barba lo rendeva solo più affascinante.

Brooklyn era palesemente d'accordo.

"Ciao, Brook," le disse Ashlyn. "Ti presento Slate. Oggi mi aiuta con le consegne."

"Ciao," lo salutò timidamente.

"Ciao," disse Curtis copiando la mamma, poi camminò verso Slate e gli afferrò una gamba dei pantaloni. "Su!" gli chiese.

"Oh, scusa tanto," disse Brooklyn prendendo il figlio. "Ultimamente gli è venuta la mania di farsi prendere in braccio. Sai che dolori alla schiena!"

"Nessun problema," le disse Slate. "Puoi prendere questo?" chiese ad Ashlyn porgendole lo scatolone.

Lei lo prese e rimase a guardare, mentre lui si abbassava per prendere il bambino in braccio. Se lo appoggiò al fianco e fece un gran sorriso. "Ciao Curtis, hai fatto il bravo con la mamma, oggi?"

Curtis sembrava ipnotizzato da Slate. Gli mise una mano sulla faccia per dargli un colpetto sulla barba.

Ashlyn giurò di sentirsi le ovaie stringere, vedendo Slate che teneva in braccio quel bambinetto. Anche se gli aveva appena detto di non essere pronta ad avere figli, vederlo con Curtis le stava già facendo cambiare idea.

"Entrate," disse Brooklyn prendendo in braccio Briar e indicando l'interno della casa. "Dentro è un disastro, ma io ormai mi sono abituata e cerco di non sentirmi troppo in imbarazzo. Con due bambini piccoli, di sicuro non è facile tenere la casa in ordine."

"Non preoccuparti," la rassicurò Ashlyn. "Oggi non possiamo fermarci più di tanto, perché ho fatto una pausa pranzo più lunga per trovarmi con Slate. Però vedrai che buoni i pasti, oggi Elodie ha superato se stessa. Ha preparato delle piadine alle verdure, che detto così sembra niente di che, ma lei è riuscita come al solito a prepararle in modo speciale. Ha affettato i peperoni molto sottili, poi ha messo cipolle, funghi, zucchine, lattuga e pomodori, il tutto racchiuso in una bella piadina. Poi ci ha messo del formaggio brie e una fantastica maionese al rafano. Fidati, anche se non dovessero piacerti alcuni ingredienti, vedrai che cambierai idea appena li assaggi tutti insieme."

"Mi sembra meravigliosa," rispose Brooklyn.

"Poi, siccome so che Trey non è tanto appassionato di verdure, gli ho preso anche un petto di pollo al limone coi peperoni. Ah, i dolcetti millefoglie sono la fine del mondo. Ti consiglio di avere a portata di mano un bel bicchiere di latte, quando arrivi al dessert," concluse Ashlyn con un gran sorriso, "per un abbinamento perfetto."

"Non vedo l'ora di assaggiare tutto," disse Brooklyn.

"Ho anche dei pannolini in macchina," aggiunse Ashlyn. "Qualcuno è passato al centro per donarli e io ho pensato che ti sarebbero stati utili."

"Oh, sì, grazie mille!"

"Tieni, prendilo in braccio tu, vado io a prenderli," le disse Slate.

Ashlyn prese subito in braccio il bimbo. Curtis sorrideva, felice di avere su di sé l'attenzione di un altro adulto. Al contrario, la sorellina sembrava soddisfatta di stare in braccio alla mamma.

Appena Slate si allontanò per tornare alla macchina, Brooklyn disse: "Daaaaai!"

Ashlyn rise. "Eh, lo so, vero?"

"Lo so che mi avevi detto che frequentavi qualcuno, ma *accipicchia*."

"Infatti, è un grande."

"Se le cose che hai detto su di lui sono vere, è anche di

più. Devi tenertelo stretto, Ash, è affascinante, sensibile e con Curtis è stato bravissimo.”

“Non siamo impegnati,” protestò Ashlyn.

Brooklyn alzò un sopracciglio. “Ma *lui* lo sa? Perché dal modo in cui ti tiene gli occhi addosso sembrerebbe di no.”

“Ma certo che lo sa. È solo che lui è fatto così. È molto... intenso.”

“Uh-huh, continua pure a ripetertelo.”

Ashlyn aprì la bocca per protestare, ma Slate tornò prima che lei potesse dire altro.

“Ecco qui, vuoi che te li porti in casa?”

“Sì, grazie,” gli rispose Brooklyn con un sorriso, per poi farsi da parte e alzare entrambe le sopracciglia verso Ashlyn appena Slate entrò per mettere la confezione di pannolini sul pavimento.

Le due donne si sorrisero.

“Grazie ancora per i pasti, non vedo l’ora di assaggiarli.”

“Ma certo, ci vediamo venerdì,” le disse Ashlyn abbassandosi per mettere a terra dolcemente Curtis. Appena la mamma fece per entrare, il bimbo corse dentro gridando senza nemmeno guardarsi alle spalle.

“Santo cielo, oggi è davvero gasato. Grazie ancora, ci vediamo venerdì,” le disse Brooklyn entrando in casa per andare a riacchiappare il figlioletto.

Una volta tornati in macchina, Slate le stava sorridendo.

“Che c’è?” gli chiese Ashlyn.

“Nulla.”

“Dai, forza, che c’è?” insisté lei.

“Sei stata brava, col piccolo.”

Lei capì esattamente di cosa stesse parlando. “Potrei dire lo stesso di te. Ribadisco quel che ti ho detto prima, saresti un papà bravissimo.”

“È gentile, ma è in difficoltà,” commentò poi Slate.

“Lo so. Vorrei poter fare di più per aiutarla.”

"Stai facendo più di tanti altri. Ho notato anche che non le hai detto di aver *comprato* quei pannolini."

Ashlyn fece spallucce. "È una donna orgogliosa, poi per me non è stato un problema prenderne una confezione, l'ultima volta che sono andata a far la spesa."

"Mi dispiace non averlo fatto prima," le disse Slate.

"Fatto cosa?" gli chiese avviando il motore.

"Non averti accompagnata, per vedere gli utenti che aiuti. Se no, magari non ti rompevo tanto le scatole sulle consegne."

Furono parole molto importanti per Ashlyn. "Grazie."

"Dico davvero. È chiaro che ti vogliono molto bene e ovviamente tu ci tieni molto. Sono fortunati, ad averti dalla loro parte."

"Beh, finora hai incontrato solo una persona," gli disse Ashlyn, quasi imbarazzata per quei complimenti. "Non sono tutti espansivi come Brooklyn e i suoi cuccioli."

"Scommetto che ti apprezzano tutti, però," aggiunse Slate. "Adesso dove andiamo?"

Il pomeriggio passò alla svelta. Le piacque lavorare fianco a fianco con Slate. Come gli aveva detto, avvertendolo, gli utenti non erano tutti molto espansivi, ma sembravano tutti molto lieti di vederla e grati per le consegne dei pasti.

Erano quasi le cinque, quando Ashlyn accostò davanti all'ultimo indirizzo. "Ho tenuto James per ultimo," disse a Slate. "Vedrai come sarà entusiasta di conoscerti, probabilmente vorrà parlare della Marina, per te va bene? Devi tornare a casa?"

"Va bene," le disse Slate. "Mi hai parlato molto di lui, mi sembra quasi di conoscerlo già. Vuoi che ci prendiamo qualcosa da mangiare, dopo che siamo tornati da Lexie al centro di Food For All?"

Ashlyn annuì. "Certo."

"Sentirti parlare di quelle piadine alle verdure con il pollo al limone mi ha fatto venire l'acquolina in bocca."

Lei si mise a ridere. "Dai, vedrai che James ci sta già aspettando. Ha una poltrona proprio dietro alla finestra, quindi vede tutti quelli del quartiere che vanno e vengono."

Mentre camminavano verso la porta, Slate le tenne la mano, intanto con l'altro braccio portava il pasto confezionato.

James aprì la porta prima che loro potessero raggiungerla. "Come sta la mia ragazza preferita?" chiese con un gran sorriso.

Ashlyn lasciò andare la mano di Slate e abbracciò l'anziano signore con cautela. James aveva la schiena ricurva per l'età, con qualche capello bianco in disordine sulla testa. La barba in disordine, non fatta da qualche giorno, qualche macchia sulla camicia; ma ogni volta che andava da lui, Ashlyn si sentiva accolta in modo talmente genuino da non notare nemmeno quell'aspetto trasandato.

"Mi dispiace, sono in ritardo," gli disse staccandosi da lui, ma tenendogli una mano sul braccio, nel caso perdesse l'equilibrio. Per un uomo di ottantotto anni, James era sorprendentemente agile, ma lei non voleva correre il rischio che cadesse.

"Non sei in ritardo, sei in perfetto orario!" esclamò James. "Ho appena preparato una bella caraffa di caffè. Vieni dentro per un po'?"

Ashlyn lo avrebbe ripreso, per il tanto caffè che beveva sempre, ma l'unica volta che era andata in argomento, lui le aveva risposto che beveva due caraffe di caffè ogni giorno da una vita e che non aveva intenzione di smettere a quell'età.

"Mi fa piacere fermarmi un pochino," lo rassicurò. "James, voglio presentarti Slate. È il mio ragazzo, te ne ho parlato."

"È il SEAL?" le chiese James.

Ashlyn fece del suo meglio per nascondere il sorriso. Slate le aveva detto che poteva svelare a James il suo ruolo nella Marina, e lei trovava divertente che James dovesse ancora parlare direttamente con Slate. "Sì, è proprio lui."

James rivolse lo sguardo a Slate, si tirò su con la schiena più dritta e portò la mano alla fronte facendo il saluto militare. "Piacere di conoscerti."

Slate restituì il saluto dicendo: "Ho sentito che ha delle belle storie da raccontare, sui bei tempi del servizio."

Ashlyn sentì James rilassarsi, era ovvio che l'incontro con Slate l'avesse innervosito; James aveva detto ad Ashlyn che non usciva ormai più tanto spesso e che faceva fatica a relazionarsi con i giovani.

"Scommetto che anche tu hai delle belle storie da raccontare," gli rispose James.

"Può dirlo forte," confermò Slate annuendo.

"Beh, dai, non rimanete lì impalati tutto il giorno sull'uscio. Vi prendo il caffè così possiamo parlare."

"Che dici di sederti a parlare con Slate, mentre io vado a prendere il caffè?" suggerì Ashlyn, che sapeva per esperienza che a James il caffè piaceva molto forte e senza alcuna aggiunta di latte. Lei invece, per mandarlo giù, doveva ammorbidirlo un pochino.

"Va bene, va bene, allora noi andiamo a rilassarci," rispose James.

Ashlyn fece per prendere la borsa che Slate stava reggendo; lui gliela passò agilmente mentre prendeva James sottobraccio, per aiutarlo a non cadere. Slate si era mosso con tanta scioltezza che James non ebbe la minima impressione di essere trattato come un vecchietto, almeno così sospettò Ashlyn.

Slate le annuì, e nel momento in cui i loro sguardi si incrociarono, Ashlyn non poté non notare nei suoi occhi l'ammirazione e l'approvazione. Slate accompagnò James all'interno della casa. Era un ambiente piccolo e ingombro, ma pulito. Ashlyn sapeva che, ogni due giorni, passava una persona addetta alle pulizie e alle faccende, anche per controllare che James mangiasse regolarmente.

Slate fece accomodare James sulla poltroncina che chiaramente preferiva, mettendosi sul divano di fronte a lui. Ashlyn li sentì parlare subito della vita a bordo di una nave della Marina e dei paesi in cui erano andati.

Sorridendo, mise sul mobile della cucina la borsa con il petto di pollo al limone e aprì il pensile per prendere due tazze. La tazza di James era già pronta sul top della cucina, con le macchie marroni dovute agli anni di utilizzo. La prima volta che l'aveva vista, Ashlyn era impallidita e aveva cercato di grattar via quelle macchie, ma non le era riuscito. Poi aveva pensato che se James non si era stufato di bere da quella tazza, lei non avrebbe dovuto preoccuparsene.

Mise il pollo su un piatto insieme al contorno; prima di andarsene, voleva assicurarsi che James mangiasse; dopo averlo scaldato nel microonde, tagliò il pollo a tocchetti. James era in grado di tagliare il proprio cibo, ma una volta aveva ammesso che la moglie gliel'aveva sempre preparato tagliato e che gli mancava quel piccolo gesto d'affetto. Poi Ashlyn versò nelle tazze il caffè, piuttosto sicura che a Slate non sarebbe dispiaciuto l'aroma forte del caffè nero; infine mise nella propria tazza dello zucchero.

Prima portò il caffè ai due uomini, sorridendo sotto i baffi perché James si voltò appena per guardarla. A lei non diede alcun fastidio: era bello vederlo entusiasta di parlare con qualcuno che apprezzasse veramente i suoi racconti.

Poi andò a prendere il piatto di James e glielo portò, passandogli anche una forchetta. James nel frattempo non perse il filo della storia che stava raccontando a Slate sul periodo in cui aveva prestato servizio sulla *USS Maddox* e sull'episodio delle tre torpediniere vietnamite che avevano affrontato, negli anni Sessanta. James si infilò in bocca la prima forchettata di pollo e continuò a parlare.

Slate la guardò di nuovo negli occhi, lo sguardo gli brillava di gioia, poi bevve un sorso di caffè e tornò a prestare attenzione all'anziano signore.

Ashlyn tornò volentieri in cucina: non voleva intromettersi in quel momento "tra uomini" rimanendo in loro presenza. Le piaceva molto ascoltare i racconti di James, ma ormai li aveva sentiti quasi tutti più di una volta. Arrivata in cucina, si guardò attorno con più attenzione e si preoccupò: l'assistente del giorno prima non aveva fatto un gran lavoro. Da quel che sapeva Ashlyn, Aiden Quinlan era in servizio da James il martedì, il giovedì e la domenica.

Lei lo aveva incontrato solo una volta e non sapeva bene che pensare di lui. Era alto quanto Slate, quasi uno e novanta, aveva anche più o meno la stessa età, poco più di trent'anni. Aveva i capelli biondi e gli occhi azzurri, quando si erano incontrati non aveva parlato molto... ma chissà perché, lei l'aveva preso male. Non sapeva nemmeno lei spiegarselo. Era solo una brutta sensazione. A James sembrava piacere, quindi lei si era tenuta per sé la propria opinione.

Ultimamente, però, quando passava da James notava che la casa non era tenuta bene quanto avrebbe dovuto. Fece capolino nel bagnetto adiacente la cucina e arricciò il naso: non c'era la carta igienica, il cestino dell' immondizia era pieno e il coperchio della tazza alzato. Ovviamente nessuno puliva quell'ambiente da un po' di tempo.

Tornò in cucina per prendere del detergente e della carta da cucina. Mentre James e Slate stavano chiacchierando, lei poteva passare il tempo dando una ripulita.

Dopo mezz'oretta, Ashlyn aveva pulito sia il bagnetto che la cucina. Aveva lavato i piatti nel secchiaio e aveva gettato il cibo andato a male rimasto nel frigorifero. Era andata anche nella camera da letto di James per raccogliere i vestiti sporchi e avviare un carico di lavatrice.

Un colpo alla porta la sorprese; tornò in salotto, dove James e Slate non avevano mai smesso di parlare. Sbatté le palpebre sorpresa, vedendo Aiden là in piedi. Per quanto ne sapeva lei, il mercoledì non doveva prestare servizio.

"Oh, ciao, pensavo fossi già andata via," le disse Aiden vedendola.

Lei entrò in salotto e alzò le spalle. "Ho modificato il giro per far conoscere Slate e James."

"Ehi, ciao, piacere," disse Aiden senza aspettare di essere presentato. "Mi sono fermato solo per sentire come stavi, James, dato che ieri hai detto che ti facevano male le gambe," proseguì.

"Ti fanno male le gambe?" gli chiese Ashlyn preoccupata.

"Non è niente," le rispose James, sminuendo ogni preoccupazione. "Ho ottantotto anni, è normale avere qualche dolorino, qualche acciacco."

"Hai parlato con un medico?" gli chiese.

"Non ancora. Se non mi passa, ci vado," la rassicurò James.

"Beh, allora, se stai meglio, io vado," disse Aiden, indicando col pollice la porta da cui era appena entrato.

"Posso parlarti per un secondo?" gli chiese Ashlyn rapidamente.

Un'espressione impaziente attraversò il viso di Aiden.

"Solo un momentino," gli disse.

"D'accordo."

"Possiamo parlare in cucina," aggiunse, dato che Aiden non sembrava in procinto di spostarsi dal punto in cui si era fermato, vicino alla porta.

Aiden sospirò e annuì, poi la seguì.

Slate teneva gli occhi incollati su quell'uomo e quando Aiden lanciò un'occhiata verso di lui, passando vicino al divano, Ashlyn lo vide fare un passo di lato... come per allontanarsi.

Se Aiden aveva un certo timore di Slate, ad Ashlyn non dispiaceva affatto.

Quando arrivarono in cucina, lontano dalle orecchie di

James, Ashlyn non esitò ad andare dritta al punto. "Questo posto era un po' sottosopra, quando sono arrivata. Il bagno, la cucina, la camera da letto, tutto in disordine. Ti pagano per aiutarlo e per fare le pulizie, vero?"

"Non sta a te dirmi come fare il mio lavoro," ribatté Aiden con un tono sgradevole.

Lei fu un po' sorpresa di quella risposta al vetriolo, probabilmente avrebbe potuto esprimere con più diplomazia quelle critiche alle condizioni della casa, ma insomma.

"Hai ragione, scusami," gli disse immediatamente.

Fu la cosa giusta da dire. Aiden abbassò le spalle e si passò una mano nei capelli biondi di media lunghezza. "No, scusa *tu*, nemmeno io intendevo fare lo stronzo. Ieri James non stava molto bene, e nemmeno la settimana scorsa. Insomma, ho passato tutto il tempo a parlargli, ho cercato di dargli uno stimolo per uscire dalla depressione in cui mi sembra caduto."

Ashlyn si acciglio. "Depressione?"

"Sì. Quando sono arrivato, domenica, era ancora a letto e mi ha detto che non voleva alzarsi, anche se io ho cercato di spronarlo," le spiegò Aiden.

Ad Ashlyn non faceva piacere ciò che stava scoprendo, ma era anche sorpresa: "Oggi mi sembra stia bene."

"Sì, sta bene, che sollievo!" esclamò Aiden. "Non ho avuto tempo di fare le pulizie come al solito, per questo hai trovato disordine, giovedì completo tutto ciò che rimane, grazie per aver lavato i piatti e tutto il resto."

"Prego, penso che dovremo dire qualcosa al suo medico a proposito del dolore alle gambe e della depressione."

"Lui è in imbarazzo, dice che dovrebbe tirare avanti meglio," le spiegò Aiden. "Ultimamente parla molto della moglie, di quanto gli manca. Penso che ne uscirà, ma non sono sicuro che sia una buona idea coinvolgere un medico senza dirgli nulla. Anche se lo facessimo, sappiamo bene entrambi che il medico gli prescriverebbe delle pillole che lo stordirebbero, o chissà che. Per questo sono passato oggi, anche se non era nei miei orari. Volevo vedere come stava, assicurarmi che almeno fosse uscito dal letto."

Ashlyn annuì. "Lo apprezzo, ormai è come fosse mio nonno, vorrei tanto che non vivesse da solo, ma immagino che non possiamo farci nulla."

"Eh no, ma insomma, grazie ancora per aver sistemato qui in casa. Come ti dicevo, domani finisco io il resto," concluse Aiden.

Ashlyn gli sorrise, rassicurata. "Va bene."

"Bene." le restituì il sorriso, poi aggiunse: "Allora... da quant'è che stai con quel tipo là? È una cosa seria?"

Ashlyn fu sorpresa da quelle domande. "Ehm... abbastanza seria." Non proprio, ma non era il caso di spiegare ad Aiden il tipo di rapporto che aveva con Slate. Non lo conosceva affatto.

"Che peccato, sei proprio bella, se un giorno ti va di uscire, lasciami il tuo numero sul mobile dopo la consegna, così ci troviamo."

"Ah... sì, va beh..."

"Bene," ripeté lui, che poi batté due volte sul top della cucina e tornò nell'altra stanza.

Ashlyn lo seguì a ruota, ma rimanendo a una certa distanza. Non voleva dare in alcun modo l'impressione sbagliata ad Aiden. Doveva essere un tipo a posto, dato che lavorava come assistente per persone anziane come James. La prima e unica occasione in cui l'aveva incontrato, le aveva parlato degli altri tre anziani che seguiva. Però non si sentiva attratta da lui... e c'era sempre quella strana sensazione di disagio che le era rimasta da quel primo incontro. Non voleva uscire con lui.

Aiden annuì verso James e Slate, poi andò verso la porta. "Ci vediamo domani, carissimo," disse un po' distrattamente mentre usciva. James non ebbe nemmeno il tempo di rispondere: Aiden era già uscito e si dirigeva verso una Chevy Chevette mezza scassata, parcheggiata dietro il RAV4 di Ashlyn.

"Vieni qui, siediti," le disse Slate dando un colpetto al cuscino vicino al proprio.

Lei si sedette, non riuscendo a interpretare il modo in cui la guardava. Si sentiva stanca, per la giornata e per le pulizie in cucina e in bagno; una piccola pausa non le dispiaceva.

Nell'attimo stesso in cui fu seduta, Slate le mise di slancio una mano sulla gamba, appoggiando le dita sull'interno coscia... era un contatto molto possessivo. Lei non gli disse nulla, ma si accorse che James li stava guardando con attenzione, e con un sorrisetto in volto.

"Allora... ti prendi cura di Ashlyn?" chiese James.

"Sì," rispose Slate senza batter ciglio.

"Una volta ho sentito un proverbio che mi è rimasto impresso. Un uomo non protegge la sua donna perché è debole, la protegge perché è importante," disse James.

Ashlyn quasi si sciolse sul posto. Le piaceva quel detto. Moltissimo. Pensò a Elodie, a Lexie e a Carly, poi a Monica e Kenna. Erano amiche forti e indipendenti, ma si erano trovate tutte in situazioni in cui avevano avuto bisogno di ripararsi dai mali del mondo. I loro uomini, i compagni di Slate, non solo si erano fatti avanti, ma avevano fatto di tutto per evitare che le rispettive compagne si sentissero inadatte o in difetto.

"Verissimo," rispose Slate, voltandosi per incontrare lo sguardo di Ashlyn. "È una cosa che ho imparato negli anni, spessissimo la persona più forte è quella che ha più bisogno di qualcuno alle spalle."

"Mi piace," disse James rivolgendosi ad Ashlyn. "Tienitelo stretto."

Ashlyn sorrise all'anziano utente. "Piace anche a me." Preferì tenersi a debita distanza dal commentare il "tienitelo stretto". Le venne il pensiero improvviso che, quando lei e Slate alla fine si fossero lasciati, ci sarebbero stati male in tanti, le amiche, persino James, anche più di *lei*.

"Com'era?" gli chiese accennando col viso al piatto vuoto davanti a James.

"Buono, come sempre. La tua amica sa bene come cucinare," le rispose.

"Puoi dirlo forte," concordò Ashlyn. "Porto il piatto in cucina prima di andar via." Per quanto volesse rimanere a lungo, si stava facendo tardi e Slate era stanco già da prima di cominciare il giro di consegne. Ormai doveva essere sfinito.

"C'è altro che possiamo fare, prima di andare?" chiese Slate dopo che Ashlyn si fu alzata in piedi. Lei sentì le dita di Slate scivolarle dietro la schiena, poi si avvicinò alla poltrona di James per prendere il piatto.

"Sono a posto."

"Sei sicuro? Le gambe non fanno più male, oggi?"

Ashlyn fece una pausa fino a sentire la risposta di James.

"No. Aiden si preoccupa troppo. Sto bene."

Soddisfatta del tono deciso della risposta, Ashlyn andò in cucina.

Lavò a mano il piatto e la forchetta e li mise via, prima di tornare in salotto. Trovò di nuovo James in piedi, con la mano di Slate sotto al gomito. Quando la videro, si avviarono verso la porta di casa.

Ashlyn abbracciò James e sentì di nuovo la mano di Slate sulla schiena. Si allontanò un pochino e alzò il tono della voce. "Ti ho lasciato il mio numero di telefono, mi aspetto che lo usi, se non ti senti bene. Anche solo se vuoi parlare, io ti ascolterò, va bene?"

"Non devi passare il tuo tempo libero ascoltando un vecchietto come me," le rispose James scuotendo appena la testa.

"Non mi dispiace affatto," ribatté lei. "Ti voglio bene, James, lo sai, vero?"

Le labbra di James tremarono un poco, ma lui controllò le proprie emozioni e annuì. "Lo so."

"Bene. Allora chiamami, se ti senti solo, o se sei giù, capito?"

Lui annuì.

"Domani viene Aiden, noi ci vediamo venerdì. Ho saputo da una fonte sicura che Elodie preparerà una delle tue ricette preferite."

"La frittata?" le chiese James speranzoso.

"Esatto!" gli rispose Ashlyn con un sorriso. "Quindi fa' il bravo, altrimenti faccio in modo che vada esaurita prima di arrivare qui da te."

"Non ti credo," le disse James senza incertezza. "Prenditi cura di lei," disse James a Slate.

"Lo farò," gli rispose Slate.

Slate e Ashlyn aspettarono che rientrasse in casa e chiudesse la porta a chiave, poi tornarono in macchina. Ashlyn avviò il motore e si diresse verso il centro di Food For All.

"Quel cretino ti ha chiesto di uscire, vero?" le domandò Slate quasi grugnendo, dopo qualche minuto di silenzio.

Lei lo guardò sorpresa, ma non pensò nemmeno a negare. "Aiden? Sì, ma come fai a saperlo?"

"Perché ti guardava con gli occhi fuori dalle orbite. Cosa gli hai detto?" domandò Slate.

Ashlyn non era sicura di essere pronta per quella conversazione, ma non si tirò indietro. "Gli ho detto che non mi interessava."

"Bene."

"Ehm... non ne abbiamo mai parlato... so che abbiamo parlato di un rapporto senza impegno, ma qual è la tua opinione sul frequentare anche altri?"

"Io frequento solo una donna alla volta," le rispose Slate.

Ashlyn si sentì avvolta dal sollievo. "Lo stesso anch'io. Allora il nostro è un rapporto esclusivo?"

"Sì. Se incontri qualcuno che ti interessa, allora ti chiedo solo di dirmelo."

Ashlyn non era sicura di cosa intendesse Slate con quella frase. Dirglielo in modo che lui potesse mollarla? Dirglielo in modo che anche lui potesse uscire con un'altra? Le aveva detto che frequentava solo una donna alla volta, aveva intenzione di cambiare, sapendo che lei sarebbe uscita con un altro?

Si vergognò troppo per fare una di quelle domande. Per il momento, le faceva solo piacere sapere che Slate non era interessato a frequentare altre donne allo stesso tempo. Anche se il rapporto non era definitivo, a lei non faceva piacere condividere con altre il proprio uomo.

Ashlyn si accorse di non aver reagito all'ultima frase di Slate. "Te lo dirò, ma lo stesso vale anche per te."

Slate annuì. Teneva i denti stretti, ma lei non riuscì a capire se ce l'avesse con lei, o con Aiden, o quale altro fosse il motivo.

Dopo qualche altro minuto, Slate le prese la mano e se la portò alla bocca, baciandole le dita. "Scusami, è solo che non ero preparato. Non mi è piaciuto il modo in cui ti guardava."

Lei decise che era il caso di alleggerire l'atmosfera, così gli sorrise. "Penso... forse era il profumino del pollo che l'ha attizzato, più che altro."

Proprio come lei sperava, Slate fece una risatina.

"A proposito, muoio di fame. Cosa ti va per cena?"

"Posso preparare qualcosina," gli rispose.

"Che ne dici se ci fermiamo al Plantation Tavern e ordiniamo qualcosa da portare a casa mia?" le domandò.

"A casa tua?" gli chiese.

Lei si accorse del barlume degli occhi di Slate. "Perché, è un problema?"

"No, niente affatto."

"Ottimo. Ah, mi è appena tornato in mente che mi stavo dimenticando la mia macchina. Quando arriviamo al centro di Food For All, io vado al ristorante a prendere la cena, mentre tu puoi anticiparmi a casa mia." Si mise una mano in tasca e ne tirò fuori le chiavi. Ne tolse una dall'anello e gliela passò. "Ci vediamo sul tetto."

Ashlyn apprezzò molto l'apertura di Slate, a cui faceva piacere accoglierla nel proprio spazio anche in sua assenza... ma il fatto che le desse la chiave di casa la fece leggermente andare fuori di testa.

Lui sembrò leggerle nella mente e le disse: "Puoi mettere la chiave sul tavolo, una volta entrata. La rimetto nel mio portachiavi quando torno."

Lei annuì. "Va bene."

"C'è qualcosa che ti va, in particolare?" le chiese.

"Sorprendimi. Tanto lo sai cosa mi piace." Slate lo sapeva: ormai avevano mangiato insieme più volte, sia con gli amici e ormai anche in coppia, e lui aveva visto cosa le piaceva di più e cosa invece non riusciva a sopportare.

Slate annuì. "Mi sembra un'ottima idea. Mi ha fatto piacere venire con te, oggi, vedere quel che fai, Ash. Anche a rischio di sentirti dire 'te l'avevo detto', avevi ragione, non sei in pericolo. I tuoi utenti si farebbero in quattro per te."

"Grazie," gli rispose Ashlyn; non era esattamente sorpresa che Slate fosse il tipo di uomo in grado di ammettere i propri errori, ma ne fu comunque contenta.

"Però questo non significa che smetterò di preoccuparmi per te," la avvertì. "Ci sono malintenzionati ovunque, devi sempre stare all'erta."

Ashlyn alzò gli occhi al cielo. Figuriamoci se Slate poteva resistere al farle una lezione di sicurezza. "Sissignore," gli rispose scherzosamente.

"Se solo mi obbedissi sempre in questo modo," le rispose impassibile.

Ashlyn scoppiò a ridere. Stare insieme a Slate era veramente semplice. Poteva essere se stessa. Poi, le faceva piacere sapere che Slate apprezzava il lavoro di consegne per Food For All. Era passato moltissimo tempo, dall'ultima volta in cui si era sentita tanto in sintonia con qualcuno.

"Magari posso farti vedere come posso obbedirti anche stasera, dopo cena..." gli disse in una chiara insinuazione.

"Magari dovremmo vederci direttamente in camera da letto," le rispose.

"No no, il mio SEAL tosto della Marina deve prima mangiare. Gli serviranno le energie."

"Se mi danno una multa per eccesso di velocità mentre torno a casa dal ristorante, è tutta colpa tua," brontolò lui spostandosi sul sedile, per cercare di sistemarsi l'erezione che Ashlyn poteva vedere chiaramente.

"Me ne farò una ragione," gli rispose.

Era stata una giornata meravigliosa, ma Ashlyn aveva la netta sensazione che la serata sarebbe stata anche meglio.

———

Aiden Quinlan non era affatto felice. Cominciava a sentire gli effetti della crisi d'astinenza, ma non aveva i soldi per racimolare dell'altra eroina. Erano passate più di ventiquattr'ore dall'ultima dose che si era fatta, lo stomaco cominciava a fargli male. Odiava gli effetti dell'astinenza più di qualunque altra pena al mondo.

Il piano prevedeva di fermarsi a casa di quel vecchio per rubargli dei soldi, in modo da poter dare appuntamento allo spacciatore per quella sera; però non aveva calcolato di trovarci Ashlyn. Con lei presente, non sarebbe stato tanto facile andare a sfilare qualche banconota dalla mazzetta di

James, soprattutto con James seduto in salotto, ma Aiden era disperato e doveva provarci.

Per fortuna, si era ricordato che James aveva brontolato per il dolore alle gambe e l'aveva usata come scusa per giustificare la visita inattesa di quel pomeriggio, quando non era in programma che andasse da lui.

Come osava quella stronza, lamentarsi per come aveva trovato la casa!? Chi era lei per giudicare? Lei non doveva fare le pulizie per un gruppo di vecchiacci disgustosi. Erano anziani sciatti e lui non ne poteva più, era stanco di fare da sguattero e lavorare per pochi soldi.

All'inizio, quando aveva accettato il lavoro come assistente a domicilio, Aiden era più che contento dello stipendio; ma poi era arrivato lo strappo alla schiena, mentre aiutava una signora, e gli avevano prescritto degli antidolorifici molto potenti. A lui erano piaciuti... moltissimo. La schiena gli faceva ancora male, quando i medici avevano interrotto le pillole, così lui non aveva avuto scelta e aveva dovuto provare con qualcosa di un po'... *meno legale* per tenere a bada il dolore.

Anche se finalmente la schiena non gli faceva più tanto male, la dipendenza dai farmaci gli era rimasta.

Ormai i soldi che prendeva come assistente domiciliare non gli bastavano più. Non gli bastavano mai. Le droghe costavano care, specialmente con il corpo che gliene chiedeva sempre di più, ogni giorno che passava. Però gli era capitato il colpo di fortuna, l'utente James Mason. Quell'uomo odiava appassionatamente le banche e si rifiutava di usarle.

La prima volta che Aiden l'aveva accompagnato in banca per incassare l'assegno della pensione, non ci aveva pensato più di tanto, quando James si era messo in tasca i soldi e li aveva portati a casa con sé. Poi però il bisogno di droghe era cresciuto, e con il bisogno era cresciuto anche l'interesse in ciò che faceva quell'anziano signore con i propri risparmi in contanti.

James era un vecchio bastardo paranoico. Non andava mai a prendere i soldi mentre Aiden era in casa con lui; però un giorno era arrivato il colpo di fortuna: mentre usciva dalla casa di James, con la coda dell'occhio l'aveva visto tirar fuori una mazzetta di banconote da un vaso di fiori, in un angolo del salotto. I fiori erano di plastica, era sempre stato palese, a lui quel bouquet aveva fatto sempre schifo. Adesso invece se n'era innamorato.

Da quel momento, rubare soldi a quel vecchio sciocco era diventato semplice. Aiden si era inventato il piano perfetto, un piano che aveva funzionato senza il minimo inghippo negli ultimi due mesi. Prelevava piccole quantità di contanti, somme di cui James non si accorgesse, ma abbastanza per farsi una dose. Però Aiden era arrivato al punto di avere bisogno di dosi maggiori per ottenere lo stesso sballo, un paio di banconote, una o due volte a settimana, non gli bastavano più.

Aveva bisogno di racimolare di più. Doveva trovare altri nascondigli a casa di James. Non doveva essere tanto difficile, quella casa non era grande.

"Domani," si rassicurò ad alta voce mentre camminava avanti e indietro nell'appartamento quasi vuoto. Ormai aveva impegnato quasi tutto ciò che poteva, per mettere insieme altri soldi. A quel punto era disperato, e doveva trovare soluzioni estreme: James Mason era diventato come un Bancomat, per lui.

Per un attimo, la coscienza si risvegliò, come gli succedeva di rado, e Aiden si sentì in colpa per i soldi che rubava a quel signore. Sotto molti aspetti, James gli ricordava il nonno. Però lui spinse da parte ogni pensiero. L'unico modo che gli rimaneva per farsi la dose di cui aveva bisogno per tirare avanti era prendere quei soldi. James non ne aveva bisogno, non doveva andare da nessuna parte, né doveva fare alcunché. Peraltro, non se ne sarebbe mai accorto, perché era impossibile che sapesse esattamente quanti soldi aveva nascosto in casa.

Aiden però doveva fare più attenzione: doveva stare lontano da quella casa quando Ashlyn aveva il turno di consegne. Provarci con lei era stato un istinto del momento. Più la avvicinava e meglio avrebbe conosciuto gli orari delle consegne dei pasti. Non voleva lasciar perdere quella gallina dalle uova d'oro, *né* voleva mollare il lavoro; sotto sotto, però, sentiva che Ashlyn poteva diventare un problema. Se se la fosse scopata, avrebbe potuto controllarla più facilmente, magari rubare dei soldi anche a lei; però lei non aveva abboccato all'amo... maledizione.

L'ultima cosa che voleva era che qualcuno scoprisse ciò che stava facendo. Doveva solo prendere altri soldi, abbastanza per farseli durare un po' di più. Di sicuro, basta visite improvvisate.

Soddisfatto di quel piano, Aiden annuì. Ancora non aveva i soldi, ma gli serviva la roba. Tremendamente. A quel punto, non gli rimaneva che andare a Waikiki per chiedere l'elemosina, anche se odiava fare l'accattone. Ma odiava molto di più l'astinenza. Forse, vedendolo sudato e con le mani tremanti, i turisti si sarebbero commossi più facilmente, impietosendosi. Poteva sempre affermare di avere poco zucchero nel sangue, di aver bisogno di mangiare.

Uscì per andare alla macchina. L'indomani, alla stessa ora, sarebbe stato in preda allo sballo, mentre il vecchio Mason sarebbe stato di pochi dollari più povero.

CAPITOLO UNDICI

Ashlyn si accomodò sulla sdraio della terrazza di Kenna, nell'attico da sballo in cui viveva con Aleck. Gli uomini erano partiti il giorno prima per una missione. Slate le aveva detto che non sarebbe durata a lungo e che era sicuro al novantanove per cento che non ci sarebbero stati fucili AK47, lanciarazzi RPG o deserti vari.

Gliel'aveva detto scherzando, ma Ashlyn non era rimasta del tutto entusiasta da quella dichiarazione, perché sottintendeva che, in passato e in futuro, cose di quel tipo ci *sarebbero* state, il che le ricordava che Slate e gli altri si trovavano spesso in pericolo di vita. Razionalmente, lei sapeva alla perfezione che il loro lavoro, quando andavano in missione, non era quello di andare in girò per città estere a spargere baci e rallegrare gli abitanti, ma sentirselo spiattellare in modo tanto franco lo rendeva difficile da accettare.

Frequentare un SEAL significava dover accettare il male insieme al bene, e fino a quel momento Ashlyn aveva soprattutto goduto di tutti gli aspetti positivi del rapporto con Slate. Le missioni erano incluse nella vita di coppia, stando insieme a un militare. Lei doveva solo farsene una ragione.

Slate le era mancato anche in passato, quando era andato in missione, ma in modo più vago, come le mancavano anche gli altri della squadra, che mettevano la propria vita in pericolo.

Invece... ormai non era più lo stesso.

"Uno schifo, vero?" le chiese Elodie mentre si abbandonava sulla sdraio vicina. Il sole era sul punto di tramontare, il cielo prendeva toni di arancio e viola. Ashlyn avrebbe dovuto godersi lo spettacolo che aveva davanti, invece non riusciva a concentrarsi su quel panorama.

"Eh sì."

"È tutto diverso, quando sei coinvolta," aggiunse Elodie con un tono sicuro.

"Stiamo parlando dello schifo delle missioni?" domandò Kenna uscendo in terrazza. "Perché se è così, è una conversazione che mi riguarda."

"Prova a essere incinta, mentre il tuo uomo si mette in un pericolo di quel genere," brontolò Monica arrivando dietro a Kenna.

"Oppure a programmare le nozze senza sapere nemmeno se il tuo fidanzato tornerà in tempo per partecipare," aggiunse Carly. "Cioè, so che mancano ancora diverse settimana alla data della cerimonia, ma le missioni dei SEAL possono passare in un baleno da un nonnulla del fine settimana a mesi di fatiche."

Ashlyn si voltò verso Lexie, che era seduta con lei in terrazza già da prima che uscissero le altre. "Vuoi aggiungere anche il tuo parere?" le chiese.

Lexie fece spallucce. "Immagino che non serva. Adesso ormai fai parte di un club esclusivo, un club in cui nessuna di noi voleva veramente entrare, ma che abbiamo dovuto mandar giù per forza, per stare coi nostri compagni."

"Io, Lexie e Monica siamo anche nella posizione particolare di sapere *esattamente* cosa fanno di lavoro i nostri uomini," aggiunse Elodie tranquillamente, "dato che, quando li abbiamo conosciuti, eravamo proprio nel bel mezzo della loro missione."

"Allora per voi è più facile o più difficile sopportare la loro assenza?" chiese Ashlyn.

"Entrambi," rispose Lexie. "È più facile perché io personalmente ho visto quanto sono bravi, in squadra, quanto lavorano bene insieme, quanto sono professionali. Però è anche più difficile, perché so che i proiettili che volano da quelle parti sono veri, e ogni situazione può andare storta."

"Sono d'accordo," commentò Monica grattandosi la pancia ormai cresciuta. Le mancavano circa tre mesi e mezzo prima della data prevista per il parto, sia lei che Pid aspettavano con ansia la nascita della loro piccolina.

"Come ha detto Lexie, i nostri uomini sono bravi nel loro lavoro. Dobbiamo solo avere fiducia e aspettare che tornino a casa da noi," aggiunse Elodie.

"Io non ho visto in prima persona cosa fanno, quando vanno in missione, ma quando mi sono trovata sulla spiaggia, quel giorno, quando ho rischiato di saltare in aria... beh, non avevo alcun dubbio che Marshall avrebbe fatto di tutto, per tirarmi fuori da quella situazione," disse Kenna.

"Però tu ti sei mossa e ti ci sei tirata fuori *da sola*," ribatté Carly con un sorriso.

"Sì, ma davvero, è stata solo fortuna," protestò Kenna.

"Ehm, no, non è stata fortuna," replicò Carly categoricamente. "Quel matto del mio ex era deciso e determinato a rapire e torturare qualcuno. Siccome non era riuscito a mettere le mani addosso a me, aveva deciso che potevi andare bene anche tu."

"Il punto è un altro, Carly; io e te abbiamo visto come opera la squadra in azione, anche se non eravamo all'estero," spiegò Kenna.

"Non importa quanta sia la paura, non importa quanto sei preoccupata e quanto ti dà alla testa guardare il telegiornale, devi comunque pensare positivo," disse Elodie ad Ashlyn con tono serio. "L'ultima cosa di cui Slate ha bisogno è una distrazione, mentre è in missione, il pensiero che tu non possa sopportare il suo lavoro."

Ashlyn ci pensò per un momento e capì che l'amica aveva ragione. Slate doveva rimanere concentrato sulla missione, non pensare a lei, che faticava a sopportare quella distanza.

"Senti... il rapporto con Slate è diventato più serio?" le chiese Carly. "Mi era sembrato di capire che non fosse un rapporto impegnato."

"Infatti," confermò Ashlyn, "ma non per questo non posso preoccuparmi per lui."

"Ah, capisco. Non intendevo dire questo," si affrettò a rispondere Carly.

"Mi preoccupavo per lui anche quando eravamo solo amici," aggiunse Ashlyn, un po' sulle difensive.

"Però adesso è diverso, vero?" le chiese Lexie. "Per quanto tu cerchi di convincerci che il vostro rapporto è super rilassato e senza impegno, non puoi davvero provare a sostenere che non è cambiata la sofferenza, adesso che vi frequentate e lui è in missione."

Lexie aveva ragione. *Era* tutto diverso. Però Ashlyn non riusciva a raccapezzarsi del motivo. La sera prima della partenza, aveva passato la notte da lui e il sesso era stato più intenso che mai. Sempre da impazzire, anche perché lui l'aveva fatta venire diverse volte, prima di raggiungere anche lui l'orgasmo. Però era stato chissà come... più intimo. Lui non aveva più la stessa fretta, sembrava meno disperato; s'era preso del tempo, era stato più dolce... come se volesse far durare tutto più a lungo, come per ritardare il momento dell' inevitabile partenza.

"È diverso," ammise finalmente Ashlyn.

Tutte e cinque le amiche annuirono, senza bisogno di altre spiegazioni.

"Però devo dire che non avevo mai capito veramente la vostra esigenza di trovarvi, quando la squadra va in missione. Cioè, sono sempre stata contenta di passare il tempo insieme a voi, soprattutto in questo bell'attico esclusivo, però non ci ero *arrivata*. Adesso sì."

"A che conclusione sei arrivata, di preciso?" le chiese Elodie.

"Ho capito il bisogno di stare con altre persone che sanno bene quello che provi. Qualcuno che non ti giudica se vai un po' fuori di testa per qualcosa su cui non hai il controllo. Si tratta di prendersi del tempo, anche se solo per una sera, di ammettere che hai paura, che sei preoccupata, magari anche un po' depressa, prima di rimettersi la corazza da ragazzona e andare avanti con la tua vita, finché loro non tornano a casa," spiegò Ashlyn.

"Esattamente," confermò Lexie sottovoce.

"Appunto," aggiunse Carly.

"Precisamente," commentò Elodie.

Monica annuì.

"È esattamente questo il motivo per cui vi voglio qui, ragazze," disse Kenna. "So che anche voi vi sentite come mi sento io, ma non siamo obbligate a essere sempre forti. Sappiamo bene di dover sopportare e andare avanti con le nostre vite, mentre loro sono in missione, ma è bello sapere che non siamo le uniche a provare queste paure."

"Ci sono momenti in cui vorrei dire 'al diavolo tutto' e andare dritta all'anagrafe per farci sposare seduta stante," ammise Carly. "Cioè, sì, manca ancora un po' di tempo alla data delle nozze, ma... e se succedesse qualcosa a Jag? Se poi lo mandassero di nuovo in missione, più a lungo? Voglio solo essere sua moglie, anche se mi sento egoista, perché voglio una celebrazione tradizionale del matrimonio."

"Non devi sentirti in colpa," le disse subito Elodie. "Sai

bene che anche Jag vuole una cerimonia di nozze come la vuoi tu.”

“Non so che farci, ma continuo a pensare a Stuart che si perde la nascita di nostra figlia,” ammise Monica. “Ci sono continuamente donne che partoriscono senza la presenza del padre, ma lui è tanto ansioso di vederla nascere che mi dispiacerebbe a morte, se se la perdesse.”

“Io e Midas non abbiamo fretta di sposarci, ma so che lui, ogni volta che deve partire in missione, si preoccupa sempre che gli succeda qualcosa. Mi ha intestato la sua assicurazione sulla vita, anche se io non sopporto nemmeno di pensarci, ma lui ha insistito che, se non vogliamo sposarci subito, voleva avere la certezza che non mi trovassi in difficoltà, non si sa mai,” spiegò Lexie.

“Questa cosa del rapporto di coppia con un militare non è certo ideale, se una è debole di cuore, di sicuro,” aggiunse Kenna sospirando.

Ashlyn annuì con le altre... ma all’improvviso ebbe l’impressione di ingannarle. Quella sera si sentiva più inserita nel gruppo di amiche, dato che ormai frequentava Slate. Tuttavia, sentendo tutte le preoccupazioni delle amiche, le tornò la sensazione di essere diversa.

“Va bene, adesso la conversazione è diventata fin troppo deprimente,” affermò Kenna, “dobbiamo parlare di qualcos’altro, almeno per un po’.”

“Come ti va il lavoro, Monica? Ti piace sempre, lavorare coi ragazzi del Head Start Center?” chiese Carly.

“Sono meravigliosi,” rispose Monica. “Penso proprio che mi mancheranno un mondo, quando andrò in maternità. Però il lato positivo è che, quando riprenderò a lavorare, potrò portarmela con me e non avrò il problema di trovare una baby sitter affidabile su cui appoggiarmi.”

Dopo una mezz’ora di chiacchiere generiche, su come crescere i figli nel mondo odierno, su come andava il programma di nozze di Carly, sul misterioso Baker, che nessuna aveva né visto né sentito di recente, dopo aver discusso dei piani per un'uscita vera e propria tra amiche, invece di rifugiarsi nell'attico di Kenna come facevano sempre, Lexie chiese ad Ashlyn informazioni su un utente di Food For All.

"Ieri, quando sei tornata dalle consegne, ho dimenticato di chiederti, per caso hai visto Marcus? Stava bene?"

Marcus era uno degli utenti regolari. Si era lasciato con la ragazza da un po' di tempo e lei non aveva preso bene quella separazione. In breve, quando lui aveva cominciato a frequentare un'altra, l'ex era andata fuori di melone e aveva deciso che, se *lei* non poteva avere Marcus, nessun'altra poteva. Dopo settimane di tormento, gli era entrata in casa e l'aveva picchiato a sangue. Qualcuno aveva chiamato la polizia e l'ex di Marcus era stata arrestata.

Lui, per la vergogna, aveva cercato di rifiutare le consegne. Già faceva fatica a guadagnare abbastanza per sostenersi, figuriamoci comprare ciò che riteneva importante per la nuova compagna. Ashlyn si era rifiutata di fargli togliere il servizio, persuadendolo a rimanere nel programma, almeno finché non avesse trovato un lavoro pagato meglio.

"La sua ex gliel'ha combinata davvero grossa," commentò Ashlyn. "Cioè, non sono tanto ingenua da pensare che una donna non possa molestare un uomo, ma giuro che, se la polizia non fosse intervenuta in tempo in quell'appartamento, Marcus poteva anche non farcela. Mi ha detto che, quando sono arrivati gli agenti, lei era appena andata in cucina per prendere un coltello."

"Porco cane, ma davvero?" chiese Elodie.

"Eh sì."

"Però l'hanno messa dentro, vero?" chiese Monica con un tono chiaramente preoccupato.

"Per ora. Quando ho visto com'era conciato male, ho fatto

alcune telefonate," disse Ashlyn. "Ci sono dei rifugi per donne malconce che si trovano nella stessa situazione, ma non ci sono rifugi simili per uomini. Lo capisco, perché di solito sono le donne a subire le conseguenze delle molestie, in un rapporto, però ci sono anche uomini che vivono in situazioni disperate. Insomma, dopo aver parlato con tre organizzazioni diverse, finalmente ho trovato qualcuno disposto ad aiutare Marcus. Lui era riluttante, non voleva accettare l'aiuto, almeno all'inizio, ma penso che la sua ex l'abbia davvero spaventato e adesso sa che se non sparisce, lei potrebbe anche ripresentarsi e finire ciò che aveva cominciato."

"L'isola non è tanto grande," commentò Kenna. "Pensi davvero che possa nascondersi da lei?"

"Hai ragione, l'isola non è tanto grande, infatti non penso che possa nascondersi. I matti come quella trovano sempre il modo di scovare la loro vittima, come penso abbiamo imparato in prima persona."

Carly sussultò e annuì, seguita dalle altre.

"Torna in continente. Non so esattamente dove, e non gliel'ho chiesto. Però ho parlato con una persona che fa parte di un'organizzazione che trova sistemazioni diverse per donne vittime di abusi. Quel tipo non ha avuto alcun problema a usare i contatti che aveva per aiutare Marcus, così potrà ricominciare anche lui da qualche altra parte."

"Wow, ma è meraviglioso," commentò Carly.

"Però che schifo, che sia costretto ad andarsene dalle Hawaii," aggiunse Lexie.

"Infatti," concordò Ashlyn, "ma gli ho visto negli occhi il sollievo, l'ultima volta che gli ho portato da mangiare, dopo che aveva parlato con quel tipo."

"Sei stata fantastica, Ash," le disse Elodie. "Sono fiera di essere tua amica."

"Però mi è dispiaciuto non aver cercato di aiutarlo *prima* che quella lo pestasse," disse Ashlyn.

"Arriviamo dove arriviamo," le disse Monica. "A volte, anche se fai tutto quello che puoi, le situazioni di merda capitano lo stesso. Io credo molto nel karma, specialmente dopo quel che mi è successo. Chi fa del male, prima o poi ne subirà le conseguenze. Chi fa del bene, sarà premiato." Quelle parole furono ancor più toccanti, perché le aveva pronunciate Monica, che di solito non parlava molto, ma quando parlava, diceva sempre qualcosa di importante.

"Lo so, solo che vorrei tanto che il karma agisse più alla svelta," le rispose Ashlyn.

"A volte è così," replicò Monica.

"Come nel tuo caso," aggiunse Carly.

"Esatto," confermò Monica con un sorrisetto.

Ashlyn non poteva certo biasimare Monica, soddisfatta del fatto che l'uomo che l'aveva rapita e che voleva uccidere lei e Baker con una morte orribile, in un fiume di lava, avesse invece subito quello stesso destino al loro posto.

"Qualcuna vuole da bere?" domandò Elodie alzandosi e stiracchiandosi.

"Io!"

"Sì!"

"Anch'io!"

"Dai che ti aiuto," si offrì Ashlyn, alzandosi in piedi e prendendo i bicchieri vuoti delle altre.

A parte Monica, le altre stavano gustando i margarita extra forti che Elodie aveva la tendenza a preparare. Monica non poteva, un po' per via della gravidanza, ma anche perché non beveva spesso alcolici, anche quando non aveva un pargoletto che le cresceva nel ventre.

In cucina, Elodie si voltò verso Ashlyn e le mise una mano sul braccio. "Stai bene?"

"Sì, perché non dovrei?"

"Non lo so, è solo che pensavo... mi sei sembrata un po' persa."

Evidentemente, Elodie era un'ottima osservatrice, anche da ubriaca.

"Per la cronaca, io penso che tu e Slate siate più legati di quanto lasciate trasparire."

Ashlyn aprì la bocca per controbattere, ma Elodie alzò una mano per fermarla.

"No, dai, non dire nulla. Però pensaci. Prima di cominciare a frequentarvi, con Slate eravate già amici. Avete superato entrambi le disgrazie avvenute di recente a Carly, a Monica e a Kenna. Sono delle esperienze emotive che creano un legame in chi le vive. So che vi lanciavate di continuo frecciate, ma penso che fosse perché nessuno dei due voleva ammettere l'attrazione reciproca, forse perché pensavate che non fosse il caso."

"Slate, da parte sua, non fa che menarla sulla tua sicurezza, ed è un segno enorme del fatto che ci tiene a te, un mondo. Altrimenti non insisterebbe tanto sul tuo lavoro e su chi potrebbe entrare in contatto con te, mentre fai le consegne. Io penso sia bellissimo che il vostro rapporto si sia evoluto, che andiate a letto insieme, ma mi dispiacerebbe troppo vederti perdere Slate, o viceversa, perché siete entrambi troppo orgogliosi per ammettere che volete qualcosa di più di un rapporto non impegnato."

Ashlyn non sapeva bene come reagire. Era un argomento frequente, tra le amiche.

A lei piaceva non sentirsi addosso la pressione di un rapporto impegnato. Si godeva la leggerezza di non dover continuamente dire a Slate dove si trovava, o di non doversi preoccupare di come l'avrebbe presa, se lei non avesse avuto voglia di vederlo, oppure se voleva uscire con le amiche, o anche solo starsene a casa a vegetare da sola, guardando la TV. Il rapporto con Slate, fino a quel momento, era stato praticamente perfetto e lei non voleva metterlo a rischio.

Però Elodie non aveva nemmeno tutti i torti... il che era

sconcertante. Quella era la prima missione, da quando avevano cominciato ufficialmente a frequentarsi, e lei la stava vivendo con difficoltà, più di quanto si aspettasse... ed era passato solo un giorno, accidenti.

"Guarda che non voglio tormentarti," le disse Elodie, dato che Ashlyn non rispondeva. "Niente pressioni."

Al che, Ashlyn fece una risatina sarcastica. "Appunto. Niente pressioni."

"Dico sul serio. Voglio bene sia a te che a Slate. Voglio che il vostro rapporto funzioni? Ma va là? Certo che sì! Però se non funziona, non funziona. Non è che vorrò meno bene a te, o a lui. A meno che tu non diventi una psicopatica come la ragazza di Marcus, nel qual caso dovrò darti la caccia e fartela pagare cara."

Ashlyn ebbe la sensazione che Elodie stesse solo cercando di fare la spiritosa, ma voleva rassicurare l'amica che lei non sarebbe mai, *mai* diventata una psicopatica appiccicaticcia con Slate. Lo rispettava troppo per ferirlo in un modo qualsiasi. "Non so cosa ci riservi il futuro, ma se e quando lui decidesse di passare oltre, sarà libero di farlo," disse all'amica. "Tengo molto alla sua amicizia e vorrei cercare di mantenerla, anche quando non staremo più insieme. Spero che ci riusciremo."

Elodie si avvicinò e abbracciò Ashlyn con forza. "Lo spero anch'io," le disse sottovoce. "Però, spero soprattutto che voi due tiriate fuori la testa da sottoterra e capiate che siete proprio perfetti l'uno per l'altra." Poi fece un passo indietro e si girò verso il frullatore. "Mi passeresti la bottiglia di tequila?"

Ashlyn scosse la testa, ben sapendo che Elodie aveva cambiato argomento di proposito, in modo da poter avere l'ultima parola sul rapporto tra lei e Slate. Ashlyn non voleva deludere né lei né le altre, solo che non era sicura di poter durare a lungo, nel rapporto con Slate. Soprattutto considerando che la cosa che condividevano con più forza era la voglia di non impegnarsi.

Per il momento, mise da parte quel pensiero e afferrò la bottiglia di liquore, poi guardò Elodie che ne versava il contenuto rimasto nel frullatore. Quando lei premette il pulsante del frullatore, risero entrambe. I drink sarebbero stati forti, come il fuoco dell'inferno... il che andava perfettamente bene ad Ashlyn, che aveva bisogno di pensare a qualcos'altro, e non a Slate.

Quando i margarita furono pronti, Elodie riempì ogni bicchiere e ne prese due. Ashlyn riuscì a maneggiare gli altri tre e insieme tornarono in terrazza dalle altre. Furono accolte dai gridolini e dai commenti gioiosi di Lexie, Carly e Kenna.

"Torno subito, devo andare in bagno," disse Ashlyn alle altre.

"Hai bisogno di compagnia?" le chiese Kenna scherzosamente.

Ashlyn rise. "No no. Se fossimo in un locale, direi di sì senz'altro, ma penso di poter arrivare al bagno e tornare senza che qualcuno faccia irruzione per rapirmi."

"Non si sa mai," le disse Carly agitando un dito per aria, per poi bere un bel sorso.

Sempre ridendo, Ashlyn si girò e tornò in casa.

Nell'attimo stesso in cui si chiuse in bagno, non poté resistere all'istinto di prendere il cellulare e aprire l'App di tracciamento. Era una sciocchezza, lei sapeva già cos'avrebbe visto, subito dopo aver aperto la mappa.

L'icona del telefono di Slate era esattamente dove l'aveva vista l'ultima volta che aveva controllato... all'aeroporto della base navale. Chiaramente, doveva aver spento il telefono prima del volo e non l'aveva più riacceso. Un altro promemoria che Slate era all'estero chissà dove, in missione, rischiava la vita, mentre lei non aveva una vaga idea di dove fosse e di quando sarebbe tornato.

Le mancava molto. Più in quella missione che nelle altre. Anche il letto sembrava troppo grande, troppo vuoto senza di lui. Una bella rottura.

Con un sospiro, rimise il telefono in tasca prima di fare i suoi bisogni. Poi si lavò le mani, fece un respiro profondo e tornò fuori in terrazza dalle altre. Doveva seguire i loro consigli. Ubriacarsi, essere triste perché il suo uomo era fuori portata, poi l'indomani avrebbe tirato su la testa e sarebbe tornata a vivere.

CAPITOLO DODICI

IL TELEFONO di Ashlyn squillò proprio mentre lei stava facendo manovra per parcheggiare vicino al centro di Food For All. Era passata una settimana, da quando gli uomini erano partiti per la missione, e lei aveva appena finito il giro di consegne di quel giorno. Per un momento, le speranze schizzarono alle stelle al pensiero che fosse Slate a chiamarla, per dirle che era tornato a casa, ma quando guardò lo schermo del cellulare, vide con sorpresa il nome di James sul display.

Spense il motore e cliccò sul pulsante verde per rispondere. "Pronto, James, va tutto bene?"

"Ma certo. Hai detto che potevo chiamare," le rispose l'anziano.

"È vero," confermò lei, "come va?"

"Mi sono appena accorto che mi hai portato troppo da mangiare," le disse James, "infatti mi chiedevo come mai impiegassi così tanto tempo in cucina, prima, quando mi stavi preparando da mangiare, e adesso ho capito. Sei tremenda."

Ashlyn rise. "Due degli utenti di oggi non erano a casa, così quando sono arrivata da te avevo più pasti," gli spiegò

Ashlyn, mentendo spudoratamente. "Ma siccome non volevo che andasse buttato, e so che le frittate di Elodie col mais ti piacciono molto, ho pensato che non ti sarebbe dispiaciuto averne qualcuna extra."

"Ma certo che non mi dispiace; eh sì, le frittate mi piacciono molto. Allora grazie, anche se preferisco sempre la tua compagnia ai pasti," le disse sottovoce.

Ashlyn sentì quasi il cuore spezzarsi. Chiaramente James era un anziano solo, ma per quanto a lei facesse piacere passare del tempo con lui, non poteva rimanerci troppo a lungo, perché doveva consegnare i pasti a tutti gli altri utenti. "Aiden dovrebbe venire domenica, vero?"

"Sì, ma non è lo stesso. Le ultime volte che è venuto, io ho fatto un pisolino," le disse James.

"Ah sì? Non ti facevo un tipo da pisolino," gli rispose Ashlyn un po' preoccupata.

"Infatti non sono abituato, o almeno non ero abituato, è solo che sono anziano e invecchio ogni giorno di più."

"Non sei poi tanto vecchio," gli rispose Ashlyn.

Lui rise. "Ho ottantotto anni," le disse, come se lei se ne fosse dimenticata.

"Lo so, ma sei un ottantottenne giovanile," gli disse, sorridendo appena lui ridacchiò.

"Ecco, insomma, volevo ringraziarti per il pensiero, apprezzo i pasti in più."

"Non c'è di che."

"E... non si sa mai, magari la prossima volta ti mando uno di quei messaggi."

Lei non ebbe il coraggio di dirgli che non poteva inviarle un messaggio con uno dei vecchi telefoni fissi di una volta, che lui insisteva a tenersi a casa. "Ottima idea. Allora buon fine settimana, James, ci vediamo lunedì."

"Non vedo l'ora! Cerca di non stare troppo in pensiero per il tuo uomo, nel fine settimana, è un SEAL, se la caverà."

Quel pomeriggio, a casa di James, Ashlyn aveva dovuto ammettere che le mancava molto Slate. "Cercherò."

"Ci vediamo la prossima settimana."

"Ciao ciao." Ashlyn chiuse la telefonata e fece un respiro profondo. Non aveva programmi per quella sera e già si immaginava che l'assenza di Slate l'avrebbe ossessionata. Per quanto la missione, qualunque fosse, non doveva essere pericolosa, lei si preoccupava comunque per lui e man mano che passavano i giorni senza che lui tornasse, lei immaginava ogni sorta di imprevisto.

Allungò una mano per prendere la borsetta dal sedile del passeggero e poi si girò per aprire la portiera... e vide qualcuno in piedi proprio di fianco alla macchina.

Cacciò un grido acuto di paura saltando sul sedile. Poi quella persona si abbassò e le sorrise attraverso il finestrino.

"Slate?" gridò Ashlyn, cercando freneticamente con la mano la maniglia della portiera. Si sentì per un momento completamente imbranata, ma finalmente riuscì ad aprire la portiera. Slate aveva fatto un passo indietro, così lei uscì e gli si gettò tra le braccia.

"Santo cielo! Sei tornato!" esclamò.

"Sono tornato," confermò lui ridacchiando.

Quella risata fu la musica migliore che Ashlyn avesse mai sentito da chissà quanto tempo. Gli si aggrappò addosso e chiuse gli occhi. Le bastò respirare quel profumo familiare perché il suo mondo diventasse dieci volte più luminoso.

Ashlyn, spaventata, sentì la gola chiudersi e le labbra cominciare a tremare.

"Sono appena tornato e ho controllato l'app, ho visto che stavi arrivando qui, così ho pensato di venire a farti una sorpresa." Slate si allontanò... e aggrottò la fronte vedendola in faccia. "Ash? Che succede?"

"No... no... nulla," balbettò lei, facendo del suo meglio per non scoppiare in lacrime.

Lui la guardò con scetticismo. "Piccola, dai, dimmi tutto."

"È solo che sono felice che tu sia tornato, e che tu stia bene," riuscì a dirgli.

"Te l'avevo detto che questa missione non era chissà che, anzi, non è successo proprio nulla. Siamo rimasti impalati ogni giorno a far finta di essere tosti e arcigni, quando in realtà ci stavamo annoiando a morte. Ho avuto molto tempo per pensare a tutto ciò che volevo fare con te, una volta tornato," le disse con una smorfia sorniona.

Ashlyn prese fiato a fondo, riuscendo quasi a riprendere il controllo di sé. "Ah sì?" gli chiese. "Del tipo?"

"Del tipo leccartela e guardarti esplodere sulle mie mani. Poi, mentre stai ancora venendo, spingermi dentro di te e sentirti che me lo strangoli. Poi scoparti con forza e alla svelta finché non mi pregherai di farti venire ancora. Questo tanto per cominciare."

"Porca vacca!" esclamò Ashlyn. Quelle parole non descrivevano nulla che non avessero già fatto, ma comunque, dopo una settimana di preoccupazione, una settimana in cui lei aveva dormito da sola, si sentiva più eccitata che mai. "Sì."

Slate fece un sorriso raggiante. "Da te o da me?"

"Non m'importa," gli rispose.

"Da me," decise Slate. "Ti serve la macchina nel weekend?"

"Ehm, non penso, non ho programmi."

"Adesso sì. Stare con me... nel mio letto, nella mia doccia, sul mio divano, a gambe divaricate sul mio tavolo mentre te la lecco, in ginocchio davanti a me per prenderlo in gola... ti va?"

Ashlyn riusciva a malapena a parlare. Ormai i capezzoli erano talmente turgidi sotto la maglia che quasi le facevano male. Voleva Slate. Subito.

"Sì. Slate?"

"Dimmi, piccola."

"Baciami."

"Con piacere," le disse, prima di abbassare la testa.

Ashlyn sospirò soddisfatta appena le loro labbra si incontrarono. Gli afferrò i capelli meglio che poté e si tenne aggrappata a lui. Alzò una gamba e spinse una coscia contro di lui. Non poteva stargli più vicina. Lui le prese la gamba con la mano, tenendola vicina, mentre pomiciavano nel parcheggio.

"Immagino ti sia arrivata voce che sono tornati," le gridò Lexie.

Ashlyn si staccò da Slate confusa, ma lui non le lasciò andare la gamba. Le teneva un braccio dietro la schiena, per tenersela vicina, avvolta a sé come se non dovessero staccarsi mai più. Mentre Lexie si avvicinava, lui finalmente le lasciò abbassare la gamba lentamente, senza però toglierle il braccio da dietro la schiena. Ashlyn sospettò che lui volesse rimanere in quella posizione per nascondere l'erezione che si era sentita spingere contro la pancia.

"Ti ho lasciato un appunto nel centro di Food For All, perché non sapevo che fossi già tornata," le disse Lexie. "C'è scritto solo che i ragazzi sono tornati e che io vado via per il weekend."

"Slate mi ha fatto una sorpresa," disse Ashlyn all'amica. "Pensi che lo sappiano anche le altre? Dovremmo avvertirle?"

"Lo sanno," la rassicurò Slate. "Mustang ha telefonato a Elodie dall'aeroporto, anche Aleck e Jag hanno telefonato. Pid passa a prendere Monica al lavoro."

"Allora è tutto a posto, benissimo," commentò Ashlyn. Non aveva pensato molto alle emozioni forti del rientro della squadra da una missione, ma dopo la settimana tosta appena passata... finalmente aveva capito le amiche. Ormai, non far sapere subito alle amiche il rientro della squadra le sarebbe sembrato crudele.

"Passa un buon fine settimana," le disse Lexie andando

verso la macchina. "Ti direi che ci sentiamo dopo, ma immagino che nessuna di noi avrà voglia di uscire prima di lunedì."

Ashlyn sentì addosso la risata di Slate. "Ci vediamo lunedì!" gridò Ashlyn all'amica.

Lexie le fece un cenno con la mano, chiuse la portiera della macchina e avviò il motore.

Slate la fece girare e le fece strada alla propria macchina; Ashlyn non l'aveva vista perché quando aveva parcheggiato era troppo impegnata a parlare con James. Slate le aprì la portiera del passeggero, ma la prese in un abbraccio lungo e sentito, prima di lasciarla salire.

Ashlyn sentì di nuovo la gola stretta per l'emozione, ma non lo lasciò a vedere: voleva mostrarsi forte a Slate, dimostrargli che non era crollata, mentre lui era via.

"Mi sei mancata," le mormorò lui addosso al collo, mentre la stringeva forte.

"Anche tu," gli rispose lei.

Passarono all'incirca altri venti secondi o poco più in cui rimasero semplicemente abbracciati, poi Slate finalmente fece un bel respiro e si staccò da lei. "Hai fame?" le chiese.

Lei scosse la testa. "Io no, e tu?"

"No, ho bisogno di te, piccola."

"Allora lasciami andare così arriviamo a casa tua e puoi prendermi," gli rispose scherzosamente.

Slate sorrise. "Appunto." Le indicò il sedile. "Si accomodi sul trono, principessa."

Era una battuta, ma quelle parole fecero sentire comunque ad Ashlyn un calore affettuoso e familiare.

"Per te, regina," ribatté.

Slate fece una smorfia e appena lei fu seduta le chiuse la portiera. Poi saltellò dall'altra parte della macchina... anzi, corse, come se non potesse resistere altri cinque secondi lontano da lei, e aprì di scatto la portiera del conducente.

Mentre andavano a casa di Slate, non parlarono, ma lui le prese la mano e la tenne stretta per tutto il tragitto.

———

Dopo qualche ora, Slate era sdraiato a letto, appoggiato su un gomito, con la testa posata sulla mano, vicino ad Ashlyn; la guardava dormire. Era tardi, mezzanotte passata, ma lui non sentiva sonno. Il suo corpo era ancora nel fuso orario del Bahrein e non si sentiva stanco, nonostante le lunghe ore di viaggio.

Quando finalmente erano arrivati a casa, Ashlyn era stata famelica. Aveva cominciato a spogliarlo prima ancora che lui chiudesse la porta di casa. Si era messa in ginocchio già nell'ingresso, prendendoglielo in bocca. Non gli aveva lasciato modo di trattenersi: l'aveva tenuto in bocca anche quando lui l'aveva avvertita che stava per venire. Aveva preso in bocca il suo sperma ingoiandolo... poi aveva alzato lo sguardo soddisfatta, leccandosi le labbra.

A quel punto lui aveva quasi perso il controllo: voleva assaporarla e restituirle il favore. Alla fine avevano raggiunto la camera da letto, dove lui l'aveva stuzzicata portandola sull'orlo dell'orgasmo più volte, finché lei aveva cominciato a implorarlo e minacciarlo allo stesso tempo, perché la lasciasse venire.

Poi lui l'aveva messa carponi e l'aveva presa da dietro.

Slate non riusciva a ricordare un rientro da una missione migliore di quello. Ashlyn gli era mancata più di quanto si aspettasse. Le aveva detto la verità: aveva passato gran parte del tempo pensando a lei, ma non solo pensando a fare sesso con lei. Si era chiesto come stessero andando le consegne, se la serata a casa di Aleck e Kenna fosse andata bene, come stesse la famiglia Turner, se ci fossero nuovi utenti. Sperava che Ashlyn mangiasse a sufficienza e si prendesse cura di sé, perché sapeva che lei tendeva a trascurarsi, anteponendo le esigenze degli altri alle proprie.

Ashlyn sospirò nel sonno e si girò di lato, accoccolandosi contro di lui. Slate si sdraiò di schiena e la tirò più vicina. Lei non si svegliò, anche perché dormiva profondamente, come al solito, ma gli mise sul corpo un braccio e una gamba. Si era aggrappata a lui anche nel sonno.

Fosse stata qualunque altra donna, a lui avrebbe dato fastidio. Invece Ashlyn lo riteneva un coccolone, e lui non l'aveva mai smentita. in realtà, prima di lei, lui non aveva mai permesso a nessuna di stargli addosso mentre dormiva. Tanto era diverso quel rapporto. Gli era mancato il modo in cui lei gli stava vicino nel sonno. Nell'ultima settimana, la branda gli era sembrata sempre vuota.

Al rientro, dopo l'atterraggio, aveva aperto istintivamente l'app di tracciamento per vedere dove fosse Ashlyn. Invece di telefonarle, o di mandarle un messaggio per farle sapere che era tornato, aveva deciso di farle una sorpresa, raggiungendola al centro di Food For All. La reazione di gioia nel vederlo era esattamente ciò che lui sperava. Esattamente la stessa gioia che aveva provato anche *lui* nel vederla, una emozione sorprendente. Non si era reso conto di quanto gli mancasse finché non gli era tornata tra le braccia.

Non erano riusciti a tenere le mani a posto, nemmeno le labbra, abbastanza a lungo da poter mangiare qualcosa, da quando erano tornati a casa, ma Slate sentiva di dover recuperare subito, il mattino dopo. Non ricordava cosa ci fosse in frigo, ma avrebbe risolto in qualche modo. Il sesso con Ashlyn era sempre piacevole, ma non voleva farle patire la fame.

"Che bello, tornare a casa," sussurrò tra sé.

Era davvero bello, ma ancor meglio era tornare a casa con Ashlyn tra le braccia.

Lei sospirò nel sonno, ma non allentò la presa intorno a lui.

Slate fissò il soffitto e si accorse di essere totalmente appagato. Chiedere ad Ashlyn di frequentarsi era stata una delle decisioni migliori che avesse preso negli ultimi tempi. Lei era diversa da qualunque altra ragazza avesse frequentato. Gli piaceva ridere con lei, provocarla... anche i battibecchi reciproci lo gasavano. Ashlyn dava tanto quanto riceveva. Erano molto compatibili a letto, ovviamente. Sì, Slate si accorse di non essere mai stato tanto contento e a suo agio. Tanto... a casa.

Ripensò alle loro conversazioni prima della missione in Bahrein, quando avevano discusso dell'esclusività del loro rapporto. Lui non aveva mai nemmeno pensato di uscire con un'altra, prima che lei gli ponesse quel quesito. Non sentiva alcun bisogno di conoscere un'altra... non che fosse nelle condizioni di poterlo fare. Se non era alla base, passava il tempo con i compagni o con Ashlyn. Francamente, non aveva altro tempo da dedicare a un'altra persona.

Slate poteva anche ammettere, anche se solo con se stesso, che sapere che Aiden le aveva chiesto di uscire gli aveva fatto nascere dentro una sensazione di disagio. Lui non era mai stato tanto dell'idea di condividere, nemmeno da piccolo. Il pensiero che Ashlyn ridesse e scherzasse con un altro uomo allo stesso modo? Il solo pensiero lo innervosiva.

L'idea che lei andasse a letto con un altro, che avvolgesse un altro uomo col proprio corpo affascinante, gli faceva venire una voglia matta di far del male a qualcuno.

Per quanto lo riguardava, quello con Ashlyn era un rapporto esclusivo. Le aveva chiesto di farglielo sapere, qualora le fosse nato un interesse diverso, ma lui conosceva fin troppo bene se stesso: se lei avesse rivolto attenzioni a qualcun altro, lui avrebbe dovuto allontanarsene. Non gli interessava avere solo metà del tempo e delle attenzioni di Ashlyn.

Slate sbatté gli occhi per la sorpresa: sentì un forte calore in tutto il corpo, accorgendosi di volere Ashlyn tutta per sé. Non riusciva a ricordare di essersi mai sentito in quel modo. In passato, se una donna diventava troppo appiccicaticcia, lui trovava sempre il modo di allontanarsi con discrezione e poi chiudeva la storia. All'improvviso, gli sembrava di essere *lui*, quello diventato più attaccato a quel rapporto.

Tuttavia, Slate si accorse con grande meraviglia che non gli dispiaceva affatto.

Aveva ancora l'impressione che il rapporto con Ashlyn fosse un rapporto senza impegno: non la vedeva tutti i giorni, anche se parlavano quasi tutti i giorni. Lei non aveva problemi a vederlo andar via, dopo che passavano la serata insieme, anche se ultimamente avevano passato la notte insieme, che facessero o meno l'amore.

Slate chiuse gli occhi e si accorse che stava pensando troppo a quel rapporto. Stavano bene. Si godevano la compagnia reciproca. Era inevitabile che il legame che sentiva con lei, prima o poi, andasse svanendo. Gli era sempre successo, quindi non si aspettava nulla di diverso.

A rapporto finito, sarebbero rimasti amici, si sarebbero visti uscendo col gruppo, con gli uomini della squadra e le relative compagne. Il rapporto con Ashlyn era perfetto così com'era.

CAPITOLO TREDICI

ASHLYN STRIZZÒ gli occhi mentre guidava. Il mal di testa la stava uccidendo. Non le veniva un'emicrania tanto forte da chissà quanto. Aveva considerato di telefonare a Lexie, per dirle che aveva bisogno di un pomeriggio di riposo, ma gli utenti dipendevano dalle consegne a domicilio, inoltre Lexie stava aiutando Carly con alcuni dettagli dell'ultimo minuto per la cerimonia nuziale, a cui mancava una decina di giorni.

Quindi Ashlyn aveva preso un'aspirina e aveva tirato avanti per tutto il pomeriggio, nonostante il mal di testa, che era peggiorato di minuto in minuto. Quando era arrivata a casa di Jazmin, Ashlyn si era sentita sul punto di vomitare davanti alla porta.

Appena la giovane madre l'aveva vista, le aveva preso di mano il pasto pronto e le aveva intimato di entrare. Ovviamente, anche Brooklyn, James e l'assistente di Christi avevano insistito. Per fortuna, dato che quel giorno non si era fermata a chiacchierare con nessuno, aveva concluso il giro prima del solito.

Aveva inviato un messaggio a Lexie per farle sapere che aveva finito e che tornava a casa a prendersi cura del proprio mal di testa, poi si era concentrata per guidare verso casa senza schiantarsi. Accostò la macchina in un posto libero senza preoccuparsi troppo che le gomme fossero perfettamente dentro le linee. Afferrò la borsetta, inspirò dal naso ed espirò dalla bocca, tentando di affievolire il senso di nausea che stava diventando insopportabile.

Contenta quanto mai di essere arrivata a casa, Ashlyn entrò e chiuse la porta, lasciò cadere la borsetta sul pavimento senza preoccuparsi di dove lasciarla e andò verso la camera da letto. Camminando incespicò, si muoveva come se si fosse ubriacata bevendo da sola un'intera bottiglia di tequila, riusciva a pensare solo ad andare a letto.

Senza accendere alcuna luce, si prese solo il tempo di chiudere meglio le tende, poi finalmente arrivò al letto con un sospiro di sollievo. Prima di poter crollare, però, sapeva di doversi mettere comoda. Si tolse i pantaloncini e la maglia (si era già tolta le infradito nell'ingresso) e si mise le mani dietro la schiena per trovare il gancetto del reggiseno. Sapeva per esperienza che qualunque capo d'abbigliamento che le stringesse troppo sulla pelle la faceva sentire come claustrofobica e sembrava esacerbare il dolore alla testa. Non c'era un motivo logico, ma ormai era disposta a tentare di tutto, pur di ridurre il dolore palpitante al cranio.

Quando si ritrovò con indosso solo le mutandine, si sdraiò lentamente. Non scivolò sotto le coperte. Chiuse semplicemente gli occhi e fece del suo meglio per rilassarsi.

Lo squillo del telefono sul comodino non solo la spaventò a morte, ma le fece peggiorare l'emicrania per lo scatto improvviso. Si sarebbe presa a schiaffi da sola, per non aver tolto la suoneria. Cercò con la mano il telefonino senza guardare.

"Sì?" disse rispondendo, senza nemmeno guardare il display. Il solo pensiero di tenere gli occhi aperti le peggiorava la nausea.

"Ash? Come mai sei già a casa?"

Slate.

"Sto bene," gli disse, anche se era una bugia. Non stava affatto bene. Si sentiva morire. Però non c'era nulla o nessuno che potesse aiutarla, nemmeno Slate. Aveva solo bisogno di tempo, di riposo. Poi sarebbe stata meglio. Prima o poi.

"Non ti ho chiesto questo, piccola," le disse.

Ashlyn trasalì. La voce di Slate sembrava estremamente potente. Persino il suono della *propria* voce le aumentava il dolore.

"Ho il mal di testa," sussurrò. "Ho finito le consegne e son tornata a casa."

"Merda," commentò Slate, con un tono di voce più basso del solito, per cui Ashlyn gli fu grata. "Arrivo subito."

"No, Slate, non c'è nulla da fare."

"Hai chiuso a chiave la porta?" le chiese, ignorando la sua opposizione.

"Ehm..." Ashlyn non riusciva a ricordare di aver chiuso a chiave, dopo essere entrata in casa.

"Non importa, se hai chiuso a chiave troverò un modo di raggiungerti."

"Posso alzarmi ad aprirti," gli disse Ashlyn, non sapendo bene se ce l'avrebbe fatta davvero oppure no, ma sentendo di dovergli dire qualcosa.

"No. Stai dove sei. Immagino che tu sia a letto?"

"Sì."

"Bene."

"Vuoi sfondare la porta da bravo SEAL tosto?" gli chiese Ashlyn debolmente. "Perché non so se il padrone di casa apprezzerà il gesto."

Slate fece una risatina sommessa. "No. Tu chiudi gli occhi e rilassati, Ash, arrivo subito."

"Gli occhi sono già chiusi. La luce mi dà fastidio," si lamentò; si sarebbe presa a schiaffi, tanto era patetica.

"Aspetta, ma che ore sono? Tu puoi uscire dalla base così presto?"

"Sì, esco adesso. Arrivo subito."

"Ok. Vai piano."

"Va bene. Ciao."

Senza aprire gli occhi, Ashlyn premette il pulsantino sul lato del cellulare per togliere la suoneria, poi lo riappoggiò sul comodino. Si concentrò sul proprio respiro, dentro dal naso, fuori dalla bocca, pregando che il dolore si affievolisse presto.

Le sembrò fosse passato solo un minuto dalla telefonata, quando il suono appena percettibile della porta che si apriva la fece sussultare per la sorpresa. Avrebbe voluto chiamare per sentire se era Slate, ma sapeva che se avesse superato la potenza di un sussurro avrebbe rigettato per certo.

Dopo un secondo, la porta della camera da letto si aprì a fessura. Ashlyn socchiuse appena gli occhi e sospirò sollevata quando vide che era Slate, e non un serial killer pronto a tagliarla a tocchetti; poi chiuse di nuovo gli occhi.

"Santo cielo, piccola," sussurrò Slate.

Ogni passo sul tappeto le sembrava come una martellata contro la testa. Lui non stava pestando i piedi, camminava appena, ma ogni minimo rumore le sembrava amplificato mille volte.

Ashlyn alzò una mano e se la appoggiò alle labbra. "Shhhh," gli disse con un suono appena udibile.

Sentì un dito accarezzarle la guancia e gemette. Lui ritirò subito il dito.

"Telefono al dottore," le sussurrò.

"No. Sto bene," gli disse.

"Col cavolo che stai bene. Ti dà fastidio anche solo il suono dei miei passi sul tappeto. Sei sdraiata senza vestiti, braccia e gambe aperte, con un'espressione di dolore che mi fa venir voglia di menare qualcuno."

Lei non trattenne un leggero sorrisetto. "È solo mal di testa," gli disse.

"Certo, e io sono un marinaio semplice. Dimmi cosa ti serve," le chiese.

"Buio. Silenzio. Rimanere qui sdraiata finché il dolore non va via."

"Hai preso qualcosa?" le chiese.

"Aspirina."

"E basta?"

"Sì. Non mi capita spesso, quindi il medico non mi ha prescritto medicine più forti."

"Ci penso io," le disse Slate con determinazione.

Ashlyn avrebbe voluto aprire gli occhi per guardarlo, ma sapeva che era una pessima idea. Si accontentò di allungare una mano per stringergli il braccio. "Tipo, mi hai scassinato la porta per entrare?" gli chiese stuzzicandolo senza troppo entusiasmo.

"Piccola, la porta non era chiusa a chiave. Entrare è stata una passeggiata. Per la cronaca, comunque, il mio piano era trovare il padrone di casa e chiedere di aprirmi la porta. Se non avesse funzionato, avrei cercato l'addetto alla manutenzione. Come ultima spiaggia, beh, sì, avrei anche scassinato la porta. *Nulla* mi può impedire di raggiungerti, se hai bisogno di me."

Nonostante il parlare e l'ascoltare le procurassero un fastidio tremendo, quelle parole furono come una culla per l'animo profondamente romantico di Ashlyn.

"Sentirò qualcuno che conosco, per trovarti qualcosa di più massiccio contro il dolore."

"Va bene."

Slate le fece aprire lentamente le dita dal proprio braccio e le baciò il dorso della mano, che poi appoggiò sul letto. Lei non fu sorpresa dalla sensibilità di Slate, che aveva capito subito che un bacio anche solo sulla fronte o sul capo le avrebbe causato altro dolore. "Dormi, piccola, torno più tardi con qualcosa da farti prendere."

Ashlyn cominciò ad annuire, poi pensò bene di evitare. "Grazie."

Lo sentì camminare verso la finestra, poi sentì il rumore delle tende che si muovevano. Immaginò che Slate stesse controllando che fossero chiuse per bene. Poi lo sentì tornare da lei, vicino al letto, dove rimase per un momento prima di uscire dalla stanza. La porta si chiuse con un clic, lasciando di nuovo Ashlyn tutta sola.

Anche solo sapere che lui ci tenesse a tal punto da andarla a trovare la fece sentire un po' meglio. Avrebbe tanto voluto essere in forma, per passare il tempo con lui. I giorni trascorsi da quando era tornato dalla missione erano stati belli. *Bellissimi.* Il rapporto sembrava sempre più solido, come se la distanza avesse dimostrato una volta di più il vecchio adagio: è nella separazione che si sente e si capisce la forza con cui si ama.

A parte il fatto che nessuno dei due era innamorato. Sì, si piacevano e si rispettavano, ma niente di più. Stavano vivendo da amanti... ma poi la vita avrebbe fatto il suo corso, e sarebbero tornati solo amici.

Una vocina nella testa le stava urlando che era un'ingenua, non accorgendosi di ciò che aveva davanti agli occhi. Del resto, anche la testa le stava urlando di dolore, quindi forse era solo il dolore che si faceva sentire.

Ashlyn era a casa, al buio, giaceva supina sul letto. Cercò di liberare la mente. L'arrivo di Slate a prendersi cura di lei significava il mondo, e lei l'avrebbe ringraziato abbondantemente, appena tornata in forma. Nel frattempo, si sarebbe fatta un pisolino.

———

Slate era seduto al tavolo di Ashlyn e si passò una mano nei capelli agitato. L'aveva trovata vittima di un dolore insopportabile, tanto che non si era nemmeno accorta di aver lasciato la porta aperta, tornando a casa, e aveva lasciato la borsetta sul pavimento dell'ingresso, poco oltre la porta. Il modo in cui aveva la fronte corrugata profondamente gli aveva fatto capire esattamente il livello di dolore che provava. Per non parlare del fatto che si era sdraiata a letto nuda, con solo le mutandine, come se l'idea stessa di qualcosa a contatto con la pelle peggiorasse il dolore.

In qualunque altra circostanza, lui si sarebbe eccitato, vedendo Ashlyn praticamente nuda e con le gambe divaricate, ma non in quel frangente.

Quando aveva aperto distrattamente l'app di tracciamento, per vedere come andava il giro di consegne, si era sorpreso di vedere che lei era già a casa. Era troppo presto perché avesse già terminato.

Così si era alzato dalla riunione senza dire una parola ed era uscito dalla saletta per telefonarle e sentire come stava. Non ci aveva nemmeno pensato bene. La squadra era impegnata nelle ricerche sulla ripresa delle ostilità in Afghanistan, sembrava sempre più probabile che si prospettasse una nuova missione nel giro di un paio di settimane.

Ma appena aveva sentito Ashlyn aprire bocca e parlare, la mente gli era partita a razzo dal deserto: l'aveva sentita in preda al dolore e lui si era sentito in dovere di fare tutto il possibile per aiutarla.

Mustang era uscito dalla sala riunioni per assicurarsi che andasse tutto bene, così Slate gli aveva riferito brevemente ciò che stava succedendo e dov'era diretto. Senza esitare, Mustang aveva annuito e gli aveva detto di occuparsi di lei, oltre a fargli sapere come stesse.

Dopo essersi assicurato che Ashlyn fosse il più possibile a riposo, aveva inviato un messaggio a Mustang chiedendogli un favore, e l'amico gli aveva telefonato subito, dicendo che avrebbe parlato con un medico che conosceva alla base, e che a fine giornata avrebbe portato dei potenti antidolorifici all'appartamento di Ashlyn.

Slate avrebbe voluto subito a disposizione il farmaco, ma non aveva scelta, a meno che non volesse lasciare Ashlyn di nuovo a casa da sola, ma certamente non era il caso. Così, nell'attesa, non poteva fare altro che starsene seduto a preoccuparsi per la donna sdraiata nell'altra stanza, la donna che stava cercando di essere forte, rassicurandolo che stava bene, quando era vero il contrario.

Slate non poteva accendere la TV. Sarebbe stata un disturbo, anche con la porta della camera da letto chiusa. Non gli andava di cucinare, perché qualunque odore avrebbe potuto farle venire il voltastomaco, peggiorando la nausea che già l'attanagliava. Martellando con le dita sul tavolo, in silenzio, Slate attese con impazienza l'arrivo di Mustang, un minuto dopo l'altro.

Gli dava un fastidio tremendo vedere Ashlyn in preda al dolore. Si passò una mano sul petto contratto. Non era abituato a quella sensazione di impotenza. In missione, c'era sempre qualcosa da fare, decisioni da prendere. Invece, in quella situazione, non c'era davvero nulla che potesse fare per aiutarla. Non poteva abbracciarla, perché le avrebbe provocato altro dolore. Non poteva baciarla, perché anche così le avrebbe fatto male. Non poteva sedersi vicino a lei per parlarle perché... *dolore*. Tutto ciò che voleva fare rischiava solo di farla soffrire di più. Gli bastò quel pensiero per far venire anche *a lui* i conati di vomito.

Più tempo passava là seduto a pensare al dolore di Ashlyn, e più i pensieri gli turbinavano, aumentando la paranoia. Le stava venendo un tumore alla testa? Doveva prenotare una TAC? O una risonanza magnetica? L'avrebbe accompagnata dal medico e qualunque fosse la diagnosi, l'avrebbero affrontata insieme. Se lei lo credeva il tipo da mollarla perché le si era sviluppato un cancro, un tumore, o quale che fosse la diagnosi medica, si sbagliava di grosso.

Si accorse di quanto pazzi si fossero fatti quei pensieri; fece un respiro profondo.

Era solo un mal di testa. Ashlyn aveva detto di soffrirne, ogni tanto. Sì, era forte... *molto* forte, ma lei non sembrava fuori di sé dalla paura. Slate doveva fidarsi di lei, Ashlyn conosceva il proprio corpo. L'avrebbe incoraggiata comunque a farsi visitare, se non altro per farsi prescrivere delle pillole più efficaci, qualora le fosse capitato di nuovo in futuro. Però era il caso di darsi una calmata.

Il telefono di Ashlyn si illuminò, le era arrivato un messaggio. Slate aveva preso il cellulare di Ashlyn dal comodino prima di uscire dalla camera da letto: non voleva correre il rischio che suonasse o vibrasse mentre lei cercava di dormire nonostante il dolore. Non si sorprese, accorgendosi che lei aveva già silenziato la suoneria. Però non aveva intenzione di tornare da lei e disturbarla.

Da quando lui si era seduto, le erano arrivati messaggi praticamente senza tregua. Elodie, Lexie, Kenna, Monica e Carly le avevano mandato un pensiero. Evidentemente, Lexie aveva detto a Carly che Ashlyn aveva un'emicrania, così si era sparsa la voce.

Slate lesse i messaggi delle amiche. Li vedeva sullo schermo grazie alle notifiche push, senza bisogno di sbloccare lo schermo.

Elodie: Mi dispiace che stai male. Fammi sapere se ti serve qualcosa. Ti preparo la zuppa al pomodoro. Non dire che fa schifo, fidati, la mia zuppa al pomodoro è una bomba.

. . .

Kenna: Carly mi ha detto che hai un mal di testa feroce. Che rottura! Telefonami appena stai meglio.

Carly: Spero che non ti dispiaccia, ho detto alle altre che non stai bene. Adesso pensa solo a star meglio così non ti perdi le nozze. Lo so, sono egoista, ma non posso immaginare di non condividere la mia giornata con te. Guarisci presto!

Monica: Pid mi ha detto che non stai bene. È capitato anche a me di avere delle emicranie terribili, ho scoperto che la lavanda aiuta molto. Se domani non stai meglio, te ne porto un sacchetto.

Ma fu l'ultimo messaggio, quello di Lexie, che impensierì Slate.

Lexie: Mi dispiace tantissimo che ti sia venuta un'altra emicrania. Potevi anche dirmelo prima, facevo io il giro delle consegne, magari. So quanto puoi starci male. L'ultima volta hai fatto tre giorni senza mangiare, non è proprio il caso! Quindi se domani stai ancora di merda, fammelo sapere che ti porto qualcosa da mangiare, così non devi cucinare. Va bene? Ti voglio bene.

Slate non ci pensò due volte: prese il proprio cellulare e cliccò sul nome di Lexie. Non le aveva mai mandato prima un messaggio, non aveva mai avuto motivo di comunicare privatamente con la donna di Midas. Però a quel punto non si trattenne.

· · ·

Slate: Ciao, sono Slate, ho letto il messaggio che hai inviato al telefono di Ash. Sono a casa sua. Queste emicranie durano giorni?

Lexie: Oh! Meno male che sei da lei! Di solito non le durano così tanto, ma una volta è stata malissimo e ha persino perso peso, perché non riusciva nemmeno a uscire dal letto per mangiare qualcosa.

Slate: Quando?

Lexie: Cosa quando?

Slate: Quand'è stata questa emicrania lunga?

Lexie: Non mi ricordo bene. Può essere sei mesi fa?

Slate chiuse gli occhi e fece un respiro profondo. Ashlyn aveva sofferto di un mal di testa pazzesco, per *giorni*, e lui non se n'era accorto. Chissà per quale motivo, quel pensiero lo irritava. Certo, sei mesi prima non stavano insieme, ma erano comunque amici, e gli dava un fastidio tremendo che Ashlyn gliel'avesse tenuto nascosto.

Lexie: Mi raccomando, falle bere tanta acqua. Lei si rifiuterà, perché le fa male muoversi, ma ho letto che idratarsi le fa bene.

Slate: La farò bere. Che cosa le piace mangiare, quando sta così male?

Non gli faceva piacere non conoscere la risposta a una domanda tanto semplice come cosa prepararle da mangiare quando non stava bene, ma non si sarebbe tirato indietro per la vergogna di chiedere ciò che aveva bisogno di sapere.

. . .

Lexie: Penso che le dia fastidio proprio mangiare. Quindi direi qualcosa di semplice. Non troppo caldo o troppo freddo, perché se no il dolore peggiora. Semplice pane, succo di mela, magari un frullato proteico, se riesci a farglielo mandar giù.

Erano consigli sensati. I pollici di Slate volavano sul tastierino nel rispondere.

Slate: Grazie. Penso io a lei.

Lexie: So che lo farai. Sul serio, sto tanto meglio adesso che so che sei con lei. Per favore, dille che la pensiamo tutte. Magari più tardi puoi mandarmi un messaggio per farmi sapere come sta?

Slate: Va bene.

Lexie: Grazie. Ash si preoccupa sempre per tutti. Meno male che c'è qualcuno che si preoccupa per lei, finalmente. Devo andare, Carly mi cerca. A più tardi.

Slate non si preoccupò di rispondere: sapeva che Lexie era impegnata. Un altro messaggio comparve sullo schermo del cellulare, era Mustang che lo avvertiva di essere appena entrato nel parcheggio. Slate si alzò e andò alla porta, per evitare che l'amico dovesse bussare o suonare il campanello.

In un minuto o poco più, Mustang arrivò nel corridoio e raggiunse Slate: aveva un pacchettino in mano e glielo consegnò.

"Come sta?" gli chiese.

Slate alzò le spalle. "Non bene. Soffre."

"Capito. Allora, il medico ha detto che l'ibuprofene aiuta

a ridurre i sintomi della cefalea, ma che è meglio assumerlo quando ci sono i primi sintomi del mal di testa, perché una volta che il dolore è radicato, poi è troppo tardi e il farmaco non funziona."

"Cazzo."

"Infatti. Però mi ha dato due pastiglie di topiramato, ha detto che questo funziona anche se non viene preso nelle prime due ore dall'inizio dei dolori. Consiglia caldamente di farla visitare dal medico di fiducia per cercare di scoprire le cause di questi dolori, e anche di farsi prescrivere qualcosa che funzioni per i sintomi specifici."

"Grazie, lo apprezzo molto."

"Tienila d'occhio. Questo è un farmaco nuovo per lei, sarà meglio che non la lasci da sola."

"Non ci pensavo nemmeno, anche se non passavi," disse Slate con un po' di irritazione, perché l'amico pensava che lui potesse comportarsi in quel modo.

"OK, era solo per dire. A te serve qualcosa?" gli chiese Mustang.

"Se puoi, cerca di convincere Elodie a lasciar passare un po' di tempo, prima che parta l'assalto, sarebbe meglio. Sono sicuro che anche Ashlyn l'apprezzerebbe. Da come ha reagito alla mia presenza, immagino che odi farsi vedere tanto vulnerabile, quando sta male."

"Farò del mio meglio, ma conosci mia moglie, e anche le altre. Amano prendersi cura le une delle altre, e Ashlyn fa certamente parte della cerchia."

Slate annuì. "Scusami, oggi sono andato via senza troppe spiegazioni, mi sono perso qualcosa?"

Mustang sospirò. "Solo il fatto che c'è un novanta per cento di probabilità che dovremo andare nel deserto."

"Jag si perderà le proprie nozze?"

"Non se posso evitarlo," rispose Mustang con fermezza.

"Però, certo, c'è il rischio che debba rinunciare alla luna di miele che sperava."

Slate annuì. Non era particolarmente sorpreso, ma conoscendo Jag e Carly, avrebbero compensato la rinuncia alla luna di miele dopo la cerimonia di nozze non appena lui fosse tornato a casa.

"Tienimi aggiornato su come sta," disse Mustang.

"Va bene. Grazie ancora per essere passato."

"È una brava persona," disse Mustang con franchezza. "Non parla mai male di nessuno ed è generosa più di tanti altri. E poi è la tua ragazza, quindi è importante per tutti noi. Ci sentiamo."

Mentre Mustang si avviava lungo il corridoio per tornare alla macchina, Slate rientrò e chiuse la porta, ripensando alle parole dell'amico. Amava il modo in cui i compagni di squadra si sostenevano a vicenda, quando si trattava delle rispettive compagne. Faceva sentire il gruppo quasi come una famiglia.

Andò in cucina e prese un bicchierino di plastica da un pensile. Frugò in giro e fu felice di trovare un cassetto con delle posate e delle cannucce di plastica, i resti di un pasto da asporto che Ashlyn aveva ordinato tempo prima.

Si ricordò le parole di Lexie, che consigliava di non far bere ad Ashlyn niente di troppo caldo o di troppo freddo; così riempì il bicchiere con l'acqua del rubinetto e ci infilò una cannuccia. Aprì il pacchettino che gli aveva portato Mustang: all'interno c'era solo un campione di farmaco contro l'emicrania, erano due dosi. Spinse fuori una pastiglia e andò verso la camera da letto.

Aprì la porta senza fare rumore e vide che Ashlyn non si era mossa. Andò verso il bordo del letto e si mise in ginocchio.

"Ash," le sussurrò.

Lei non si mosse.

"Ashlyn," le disse con un po' più di voce, dispiaciuto di vederla irritata anche solo sentendo il proprio nome.

"Non aprire gli occhi, ti ho portato una pillola."

"Voglio dormire," gli mormorò.

"Lo so, e va bene, ma prima manda giù questa. Ce la fai, ci provi?"

"Sì."

"Ti ho portato dell'acqua con una cannuccia, così non ti devi girare per bere. Tirati su un gomito e avvicinati. Brava, proprio così."

Slate tenne gli occhi fissi sul viso di Ashlyn, mentre avvicinava il bicchiere. "Apri la bocca."

Lei gli obbedì senza aprire gli occhi.

"Va bene, adesso fuori la lingua. Ti metto la pillola in bocca e poi la mandi giù con l'acqua, ecco, è qui pronta."

La fiducia che dimostrava verso di lui era quasi umiliante: non gli chiedeva nulla, nemmeno che farmaco le stesse facendo assumere. Ashlyn seguì semplicemente le istruzioni di Slate e si lasciò mettere la pillola sulla lingua. Appena la deglutì, Slate le disse: "Adesso bevi, manda giù più acqua che puoi, ti farà bene, garantito."

Ashlyn annuì leggermente mentre continuava a bere dalla cannuccia.

Alla fine, si staccò e si sdraiò lentamente.

"Bravissima. Vedrai che la pastiglia ti farà sentire meglio, piccola."

"Era cianuro? Perché in questo preciso momento, quello mi farebbe *davvero* sentire meglio."

Slate fu straziato. Gli faceva piacere quel tentativo di scherzare, ma non era entusiasta che la battuta fosse su un veleno, per farla smettere di soffrire.

"No," le rispose.

"Stavo scherzando," ribatté lei sospirando.

"Lo so. Dovresti sapere anche che non ti darei, né ti farei

mai nulla che ti facesse male.”

“Ma lo *so*. Però attento, perché adesso son davvero contenta che tu sia qui, ma domani, o appena starò meglio, probabilmente sarò in imbarazzo.”

“Non c’è nulla di cui imbarazzarti. Se io stessi male, anche tu ti prenderesti cura di me,” le disse.

“Certamente,” confermò lei.

“Allora dai, ti ho promesso che se prendevi la pillola potevi tornare a dormire. Io vado di là in salotto, così ti lascio riposare.”

“Grazie ancora per essere passato.”

“Non potrei essere altrove,” le rispose, poi si abbassò su di lei e la baciò sulla tempia con la massima delicatezza. “Dormi,” le sussurrò con un tono quasi impercettibile.

Ashlyn sospirò e si rilassò visibilmente.

Slate indietreggiò senza togliere gli occhi dalla faccia di Ashlyn finché raggiunse la porta. Uscì e chiuse senza fare rumore, poi fece un respiro profondo. Ashlyn si sarebbe ripresa, era una donna forte. Però gli dava molto fastidio vederla in quello stato, in preda alla sofferenza. Gli venne in mente che almeno era successo mentre lui era presente, e non durante una missione. Si sarebbe sentito a pezzi, tornando a casa e scoprendo che lei era stata tanto male, mentre lui era via.

Però quel pensiero non portava a nulla: capitava di continuo ai militari, di perdersi un sacco di occasioni importanti, nella vita della famiglia. Nascita dei figli, malattie, i primi passi, compleanni, feste, la morte di un parente o di un amico. Ma il giuramento era di servire la patria e purtroppo prevedeva il sacrificio di perdersi occasioni come quelle.

Si ripromise di viversi ogni momento al meglio, ancor più di prima, poi tornò al tavolo della cucina. La nottata si prospettava lunga, ma lui non sarebbe andato da nessuna parte.

CAPITOLO QUATTORDICI

Ashlyn si svegliò qualche volta durante la notte, ma solo il mattino seguente si sentì in grado di muoversi senza soffrire atrocemente. Guardò il comodino e vide un bicchierino di plastica con una cannuccia infilata dentro. Le sovvenne che Slate glielo aveva portato, facendola bere e facendole ingoiare una pillola, ma non ricordava molto altro.

Si rigirò nel letto e si mise lentamente a sedere, contenta di non sentire subito il dolore pulsante alla testa. Aveva la bocca talmente secca che le sembrava di aver tenuto in bocca dell'ovatta. Però fu meravigliata di scoprire che il farmaco che aveva preso, quale che fosse, aveva funzionato benissimo e le aveva alleviato il dolore straziante.

La testa era ancora un po' confusa, sapeva bene di non poter correre una maratona nel giro di breve, ma stava meglio del solito, dopo una delle sue solite emicranie. Le tornò in mente l'episodio precedente, quando non era uscita dal letto per tre giorni. Sì, anche l'ultimo attacco era stato forte, ma grazie al cielo il peggio sembrava già passato.

Si alzò in piedi, verificando lentamente il proprio equilibrio. Doveva portare il fondoschiena dal medico il prima possibile. Gli attacchi di emicrania non le venivano tanto spesso, ma quando venivano erano brutti, davvero brutti. Ormai non era più il caso di ignorarli.

Si trascinò in bagno prendendo una maglia oversize. Fece pipì, poi si lavò i denti, decidendo che farsi una doccia sarebbe stato come sfidare un po' troppo la fortuna. Però non era affatto importante, perché comunque non doveva andare da nessuna parte. L'unico programma che aveva era rimanere rintanata in casa e ritrovare il proprio equilibrio. Più tardi avrebbe telefonato a Slate per ringraziarlo di essere passato a portarle quella pillola.

Doveva anche avvertire Lexie, farle sapere che stava meglio, sentire anche le altre.

Le brontolò la pancia mentre pian piano arrivò in salotto, pensando di andare in cucina... ma si fermò appena vide il divano.

L'ultimissima cosa che si aspettava era vedere Slate, profondamente addormentato.

Sembrava maledettamente scomodo. Se n'era andato la sera prima... o no? Aveva detto che se ne sarebbe andato per lasciarla dormire... o no? Lei aveva capito che lui sarebbe andato via da quell'appartamento, non solo dalla camera da letto, ma evidentemente si era sbagliata.

Senza accorgersi, fece rumore e Slate aprì gli occhi all'improvviso, vedendola immediatamente.

"Ash. Ti senti meglio?" le chiese mettendosi seduto e strofinandosi la faccia.

"Sì. Cosa ci fai qui?"

"Stavi male," le rispose Slate alzandosi e stiracchiandosi. Poi si mise una mano dietro la schiena e si piegò in avanti. Indossava ancora l'uniforme della Marina che portava di solito in ufficio; chissà perché, vederlo a piedi nudi rendeva quel momento più intimo.

"Ma il mio divano fa schifo, e indossi ancora l'uniforme," protestò lei.

Slate fece un gran sorriso e si incamminò verso di lei. "Non è un problema," le rispose alzando le spalle, "di sicuro ho dormito in posti peggiori e sono abituato a dormire vestito. In missione non posso certo spogliarmi e mettermi comodo," le spiegò. "Come ti senti stamattina? Davvero? La testa ti fa ancora male? Non ti vedo più tante rughe in fronte, quindi spero che sia un buon segno."

Ashlyn stava facendo molta fatica a capacitarsi del fatto che Slate fosse rimasto per... per cosa? Farle la guardia?

"Ash? Che c'è? Dimmi tutto," le chiese insistendo dolcemente.

"Io... tu... non posso credere che tu sia rimasto."

"Dove diavolo dovevo andare? A casa? Col cavolo. Come facevo? Ero preoccupato per te. Piccola, non potevo nemmeno sfiorarti che ti dava fastidio. Ti eri tolta di dosso tutti i vestiti, immagino perché ti irritavano la pelle. Persino un sussurro era troppo forte. Camera tua era come una caverna. Mi sono spaventato a morte. Mi sono alzato a ogni ora per vedere come stavi, questa notte. Sono servite quattro o cinque ore, prima che finalmente la pillola che ti ho dato cominciasse a farti effetto. A un certo punto mi sei sembrata più calma, ti sei persino tirata sotto le coperte. Ash, devi farti visitare da un medico. Non posso vederti in quello stato."

Lei annuì automaticamente. "Avevo già deciso di telefonare stamattina per vedere di prenotare un appuntamento."

"Ottimo. Dai, vieni, mettiti seduta mentre ti trovo qualcosa da mangiare."

"Non so se sono pronta a mangiare chissà cosa," gli rispose.

Slate annuì. "Non mi sorprende, ma hai bisogno di mangiare qualcosa. Ti preparo un frullato proteico alla vaniglia, magari un succo di mela."

Lei aggrottò la fronte confusa. "Ehm, non penso di avere gli ingredienti in cucina."

"Ce li hai. Ho ordinato della roba e l'hanno consegnata ieri sera."

Ashlyn fu spiazzata. "Davvero?"

"Eh sì. Ho ordinato dell'altra roba che magari potresti mangiare. Adesso siediti e lascia che mi prenda cura di te."

Lei ebbe l'impressione di essersi svegliata in un'altra dimensione. Aveva vissuto da sola per troppo tempo, si era abituata a prendersi cura di se stessa. Anche se in un paio di occasioni aveva ordinato la spesa a domicilio, forse non le sarebbe venuto in mente di farlo quel mattino. Avrebbe solo frugato in dispensa per riordinare, finché non si fosse sentita in grado di andare a fare la spesa.

Si mise seduta sul divano e sentì i cuscini ancora caldi del corpo di Slate. Quando lui fece per andarsene, lei gli prese una mano tra le proprie. "Slate?"

Lui si voltò immediatamente. "Sì?"

"Grazie per essere rimasto. Penso che tua sia andato ben oltre i doveri di un amico speciale."

Lui socchiuse gli occhi e si abbassò, costringendola ad appoggiare la schiena sui cuscini del divano. Poi le mise le mani intorno alle spalle e si tenne stretto a lei. "Non seguiamo delle regole," le disse con determinazione, "Siamo Ash e Slate. Punto. Sei mia amica, ma anche la mia amante. La mia ragazza. Col cazzo che me ne andavo via, stanotte, proprio quando avevi bisogno di me; sono sicuro che, a parti invertite, avresti fatto lo stesso."

Lei annuì subito.

"Anche se non stiamo correndo in gioielleria per comprarci degli anelli di fidanzamento, non significa che non tenga moltissimo a te e che non mi prenda cura di ciò che è mio... e capiamoci: finché stiamo insieme, tu sei mia tanto quanto io sono tuo. Mi capisci?"

Lei sentì il cuore che palpitava ai mille all'ora e annuì, le sembrava la ventesima volta che annuiva, quel mattino.

"Ti crea dei problemi? È troppo? Se vuoi tornare a essere solo amici, ce la posso fare. Sarebbe uno schifo, ma ce la posso fare. È solo che non voglio darti l'impressione che questo sia un rapporto a metà, anche se non siamo impegnati. Non impegnato non significa che ignoro le tue sofferenze, non significa che scopiamo e poi andiamo ognuno per la sua strada come estranei."

"Va bene."

"Va bene?" ripeté lui inclinando la testa.

"Va bene," confermò Ashlyn.

"Ottimo. Adesso rilassati, mentre ti preparo qualcosa da mangiare."

A quelle parole, Slate si abbassò per baciarle dolcemente la fronte, poi si rialzò e andò in cucina.

Lei tornò a respirare dopo aver trattenuto il fiato. Slate era già un tipo intenso di suo, ma nemmeno *lei* si era mai accorta che potesse essere *tanto* intenso. Ogni singola parola che le aveva detto le faceva piacere. Lei si era messa in quel rapporto pensando di poterlo tenere leggero, semplice, ma aveva sottovalutato il magnetismo di Slate... e le proprie tendenze sentimentali.

Ashlyn non si era mai messa in un mezzo rapporto. Quando frequentava qualcuno, di solito ci metteva tutta se stessa fin dall'inizio. Accidenti, si era trasferita alle Hawaii con Franklin fin troppo presto, dopo averlo conosciuto.

Con Slate, aveva creduto di poter mantenere una relazione leggera e spensierata. Aveva cercato di convincersene per settimane.

Si era sbagliata.

Eppure, solo perché lui le piaceva tremendamente e le faceva passare dei bellissimi momenti, sia a letto che fuori, non significava che dovessero sposarsi. Però *stavano* insieme e lei arrivò ad ammettere che quando due si frequentano non scappano via appena finito di scopare.

Ciò che le aveva detto era vero: fosse stato lui a soffrire, a star male, lei gli sarebbe stata vicino senza dubbio.

Ashlyn si sentì stranamente sollevata su tutto: sul rapporto con Slate, su com'era andata la nottata, persino sul mattino. Si rilassò sui cuscini. Poteva anche godersi quelle attenzioni, perché a un certo punto sarebbe tornata a doversi arrangiare da sola.

Quando Slate tornò in salotto con un bicchiere in una mano e una barretta proteica nell'altra, Ashlyn si sentiva molto su di giri. Aveva la mente ancora un po' annebbiata dai postumi dell'emicrania, probabilmente anche dalle sostanze contenute nel farmaco, ma sempre meglio quella sensazione, che il dolore della sera prima.

Slate le passò il bicchiere e si sedette vicino a lei. "Devi messaggiare le tue amiche."

Ashlyn bevve un sorso di frullato e fu piacevolmente sorpresa dal sapore gustoso. Chissà perché, si aspettava un sapore sgradevole, forse perché era una bevanda sana. Invece faticava a sentire la differenza tra il frullato preparato da Slate e uno dei tanti frullati che comprava spesso nella sua gelateria preferita.

"È delizioso," gli disse con un gran sorriso.

Lui accennò un sorriso. "Lo so."

"Mi sembra di mangiare un dessert a colazione."

"Infatti."

Lei socchiuse gli occhi. "Non riesco a credere che tu non mi abbia detto quanto è buono prima di questo momento. Mi hai fatto pensare di essere un tipo tutto salute fin dalla mattina, mentre ti facevi uno di questi a colazione."

Slate scoppiò a ridere, con un suono che la riempì di gioia. Spesso lo trovava stoico e impassibile, e sapere di poterlo far ridere le faceva nascere dentro una sensazione piacevole di calore.

"Piccola," le disse.

Nient'altro, solo una parola.

"Cosa? Dico sul serio," gli disse. "Aspetta, sei sicuro che questo sia uno dei tuoi cosi proteici? Non ti sei fatto portare del gelato per preparare questo, solo per farmi star meglio?"

"È un frullato proteico," la rassicurò Slate. "Ghiaccio, polvere proteica alla vaniglia, qualche fragola per aggiungere sapore e latte scremato per amalgamare."

"È godurioso," gli disse bevendone un altro sorso.

Lui le fece un gran sorriso. "Godurioso? Chi la usa più questa parola?"

"Evidentemente io la uso," gli rispose.

"Esatto. Però, per la cronaca, sarà meglio che ne conservi un poco per mandar giù la barretta proteica. È buona, ma non quanto il frullato. Sono migliorate molto, adesso non sanno più di cartone, ma immagino che non ti farà lo stesso effetto fantastico della bibita."

Ashlyn arricciò il naso, ma gli prese di mano la barretta nutriente. "Penso che sia meglio se non ha il sapore di un dolcetto godurioso, mi sento già abbastanza in colpa per questa bibita."

Slate fece una risatina e la osservò strappare la confezione da un lato e morderne un pezzo. Ashlyn lo masticò per un momento, poi fece spallucce. "Non è poi tanto male quanto pensavo. Non penso di volerne mangiare una a pranzo ogni giorno per il resto della mia vita, ma non è malaccio."

Slate non le aveva tolto gli occhi di dosso da quando si era seduto.

"Che c'è? Ho qualcosa in faccia?" gli chiese Ashlyn passandosi il braccio sul viso, dato che aveva entrambe le mani impegnate.

"No. È solo che... accidenti se sono sollevato di vederti

tornare la te stessa di sempre. Mi hai fatto prendere paura, Ash."

"Mi dispiace," gli rispose sottovoce.

Slate scosse la testa. "No, non devi scusarti. Non ti sei procurata apposta l'emicrania. Dicevo solo che spero di non vederti mai più tanto sofferente."

"Non è una passeggiata, grazie per avermi procurato le pillole. A proposito, che farmaco era?"

Slate alzò le spalle. "E chi lo sa. Cioè, Mustang mi ha detto il nome, ma non gli ho prestato molta attenzione. A me interessava solo che ti facesse star meglio."

"Come ha fatto a procurarsele?" domandò Ashlyn.

"Per via del lavoro che facciamo, conosciamo un sacco di gente," le spiegò Slate con disinvoltura.

"Oh mio Dio, ha telefonato a Baker?" gli chiese Ashlyn mettendosi seduta bene. "Ne ho sentito tanto parlare! Cioè, so che era presente alle nozze di Monica e Pid, al Kualoa Ranch, ma non sono riuscita a parlargli."

"Cosa? No, Mustang non ha telefonato a Baker, ci mancherebbe."

"Oh, scusa."

Slate scosse la testa. "Ha telefonato a un medico in servizio nella base, uno che ci aveva visitati, gli ha spiegato i sintomi e lui ti ha fatto arrivare una confezione campione del farmaco. Mustang ne ha portate solo due pillole, ma dato che hanno funzionato, puoi dire al tuo medico cos'hai preso e l'effetto positivo, così magari potrà farti una ricetta."

"Beh, niente di straordinario," brontolò Ashlyn.

"Poi non sono sicuro di volerti tanto pappa e ciccia con Baker," aggiunse Slate.

"Perché?"

"Perché sembra che sia un figo, almeno così dicono tutte le altre."

"E allora?" gli chiese Ashlyn.

Slate alzò a malapena un sopracciglio.

"Oh, ma dai. A chi importa se è un figo, io sto insieme *a te*."

"Vedi di non dimenticartelo," commentò Slate allungando una mano e mettendogliela dietro la nuca per tirarla a sé.

Dato che Ashlyn aveva le mani impegnate, non poté aggrapparsi a lui, ma Slate non le fece perdere l'equilibrio. La baciò con grande passione, anche se fu un bacio troppo breve, poi la lasciò andare.

"Da quel che ho sentito dalle altre, comunque, ha un debole per una che si chiama Jodelle," aggiunse lei.

Slate annuì. "Non sono nemmeno troppo entusiasta che Baker si intrometta in *qualunque* modo in ciò che fai, perché ultimamente, ogni volta che abbiamo dovuto chiamarlo, era perché c'era qualcuno che minacciava le nostre donne. A me andrebbe benissimo se non lo incontrassi mai, per evitare disgrazie. Sai, per sicurezza. Normalità."

Ashlyn poteva capirlo. Le venncro i brividi al pensiero di tutto ciò che era successo alle amiche. "Vero."

"E... ti dicevo prima, anche se poi siamo andati fuori argomento, devi messaggiare Elodie e le altre."

"Lo so."

"No, dico, anche presto: sono tutte preoccupate per te, piccola. Hanno mandato messaggi a te e a me per tutta la notte, per sapere come stavi. Stamattina hanno già ricominciato." Slate si girò per prendere il telefono di Ashlyn dal tavolino di fianco al divano e glielo porse.

Lei si sporse per appoggiare il frullato sul tavolino da caffè e poi prese il cellulare. "Porco cane, si comportano come se stessi morendo o chissà che. Era solo un'emicrania," mormorò Ashlyn passando tutte le notifiche.

"Nel nostro lavoro, anche per via di tutto ciò che è successo, nessuno dà più per scontata la salute."

Lei sospirò. Dopo un momento, gli disse: "Quando mi sono mollata con Franklin, mi sentivo una stupida."

Slate aggrottò la fronte confuso, così lei si affrettò a spiegare quel cambio improvviso di argomento.

"Mi sono trasferita alle Hawaii per lui, e non ci frequentavamo nemmeno da tanto tempo. Ero entusiasta di venire a vivere qui, è stata anche una scusa per fare qualcosa che avevo sempre sognato, perché prima ero sempre stata troppo paurosa per farlo davvero. Quando ho scoperto che scemo era, mi sembrava impossibile essere stata tanto idiota. Chi sceglie di trasferirsi oltreoceano per uno che appena conosce? Invece alla fine si è rivelata la decisione migliore che abbia mai preso in vita mia. Ho trovato lavoro da Food For All, ho conosciuto Lexie, poi Elodie e Kenna, Monica, Carly... e te."

"All'inizio non ti ho fatto una gran bella impressione," le disse Slate con una risata.

"È vero. Eri prepotente, ti detestavo."

"Però adesso ti piaccio," aggiunse Slate abbassandosi verso di lei senza fermarsi, così Ashlyn rise cadendo sulla schiena e cercando di svignarsela. Slate si mise sopra di lei sorridendo. "Dillo," le chiese.

"Detto," ribatté lei resistendogli.

"Farabutta," le disse Slate abbassandosi di più fino a coprirla col proprio corpo. Poi perse il sorriso. "Non sei stata una stupida," le disse, "sei stata un'ottimista, è proprio uno dei tuoi aspetti migliori. Penso che a volte tu sia *troppo* ottimista? Sì, ma se non fossi così, adesso non saremmo qui. So per certo che anche le altre sono altrettanto felici di averti conosciuta, almeno quanto lo sei tu per aver conosciuto *loro*."

Ashlyn alzò lo sguardo sorridendogli.

"Adesso, che ne dici di finire la barretta proteica," la sollecitò Slate facendo un cenno del capo verso la barretta mezza smangiucchiata che lei teneva in mano, "e il frullato, poi messaggi le altre e ci sistemiamo qui a guardarci un film o due?"

"Ma tu... pensavo che andassi via, adesso che sai che sto meglio. Di sicuro avrai anche tu le tue cose da fare, oggi."

"Oggi è sabato, piccola. Non ho niente da fare, solo passare il tempo con te e assicurarmi che tu stia bene. L'emicrania potrebbe tornare a farsi sentire, nel qual caso voglio essere presente."

La sensazione di intimo tepore le tornò di colpo. Ashlyn non poteva pensare a null'altro da fare, se non passare tutta la giornata con Slate. "Va bene."

"Però scelgo io il film," aggiunse lui.

Ashlyn si fece seria. "No. Poi va a finire che scegli un film noioso."

"No, non è vero," protestò lui.

"Invece sì. Tu pensi che *Full Metal Jacket* sia un classico."

"Piccola, ma *è* un classico."

"Ma è cruento, non fanno altro che urlare," protestò lei.

Slate fece una risata. "D'accordo. Tu scegli il primo film, però io scelgo il secondo. Se poi scegli ancora *La rivincita delle bionde*, ti farò sorbire il film militare più lungo e noioso che troverò."

"Oh, va bene," gli rispose Ashlyn. A lei non interessava che film guardare, le bastava stare con lui.

Slate alzò una mano e gliela passò sul lato della testa con tenerezza. "Che fastidio, non poterlo fare ieri sera," le mormorò sottovoce. "Che fastidio sapere che un mio tocco ti avrebbe fatto male."

Aveva dato fastidio anche a lei. Ashlyn inclinò la testa nella mano di Slate, appoggiandola di peso. Lui le sorrise, poi si abbassò e le baciò la fronte dolcemente.

"Potremmo anche tornare in camera da letto e trovare qualcos'altro da fare, invece di guardare un film," sbottò Ashlyn.

"Impossibile," le rispose Slate senza esitare. "Niente sesso finché non sono sicuro che stai meglio al cento per cento."

Ashlyn si finse imbronciata. "Non sei divertente."

"Eh no," confermò lui mettendosi seduto. "Mangia, messaggia, poi ci accoccoliamo a guardare la TV."

Ashlyn ridacchiò.

"Come mai ridi?" le chiese Slate.

"Perché hai detto la parola 'accoccoliamo'," ammise lei.

"Fa ridere quanto il 'godurioso' che hai detto tu," ribatté lui, ma dicendolo col sorriso.

Ashlyn morse un altro pezzo di barra proteica e masticò facendogli una smorfia.

Non avrebbe mai creduto che Slate fosse tanto... sensibile e tenero come si era dimostrato quel mattino. Le piaceva. Moltissimo.

Quando finì di masticare la barra proteica, una nuova notifica comparve sul cellulare. Elodie. Le chiedeva se si sentisse meglio, se fosse alzata e quando sarebbe stato il momento migliore per portarle la zuppa che le stava già preparando quel mattino.

"Vado a farmi una doccia mentre chiacchieri con la tua combriccola," le disse Slate. Si abbassò, la baciò sulla testa e si avviò verso la camera da letto.

Ashlyn lo guardò andar via, tentata di seguirlo in bagno per andare con lui sotto la doccia, ma sapeva quanto fosse cocciuto. Se Slate si era messo in testa di non fare sesso, perché era meglio per lei, lei non poteva fare nulla per fargli cambiare idea.

Ashlyn prese il cellulare, sapeva di dover rassicurare le amiche dicendo loro che si sentiva meglio, ma voleva anche inviare tutti i messaggi alla svelta, per potersi godere fino in fondo la giornata con Slate.

CAPITOLO QUINDICI

ERA PASSATA PIÙ di una settimana dall'ultima emicrania killer, e Ashlyn si sentiva alla grande. Era stata dal medico e la risonanza magnetica non aveva restituito risultanze negative. Era stato davvero un gran sollievo, scoprire di non avere un tumore al cervello o chissà che altro. Cercare su internet le cause di un tale mal di testa non era stata una buona idea: secondo i siti che aveva visitato, probabilmente doveva essere un cancro al cervello.

Per fortuna non c'era niente del genere. Il medico le aveva spiegato alcuni rimedi, cose che poteva fare per evitare che i dolori si aggravassero tanto, qualora tornassero, in particolare evitare di continuare per forza a lavorare e prendere subito dell'ibuprofene. Le aveva anche prescritto altre delle pillole che le aveva portato Slate, dato che le avevano fatto un effetto miracoloso.

Era arrivato il martedì e lei stava andando a casa di James Mason, che quel giorno compiva ottantanove anni; la sera prima, Ashlyn e Slate gli avevano preparato una torta speciale. Sempre il giorno prima, Ashlyn moriva dalla voglia di anticipargli qualcosa, quando era andata a portargli da mangiare, ma aveva scelto di fargli una sorpresa, e non solo con la torta.

Ashlyn aveva parlato con Carly, che le aveva confermato il supporto incondizionato all'iniziativa di cui intendeva parlare con James proprio nel giorno del suo compleanno.

Quando Ashlyn accostò davanti alla casa, vide la Chevette di Aiden parcheggiata nello stretto vialetto laterale. Non si sorprese, dato che il martedì era uno dei giorni in cui Aiden passava a dare assistenza, ma era molto presto e non si aspettava di trovarlo prima dell'ora di pranzo.

Troppo eccitata per preoccuparsi degli orari di Aiden (del resto anche lei non arrivava a casa degli utenti sempre alla stessa ora), Ashlyn prese con attenzione la torta dal sedile del passeggero e chiuse la portiera con il piede, avviandosi verso l'ingresso.

Tenendo la torta con una mano, con l'altra bussò.

Aiden aprì con un'espressione burbera in viso. "Cosa ci fai qui?"

Presa alla sprovvista da quel saluto burbero, Ashlyn non gli rispose immediatamente. Si concesse un momento per scrutare quel tipo. Era particolarmente malmesso, la maglia sporca e i pantaloni sgualciti, la faccia pallida, sembrava anche un poco... agitato? Era palesemente fuori di sé.

Decise di ignorare quell'atteggiamento e gli rispose allegramente: "È il compleanno di James, gli ho portato una torta!"

"Non sapevo che fosse il suo compleanno," borbottò Aiden lasciandola entrare.

"Eh sì, ottantanove!" Ashlyn entrò in casa e vide James in piedi sulla porta tra la cucina e il salotto. Anche lui non sembrava molto contento... ma appena la vide le sorrise.

"Ciao Ashlyn! Cosa ti porta qui oggi? Non è mercoledì, vero? Ho perso il senso del tempo."

"No, è martedì, ma è un martedì molto speciale! Non

potevo lasciarlo passare senza fare un salto ad augurarti buon compleanno e portarti una torta!"

James era raggiante. "Come fai a saperlo? Non lo svelo mai a nessuno," le disse.

"Io so tutto," rispose Ashlyn con aria di mistero. Non aveva intenzione di dirgli che aveva chiesto già tempo addietro esplicitamente a Lexie di controllare i documenti per scoprire quando fosse il suo compleanno, perché era troppo curiosa.

"Non ricevo una torta di compleanno da tanto tempo. Da quando è morta la mia amata Angie," commentò James sottovoce.

"Allora sono ancora più felice di essere passata oggi," aggiunse Ashlyn.

"Allora io vado," disse Aiden dietro di lei.

Ashlyn si girò verso di lui. "Ma dai, non vuoi rimanere per una fetta di torta? Non volevo metterti fretta..."

"Non proccuparti," le disse James interrompendola.

Sorpresa per il tono deciso della voce di James, Ashlyn rimase in mezzo all'ingresso tra Aiden e James, improvvisamente imbarazzata.

"Mi dispiace," disse Aiden con voce sommessa, rivolgendosi a James. "Non succederà più. Ci vediamo giovedì." Poi si girò e aprì la porta per uscire.

"Mi dispiace molto, James, ho interrotto qualcosa?" gli chiese Ashlyn con circospezione.

James sembrò triste per un momento, poi scosse la testa. "No no, tutto bene. Spero che oggi Aiden abbia imparato la lezione. Capita a tutti di sbagliare. Io sono disposto a lasciarmi tutto alle spalle. Comunque... che tipo di torta mi hai preparato?"

Ashlyn avrebbe voluto fargli più domande su ciò che era successo con Aiden. Che "errore" aveva mai fatto, precisamente? Però non voleva insistere su un punto che metteva James di malumore.

"Foresta Nera, con ciliegie, pan di Spagna al cioccolato e panna montata, che altro se no?"

James tornò raggiante. "È la mia preferita," le disse.

Ashlyn lo sapeva, proprio per questo gliel'aveva preparata. Aveva sentito tante storie sulle torte che la moglie gli preparava ogni anno. La storia che le raccontava più volentieri era l'episodio della moglie che gli aveva spedito una scatola di tortini Foresta Nera per il suo compleanno, quando lui era di servizio su una nave. La scatola era andata persa e i tortini gli erano arrivati solo una settimana dopo il compleanno. Erano ormai stantii e mezzi distrutti, ma James aveva giurato che fossero tra i migliori che avesse mai assaggiato.

Ashlyn, dal canto suo, si era sorpresa che quei tortini vecchi non gli avessero fatto del male, ma non gliel'aveva mai detto, dato che era uno dei ricordi a cui chiaramente James era più legato.

Ashlyn andò in cucina e mise la torta sul tavolino. Tirò fuori una sedia per James, che ci si accomodò volentieri. Poi gli avvicinò il bicchiere d'acqua sul tavolino, ma lui scosse la testa.

"No. Per favore, dammi dell'acqua fresca," le disse con un po' di ritardo.

Lei si chiese quale fosse il problema con l'altra acqua, ma si limitò ad annuire e portò nel lavandino il bicchiere che chissà perché non andava bene, svuotandolo. "Ho un'idea migliore," gli disse aprendo il frigorifero. Tirò fuori dal fondo dello scomparto superiore una bottiglia di Bikini Blonde Lager, prodotta dal birrificio Maui.

Gliela fece vedere. "Penso che una birra sia l'ideale per un compleanno, che dici?"

James guardò l'orologio. "Non sono nemmeno le dieci," le disse.

"E allora? Io non lo dirò a nessuno, se manterrai anche tu il segreto. Poi, hai per caso in programma di guidare, oggi?"

Lui ridacchiò. "No. Va bene, una birra è un'ottima idea. Mi ero persino dimenticato di averla."

Ashlyn stappò la bottiglia e la mise sul tavolo, davanti a lui. Poi si abbassò per baciarlo sulla testa. "Buon compleanno, amico mio!"

Lui le fece un gran sorriso.

Ashlyn sentì gli occhi lucidi, ma nascose quell'emozione girandosi per andare a prendere piatti e forchette.

Passò un po' di tempo, e mentre stavano entrambi mangiucchiando una seconda fetta di quella torta deliziosa, Ashlyn decise che era il momento di svelare a James un altro regalo. "Allora, stavo pensando... ma prima di dire di no, bisogna che mi ascolti."

James inclinò la testa, incuriosito da quelle parole.

"I miei amici Carly e Jag si sposano questo giovedì. È una cerimonia molto tranquilla, il ricevimento è al Duke's. Sai, il ristorante in centro a Waikiki? Mi chiedevo se ti andrebbe di venirci con me. Mi faresti da accompagnatore."

James la fissò incredulo. "Cosa ne dice il tuo bel giovine? Immagino che avrà da ridire, se ti accompagno io al suo posto."

"Sì, hai ragione, ha qualcosa da dire: è contentissimo. Gliene ho già parlato e Carly non vede l'ora di conoscerti. Anche Jag non ha nulla in contrario. So che spesso ti annoierai, magari avrai anche qualche momento di tristezza, seduto qui a casa da solo tutto il tempo."

Ashlyn trattenne il fiato mentre James rifletteva su quell'invito.

"Non vorrei essere un peso," le disse dopo un momento. "Non cammino benissimo e per fare le scale ho bisogno di aiuto."

"Non sei *mai* un peso," gli rispose lei con decisione, "e ci sarà pieno di gente disposta ad aiutarti, se ne avrai bisogno. Sei mai stato al Duke's?"

"Mai stato al Duke's? Ragazza mia, ho ottantanove anni e ho vissuto soprattutto su quest'isola... ma certo che ci sono stato. Hanno una torta hula che è la fine del mondo... sempre dopo la Foresta Nera, ovviamente. Ho anche incontrato qualche volta Duke Kahanamoku, lo sapevi?"

"L'hai incontrato?" gli chiese Ashlyn affascinata.

"Eh sì! Era sceriffo di Honolulu quando io ero ragazzo, gli piaceva passare il tempo in spiaggia e chiacchierare coi ragazzi che facevano surf. È morto nel sessantotto e io ero presente quando le sue ceneri sono state sparse nell'oceano che lui aveva sempre amato."

"Allora, ci vieni?"

James la guardò negli occhi. "Sei sicura che non sarò fuori luogo?"

"Per niente, garantito! Carly e Jag hanno scelto un ambiente molto rilassato. Dopo la cerimonia, ci saranno tavolate piene di roba da mangiare, di sicuro ce ne sarà fin troppa. Anzi, si sa per *certo* che è troppa, perché Carly mi ha detto chiaramente che voleva quantità in eccesso da donare al centro di Food For All. Cavolo, probabilmente consegnerò pasti del Duke's per tutta la prossima settimana. Dai, ti prego, accetta l'invito."

"È tanto tempo che non vado a Waikiki," disse James con una certa malinconia.

Ashlyn trattenne il fiato.

"Se sei sicura che non sarò una rottura di scatole per nessuno, mi farebbe piacere accettare," le disse finalmente.

"Evvai!" esclamò Ashlyn. "Vengo a prenderti con Slate giovedì mattina verso le undici. So che è un giorno strano per sposarsi, ma era l'unico giorno che il Duke's aveva disponibile per riservare la sala al matrimonio. Ah, niente abiti formali. Siamo alle Hawaii e Carly ha detto chiaramente a tutti che se

qualcuno si presenta troppo tirato, verrà preso a calci."
Ashlyn gli sorrise. "Infatti l'altro ieri ti ho comprato una
maglietta hawaiana, come regalo di compleanno. Ce l'ho in
macchina. Te la porto in casa prima di andare. Prima non
potevo, perché avevo le mani impegnate con la torta. Sarà
perfetta per giovedì."

James socchiuse gli occhi. "Hai programmato tutto," le
disse senza alcun dispiacere. "Cos'avresti fatto, se avessi detto
di no?"

"Avrei cercato di farti cambiare idea," gli rispose senza
alcun indugio. Poi si fece seria. "Non sono molto vicina ai
miei genitori, James. Litigavano un sacco, quando ero piccola,
preferivano urlarsi dietro, piuttosto che cercare di andare
d'accordo per il mio bene. Non ho mai conosciuto i miei
nonni. Forse esagero un po'... ma per me sei come il nonno
che non ho mai avuto. Mi affascinano i racconti di quando sei
cresciuto su quest'isola, i periodi di guerra che hai superato,
mi dispiace solo di non aver mai incontrato tua moglie. Per
me è stato come un colpo di fortuna, quando hai fatto
richiesta per la consegna a domicilio dei pasti di Food For
All."

James aveva gli occhi lucidi, sbatteva le palpebre di
frequente e giocherellava con le briciole di torta nel piatto.
Anche Ashlyn era commossa. Gli lasciò il tempo di
ricomporsi.

"Sono io quello fortunato," le disse dopo un momento.

"Beh, allora siamo fortunati tutti e due," concluse lei.

Ashlyn rimase un'altra mezz'oretta a ridere e scherzare
con James. Quando gli consegnò la maglia, lui l'accettò con
grande meraviglia e stupore, dicendo che gli piaceva
moltissimo.

Quando lei capì di non poter rimanere più a lungo, se
voleva terminare il giro delle consegne, con gran riluttanza si
alzò. "Allora ricordati, giovedì mattina alle undici. Indossa la

maglietta nuova. Non serve alcun regalo, ma preparati per una bella giornata rilassante in spiaggia."

"A guardare le belle donne in bikini," commentò James con un sorriso.

Ashlyn fece una risatina. "Sì, anche quello." Abbracciò quel signore tanto dolce, notando con dispiacere quanto fosse fragile tra le proprie braccia. "Buon compleanno, James."

"Il miglior compleanno degli ultimi anni," le disse ricambiando l'abbraccio.

Quando Ashlyn lo vide accomodarsi in poltrona, con il cellulare e il telecomando a portata di mano, gli mise un'altra fetta di torta sul tavolo, da mangiare più tardi, insieme a un bel bicchierone di acqua con una cannuccia, infine se ne andò.

Appena entrata in macchina, inviò un messaggio a Slate.

Ashlyn: Ha detto di sì!

Slate: Ottima notizia, piccola.

Ashlyn: Sì! Ha detto anche che indosserà la maglia che gli ho preso. La torta gli è piaciuta moltissimo.

Slate: Che bella mattinata, la tua.

Ashlyn: Infatti! La tua com'è andata?

Slate: Impegnativa.

Ashlyn Ebbe la sensazione di sapere cosa intendesse. Slate e gli altri si stavano preparando a un'altra missione. Le dava fastidio sapere che una missione avrebbe seguito a breve quella precedente, ma Slate le aveva già ricordato che non spettava a loro scegliere il momento in cui i terroristi decidessero di fare i bastardi. La squadra doveva solo essere sempre pronta ad agire, nei momenti di bisogno.

Almeno non sarebbero partiti prima della cerimonia di

nozze. Sarebbe stato terribile, se Jag si fosse perso le proprie nozze, causando un rinvio.

Slate: Guida con prudenza.

Ashlyn: Va bene. Vengo comunque a casa tua, stasera?

Slate: Sì. Però non so a che ora uscirò dalla base. Usa pure la chiave che ti ho dato stamattina e mettiti comoda. Non preoccuparti per la mia cena. Se faccio tardi, prendo qualcosa al volo mentre torno.

Ashlyn fece un gran sorriso e abbassò lo sguardo sul proprio portachiavi. C'era rimasta di sasso, quel mattino, quando lui le aveva consegnato la chiave di casa sua prima che lei se ne andasse. Prima avevano deciso che l'avrebbe raggiunto a casa quella sera, e lui aveva preso con estrema naturalezza la chiave di riserva, togliendola dal suo portachiavi per darla a lei. Non che si stesse trasferendo per convivere, niente del genere, ma ricevere la chiave di casa di Slate le sembrava comunque molto importante.

Ashlyn: Non fermarti a comprare cibo spazzatura. Ti preparo delle uova in casseruola, sono buone e piene di proteine, in forno rimangono calde anche per quando torni. Se poi fai tardi, le riscaldiamo.

Slate: Ottima idea. Però senti, non aspettarmi. Se ti viene fame, mangia pure appena è pronto.

Ashlyn: D'accordo.

Slate: E non fare il broncio.

Lei si mise a ridere a crepapelle. La conosceva troppo bene.

· · ·

Ashlyn: Non sto facendo il broncio. Come posso imbronciarmi proprio oggi, il compleanno di James, dopo che ha accettato di venire alle nozze di giovedì?

Slate: Non puoi. Ci vediamo più tardi.

Ashlyn: A più tardi. Divertiti a espugnare il castello.

Slate: Piccola, qui non siamo come nel film *La storia fantastica*. Non c'è niente da espugnare.

Ashlyn: Però state preparando l'assalto.

Slate: Che scema che sei.

Ashlyn: Sì. Dai, ti lascio andare. Devo sgommare per finire le consegne.

Slate: Nessuno si lamenta se arrivi in ritardo. Sii prudente.

Ashlyn: Va bene. Ciao.

Slate: A dopo.

Ashlyn era felicissima, la mente impegnata a ragionare sulle consegne ancora da smaltire, sugli ingredienti che doveva andare a comprare dopo il lavoro per preparare le uova in casseruola, sull'entusiasmo per quel giovedì.

Non ripensò un solo istante allo strano intermezzo tra James e Aiden. Più tardi, però, ripensando a quel mattino, si accorse che avrebbe fatto meglio a fare più domande.

———

Aiden era seduto in macchina e guardava in cagnesco la lancetta del carburante. Era in riserva già da tempo e non aveva i soldi per rifornirsi. Proprio come gli mancavano i soldi per un'altra dose. Lo spacciatore rifiutava di dargli la solita roba senza il pagamento anticipato. Solo perché non era riuscito a ripagarlo nelle altre due occasioni in cui gliel'aveva promesso, ma quello non aveva il diritto di negargli la roba!

Era tutta colpa di quel vecchio. Se avesse bevuto quella cazzo di acqua, come Aiden gli aveva chiesto, invece di farsi prendere dalla paranoia, si sarebbe addormentato ben prima che arrivasse quella stronza... e Aiden avrebbe trovato i soldi di cui aveva un bisogno disperato.

Nessuno capiva lo schifo di una crisi d'astinenza. Non importava a nessuno. Non gli servivano certo mille dollari, gliene servivano solo cento, abbastanza per un paio di dosi. A quel vecchio non servivano i soldi, maledizione! Non faceva altro che starsene seduto tutto il giorno, accumulando i soldi della pensione che riceveva dalla Marina e i contributi sociali per gli anziani.

Aiden voleva solo farlo addormentare per poter cercare un'altra mazzetta nascosta in casa. Ormai aveva già sottratto fin troppe banconote dagli altri due posti che aveva scoperto, non aveva osato andare oltre, ma sapeva che c'erano altri nascondigli.

Però si era distratto e James l'aveva scoperto mentre gli sbriciolava un sonnifero nell'acqua. L'aveva affrontato subito, chiedendogli cosa diavolo stesse facendo. Aiden non aveva avuto scelta e aveva ammesso di avergli aggiunto dei farmaci nell'acqua, però si era fatto in quattro per convincerlo che era solo perché era preoccupato per lui, perché ultimamente non aveva dormito bene.

Probabilmente era stato meglio che quella stronza fosse arrivata, almeno James si era distratto e non aveva più pensato alle intenzioni di Aiden. Però si era insospettito e sarebbe stato all'erta più che mai.

Se l'avessero licenziato, Aiden era fottuto. Gli *servivano* i soldi nascosti a casa di James. Però non poteva tornarci prima di giovedì, quindi avrebbe dovuto cercare altri modi per trovare i soldi. Probabilmente elemosinare di nuovo, che *schifo*! Però era disposto a tutto, per trovare i soldi per una dose. Non poteva resistere fino a giovedì, sempre che poi riuscisse a rubare altri soldi a quel vecchio culone.

Ottantanove anni. Gesù santo, Aiden sperava di *non* vivere tanto a lungo. A che serviva? Non camminava bene, non poteva fare molto, solo starsene seduto a guardare la TV, e dormire. Ridicolo!

Aiden avrebbe dovuto farsi furbo e trovare dei modi più subdoli per drogare quel tipo, per poi setacciargli la casa. C'erano altri soldi nascosti, lui non ne dubitava. Doveva trovarli. Li *avrebbe* trovati. Nessuno poteva fermarlo. Non James, non la stronza... nessuno!

CAPITOLO SEDICI

Slate non riusciva a evitare di posare lo sguardo su Ashlyn. Era letteralmente in fiore. Di solito si usava quell'espressione per la sposa, ma lui non sapeva che farci, la vedeva così. Ashlyn aveva un sorriso enorme in viso e sembrava rilassata, felice.

Era stata una giornata perfetta, almeno fino a quel momento. L'aveva svegliato con la bocca intorno all'uccello, poi avevano scopato di forza, velocemente, poi con dolcezza e senza fretta, sotto la doccia, infine l'aveva vista generosa e altruista, quando erano arrivati a casa di James Mason, il quale indossava proprio la maglietta che gli aveva regalato lei.

Ashlyn aveva accompagnato l'anziano nel Trailblazer di Slate e l'aveva fatto accomodare sul sedile davanti, per poi andarsi a sedere dietro con gioia, chiacchierando senza sosta per tutto il tragitto verso Waikiki. Slate li aveva fatti scendere davanti all'Outrigger, il centro dove si trovava il Duke's, per andare a parcheggiare. Quando era tornato al ristorante, aveva trovato James seduto a un tavolo: si stava divertendo un mondo a chiacchierare con Kenna, Aleck, Midas e Lexie.

Più tardi, Ashlyn era al bar a prendere da bere, molto

probabilmente un *mai tai* per sé e delle birre per Slate e James. Rideva con i baristi e aveva il braccio intorno al corpo di Elodie, che aspettava con lei.

Mustang si incamminò verso Slate e gli si mise vicino. "Non avrei mai pensato di dirlo," si interruppe per una risatina, "ma accidenti se mi piacciono le cerimonie di nozze!"

Slate sbuffò.

"Sul serio, perché mai non dovrebbero piacermi? Posso vedere mia moglie tutta in tiro, su di giri per aver bevuto, il che promette bene per stasera, quando torneremo a casa. È felice come una Santa Pasqua e io passo il tempo con le mie persone preferite sulla Terra. Che schifo, quando anche tu e Midas farete il gran passo e non ci saranno più amici da prendere in giro."

"Saltiamo a conclusioni affrettate, non credi?" gli chiese Slate. "Non so se Midas e Lex siano pronti a sposarsi tanto presto, io di sicuro no. E poi potremmo anche decidere di andare in comune e sbrigare tutto in quattro e quattr'otto."

"È vero, ma poi potremmo comunque festeggiare alla grande."

Slate scosse la testa verso l'amico. "Dai, davvero, non voglio che tu ci rimanga male, quando questa cosa tra me e Ash si smorza e torniamo a essere solo amici."

Mustang si girò per appoggiare una spalla al muro vicino, dando a Slate la massima attenzione. "Lo so che sei stufo di sentirtelo dire…"

"Allora non dirmelo," lo interruppe Slate; ma l'amico lo ignorò.

"Sono passati quasi tre mesi, da quando voi due avete cominciato a frequentarvi. Continuate a ripetere all'infinito che non è un rapporto impegnato, che vi state solo godendo una specie di amicizia di letto, ma per me sono cazzate."

"Non sono cazzate," ribatté Slate bruscamente.

"Invece sì, Slate. Cacchio, tu e Ashlyn avete girato intorno all'attrazione reciproca per un anno, accidenti, prima di mettervi insieme. Guarda che *non è* da te. Dimmi con che altra donna sei mai rimasto amico."

"Elodie," disse Slate senza esitare.

"D'accordo, dimmene una che sia *single*," chiarì l'amico.

Slate strinse le labbra.

"Esattamente," commentò Mustang, ma con tono cordiale. "Tu non sei abituato a fare amicizia con una donna. Non c'è niente di sbagliato, ma è evidente da com'è andata che tra te e Ashlyn c'è qualcosa di diverso. Io non direi 'romantico' perché non voglio essere mieloso, ma davvero, il vostro rapporto *non è* superficiale. Non so se voi due finirete per convolare a nozze o no, ma penso che insistere che stiate solo andando a letto e che il vostro non sia un vero rapporto di coppia sia una mancanza di rispetto nei tuoi confronti e in quelli di Ashlyn."

Slate avrebbe tanto voluto prendersela, per quei continui tentativi dell'amico di analizzarlo, ma quel ragionamento era solidissimo. Non gli era mai capitato di fare amicizia con una donna, non perché non gli piacessero le donne, o non le rispettasse, ma solo perché si trovava meglio con gli uomini.

Fino all'arrivo di Ashlyn.

Lei lo faceva ridere.

Lo esasperava.

A volte lo faceva imbestialire. Esattamente come gli capitava con i compagni di squadra.

Si fidava di lei. Non aveva mai avuto difficoltà a trovare argomenti di cui parlare con lei. Gli piaceva passare il tempo con Ashlyn... e non solo in camera da letto. Certo, all'inizio, quando avevano cominciato a frequentarsi, non riuscivano a tenere le mani a posto. Ogni volta che si trovavano, finivano sempre a letto.

Però ormai il loro rapporto si era evoluto in... qualcosa di più. Quando si trovavano, non si saltavano subito addosso.

Parlavano, ridevano, accidenti, si facevano anche le coccole sul divano mentre guardavano la TV. Non passavano insieme tutte le notti, ma quando andavano a letto, dormivano anche insieme nella casa in cui erano. Scendere dal letto e andarsene dopo un orgasmo era l'ultima cosa che gli passava per la testa.

Anche se Slate non voleva ammetterlo apertamente, Mustang aveva perfettamente ragione.

Slate era sempre deciso a *non* modificare la natura del rapporto con Ashlyn, però... ormai era solo perché non voleva rovinare tutto. Non voleva spaventare Ashlyn.

"Quella donna non ti guarda come se foste soltanto amici," proseguì Mustang. "Ti cerca sempre con gli occhi, quando non sei al suo fianco. Non nota nemmeno gli altri uomini, sai, in cerca di chissà cosa, come fanno a volte le donne non impegnate. Quando poi siete vicini, vi abbracciate sempre senza nemmeno pensarci, tu le metti una mano dietro la schiena, lei si appoggia a te, oppure la prendi per mano o le metti un braccio intorno alle spalle."

"Potete anche andare avanti a insistere che il vostro non sia un rapporto serio, ma chi vi ascolta capisce che sono cazzate. Prima te ne renderai conto e meglio sarà per entrambi."

"Mustang, sai che ti rispetto e ti considero come un fratello, ma adesso devi finirla," gli disse Slate, ormai a disagio con la piega presa dalla conversazione.

"Va bene... ma ho solo un'ultima cosa da dirti, chiudere il becco."

Slate si preparò ad ascoltarlo.

"Elodie è la cosa migliore che mi sia mai successa e non ti sto dicendo cazzate. Prima di conoscerla, non ho mai pensato più di tanto a sposarmi, invece adesso non posso proprio immaginare la mia vita senza di lei. Anche prima pensavo di essere contento. Avevo un lavoro che amavo e in cui riuscivo benissimo, ottimi amici, soldi in banca, vivevo alle

Hawaii... che altro potevo desiderare? Non so spiegarti come ci si senta al rientro a casa, a fine giornata, oppure al rientro da una missione, sapendo che la troverò ad aspettarmi appena varco la soglia di casa. Ashlyn potrebbe anche non essere la tua anima gemella, ma... e se lo fosse? L'ultima cosa che ti auguro è passare il resto della vita a prenderti a schiaffi da solo per non essertela tenuta stretta. Per non aver almeno provato a vedere come andava il rapporto, alla lunga."

"A un certo punto, lei si stancherà di qualche scopata ogni tanto e cercherà un legame più profondo con un uomo... e ti lascerà per cercarlo con qualcun altro. Nel profondo, se a te sta davvero bene, allora d'accordo. Però, se invece non ti sta bene... ti consiglio di smettere di sminuire il vostro rapporto."

Slate aveva stretto i pugni. Non era irritato con Mustang: era il pensiero che Ashlyn cercasse un altro a metterlo in agitazione.

"Finalmente mi accorgo di aver passato il messaggio," gli disse Mustang con una certa soddisfazione. Diede una pacca sulla schiena di Slate e si scostò dal muro a cui si era appoggiato. Si girò per guardare Elodie e Ashlyn al bar. Ridevano entrambe come delle pazze per qualcosa che aveva detto uno dei baristi.

"Cambiando argomento," disse Mustang con grande gioia di Slate che non vedeva l'ora, "sembra proprio che partiremo domenica questa."

Slate annuì; se l'aspettava. La situazione in Afghanistan era diventata estremamente delicata. Le minacce contro la base americana erano state ritenute fondate, alcune squadre delle forze speciali erano in procinto di partire per gli stati limitrofi nel tentativo di snidare i responsabili.

"Jag lo sa già?" chiese Slate.

"Sì, gliel'ho detto stamattina. Non è certo entusiasta di doversi allontanare da Carly subito dopo le nozze, ma almeno ha la soddisfazione di vederle indossare l'anello prima di partire. La rottura è che non posso dargli i prossimi giorni di permesso," aggiunse Mustang con un sospiro. "Dobbiamo essere tutti presenti alle riunioni preparatorie, compreso lui."

Slate annuì. La ricerca e la preparazione dei piani erano gli aspetti più importanti che la squadra doveva affrontare prima delle missioni. Nessuno voleva partire alla cieca, e nonostante gli esami topografici dettagliati e i tentativi di ridurre al minimo le località in cui potevano trovarsi i leader dei movimenti terroristici, bisognava conoscere a memoria ogni vicolo, ogni abitazione e ogni potenziale via di fuga, prima ancora di atterrare nel paese di destinazione.

"Arrivano," disse Mustang sottovoce.

Slate si voltò e vide Elodie e Ashlyn che camminavano verso di lui con due enormi sorrisi stampati in volto. Ashlyn portava tre drink nelle mani e si barcamenava per non rovesciarne.

Slate fece un passo verso di lei per aiutarla e prese due bottiglie, lasciandole solo il *mai tai*. "Mannaggia, piccola, è rimasto dell'alcol anche per gli altri?" le chiese stuzzicandola. Notò con la coda dell'occhio che Mustang stava andando via con Elodie.

Ashlyn allargò il sorriso. "Ho detto a Kaleen che lo volevo doppio così non dovevo tornare subito a ordinarne un altro, perciò lei mi ha dato questo bicchierone."

Era un bicchiere *enorme*. Non era un drink doppio, sembrava più un quadruplo.

"Spero che non avessi in mente di fare una passeggiata, questa sera," scherzò Slate.

Ashlyn fece una risatina. "No no. Perché dovrei camminare tanto, se puoi portarmi in braccio? Però, sul serio, ho intenzione di bere anche tanta acqua. L'ultima cosa che voglio è svenire alle nozze della mia amica e mettermi in imbarazzo."

Slate non si trattenne: si abbassò su di lei per prendere le labbra di Ashlyn tra le proprie. I loro corpi entrarono in contatto solo con le labbra, in quanto avevano entrambi le mani impegnate, lui con le bottiglie e lei col bicchiere gigante. Slate sentì il sapore di drink alla frutta... e la desiderò. La voleva sul posto, seduta stante.

Si sforzò di allontanarsi da lei, fissandola mentre lei si leccava le labbra. Anche Ashlyn lo desiderava e lo lasciava trapelare chiaramente.

All'improvviso, Slate si augurò che il pomeriggio scorresse alla svelta. Il sesso con Ashlyn un po' brilla era già fantastico e lui ebbe la netta sensazione che farlo mentre era ubriaca sarebbe stato stupendo.

"Smettila," gli sussurrò.

"Smettere cosa?" le chiese.

"Smetti di guardarmi come se volessi spogliarmi e scoparmi in questo preciso momento."

"Non so che farci," le disse.

"Penso che non sia normale," proseguì Ashlyn.

"Cosa non è normale?"

"Noi. Abbiamo già fatto sesso due volte stamattina. Come mai abbiamo tanta voglia così presto?"

Lui fece un gran sorriso. "Perché sei tu," le rispose semplicemente.

Lei arricciò il naso. "Ma non ha senso. Io sono sempre stata me stessa, eppure non mi sono mai sentita così."

"D'accordo, allora siamo noi," si corresse Slate.

Ashlyn sorrise ancor di più. "A questo posso credere."

"Dai, piccola, James sta aspettando la birra, ma tu sei così carina che mi viene voglia di defilarmi da questo posto e riportarti a casa mia per dimostrarti quanto siamo davvero normali."

"Non possiamo andar via!" esclamò Ashlyn sbalordita.

"Dai, stavo scherzando. Non mi perderei le nozze di Jag per nulla al mondo," le disse Slate, che poi afferrò entrambe le birre con una mano sola per appoggiare l'altra mano dietro la schiena di Ashlyn, poi si abbassò per metterle il naso dietro un orecchio. "Bevi pure quanto vuoi, ma non fino a star male," le disse sottovoce. "Non mi piace quando stai male."

Lei annuì e alzò lo sguardo con gli occhi lucidi di un'emozione che lui non riuscì a interpretare. "Grazie per avermi sostenuta nel portare anche James."

"Mi piace James, non solo perché è un veterano; ha un sacco di aneddoti interessanti, è divertente, poi è chiaro che è da solo. Inoltre farei qualunque cosa, pur di renderti felice, Ash."

"Sono felicissima," gli disse senza batter ciglio.

"Ottimo. Anch'io."

"Ottimo," ripeté lei, appoggiandosi a Slate mentre lui le metteva un braccio intorno alle spalle.

Tornarono al gruppo di tutti gli altri, in attesa della cerimonia, che doveva cominciare dopo una ventina di minuti, come da programma. Si sarebbero spostati tutti all'aperto, sulla spiaggia dietro al ristorante, dove era stato installato un gazebo bianco. Jag aveva nutrito qualche dubbio sulla scelta di quella spiaggia per la cerimonia, proprio la spiaggia in cui l'ex di Carly si era fatto saltare in aria, letteralmente, mentre cercava di rapire Kenna; ma Carly l'aveva convinto che così avrebbero eliminato del tutto ogni aura negativa da quella spiaggia.

Personalmente, Slate era d'accordo. La spiaggia era un luogo felice e lui era contento che i cattivi ricordi di quella sera fossero sostituiti da ricordi di momenti felici... per tutti, non solo per Kenna e Aleck, ma anche per ogni altro cliente presente al ristorante quella fatidica sera, quando Shawn aveva fatto quel gesto pazzesco.

"Eccoti qua," disse Slate passando la birra a James.

L'anziano alzò lo sguardo: la gioia nei suoi occhi era evidente.

"Grazie. Ho con me i soldi, posso pagare."

"Ci mancherebbe," disse Ashlyn, che l'aveva sentito, poi si abbassò per dargli un bacio sulla guancia. "Fa parte dei regali per il compleanno."

"Mi hai già regalato questa," replicò James mostrando la maglia hawaiana colorata che indossava.

"Eh sì."

"Mi sono portato qualche soldino per una birra," aggiunse James, ma più sommesso. "So che ricevo i pasti da Food For All, ma non sono completamente al verde."

Ashlyn si accovacciò vicino alla sedia di James e gli appoggiò una mano sulla gamba. Gli parlò a voce bassa in modo che nessuno potesse sentirli da vicino, ma dato che Slate era in piedi accanto a lei, fu in grado di ascoltare ciò che si dicevano.

"Lo so che non sei al verde, ti dico la verità, anche se domani decidessi di interrompere il servizio, io continuerei a venirti a trovare lo stesso, James. Te l'ho detto che per me sei come un nonno. Regalarti qualcosa non è un atto di carità, è un gesto di affetto. Per quanto mi riguarda, sei come uno di famiglia e in famiglia non ci si lamenta se uno ti offre una birra. Anzi, dovresti convincermi a offrirtene di più, perché in famiglia è così che vanno le cose, capito?"

James si prese un secondo per controllare le proprie reazioni, ma poi annuì. "Ho capito."

"E poi... non sono stato io a offrirti la birra, è stato Slate. Ho aperto un conto a suo nome," sussurrò a James facendogli l'occhiolino. "Ho detto alla barista che il mio bel ragazzone paga tutto a fine serata."

James si fece una grassa risata. "In tal caso... salute!" le disse alzando la bottiglia e facendola tintinnare contro il bicchierone di *mai tai* di Ashlyn.

Appena lei si alzò in piedi, Slate la tirò da parte, la baciò sulla tempia e le sussurrò nell'orecchio: "Sei una meraviglia."

Lei gli sorrise raggiante.

"Dai, ragazzi, andiamo" disse Kenna facendo cenno a tutti dalla spiaggia, "è quasi ora e dobbiamo metterci a posto!"

"Vai pure," le disse Slate, "sto io con James."

"Sei sicuro?"

"Sono sicuro."

Ashlyn si mise in punta di piedi e lo baciò sulle labbra con dolcezza, leggermente, poi fece un gran sorriso e si affrettò a raggiungere le amiche.

James si alzò lentamente, portandosi vicino a Slate. "È bella," disse.

Slate annuì. Ashlyn era bella, assolutamente bella. Indossava un prendisole blu scuro che le fasciava il petto e i fianchi, con il bordo inferiore che le scopriva i polpacci alla brezza marina. Si era tirata indietro i capelli lucenti e lisci, ma ogni tanto qualche ciocca veniva sollevata dal vento e le andava davanti al viso, così lei doveva sistemarseli spesso. Non indossava tacchi alti, perché sulla sabbia non erano pratici e Carly aveva chiesto a tutti di vestirsi in modo informale, con abiti comodi. Si era fatta le unghie dei piedi di un rosa acceso che richiamava i fiori delle infradito che indossava. Ashlyn non aveva nemmeno bisogno dei tacchi: tra tutte le amiche era quella più alta, perfetta per lui, alto quasi uno e novanta.

Mentre Slate metteva una mano sotto al gomito di James per aiutarlo a stare in equilibrio, scendendo insieme i pochi gradini che portavano alla spiaggia, gli venne in mente che Ashlyn era perfetta per lui sotto ogni punto di vista. Nei pochi mesi di frequentazione, non si era mai irritato con lei una sola volta. Irritato sul serio.

"È passato un sacco di tempo dall'ultima volta che sono stato in spiaggia," ragionò James.

Slate distolse la propria attenzione da Ashlyn per ascoltare l'anziano. "Ho sentito che facevi surf, ai bei tempi."

"È vero," disse James senza alcuna vanagloria. Stava solo ricordando la verità.

"Saresti stato un SEAL bravissimo," gli disse Slate. Non glielo diceva tanto per dire: lo aveva sentito parlare più volte di come andassero le cose, quando lui era in Marina. Anche se non aveva prestato servizio nei SEAL, aveva comunque portato a termine delle missioni molto simili a quelle della squadra di Slate.

Intorno al gazebo non c'erano sedie, così rimasero tutti in piedi a seguire la breve cerimonia delle nozze di Carly e Jag. Ashlyn fece per trascinare una sdraio sulla sabbia verso James, per farlo sedere, ma Slate scosse la testa.

"Sta bene così."

"Ma..."

"Sta bene così," ripeté Slate con un po' più di decisione.

Ashlyn lo fissò per un momento, poi annuì.

Slate si portò sotto l'ombra del gazebo con James, ma non ebbe bisogno di fargli domande per capire che il veterano si sarebbe sentito in imbarazzo, se fosse stato l'unico a sedersi. Così gli tenne una mano sotto al gomito per sostenerlo, in modo che non perdesse l'equilibrio, cadendo sulla sabbia.

Tutti rivolsero lo sguardo ai gradini che portavano alla zona ristorante del Duke's, da cui Carly e Jag cominciarono a scendere. Non c'era alcun percorso prefissato, niente musica, niente damigelle o testimoni vestiti eleganti. Solo due persone innamorate che si apprestavano a giurarsi amore eterno davanti agli amici.

Ashlyn si accoccolò contro il fianco sinistro di Slate e lo prese sottobraccio, appoggiandogli la testa sul bicipite. Slate sentì sulla destra James che si muoveva; l'anziano ottantanovenne, leggermente ricurvo, guardava Ashlyn con un'espressione intenerita, poi alzò lo sguardo verso gli occhi di Slate.

Annuì in segno di approvazione, poi si voltò per tornare a guardare Carly e Jag: avevano raggiunto Paulo, che si era offerto di fare da cerimoniere, e si voltarono l'uno verso l'altra.

Era pazzesco, quanto si sentisse appagato Slate in quel preciso momento. Sapeva che, nel giro di qualche giorno, sarebbe andato a farsi il mazzo in Afghanistan, impegnandosi al massimo per uccidere i terroristi prima che loro uccidessero lui. Però, per il momento, aveva i piedi sulla sabbia, con la brezza che gli rinfrescava gambe e braccia, una donna meravigliosa al fianco, un uomo che rispettava moltissimo all'altro fianco, e stava guardando uno dei suoi amici più cari che sposava la donna di cui era innamorato.

La vita gli andava benissimo.

———

"Muoviti, piccola," le ordinò Slate più tardi, quella notte.

Erano a letto, a casa di Slate, e Ashlyn era davvero ubriaca. Gli era saltata addosso appena entrati in casa. Lui le aveva lasciato l'iniziativa, e chiaramente lei aveva preferito stare sopra.

Non che Slate avesse alcun problema con quella posizione, a parte il fatto che lei non si stava muovendo abbastanza rapidamente. Ashlyn aveva le guance arrossate dall'alcol e dal tanto ballare della giornata. Dopo che Carly e Jag si erano detti il fatidico sì, baciandosi in modo decisamente spinto per una spiaggia pubblica, erano tornati tutti nel ristorante e si erano impegnati per dar fondo il più possibile a tutto il cibo che era stato preparato.

Poi Ashlyn si era gettata sulla pista da ballo insieme a Elodie, Lexie, Carly e Kenna. Monica era rimasta più volentieri da parte a guardare, dicendo che non poteva agitarsi per via della gravidanza. Ovviamente le amiche avevano accettato la scusa solo fino a un certo punto, poi l'avevano costretta a ballare insieme a loro... per quanto non con la stessa vigoria.

Slate e gli altri erano rimasti a guardare le donne divertiti, pronti a raggiungerle ogni volta che la musica rallentava. James aveva assistito alle feste da una sedia in un angolo con un sorrisone in viso, felicissimo di essere uscito di casa e di partecipare a quella celebrazione.

Poi lo avevano accompagnato a casa e Ashlyn era entrata con lui per controllare che fosse tutto a posto, si era impegnata per fare impazzire Slate per tutto il percorso verso casa, accarezzandogli le gambe e strofinandogli l'uccello ogni tanto. Con un sorriso da furbetta, appena lui aveva parcheggiato, lei si era sganciata la cintura di sicurezza e gli era saltata sopra a cavalcioni.

Poi erano finiti a letto. Ashlyn era nuda come mamma l'aveva fatta e si muoveva lentamente sull'uccello di Slate, che le teneva le mani sui fianchi. Il piacere era quasi *troppo* intenso.

"*Muoviti,*" le ordinò di nuovo.

Ashlyn sembrava persa in un mondo tutto suo. Un sorrisetto le illuminava il volto, mentre con i muscoli interni gli stringeva l'uccello da dentro. "Ma a me piace così," gli rispose, "è troppo bello..."

Lui non ne poteva più: voleva farla venire per poterla scopare come ne aveva voglia: con forza, rapidamente. Così portò una mano tra i loro corpi e cominciò a stimolare il clitoride col pollice.

Lei scattò, e lui non poté fare altro che trattenersi per evitare di esplodere, sentendosi stringere con più forza dall'interno.

"Oh!" esclamò Ashlyn, che finalmente si stava muovendo più veloce sull'uccello. Era un movimento in su e in giù che non lo aiutava a venire, ma lo faceva comunque godere.

"Ecco, dai, piccola. Vieni sul mio uccello. Fammi sentire che goccioli sulle mie palle."

"Slate!" urlò lei, mentre cominciava a tremare con tutto il

corpo. Ashlyn incurvò la schiena su di lui, appoggiandogli una mano sul petto e l'altra su un bicipite, con le dita affondate nella carne come se fosse l'unico modo per non crollare.

Slate continuò a stimolare con forza il clitoride, doveva farla venire. Però trovava quello spettacolo molto eccitante. I capelli lunghi di Ashlyn gli solleticavano il petto e il viso, sfiorandolo ogni volta che lei si muoveva. I capezzoli turgidi e le tette rimbalzavano ogni volta che lei ondeggiava. Il ventre appena pronunciato la rendeva ancor più femminile, e lui adorava sentire quelle cosce morbide intorno ai fianchi.

Ashlyn si morse un labbro e chiuse gli occhi, tremando sempre più. Lui si accorse che stava per venire e le disse di gola: "Apri gli occhi e guardami."

Lei non li aprì, così lui smise di muovere il pollice sul suo tenero fascio di nervi.

Lei aprì subito gli occhi di scatto. "Slate," brontolò, "non fermarti!"

"Tieni gli occhi su di me e non mi fermerò," le rispose.

Lei annuì di scatto, così lui tornò a stimolarla.

Lei mosse i fianchi e strinse le cosce su di lui, mentre era sempre più vicina al culmine.

"Ecco, dai piccola. Cazzo, quanto sei stretta ed eccitante! Mi stai strizzando l'uccello e mi piace da morire! Appena vieni, ti scopo alla grande. Già mi sto trattenendo per un pelo."

"*Sì*," sospirò lei.

Continuarono a fissarsi negli occhi. Slate avrebbe guardato volentieri più giù, dove aveva l'uccello affondato dentro di lei, ma non ce la faceva. Lei aveva le pupille dilatate dal piacere, le labbra lucide per i baci.

Le pizzicò il clitoride con decisione e lei perse il controllo, piegandosi meglio verso di lui mentre veniva.

Slate mosse le mani sui fianchi di Ashlyn alzandola leggermente, poi la spinse giù di nuovo con forza.

Lei urlò.

Slate ripeté lo stesso gesto, ma non ottenne l'attrito che desiderava, così fece girare entrambi fino a trovarsi sopra di lei. Ashlyn tremava ancora, mentre lui cominciò a spingersi dentro e fuori più volte. Ogni volta che penetrava la passera palpitante, gli sfuggiva un grugnito.

Non passò molto tempo, e anche lui fu sopraffatto dall'orgasmo. Si spinse dentro di lei più che poté, inarcando la schiena per scaricarsi. Per un attimo, gli sembrò che la vista gli si annebbiasse, poi vide le stelle, in preda a un piacere che non aveva mai nemmeno sognato.

Quando riprese un minimo di cognizione, Slate si abbassò, appoggiando il peso sui gomiti per non pesarle addosso. La baciò con dolcezza, sentendola con piacere completamente rilassata. Ashlyn aveva il fiato inebriato dall'alcol della serata, e lui si ripromise di non dimenticare mai quel momento, quel sapore, per tutta la...

All'improvviso si accorse di qualcosa. Per quanto non volesse rovinare l'atmosfera di quel momento, doveva parlargliene subito.

"Piccola?"

"Hmmm?"

Ashlyn sembrava totalmente sciolta, e a lui piaceva tantissimo.

"Ci siamo saltati addosso con tanta foga... che non sono riuscito a mettermi il preservativo." Non ci girò attorno, ma trattenne il fiato, sperando che lei non si arrabbiasse.

"Mmmm... capito."

Slate attese che Ashlyn dicesse qualcos'altro, ma quando lei non fece altro che avvolgerlo con le braccia e farlo avvicinare, le disse: "Mi hai sentito?"

"Sì sì. Niente preservativo. Prendo la pillola, sono sana, spero anche tu."

"La pillola?" le ripeté ingenuamente.

Lei rise, poi aprì gli occhi e lo guardò. "No, *sano* anche tu."

"Certo," le rispose con tono serio. "Non l'ho mai fatto non protetto. Mai."

"Mai?" gli sussurrò.

"No."

"Oddio... mi dispiace."

Slate aggrottò la fronte. "Di cosa?"

"In pratica ti sono saltata addosso e non ti ho lasciato il tempo di prenderne uno."

Slate ridacchiò. "Saltata addosso?"

"Sai cosa intendo," gli disse con le guance paonazze e accalorate. "Non volevo farti fare qualcosa che non volevi fare."

"Non ho detto di non volerti anche senza," le disse, "è solo che non ero sicuro della tua reazione."

"Ci siamo messi d'accordo che se fossimo usciti con degli altri ce lo saremmo detto, e dato che tu non mi hai detto niente, immagino di essere l'unica con cui stai. Mi è sembrato sicuro e comunque sono protetta dalla gravidanza, quindi non ho motivo di prendermela."

Slate non avrebbe potuto trattenersi nemmeno a costo della vita: mosse i fianchi dentro e fuori dal corpo di Ashlyn con facilità, aiutato dagli orgasmi di entrambi. La sensazione di esserle dentro senza barriere era indescrivibile. Sentì l'uccello scattare e cominciare a riprendersi.

"Santo cielo, non puoi essere già pronto a ripartire. Io sono sfatta e a te sta già tornando duro?"

"Non so cosa farci," le rispose ansimando. "Riesco a sentire ogni spasmo dei tuoi muscoli, il calore eccitante, sei bagnata e scivolo..."

Ashlyn fece una risatina che lui sentì intorno all'uccello.

"Accidenti, adesso fai come un bambino con un giocattolo nuovo."

Era proprio come si sentiva Slate. "Non preoccuparti, non devi fare nulla, faccio tutto io."

"Meno male, perché sono in crisi da orgasmo e mi gira ancora la testa."

"Ti senti male?"

"No."

"Ottimo." Slate tirò fuori l'uccello lentamente quasi per intero, lasciando dentro solo la punta, poi lo spinse dentro con decisione fino ai testicoli. "Allora lasciami perdere, vado avanti così tutta notte."

Lei rise e lui la sentì di nuovo nel profondo.

"Va bene, allora dai pure."

E lui proseguì.

Dopo una mezz'oretta, erano di nuovo entrambi sudati, ma era passata *lei* sul petto di Slate.

"Adesso sono davvero sfinita."

"Ma che bel modo di sfinirsi," le disse Slate con un filo di voce, ancora sopraffatto dalla sensazione della pelle contro la pelle.

Lei si voltò, gli baciò la parte alta del petto, poi tornò ad appoggiargli la guancia sul petto. "Slate?"

"Sì, piccola?"

"Stasera sono stata davvero bene."

"Anch'io," le rispose senza esitare. Dopo poco, la sentì rilassarsi e addormentarsi.

Rimase sotto di lei a lungo, ripensando a quella giornata. Ricordò le parole di Mustang. Gli tornò in mente che Ashlyn, anche quando si divertiva con le amiche, lo cercava con gli occhi ogni pochi minuti. Quanto gli era piaciuto sentirsela addosso, mentre ballavano. Che donna generosa e altruista! Quanto si sentiva felice e appagato, stando con lei!

Il sesso con lei era fantastico.

Gli sembrava un po' puerile aggiungere il sesso all'elenco dei punti più importanti, ma non poteva negarsi di avere un'intesa micidiale. Non si era mai dimenticato di indossare il preservativo in tutta la vita. Però la foga di entrare nel corpo di Ashlyn era stata preponderante, tanto quanto la voglia di *lei* di averlo dentro. La sensazione di penetrarla senza barriere... era più sorprendente di quanto non avesse mai immaginato.

Giunse alla conclusione che gli ultimi mesi erano stati i migliori della sua vita. Si sentiva in equilibrio. Mentre in passato pensava solo al lavoro e quando frequentava una donna se ne stancava con una certa facilità, di solito perché la donna in questione gli chiedeva più tempo di quanto lui fosse disposto a concedergliene.

Invece, con Ashlyn, Slate non ricordava un solo episodio in cui si fosse sentito davvero infastidito. Era troppo semplice, stare con lei. Non lo assillava mai sul lavoro in Marina, non lo assillava per passare del tempo insieme. Anzi, a dire il vero, era *lui* che sembrava non averne mai abbastanza di Ashlyn. Certo, anche lei sembrava totalmente felice, quando erano insieme.

Con un dito, Slate seguì la linea morbida della schiena di Ashlyn, sdraiata su di lui, e sorrise quando lei si mosse, cercando di accoccolarsi meglio su di lui anche dormendo.

Voleva andare oltre, con lei? Voleva più di ciò che già avevano? Qualcosa di più profondo... di più stabile? Quel pensiero lo spaventava. Come aveva pensato, dopo la chiacchierata con Mustang, cercare di cambiare la natura di quel rapporto poteva rovinare tutto. Ashlyn aveva chiarito di essere perfettamente appagata dal rapporto per com'era. L'ultima cosa che Slate voleva era agitare le acque.

Comunque, stava per partire per una missione, mancavano pochi giorni, non era certo quello il momento di affrontare conversazioni profonde su come modificare il loro rapporto.

Non potevano fare altro che prendere un giorno alla volta, in quel momento, non era il caso di affrontare altre decisioni.

CAPITOLO DICIASSETTE

TRE GIORNI DOPO, Ashlyn era tutta agitata e cercava di non perdere la testa completamente. Slate stava partendo per un'altra missione, ma molto più pericolosa di quella precedente. Ovviamente lui non si era espresso, ma lei l'aveva capito. Era tornato a casa tardi dalla base per due sere a fila con un broncio serio che non aveva mai mostrato per la missione precedente. Si era dimostrato stoico mentre preparava il sacco, anche mentre liberava il frigo da tutto ciò che sarebbe andato a male, per portarlo al centro di Food For All.

Le era sembrato molto più serio anche sotto altri aspetti. La sera prima, nel fare l'amore, si era sfogato quasi con disperazione, almeno nel primo rapporto. Era come se sapesse che poteva anche non tornare vivo.

Ashlyn non poteva nemmeno immaginare quel rischio: Slate sarebbe tornato vivo e vegeto. Per forza.

"Non so quanto starò; ciao, piccola," le disse, mentre erano in piedi alla porta di casa. "Grazie per aver accettato di passare da casa mia ogni tanto, a dare un'occhiata."

Ashlyn non poté fare altro che annuire con la testa appoggiata al suo petto. Non se la sentiva di alzare lo sguardo verso di lui, sapeva che altrimenti sarebbe scoppiata a piangere, proprio ciò di cui Slate non aveva bisogno in quel momento. Doveva esser forte, farlo partire col sorriso, rassicurandolo che lei se la sarebbe cavata.

Ashlyn però non si sentiva in grado di cavarsela. La gravità della missione le era entrata dentro, quella partenza le destava un brutto presentimento.

"Ash?" la chiamò sottovoce.

Dopo un respiro profondo, lei capì che era giunto il momento. Il momento di farsi forza e lasciare che il suo ragazzo andasse a menare i cattivi come sapeva fare. Alzò la testa e trovò il coraggio di guardarlo negli occhi. "Sì?"

Lui ammorbidì lo sguardo.

Cacchio. Non era riuscita a nascondere le proprie paure quanto sperava.

"Devo ammettere che, per quanto mi dia fastidio vederti con quell'espressione, mi fa piacere almeno sapere che ti mancherò."

Ashlyn si fece seria. "Ma certo che mi mancherai, non te l'aspettavi?"

Slate alzò le spalle. "Non sono mai mancato a nessuno, in passato."

"Beh, adesso sì," gli disse un po' stizzita.

Lui ridacchiò. "Per la cronaca, anche tu mi mancherai, piccola."

Le lacrime che era riuscita a trattenere minacciarono di ripresentarsi. Ashlyn le respinse, anche se a malapena. "Sì, perché sono meravigliosa," gli disse con tutto lo spirito che poté raccogliere.

Slate le sorrise, ma la gioia non raggiunse gli occhi. "Sta' in campana, mentre son via. Hai dei nuovi utenti nel giro della settimana?"

"No."

"Ottimo. Le ragazze hanno organizzato una nottata?"

Ashlyn annuì. "Sì, ci troviamo sabato. È una rottura, dover aspettare tanto, ma eravamo tutte indaffarate al lavoro. Però penso che Carly passi la settimana da Kenna."

"Che rottura che abbiano dovuto rimandare la luna di miele," aggiunse Slate.

"Lei non vede l'ora che Jag trovi il modo di recuperare," gli disse Ashlyn.

Lei si accorse di ciò che stava succedendo: stavano chiacchierando per prolungare quel momento. Staccarsi da lui la uccideva. Le tornò in mente il proverbio sul cerotto da togliere con un unico strappo: il dolore rimaneva, ma almeno il difficile passava in un attimo.

"Fai attenzione," gli sussurrò.

"Come sempre."

"Lo so, ma... tu non me l'hai detto e io non te l'ho chiesto, ma questa missione mi sembra diversa da quella precedente."

Lui annuì, confermando quei timori.

"Lo so che sei uno tosto, che vai con dei grandi professionisti, ma per favore, non correre rischi inutili."

"Niente rischi," le rispose appoggiando la fronte su quella di lei.

Rimasero fermi per un momento, poi lei capì di doverlo lasciar partire prima di uscire di senno.

"Va bene, adesso basta. Devi andare. Ci vediamo quando torni."

"Certo che sì," le rispose, poi le fece alzare la testa con un dito sotto al mento, mentre lui si abbassava.

Lei si aspettava un bacio disperato... invece fu un bacio lento, tenero e amorevole, che le fece venire ancor più voglia di piangere.

"Fai con calma, stamattina, è ancora presto," le disse mentre si allontanava e si abbassava per prendere la sacca.

Ashlyn annuì. Non avrebbe dormito a casa di Slate mentre lui era via. Sarebbe stata una vera tortura. Però gli aveva promesso di passare ogni tanto per controllare che fosse tutto a posto.

Rimase in piedi nell'ingresso e deglutì a fatica, ma cercò lo stesso di sorridere.

"Ci vediamo presto," le disse con tono tranquillo.

"A presto," ripeté lei, pregando che fosse vero.

Poi lui partì.

A quel punto Ashlyn dette sfogo alle lacrime che aveva trattenuto, che le rigarono le guance.

Non poteva sopportare la vista di Slate che partiva in macchina, così andò in camera da letto e affondò la faccia nel cuscino. Ne sentì il profumo, e pianse ancor di più. Non poteva fare altro che pensare alla notte precedente. La prima volta avevano scopato con forza, quasi come degli ossessi; poi però avevano fatto l'amore e Slate si era preso cura di lei. C'era stato un cambiamento, e se anche a lei piaceva quando venivano presi da un desiderio fuori di testa, le piaceva molto anche quando Slate ci andava piano ed era tenero.

Le servì del tempo, ma finalmente tornò a controllare le proprie emozioni. Era una donna adulta, con delle responsabilità. capitava di continuo ai partner o ai coniugi dei militari: guardavano i loro cari partire verso il pericolo con una regolarità allarmante, mentre chi stava a casa doveva andare avanti con la propria vita.

Si vestì, poi fece un respiro profondo e controllò che le luci di casa fossero tutte spente, infine andò verso la macchina. Per quanto le facesse piacere lavorare con altre due donne che sapevano capire bene quel momento, dato che lo vivevano anche loro in prima persona, non le dispiaceva affatto passare del tempo da sola, mentre faceva le consegne.

Non che non volesse parlare con Elodie o Lexie, solo che le serviva dello spazio per sfogare le proprie emozioni.

A un certo punto, da qualche parte, quel rapporto di amicizia speciale si era trasformato. Lei non sapeva bene in che cosa, esattamente, ma non si sentiva più di vivere il rapporto rilassato degli inizi, quando ancora andavano ognuno per conto suo, dopo essersi sfogati insieme. invece di svanire, i sentimenti che provava nei confronti di Slate erano diventati sempre più forti.

Con un sospiro, si diresse verso casa. Non ce la faceva, a farsi la doccia a casa di Slate. in quel bagno c'erano troppi ricordi di amore e di risate condivise. Da lei, la doccia era troppo piccola per entrarci in due, quindi le sembrava la scelta più sicura, in quello stato emotivo tanto fragile.

"Slate se la caverà," si disse ad alta voce, mentre guidava. "È un professionista ed è abituato a missioni come questa, ne fa continuamente." Non sapeva bene cosa intendesse con "come questa" ma non era importante. "Tornerà e riprenderemo da dove ci siamo interrotti."

Sembrarono anche a lei parole un po' disperate, ma parlava da sola e nessuno la sentiva, quindi non gliene importò più di tanto.

Accese l'impianto stereo per ascoltare della musica, contenta di sentire una bella canzone ritmata e vivace e non una lagna strappalacrime. Anche lei se la sarebbe cavata. Slate se la sarebbe cavata. Sarebbe andato tutto bene. Solamente bene.

Sapeva bene che si stava sforzando un po' troppo per convincersi, ma ne aveva bisogno per tenere sotto controllo le emozioni.

***

Slate e gli altri erano arrivati in Afghanistan da meno di un giorno, quando scoppiarono già i primi casini. Le minacce di attacchi terroristici alla base si erano trasformate in realtà e i piani che i SEAL della squadra avevano studiato nei minimi dettagli si erano rivelati inutili nel giro di qualche ora.

Si erano addentrati in una città estremamente ostile per cercare di scoprire da dove venissero lanciati i razzi anticarro, disposti ad abbattere chiunque si intromettesse. Erano passati due giorni e la ricerca li aveva portati alla periferia della città, in una zona estremamente pericolosa.

C'erano edifici fatiscenti che sembravano tenuti insieme da materiali qualunque a portata di mano dei residenti. Lamiere di metallo, carcasse di veicoli, cofani, persino filo spinato. Sarebbe stato un paesaggio deprimente, se solo avessero potuto concedersi quel lusso, invece di stare all'erta contro ogni pericolo. Slate non poteva permettersi di pensare ai visi dei bambini che guardavano fuori da finestre distrutte o da buchi nelle pareti, mentre la squadra si muoveva in silenzio e con decisione verso l'obiettivo.

I servizi segreti avevano indirizzato i SEAL verso il leader di un gruppo di ribelli estremisti molto leali a Osama Bin Laden. Anche se il loro capo storico era morto da anni, vari gruppi si impegnavano per riportarne in auge l'ideologia e le azioni violente che lui aveva promosso.

Chissà come, quel particolare gruppetto di ribelli era venuto in possesso di molti lanciarazzi, che erano stati usati contro la base americana; si diceva in giro che avrebbero ucciso qualunque americano fosse passato in città, o nella regione, o in qualunque altro posto.

La casa in cui stavano per fare irruzione spiccava dal quartiere distrutto e si notava lontano un miglio. Era un edificio a due piani che svettava sulle abitazioni delle strade vicine, tutte basse e sgangherate. Invece dei materiali raffazzonati, era costruito con mattoni. La struttura ampia e robusta era proprio in mezzo a quella che veniva considerata la centrale dei talebani.

Un posto pericolosissimo, ma i servizi segreti avevano confermato un attacco imminente alla base e bisognava togliere di mezzo quel leader prima che altri soldati e abitanti del posto venissero feriti o uccisi.

Mustang indicò Midas e Aleck, poi indicò un punto a destra di una porta. Il cenno successivo fu per Pid e Jag, verso la sinistra della stessa entrata.

Slate annuì e rimase vicino al caposquadra. La posizione più pericolosa durante un'incursione in un edificio era il punto centrale, ma lui non aveva problemi a coprire le spalle dell'amico. Gli altri sarebbero entrati seguendoli da vicino, coprendo il lato destro e il lato sinistro. L'obiettivo dell' incursione era eliminare ogni opposizione che si fossero trovati davanti.

Le vibrazioni che circondavano Slate lo stavano mettendo a disagio. Era tutto molto calmo... *troppo* calmo. Era come se tutto il vicinato stesse trattenendo il fiato collettivamente. Poteva trattarsi di un'imboscata, o di un edificio vuoto. Fuori era buio; l'orario era stato scelto perché si sperava di trovare il leader dei terroristi a casa a dormire... ma quello era l'unico vantaggio che i SEAL avevano.

Mustang alzò una mano e fece il conto alla rovescia con le dita.

Tre. Due. Uno.

Slate e Mustang sfondarono la porta senza alcun problema, il legno pesante si aprì e andò a sbattere contro il muro, un suono che riverberò nel silenzio della notte come uno sparo.

Slate sentì i compagni muoversi alle sue spalle, nonostante fossero ben addestrati a non fare alcun rumore. Ispezionarono rapidamente il primo locale, poi passarono senza esitare agli altri due ambienti del pianterreno. Vuoti.

Slate sentì come uno strano presentimento. C'era qualcosa di strano. I servizi segreti avevano confermato che il leader aveva quattro mogli e otto figli. Anche se non fossero vissuti tutti nello stesso edificio, *qualcuno* doveva pur esserci.

"Attenzione alle trappole esplosive," sussurrò a Mustang, il quale annuì e strinse i denti per il nervoso. Slate fu sollevato di non essere l'unico a provare quello strano disagio.

Arrivarono alle scale e Slate rabbrividì, sentendo le tavole incurvate che scricchiolavano sotto gli stivali.

Aleck e Midas rimasero a coprire le spalle di Slate e Mustang, che si avviarono verso il piano di sopra, mentre Pid e Jag rimasero da basso per controllare che non entrasse nessuno mentre la squadra era dentro.

Mentre gli ambienti al pianterreno erano quasi spogli, con poco più di qualche tavolo, delle sedie e dei tappeti, più una cucina molto basilare, il piano di sopra era tutta un'altra storia. C'erano abiti sparsi ovunque, scatoloni impilati in ogni stanza. Era estremamente difficile controllare ogni angolo. Si mossero rapidamente e con efficienza sul piano.

Proprio quando Slate pensava che l'incursione fosse andata totalmente a vuoto, notò del movimento in un angolo dell'ultimo ambiente in cui stavano cercando.

Alzò la mano verso Mustang e gli indicò l'angolo. Il caposquadra annuì, si avvicinarono lentamente e con i fucili puntati.

"Marina degli Stati Uniti, mani in alto!" ordinò Mustang con tono basso ma letale.

Videro subito due mani comparire da dietro uno scatolone.

"Ma che cazzo?" pronunciò Slate con un filo di voce. Non erano mani di adulto. Erano troppo piccole.

Mustang scostò lo scatolone mentre Slate teneva il fucile puntato su chi c'era nascosto dietro.

Infatti si trattava proprio di un ragazzino. Sembrava vestito di cenci. Aveva la faccia sporca e teneva in mano una specie di torcia.

Ma non era la faccia di un ragazzino impaurito. Era un'espressione di puro odio.

"Come ti chiami?" gli chiese Mustang.

Il ragazzino probabilmente non capiva o non aveva intenzione di dire nulla.

Prima che gli altri SEAL potessero fare qualcosa, il ragazzo orientò la torcia verso l'unica finestra del locale e l'accese.

La spense e la riaccese velocemente.

"Cazzo!" imprecò Mustang. "Sta facendo un segnale."

Slate arrivò alla stessa conclusione insieme al caposquadra. Il suo unico pensiero fu quello di uscire il prima possibile.

"Via, via, via!" urlò a Mustang e agli altri.

Si voltarono tutti per uscire di gran fretta da quella camera. Erano soldati ben addestrati, ma sapevano anche capire quando si trovavano in posizione svantaggiata e la ritirata era l'unica scelta disponibile.

L'edificio era vuoto perché si trattava di una trappola.

All'ultimo secondo, Slate esitò. Quel ragazzino era chiaramente stato cresciuto nell'odio verso gli americani. Quando l'avevano trovato, non aveva negli occhi alcuna paura, alcun rimpianto. Anzi, Slate avrebbe scommesso che si era mosso volutamente per farsi scoprire. Era tutto un piano, e quale che fosse l'obiettivo, quel ragazzo era destinato a morire... insieme a Slate e agli altri della squadra.

Ma anche se quel ragazzino non stava chiedendo di essere salvato, Slate doveva comunque provarci.

Si girò e fece tre passi verso quell'angolo, facendo per prendere il braccio del ragazzo. Lui gridò appena Slate lo tirò con forza verso la porta. Non c'era il tempo di spiegare, il tempo di convincere quel ragazzo che il suo non era un sacrificio nobile, ma che lo stavano usando solo come una pedina. Quel ragazzo probabilmente aveva una madre da qualche parte, una madre che in quel momento piangeva a dirotto, sapendo che il figlio stava per morire.

Gli altri della squadra erano già arrivati in fondo alle scale e stavano raggiungendo l'ingresso con i fucili puntati e pronti al fuoco per eliminare chiunque li stesse aspettando all'uscita.

Ma prima che Slate potesse fare anche solo un passo per scendere le scale, il suo mondo esplose e l'edificio gli crollò addosso.

CAPITOLO DICIOTTO

NON ERA PASSATA NEMMENO una settimana intera da quando Slate era partito, ma ad Ashlyn sembrava un anno. Aspettava con ansia la nottata con le amiche, l'indomani, perché aveva un disperato bisogno di parlare delle proprie emozioni con loro.

Non era sicura di poterlo sopportare: pensava di esserne in grado. Pensava che la professione di Slate non sarebbe stata fonte di difficoltà. Lui sarebbe partito per salvare il mondo, mentre lei avrebbe vissuto normalmente in sua assenza. Invece le riusciva difficile sopportare il pensiero che lui fosse in pericolo. Non aveva idea di come facessero le altre a non uscire di senno. Le sembrava di fallire, nel ruolo di compagna, odiava sentirsi tanto debole.

Non era *lei*, quella in pericolo, era Slate. Allora come mai era tanto nervosa? Tutte le persone con cui entrava in contatto sembravano accorgersi di quella negatività. Si era messa a urlare con un uomo al supermercato, solo perché quello si era inserito nella corsia rapida pur avendo una cinquantina di oggetti da passare alla cassa, invece di una decina o anche meno, come indicava il cartello. Aveva mostrato il dito medio a una donna sulla statale, perché quella le aveva tagliato la strada, quando Ashlyn era *sempre* molto moderata dietro al volante.

L'ultimo episodio era accaduto a casa di James, che le era sembrato di cattivo umore; quando lui non le aveva voluto spiegare cos'avesse, lei si era semplicemente arresa, aveva girato i tacchi e se n'era andata. Non aveva cercato di convincerlo a parlare con lei, se n'era semplicemente andata senza dire molto di più che un semplice: "Ci vediamo la prossima settimana."

Non era da lei. Ashlyn ci stava malissimo, per come l'aveva trattato, e sapeva di dover riprendere il controllo delle proprie emozioni.

Era appena tornata a casa dal lavoro, si trovava in piedi davanti al microonde, aspettava che il pasto congelato si scaldasse, quando le squillò il telefono. Ashlyn quasi saltò sul cellulare per rispondere, nella speranza di vedere sullo schermo il nome di Slate.

Quasi urlò dalla gioia appena vide che in effetti *era* lui.

"Slate!" esclamò rispondendo.

"Ciao, piccola." Dalla voce, sembrava esausto.

"Sei tornato?"

"Quasi."

"Stai bene?" gli chiese. "Hai una voce strana."

"Te lo dico senza mezzi termini. Sono stato ferito, ma sto bene."

"Ferito? Come? Dove?"

"Niente di che. Mi hanno dato solo una bella strapazzata. Non sono uscito in tempo da un edificio prima che saltasse in aria."

Ashlyn si accorse di quel tentativo di scherzare, ma non ci trovò nulla di divertente. *"Sul serio?"*

"Sì, un errore di valutazione. In pratica ero sulle scale quando mi sono crollate sotto i piedi, solo che mi si è sfilato l'elmetto e ho battuto la testa su qualcosa. Gli altri mi hanno tirato fuori e siamo tornati subito alla base. Quando mi sono risvegliato, avevo un mal di testa fotonico."

Ashlyn era senza fiato. *Quando mi sono risvegliato?* Quindi aveva perso i sensi. "Ma stai bene?"

"Sì. Una commozione cerebrale. I medici volevano spedirmi in Germania, ma io preferisco passare la convalescenza a casa, da nessun'altra parte. Quindi mi hanno dato il permesso."

Lei non sapeva bene come funzionasse il mondo militare, ma aveva la netta sensazione che non fosse tanto semplice rifiutare una cura medica, da SEAL della Marina, almeno non semplice come per un qualunque cittadino. In quel momento, però, a lei interessava di più capire come stesse, e non come avesse convinto i medici a lasciarlo tornare a casa in volo, nonostante il trauma cranico.

Ashlyn cominciò a camminare verso la camera da letto. Quando era tornata a casa, si era cambiata subito e aveva indossato una delle magliette di Slate, le magliette che lei si metteva per dormire; non aveva altro addosso.

"Adesso mi cambio, così ci vediamo a casa tua," gli disse.

"No."

Quella sola parola la fece bloccare sul posto, in mezzo al corridoio. "Cosa?"

"Sono esausto, piccola. C'è Mustang qui con me, ti telefono appena mi alzo, domattina."

Se Mustang era a casa di Slate, probabilmente doveva esserci anche Elodie. Slate era contento di avere a casa propria un amico e la moglie... ma non lei? Quel pensiero la ferì più di quanto si aspettasse.

Anzi, il dolore che provò in quel momento era talmente tagliente, talmente profondo, che lei si portò una mano al petto per cercare di contenerlo.

"Posso prendermi cura di te," gli disse con una voce più

debole di quanto intendesse. "Ti sveglio ogni oretta circa, è così che si fa, in caso di commozione cerebrale, vero?"

"Ci pensa Mustang," le disse. "Tanto siamo abituati a prenderci cura tra di noi, quando ci sbattono. Ti ho telefonato perché ho immaginato che avresti sentito dalle altre che eravamo tornati. Non volevo che ti preoccupassi per me."

Non preoccuparsi per lui. Sì, certo.

"Va bene," gli disse dopo un momento o due. Che altro *poteva* dirgli? Poteva implorarlo di lasciarla andare da lui, ma non voleva sembrargli... disperata. Se poi lui non voleva vederla, allora non era il caso di costringerlo.

"Devo andare, Mustang mi guarda male. Il signor dottore mi ha rotto le scatole dicendomi cosa devo fare e cosa non posso fare. Ci sentiamo domani, piccola. È bello essere a casa."

"Sì, va bene. Son contenta che tu stia bene."

"A dopo."

"Ciao."

Appena Ashlyn cliccò per chiudere la telefonata, le gambe le cedettero e si accasciò sul pavimento del corridoio. Poi si lasciò cadere su un fianco e si strinse alle ginocchia come appallottolandosi.

Slate era stato ferito in missione... e non voleva che fosse lei a prendersi cura di lui.

Come un fulmine a ciel sereno che attraversava il tetto di casa, Ashlyn si accorse di amarlo.

Lei non l'aveva previsto, ma Slate le era entrato dentro in sordina. All'inizio, lei pensava a un rapporto disimpegnato... e infatti non era stato *altro* se non una frequentazione.

Invece, evidentemente lui era contentissimo di mantenere lo status quo.

Se Slate l'avesse amata anche solo un pochino, non avrebbe desiderato vederla? Non l'avrebbe voluta al proprio fianco, durante la convalescenza? Non avrebbe capito che lei aveva *bisogno* di stargli vicino, di vedere coi propri occhi che stava bene?

Ashlyn non poteva nemmeno arrabbiarsi con Slate. In fondo lui si era comportato esattamente come aveva promesso... un rapporto leggero, senza impegno. Amici speciali. Non era esattamente ciò che gli aveva proposto?

Cominciò a piangere e si strinse alle ginocchia. Si sentiva un'idiota. Una stupida. Avrebbe dovuto sapere bene di non essere fatta per i rapporti leggeri. Non ne aveva mai avuti in passato. Si era sempre gettata in ogni rapporto con tutta se stessa. Eppure nessun rifiuto le era mai pesato quanto quello di Slate.

Chissà quanto tempo rimase là sdraiata sul pavimento del corridoio... lei non se ne rese conto. Alla fine, si tirò su e andò in bagno. Ormai sapeva di dover gettare nell'immondizia il pasto nel microonde, sicuramente bruciato, ma ci avrebbe pensato l'indomani. In quel momento voleva solo dormire. Non riusciva più nemmeno a piangere.

Adesso almeno sapeva cosa doveva fare. Doveva lentamente tirarsi fuori da quel rapporto. Doveva proteggere ciò che era rimasto del suo cuore spezzato. Avrebbe fatto il possibile, per rimanergli amica, nonostante il dolore insopportabile.

Per quella notte, però, avrebbe solo pianto la perdita di ciò che non avrebbero mai avuto.

———

Slate faceva del suo meglio per nascondere a Mustang il dolore martellante alla testa. Se l'amico si fosse accorto di quel dolore lancinante, l'avrebbe trascinato di peso all'ospedale della base. Però Slate voleva starsene a casa sua, nel proprio letto.

Il razzo lanciato contro la casa, che doveva uccidere tutta

la squadra, chissà per quale miracolo, aveva ottenuto solo un effetto parziale. Lui non sapeva cosa fosse successo al ragazzo che aveva tentato di salvare. Mustang e Midas gli avevano raccontato di non averlo trovato, quando avevano tirato fuori lui dalle macerie. Il casco di Slate era stato sfondato dal crollo, e a un certo punto gli si era sfilato dalla testa. Ma lui era riuscito a rimanere vivo tra le macerie della casa esplosa, invece di rimanerci secco.

Jag e Pid l'avevano dovuto portare di peso al punto di estrazione, dato che lui aveva perso i sensi; quando si era svegliato, si trovava su un lettino dell'ospedale da campo. I medici non erano stati affatto d'accordo, ma lui aveva trasgredito e si era alzato in piedi. Quando poi Slate aveva insistito con Mustang per ottenere il permesso di passare la convalescenza a casa, i medici si erano espressi in senso *contrario*.

Gli era andata bene, e lui lo sapeva. Accidenti, lo sapevano tutti. Si era sentito di merda, ma aveva scelto di filarsela alla svelta da quel Paese. Stava cercando di nascondere il dolore ai compagni di squadra, anche se gli pareva che avessero capito perfettamente quanto fosse tremendo. Ogni muscolo del corpo gli faceva male. La testa pulsava di dolore. Era in preda alla nausea. Aveva il busto coperto di lividi violacei, ma per miracolo le risonanze non avevano riscontrato alcuna emorragia interna.

Era stato un accidente di miracolo, non essere schiacciato dal crollo dei mattoni di quell'edificio.

Pid aveva detto che il razzo non aveva colpito direttamente il bersaglio, anzi: chiunque l'avesse lanciato, aveva quasi mancato l'edificio completamente. Il razzo aveva colpito di striscio il lato più lontano, così i mattoni erano crollati più verso l'interno, facendo implodere l'edificio, invece che essere scagliati in tutte le direzioni.

Sull'aereo, si era seduto tra Jag e Pid e si era sentito

addosso i loro sguardi preoccupati. Si era dovuto concentrare al massimo per non perdere i sensi.

Si era accorto a malapena che l'aereo stava perdendo quota. Mancavano pochi minuti all'atterraggio. Nonostante il cervello annebbiato, gli venne in mente che forse il cellulare poteva prendere il segnale anche se non era ancora a terra. Tirò fuori il telefono e cliccò su un contatto che conosceva molto bene.

Dopo un minuto o due, terminò la conversazione e chiuse gli occhi, proprio mentre il carrello d'atterraggio toccava la pista.

"Tutto bene?" gli chiese Jag dal sedile vicino.

"Sì," gli rispose Slate sottovoce, nonostante la pressione alla testa gli facesse venire costanti conati di vomito, col rischio di rovesciarsi a terra da un secondo all'altro.

"Sei sicuro di aver deciso per il meglio?"

Slate non riusciva a pensare lucidamente. Di che decisione stava parlando Jag? Invece di chiederglielo, gli rispose biascicando un "sì".

L'amico si schiarì la gola rumorosamente, era chiaro che quella risposta non gli facesse piacere. A Slate non importava: aveva in mente solo di sdraiarsi. Doveva scendere dall'aereo, camminare fino alla macchina di Mustang, nella speranza di arrivare a letto prima di commettere una leggerezza che costringesse Mustang a portarlo direttamente al pronto soccorso.

Alla fine, un'ora dopo, Slate si sedeva con cautela sul bordo del proprio letto. Il viaggio a casa era stato un inferno; senza l'aiuto di Mustang, che l'aveva accompagnato fino in camera, non ce l'avrebbe mai fatta.

"Devi andare in ospedale, Slate," gli disse Mustang sottovoce; ormai si era accorto perfettamente del dolore tremendo alla testa dell'amico.

"No. Ho solo bisogno di sdraiarmi," gli rispose Slate.

"Puoi aiutarmi a trovare le pillole che mi ha dato il medico contro il dolore?" gli chiese. Ne aveva presa una prima di salire sull'aereo e si era addormentato subito, svegliandosi solo verso la fine del volo. A Slate non piaceva l'effetto dei farmaci, ma a quel punto preferiva un sonno forzato alla necessità di sopportare il dolore che lo perseguitava.

Mustang aveva ragione; probabilmente sarebbe stato meglio andare in ospedale, ma ormai era a casa e non si sarebbe più mosso. Se l'indomani il dolore non si fosse minimamente affievolito, avrebbe ceduto e sarebbe andato.

L'amico uscì dalla camera e tornò con la borsa di Slate. "Ti dispiace se viene anche Elodie?" gli chiese Mustang cercando in una tasca laterale della borsa.

"No."

Slate capiva a malapena ciò che gli stava dicendo Mustang. Il dolore pulsante alla testa sembrava andare in sintonia con il battito cardiaco. Gli sembrava di avere centoventi anni. Gli facevano male i muscoli, le articolazioni. Maledizione, anche le ossa!

"Qui," gli disse Mustang, "dammi la mano."

Slate gli porse la mano e chiuse gli occhi.

"Dammi un secondo che ti prendo dell'acqua," gli disse Mustang, ma Slate lo ignorò. Si infilò due pillole in bocca e le deglutì a secco. Poi si mosse lentamente per salire sul letto e sospirò di sollievo appena sdraiato sulla schiena.

"Merda!" imprecò Mustang, ma Slate non aprì gli occhi.

Sentì l'amico che maneggiava per slacciargli gli stivali, ma non aveva nemmeno la forza per ringraziarlo, quando glieli tolse.

"Se domattina mi sembri ancora a due secondi dal trasformarti in un cazzo di zombie, ti prendo di peso e ti trascino in ospedale, che ti piaccia o no," gli disse Mustang con voce profonda.

"Va bene."

"Va bene?" ripeté Mustang.

"Sì."

"Ottimo. Io rimango qui a svegliare il tuo testone ogni ora, puntuale, quindi non mi rompere le scatole quando ti sveglio."

"Va bene," sussurrò Slate di nuovo.

Sentì un fruscio di tessuto e immaginò che Mustang stesse andando alla porta.

"Mustang?" lo chiamò prima che se ne andasse. "Grazie. Non solo per stasera, ma per avermi portato via da là."

"Tu avresti fatto lo stesso per me," gli rispose il caposquadra.

"Puoi dirlo forte. Un SEAL non abbandona mai un altro SEAL," gli disse Slate.

"Esattamente. Ci vediamo tra un'ora."

Slate non era entusiasta di farsi svegliare ripetutamente, ma sapeva che era necessario. In quel momento, dimenticò tutto il resto e chiuse gli occhi, lasciando che il farmaco gli facesse effetto.

Il mattino dopo, Slate stava meglio. Di pochissimo.

Mustang aveva mantenuto la promessa, svegliandolo ogni ora, per tutta la notte. Quindi il mattino dopo erano entrambi esausti, dato che nessuno dei due aveva dormito più di tanto.

Slate dormì a sprazzi per tutto il sabato, accorgendosi appena dell'andirivieni di Mustang ed Elodie. Mangiava ogni volta che Elodie gli ficcava qualcosa in mano, beveva ogni volta che Mustang glielo ordinava, ma per il resto dormì tutto il giorno, inclusa la sera del sabato.

Quando arrivò la domenica, Slate si sentiva molto più in forma. La mattina, rifiutò la pillola che Elodie aveva cercato di somministrargli e si sforzò di alzarsi, farsi una doccia e indossare qualcosa di pulito.

Aveva ricordi confusi delle ultime quarantott'ore. Ricordava a malapena di essere arrivato a casa, ma non ricordava nulla delle conversazioni avute con Elodie o con Mustang.

Si aggirò lentamente per casa, notando che era già passato mezzogiorno. Il sole brillava alto nel cielo e Slate non si sorprese, trovando Mustang seduto sul divano di casa.

Si *sorprese* trovandoci anche Midas e Aleck. Elodie invece non c'era; poteva essere sulla pedana in soffitta, ma Slate ne dubitava.

"Ciao," disse entrando in salotto.

"Porco cane, hai un aspetto di merda," gli disse Midas.

"Grazie mille," rispose Slate, "stamattina pensavo di farmi una mezza maratona, sai, per scaldare i muscoli."

Gli altri lo fissarono increduli.

"Merda, ma scherzavo, dai!" esclamò scuotendo appena la testa. Poi si avviò in cucina e si accorse di avere una fame da lupo. Non ricordava cosa avesse mangiato o quando, l'ultima volta, sapeva solo che in quel preciso istante avrebbe mangiato di tutto.

"Vai, siediti," gli disse Aleck raggiungendolo alle spalle. "Ti preparo delle uova e un frullato proteico."

Due proposte allettanti; intanto vide Mustang girarsi verso gli altri e un ricordo gli fece capolino nella mente, fermandolo sui suoi passi. "Cazzo. Ashlyn. Dov'è il mio telefono?"

"Siediti," gli disse Aleck. "Prima di cadere col muso a terra."

Slate lo ignorò. "Dove cazzo è il mio telefono?" chiese di nuovo.

"Ce l'ho io," gli rispose Mustang avvicinandosi. Ma invece di passargli il cellulare, gli mise una mano sulla spalla. "Siediti. Puoi chiamare Ashlyn tra un minuto."

Slate fu preso da un orribile presentimento. "Cosa succede?"

"Vieni qui. Siediti," ripeté Mustang, chiarendogli che non stava scherzando. "Adesso parliamo, poi potrai telefonare ad Ash."

"Ma sta bene?" chiese Slate lasciandosi accompagnare verso il divano.

Guardò Midas in cerca di un indizio su cosa diamine stesse succedendo, ma divenne ancora più ansioso: gli era sembrato di notare un'espressione impietosita sul viso dell'amico.

Merda, merda, merda!

"Allora, senti... cosa ti ricordi dei momenti precedenti l'esplosione del razzo?" gli chiese Mustang.

Slate fece un bel respiro. "Urlavo a voi di scappare via, poi mi sono girato per prendere quel ragazzo. In tutta coscienza, non potevo lasciarlo là."

"Anche se era stato lui a dare il segnale di farci saltare in aria?" gli chiese Midas.

"Sì. Sono stato un cretino, lo so," commentò Slate, "ma era solo un *ragazzino*. Tipo, sette o otto anni?"

"Un ragazzino cresciuto nell'odio verso gli americani, nell'ideologia che è meglio morire per i talebani che vivere da codardo," aggiunse Mustang.

Slate strinse i denti. Il caposquadra aveva ragione, ma Slate sapeva anche che, tornando indietro, probabilmente avrebbe rifatto esattamente le stesse scelte.

"Ecco, andiamo avanti. E poi?" gli chiese Mustang.

"Mi sono svegliato in ospedale, ho discusso coi medici che volevano mandarmi in Germania, ho degli sprazzi qua e là, ricordi frammentati del volo. Mi sono concentrato per arrivare a casa, mi sono sdraiato. Poi tu che mi svegliavi, Elodie che mi dava da mangiare. Tutto qui."

Midas e Mustang si guardarono in un modo che a Slate *non* piacque.

"Cosa mi sono perso?" chiese Slate.

"Ho parlato con Pid. Era seduto vicino a te sull'aereo, per guardare che respirassi, cazzate del genere," spiegò Mustang.

Slate trasalì. Avrebbe dovuto rimanere più a lungo nell'ospedale da campo, oppure lasciarsi portare in Germania. Odiava la posizione in cui aveva messo gli amici. Però Mustang continuò a parlare, quindi Slate non ebbe il tempo di riflettere.

"Pid ha detto che appena l'aereo ha cominciato a scendere, tu hai tirato fuori il telefono e hai chiamato Ashlyn."

Slate si irrigidì. Aveva telefonato ad Ash? *Cazzo*. Non se ne ricordava minimamente. Doveva averla spaventata a morte. "Cosa le ho detto?" Odiava doverlo chiedere, ma gli amici avevano già capito che lui non si ricordava gran che degli ultimi due giorni.

"Pid dice che l'hai avvertita di essere tornato, o quasi, di essere stato ferito, ma di star bene. Le hai detto che stavi tornando a casa, che io sarei rimasto a prendermi cura di te, che l'avresti richiamata."

Slate aspettò, ma Mustang non aggiunse altro, così si sentì sollevato. Non sembrava una conversazione tanto male. Dal comportamento degli amici si era immaginato di aver detto ad Ashlyn di non volerla vedere mai più, o chissà che altro.

Aleck entrò e appoggiò le mani sullo schienale del divano. "Non ci arriva," disse, rivolgendosi a nessuno in particolare.

"Se la smetteste di girarci attorno, cazzo, sputate il rospo, cosa diavolo pensate che abbia detto di così brutto? Magari possiamo finire questa sceneggiata e posso telefonare alla mia ragazza," disse Slate innervosendosi. Gli era tornato il dolore pulsante alla testa, ma lui lo ignorò.

"Hai detto alla tua *ragazza* di essere stato ferito durante la missione. Le hai detto della commozione cerebrale, le hai detto che Mustang ti sarebbe stato vicino," ripeté Midas. "Da quel che ha potuto capire Pid, ascoltandoti, lei si è offerta di starti vicino durante la convalescenza e tu le hai risposto di no. Le hai detto che le avresti telefonato l'indomani... che peraltro era ieri. E, nel caso ti sia sfuggito, non l'hai richiamata. Cazzo, eri completamente fuori perché ti hanno rigirato il cervello nella testa, ma sei stato troppo cocciuto per farti curare come si deve."

Slate fissò l'amico. Negli anni, si era ritrovato con i compagni di squadra in molte discussioni, ma non ricordava di averne mai sentito uno tanto incazzato con lui come Midas in quel momento.

"Io ho cercato di telefonarle, nella speranza di spiegarle, ma lei non ha risposto. Tu e Ashlyn sarete anche amici di letto, ma l'hai trattata di merda," terminò Midas.

Slate stava stringendo i pugni; non gli piaceva sentir parlare in quel modo di Ashlyn.

"Se fossi stato ferito io, e avessi telefonato a Elodie dicendole che avrebbe pensato Jag ad aiutarmi, come pensi che si sarebbe sentita?" gli chiese Mustang con un tono molto più contenuto. "E non raccontarmi cazzate sul fatto che noi siamo sposati," proseguì.

"Ashlyn non ha telefonato," disse Midas, "non ha mandato messaggi a Lexie. Per quanto ne sappiamo, non si è messa in contatto con nessuno. Probabilmente perché il suo ragazzo, che è stato anche suo amico per mesi, prima che il rapporto cambiasse, è stato inviato in missione e le ha telefonato dicendole di essere ferito, ma che non voleva che lei lo raggiungesse, perché ci sarebbe stato un amico a prendersi cura di lui."

"Ovviamente deve aver capito anche che Elodie non sarebbe rimasta a casa ad aspettarmi," aggiunse Mustang sottovoce. "Ha capito che sarebbe corsa qui per vedermi... e che mi avrebbe aiutato a prendermi cura di te."

Slate deglutì a fatica e chiuse gli occhi. *Cazzo.*

"Finalmente ci sta arrivando." Midas sospirò.

Slate aprì gli occhi e incontrò quelli di Midas. "Dammi il mio telefono."

"Slate, abbiamo provato tutti a telefonarle per spiegarle che hai minimizzato le ferite e l'accaduto, ma lei è stata... sfuggente." Midas stava parlando con molta più calma.

"Se devo chiedere un'altra volta che qualcuno mi dia il mio cazzo di telefono, non ne sarò contento," disse Slate prima di stringere i denti. *Già* non era contento, ma stava per superare il limite.

Mustang porse il cellulare a Slate.

Lui si sporse in avanti per afferrarlo. Slate vide subito una serie di notifiche datate un giorno e mezzo. Lexie, Kenna, Monica, Carly, gli altri della squadra... accidenti, persino Baker voleva sapere se Slate stava meglio.

C'era un messaggio di Ashlyn. Solo uno. Era breve, impersonale, gli augurava solo di star meglio.

Dopo aver deglutito sonoramente, Slate cliccò sul nome di Ashlyn. Si alzò in piedi e tornò in camera da letto. Per quanto volesse bene agli amici, preferiva che non ascoltassero quella conversazione.

Non sapeva nemmeno se sorprendersi o incazzarsi, quando Ashlyn non gli rispose. Il suono della sua voce nella segreteria telefonica gli fece venire ancor più voglia di vederla. Dopo il suono del bip, le lasciò un messaggio. "Sono io, Ash. Dobbiamo parlare. Per favore, richiamami appena senti questo messaggio."

Riattaccò e cominciò a camminare avanti e indietro per la stanza. Doveva porre rimedio a quell'errore. Aveva rovinato tutto. Sì, era fuori di sé dal dolore e non ricordava molto di ciò che era successo dopo l'esplosione e la botta in testa, ma se fosse stata Ashlyn a farsi del male, lui sarebbe impazzito dalla preoccupazione. Il fatto che non fosse accorsa al suo capezzale, per così dire, gli fece capire quanto se la fosse presa.

Cliccò di nuovo sul suo nome e le scrisse un messaggio al volo.

Slate: Ciao, ho bisogno di parlare con te, di vederti. Puoi passare?

Aspettò un minuto pieno, ma il simboletto grigio non divenne verde, segno che Ashlyn non aveva letto il messaggio.

Ormai preoccupato, Slate le inviò un altro messaggio.

Slate: Ho fatto casino. Non è una scusa, ma ho preso una botta in testa, commozione cerebrale, non mi ricordavo nemmeno di averti telefonato. Per favore, se non altro, fammi sapere che stai bene.

Nulla. Non spuntarono i tre puntini a indicare che gli stesse rispondendo, né tantomeno il simbolo verde dell'avvenuta lettura.

Slate fu preso dal panico e cominciò a pensare al peggio. Alla fine gli tornò in mente l'app di tracciamento. Poteva vedere dove fosse Ashlyn. Magari era a casa, si era fatta male, o soffriva di nuovo di mal di testa e non poteva usare il telefono. Cliccò sull'app... e all'inizio non capì ciò che vide.

Ashlyn non era a casa. A giudicare dalla schermata, si trovava a Waikiki, in un posto chiamato Arnold's Beach Bar. Non era lontano dal Duke's.

Era domenica pomeriggio e Ashlyn era in un locale? Che cazzo stava succedendo?

. . .

Slate: Se non mi rispondi per farmi sapere che stai bene, parto e raggiungo l'Arnold's per controllare coi miei occhi che sei davvero tu e non uno che ti ha rapita e ti ha rubato la carta di credito per ubriacarsi.

Trattenne il fiato, pregando che gli rispondesse, ma allo stesso tempo sapendo che, se gli avesse risposto, significava che stava cercando di evitarlo... il che sarebbe stato uno schifo.

I simboletti grigi divennero verdi e i tre puntini che aveva sperato di vedere finalmente comparvero.

Merda.

Ashlyn: Sto bene. Spero che tu ti senta meglio.

Erano parole educate ma distanti. Slate avrebbe voluto scagliare il telefono per terra. Sentì la pelle d'oca sulle braccia.

Non era pronto a perderla.

Slate: Cosa ci fai in un locale?

Ashlyn: Sono a pranzo, in compagnia.

Ogni muscolo del corpo di Slate si bloccò, nel fissare quelle parole sullo schermo. Era fuori a pranzo, mentre lui si stava riprendendo dopo esserci quasi rimasto secco? Sì, forse le aveva detto di non raggiungerlo, ma insomma... non era un'esagerazione, pensare che poteva rimanere ucciso. Anzi, sapeva bene di esservi andato molto vicino, in quella casa. Era vivo per miracolo.

Eppure la sua ragazza era in un *locale*? In "compagnia"? Condividevano le *stesse* amicizie, e lui era piuttosto sicuro che Ashlyn non fosse fuori con Elodie, con Lexie, o con una delle altre.

Era fuori con un uomo?

Quel pensiero gli fece venire la nausea.

Era furioso.

Era deluso.

Era tremendamente geloso, fuori di sé.

In un momento di fulminante chiarezza... Slate si accorse di aver passato tre mesi a prendersi in giro da solo.

Aveva accettato il suggerimento ridicolo di un'amicizia speciale solo perché la voleva in ogni modo possibile. Magari all'inizio si era impegnato per non farsi prendere troppo da lei, per concentrare il rapporto soprattutto sul sesso, non fermandosi a dormire la notte, sentendosi solo ogni tanto... ma col passare delle settimane era cambiato tutto. Ashlyn stava con *lui*.

Con lui, maledizione! E lui non avrebbe accettato che un'incomprensione... cioè, la sua colossale cazzata... li separasse per sempre.

Fanculo il disimpegno. Quel rapporto non aveva alcunché di disimpegnato, e lui avrebbe fatto di tutto per farlo sapere ad Ashlyn. Avrebbe cambiato tutto, alla grande, e lei l'avrebbe accettato.

Ormai non ragionava più lucidamente, ma non gliene importava nulla.

Amava Ashlyn Taylor. Lei era tutto ciò che Slate aveva sempre desiderato in una donna. Era intelligente, sensuale, generosa e fedele. Era fatta *per lui*, proprio come lui le apparteneva.

Ripensando all'ultimo mesetto, Slate non ebbe alcun

dubbio che anche lei l'amasse. Avevano entrambi ignorato disperatamente ciò che avevano proprio sotto al naso.

Ashlyn era ferita, e lui non poteva certo biasimarla, ma se pensava di poter uscire con un altro e dimenticarsi di lui con tanta facilità, si sbagliava di grosso.

Slate non si curò minimamente di risponderle. Era troppo fuori di testa. Troppo geloso. Troppo irritato. Era sopraffatto dal dolore. Inoltre, non aveva intenzione di scrivere in un messaggio ciò che doveva farle sapere. Voleva trovarsela davanti, faccia a faccia, per scusarsi profusamente. Doveva poterla guardare negli occhi, leggerne l'espressione, capire se quel gesto insensibile, per quanto non intenzionale, avesse distrutto tutto ciò che avevano costruito insieme nell'ultimo anno.

Si sentì sempre più determinato e tornò in salotto dagli altri.

Mustang, Midas e Aleck si voltarono per guardarlo, appena li raggiunse.

"Qualcuno mi deve accompagnare a casa di Ashlyn."

Mustang cambiò espressione lentamente, sorridendo.

Midas annuì in segno di approvazione.

Aleck gli disse: "Prima però devi mangiare qualcosa."

L'ultimo dei pensieri di Slate era sedersi a mangiare, ma non voleva nemmeno svenire con la faccia a terra mentre cercava di convincere Ashlyn a perdonarlo per essersi comportato da stronzo sconsiderato... quando le avrebbe detto che voleva cambiare i termini del loro rapporto.

Cliccò sul telefono e aprì l'app; vide che Ashlyn era ancora a Waikiki, in quel cazzo di locale. C'era tempo per mangiare. Annuì verso Aleck.

CAPITOLO DICIANNOVE

Ashlyn sospirò sollevata appena chiuse la portiera dell'Uber che aveva chiamato per farsi portare a casa dal locale. Quel giorno era il compleanno di Jack, un altro dipendente di Food For All, così qualche collega aveva organizzato una festicciola all'Arnold's.

Natalie, la manager del centro in città, aveva mandato un messaggio ad Ashlyn chiedendole se avesse voglia di partecipare. Lei non ne aveva molta voglia, avrebbe preferito sguazzare nella propria tristezza tutta sola. Però si era sforzata, s'era fatta una doccia, si era cambiata ed era uscita dall'appartamento. Starsene seduta ad aspettare che Slate le telefonasse non era certo il massimo del divertimento. Anzi, era una vera tortura.

Mustang le aveva telefonato, come anche le altre, ma lei non se l'era sentita di sopportare il tono compassionevole con cui le parlavano, mentre cercavano di spiegarle il motivo per cui Slate non aveva accettato di farsi aiutare da lei durante la convalescenza. Lei non aveva capito esattamente cosa fosse successo, durante quella missione... del resto non aveva concesso a nessuno l'opportunità di spiegarlo... ma Slate le aveva detto senza mezzi termini che preferiva avere vicino gli amici, invece di chiederle di raggiungerlo, e quelle parole continuavano a tornarle in mente come un disco rotto.

Quel sabato, aveva aspettato tutto il giorno che le telefonasse, ma non era successo, e col passare delle ore lei si era sentita sempre più depressa. Che schifo, essere completamente innamorata di un uomo che le aveva chiarito perfettamente di non ricambiare. Però si sarebbe ripresa. Si era sempre ripresa.

Il primo passo era tenersi impegnata e non vegetare a casa. Così aveva accettato l'invito di Natalie. Non sapeva bene se avrebbe o meno bevuto, quindi aveva preferito farsi portare da un Uber. Era stato un pomeriggio divertente... per quanto *potesse* essere divertente, col cuore spezzato... ma ormai era più che pronta per tornare a casa.

Doveva ammettere il sollievo di aver finalmente ricevuto notizie di Slate. Non ce l'aveva con lui, non avrebbe mai potuto. Nonostante tutto, la preoccupazione era stata fortissima. Quindi ricevere quel primo messaggio l'aveva aiutata a sciogliere un po' lo stress e l'ansia.

le aveva scritto di non ricordare quella telefonata, e lei immaginò potesse anche essere vero. però era tornato a casa venerdì, ed era arrivata la *domenica*. Sapere che Slate era a casa da quasi due giorni e non si era fatto sentire le ricordava ulteriormente come la pensasse lui.

Lei si era persino dimenticata dell'app di tracciamento, fino a quel terzo messaggio. Fosse stata una persona diversa, avrebbe ignorato anche quel messaggio, ma sentiva che Slate avrebbe *veramente* alzato il culo per raggiungerla all'Arnold's e vedere se fosse là, e lei non voleva certo affrontarlo in quel modo, in un locale pubblico.

Ashlyn voleva vederlo. Voleva constatare coi propri occhi che stesse bene. Solo dopo essersi assicurata che non fosse ferito, gli avrebbe spiegato la propria risoluzione: era meglio tornare a essere solo amici. Sarebbe stato doloroso... un dolore dell'anima... ma doveva farlo.

Ecco perché aveva risposto a quel messaggio. L'aveva rassicurato scrivendogli che stava bene. Non intendeva andare oltre, ma Ashlyn "la stupida" non poteva *non* chiedergli come si sentisse.

Invece di rispondere a quella domanda, lui le aveva chiesto cosa ci facesse all'Arnold's. Lei avrebbe anche potuto dirgli che era con un gruppo di colleghi, invece era rimasta sul vago... le era riuscito difficile digitare, con le lacrime agli occhi. Lui non le aveva più risposto. Anche quello un'altro colpo. Non poteva fare altro che farsi forza per tirare avanti.

Ashlyn non si rese conto di avere la testa tra le nuvole se non quando l'autista le disse: "Eccoci qui, allora passi una bella serata."

Lei aprì gli occhi e si accorse di essere nel parcheggio davanti al proprio palazzo. Ringraziò la donna che l'aveva accompagnata e saltò giù dal veicolo. Entrò con calma nel palazzo e si avviò su per le scale. Stava frugando nella borsetta in cerca della chiave quando l'occhio le cadde su qualcosa.

Alzò lo sguardo e si fermò a metà del corridoio, a fissare uno Slate accigliato che se ne stava in piedi a braccia conserte, appoggiato alla porta dell'appartamento di Ashlyn.

Lei si prese il tempo di osservarlo: le sembrava stesse bene. Qualche graffio in faccia. Un po' pallido, ma tutto intero. Il sollievo che l'attraversò all'improvviso era talmente sconvolgente che le tremarono le ginocchia e fu costretta ad appoggiare una mano al muro per sorreggersi.

Slate si staccò dalla porta e si avviò verso di lei. Fece per prenderle il gomito e lo strinse leggermente. "Sei ubriaca?" le chiese.

Ashlyn sbatté le palpebre sorpresa e scosse la testa. "No."

"Bene, perché stiamo per avviare una conversazione per cui è meglio che tu sia completamente sobria."

"Non ho bevuto alcol."

Slate annuì con un rapido movimento del mento, poi la invitò a riprendere a camminare tenendola per il gomito. Lei non protestò, per quanto le desse fastidio il formicolio di quel tocco, ma gli camminò al fianco senza dire una parola. Quando arrivarono alla porta, Ashlyn tornò a frugare in cerca della chiave. Appena la tirò fuori dalla borsetta, lui gliela prese di mano e aprì la porta.

Lei appoggiò la borsetta sul tavolino nell'ingresso ed entrò in casa. Lei stessa si stupì per il disordine che si era lasciata dietro: piatti sporchi nel lavandino, spazzatura da portar fuori. Le ultime due notti, aveva dormito sul divano perché non voleva entrare in camera da letto, che le ricordava troppo Slate; la coperta che aveva usato era rimasta sul pavimento. Oltre alla coperta, il cuscino in fondo al divano era un segno evidente che aveva dormito in salotto.

Tazze sporche affollavano il tavolino da caffè. Prima di andare all'Arnold's, Ashlyn non si era nemmeno preoccupata di recuperare i tanti fazzoletti usati e gettati sul tavolo o sul pavimento.

Quando lanciò un'occhiata a Slate, notò che la stava fissando, invece di guardare com'era ridotto l'appartamento.

"Mi sembri stanca," le disse dolcemente.

Lei alzò le spalle. Non era pronta ad ammettere di aver dormito malissimo, troppo presa dalla preoccupazione per lui e dal pianto interminabile.

Lo sguardo deciso di Slate si ammorbidì, e Ashlyn ebbe l'impressione di vedere del nervosismo prender piede.

"Mi sembra che tu stia bene. Mi fa piacere," gli disse.

"Fa piacere anche a me, però la testa mi gira ancora. Se quel che hai passato *tu* con l'emicrania è anche solo la metà del dolore che ho passato, non so come hai fatto a sopportarla."

"Non è che avessi molta scelta," gli rispose.

"Vero. Possiamo parlare?" le chiese.

Ashlyn aggrottò la fronte. "Stiamo *già* parlando."

"Voglio dire... devo scusarmi con te, spiegarti cos'è successo."

"Non è un problema, capisco."

"Non penso che tu capisca," ribatté lui. "Devo tornare a mercoledì e giovedì, in Afghanistan. Devo spiegarti come mai ti ho telefonato venerdì."

"Non pensavo che potessi parlare delle tue missioni," gli disse Ashlyn confusa.

"Infatti non posso."

Lei sentì la testa girare. Non era sicura di voler sentire i dettagli di ciò che gli era successo, perché si sarebbe spaventata troppo, ma allo stesso tempo aveva un disperato bisogno di sapere. "Va bene."

Slate indicò il salotto. "Possiamo sederci? Anche se odio ammetterlo, sono ancora molto scosso."

Ashlyn annuì subito. Oddio, si sentiva una persona orribile. Non era preparata a trovare Slate sulla porta di casa, di sicuro non era ansiosa di interrompere quel rapporto, ma non voleva causargli alcuna sofferenza.

Lui la seguì in salotto e lei fu contenta di non sentire alcun commento sui fazzoletti e sul disordine in generale. Ashlyn si accomodò da un lato del divano, notando con un certo sollievo che Slate non si sedette troppo vicino: le lasciò spazio, mettendosi dall'altra parte.

"La situazione è andata di merda appena siamo arrivati in Afghanistan. I ribelli avevano preso di mira la base, erano tutti coi nervi a fior di pelle. Siamo usciti in città per un paio di serate, cercavamo di rintracciare il leader di un gruppo di combattenti talebani. Ci erano giunti rapporti di intelligence su dove si trovasse e volevamo beccarlo. Per farla breve, lui non c'era, ma mentre eravamo in quella casa, qualcuno dei suoi seguaci ha usato un lanciarazzi nella speranza di ucciderci tutti."

Ashlyn ansimò.

Slate proseguì. "Chiunque sia stato, aveva una mira di merda, o magari non si aspettava il rinculo del lanciarazzi, perché invece di colpire in pieno il palazzo l'ha colpito quasi in fondo. Il fatto che l'edificio fosse costruito male probabilmente mi ha salvato."

"Io mi ricordo solo che cercavo di passare sopra dei mattoni e delle tavole che avevo sotto ai piedi... poi più nulla. Ho perso i sensi. Mi sono svegliato alla base. I ragazzi mi avevano tirato fuori dalle macerie e mi avevano portato all'ospedale da campo. Credo di essermi comportato in modo super aggressivo... anche se in realtà non mi ricordo... mi sono rifiutato di rimanere in ospedale e mi sono *davvero* incazzato quando mi hanno proposto di volare in Germania. Non so come ha fatto, ma Mustang ha convinto i medici ad affidarmi a lui, così siamo ripartiti per tornare a casa."

"Non mi ricordo nemmeno di averti telefonato, piccola," le disse sottovoce. "Non mi ricordo di essere sceso dall'aereo, di essere andato in macchina con Mustang, di essere arrivato a casa mia. Non ricordo nulla, solo degli sprazzi qua e là, finché non mi sono svegliato oggi a mezzogiorno con la testa un po' più presente. So solo di averti ferita... e mi dispiace da morire."

Ashlyn fissò l'uomo che amava più di chiunque altro avesse mai frequentato... e fece spallucce. "Non c'è problema."

"Invece sì," ribadì lui con fermezza, "avresti dovuto essere con me."

"Avrei voluto," gli disse, il dolore e la rabbia eccitati da quelle parole. "Ma tu hai chiarito perfettamente che ci avrebbe pensato Mustang a prendersi cura di te. Non importa che tu non ricordi di averlo detto, adesso. Anzi, forse è più significativo che non te lo ricordi."

"Cosa intendi dire?"

"Solo che forse il tuo inconscio ha detto ciò che pensavi veramente."

Slate scosse la testa. "No, ti sbagli."

"Mi sbaglio?" gli chiese inclinando la testa. "Io sono solo la tipa con cui fai sesso," gli disse cercando di non lasciar trasparire tristezza. "Mustang è quello che ti ha salvato, quello con cui ne hai passate di cotte e di crude. Nel profondo, sapevi che lui ti avrebbe protetto quando tu non potevi proteggerti da solo, e lo conosci molto meglio di me. È più che naturale che tu chieda il suo aiuto, invece del mio."

"Io ti conosco," affermò Slate.

Lei non disse nulla.

"Ti conosco," insisté lui. "Sei la persona più generosa che abbia mai conosciuto e non intendo riferirmi ai soldi. Chiunque può fare donazioni e dimenticarsene dopo un minuto. No, tu doni *te stessa* a tutti quelli che hanno abbastanza intelligenza da riconoscere il tuo valore. Hai fatto da babysitter per Jazmin, dandole finalmente una pausa che aspettava da mesi. Sostieni Brooklyn quando i suoi piccoli la fanno impazzire. Incoraggi e supporti il suo sogno di tornare a studiare, quando lei ormai lo stava abbandonando, finché sei arrivata tu a consegnare i pasti a lei e alla sua famiglia. Ti preoccupi di sapere se una donna disabile passa abbastanza tempo alla luce del sole, tanto che la incoraggi a uscire e stai con lei venti minuti a ridere ogni volta che passi. Per non parlare di James. Hai fatto sentire quel signore meno solo, l'hai fatto tornare nel mondo. Non è da tutti, invitare uno come lui alle nozze di un'amica. Tu regali una piccola parte di te a chiunque incontri, Ashlyn, e hai reso la *mia* vita migliore al cento per cento."

Lei non poté far altro che fissarlo: non aveva idea di dove

volesse arrivare, con quel discorso, ma non riusciva a trovare le parole per rispondere.

"Mi hai reso un uomo migliore semplicemente essendo te stessa. Non sono più impaziente come prima. Se non ci credi, puoi chiedere a uno qualunque dei miei compagni. Rido di più. Anzi, mi sto persino interessando alle persone che mi circondano, invece di analizzarle soltanto per capire se sono una minaccia. Accidenti, mi hanno beccato in quel cavolo di edificio proprio per questo motivo."

"C'era un bambino, avrà avuto sette o otto anni. È stato lui a dare il segnale a chi ha lanciato il razzo per dire che eravamo in quella casa. Tutti gli altri sono scappati via di corsa, volevano svignarsela perché avevamo capito tutti cosa stesse succedendo. Io però non volevo lasciare indietro quel ragazzino. Lui mi odiava, era disposto a morire pur di ucciderci... ma quando io mi sono girato per scappare, la mia coscienza mi ha fatto esitare. Sono tornato indietro per prenderlo."

"Proprio ciò che avresti fatto *tu*. Lo sapevo. Nel profondo dell'anima, sapevo che tu non te ne saresti andata via senza prima cercare di salvare quel ragazzino. Anche mentre lo stavo trascinando verso le scale e mi sono reso conto che non ce l'avrei fatta, lo sai cosa mi passava per la mente?"

"Che cosa?" gli chiese Ashlyn sussurrando. Ormai stava piangendo, non era riuscita a trattenersi.

"Speravo che gli altri fossero al sicuro. Speravo che quel ragazzino la smettesse di graffiarmi la mano per farsi mollare. Ma soprattutto pensavo a te."

"A me?"

"Sì, piccola, *a te*. Ero incazzato perché temevo di non riuscire a dirti quanto ci tenessi a te, temevo di non riuscire a spiegarti che questa cosa del rapporto senza impegno è una cazzata totale. Non c'è niente nel nostro rapporto che sia *senza* impegno, almeno per me."

Ashlyn spalancò gli occhi. Lo stava fraintendendo? Magari era talmente disperata di sentirsi ricambiata, da avere allucinazioni uditive.

"Davvero non mi ricordo di averti telefonato. In mia difesa, il mio cervello ha preso una brutta botta nel cranio. Anche se non è una scusante vera e propria... ma stamattina, quando mi sono svegliato e finalmente ho cominciato a sentirmi più normale, la prima cosa che volevo fare è stata parlare con te. Poi, quando mi hai detto che eri fuori con qualcuno..."

Slate fece un respiro profondo. "Cazzo se mi *odio* per averti ferita talmente da averti fatto venire voglia di uscire con qualcun altro... ma non ho intenzione di rinunciare tanto facilmente a te. A noi. Farò tutto ciò che posso per riconquistare la tua fiducia. Se vuoi continuare a vedere qualcun altro, mentre recuperiamo il nostro rapporto, me ne farò una ragione. Non mi piacerà, ma ti dimostrerò che non sono solo tuo amico, sono l'uomo che ti ama. L'uomo che è disposto a fare una baraonda con il medico della base, come un bambino di tre anni, per poter ottenere di tornare a casa e vedere la donna che gli ha preso il cuore."

Ashlyn si sentì quasi svenire. Invece di ammettere che anche lei lo amava, tutto ciò che le venne in mente di dire fu: "Non ero fuori con uno."

"Piccola, eri in un locale e hai detto che eri in *compagnia*."

"Infatti, ma... non ero in compagnia di uno. Ti spiego: c'erano anche degli uomini, ma era un'uscita di gruppo. Oggi è il compleanno di uno dei dipendenti di Food For All. Ci siamo trovati con dei colleghi per fargli gli auguri."

Slate raddrizzò la schiena. "Non eri fuori con uno?"

"No."

Lui afflosciò ogni muscolo del corpo, chiuse gli occhi e abbassò la testa.

"Slate?"

"Dammi solo un momento," le sussurrò.

Lei non sapeva bene che fare. Una settimana prima, gli sarebbe salita sulle gambe, rassicurandolo come meglio poteva che lui era l'unico uomo per lei...

E nel momento stesso in cui lo pensò, Ashlyn si chiese cosa la stesse trattenendo.

Slate si era scusato. Aveva subito un trauma cranico, tanto che non ricordava nulla degli ultimi due giorni.

Le aveva detto di amarla.

Si mosse prima ancora di accorgersi di ciò che le stava accadendo. Fece i due passi che la separavano da lui fino ad arrivargli davanti, poi gli mise le ginocchia intorno alle cosce.

Appena lui sentì quel contatto, aprì gli occhi di scatto e le mise le mani sui fianchi. La tenne mentre lei si avvicinava.

Ashlyn gli mise le mani sulle guance e lo guardò negli occhi. Aveva una paura tremenda, ma era troppo importante per girarci attorno. "Mi ami?" gli chiese sussurrando.

"Sì," le rispose Slate senza esitare.

"Anch'io ti amo."

Per un nanosecondo, dopo averla sentita, lui non si mosse. Poi lasciò andare un lungo sospiro e la tirò più vicina, affondandole il naso nello spazio tra la spalla e il collo.

"*Che mi venga...*" sussurrò Slate.

Ashlyn stava piangendo... ancora... ma almeno sorrideva.

"Che mi venga!" esclamò Slate.

"Non sono sicura che tu sia pronto a farlo..." gli disse stuz-zicandolo.

Slate tornò indietro con la testa e lei gli vide gli occhi colmi di lacrime. "Dillo ancora," la invitò.

"Ti amo già da un po', anche se avevo troppa fifa per ammetterlo persino a me stessa. Quando ho sentito che eri stato ferito... non ho mai avuto tanta paura. Poi hai detto che non volevi vedermi, che ti avrebbe aiutato Mustang, allora tutta la paura si è trasformata in agonia. Non potevo nemmeno parlare agli amici, tanto mi faceva male."

"Mi dispiace da morire," le disse sottovoce.

Lei scosse la testa. "Non te l'ho detto per farti star male o per farti scusare di nulla. Ormai è passata. Anch'io ho fatto casino. Avrei dovuto ignorarti e venire lo stesso a casa tua. Avrei dovuto ascoltare cosa mi dicevano i nostri amici. Avrei dovuto ammettere già da tempo che volevo molto di più di un rapporto di amicizia speciale. Avevo troppa paura di perderti, paura che un rapporto disimpegnato fosse l'unico modo di averti."

"Se mai mi capitasse ancora," le disse Slate, "non importa un fico secco di quel che *dico*, tu vieni subito da me, va bene?"

Lei mandò giù la paura che le montò al pensiero di saperlo ferito di nuovo in futuro. Però Ashlyn non era un'idiota, sapeva che il lavoro di un SEAL come Slate era pericoloso. Doveva solo sperare e pregare che la squadra lo proteggesse e che i cattivi non avessero fortuna un'altra volta. "Va bene."

Slate le mise le mani intorno al viso. "Non eri fuori con un altro." Non era una domanda.

"No. Sei tu l'unico uomo a cui sia interessata, ormai da più di un anno. Ho una cotta per te da sempre."

"Davvero?"

"Davvero."

"Non so se posso affermare altrettanto... ma so che non posso smettere di pensare a te. Mi preoccupo per te. Ho bisogno di punzecchiarti così tu mi rispondi a tono."

Ashlyn alzò gli occhi al cielo mentre lui le asciugava con il pollice le lacrime copiose sulle guance. "Allora ti sei comportato come un ragazzino delle medie che provoca la ragazza che gli piace perché non sa come altro attirarne l'attenzione."

"In pratica," confermò Slate, che poi le si avvicinò lentamente.

Fu un bacio leggero, quasi esitante. Come fosse stata la

prima volta. Sotto molti aspetti, era la prima volta. Il primo bacio di un nuovo rapporto, serio, impegnatissimo.

Quando lui si staccò, appoggiò la fronte su quella di Ashlyn.

"Come diavolo facciamo adesso, dopo tanti mesi in cui abbiamo insistito su un rapporto non impegnato, come facciamo a dire a tutti che all'improvviso ci amiamo e che siamo in un rapporto serio?" mormorò lei.

In tutta risposa, Slate le mise una mano sul fianco per tenerla in equilibrio, poi si ficcò l'altra nella tasca posteriore. Tirò fuori il telefono e scrisse qualcosa con entrambe le mani.

"Slate? Cosa stai facendo?"

"Dammi un secondo."

"Sul serio, Slate, cosa..."

"Ecco fatto. Adesso lo sanno tutti, quindi non c'è nulla di cui preoccuparsi."

"Cos'hai fatto? Come lo sanno tutti?"

Lui girò il telefono per farle leggere il messaggio di gruppo che aveva appena inviato.

Slate: Io e Ash siamo innamorati, un giorno, in un futuro speriamo non troppo lontano, ci sposeremo. Il primo che dice "Lo sapevo" o "L'avevo detto" non sarà invitato alle nozze.

"Oddio mio! Non ci credo che l'hai appena inviato. Ma, a chi l'hai inviato?" gli chiese Ashlyn, combattuta tra il senso di imbarazzo e una risata isterica.

"A tutti."

"Ma non mi dire!"

"Sì sì."

In quel preciso istante, il telefono di Slate cominciò a

vibrargli in mano per le risposte al messaggio. Non solo, ma Ashlyn poté sentire il proprio telefono nella borsetta vicino all'ingresso, anche quello risuonava di notifiche.

"Sei impossibile."

"Ma tu mi ami lo stesso."

Lei gli sorrise. "È vero."

Lui tornò a fare un'espressione seria. "Farò del mio meglio per non ferirti mai più, piccola. Ma nel caso succedesse, non l'accettare. Dai sempre il massimo di te, sempre; non sopporto l'idea che tu abbia dormito sul divano, o che tu pianga per qualcosa che ho fatto o detto, non succederà mai più."

Evidentemente a Slate non era sfuggito proprio ciò che lei aveva fatto negli ultimi due giorni. "Va bene."

"Dico davvero. Tirerò sempre fuori la testa da sottoterra, ma se tu mi rinfacci le mie merdate, ne esco prima."

"Va bene."

"Adesso che siamo a posto... *siamo* a posto, vero?"

"Siamo a posto, Slate."

Lui annuì. "Va bene, allora, adesso che siamo a posto, penso di dovermi riposare un pochino."

Ashlyn si allarmò seriamente. "Come mai? Ti fa male la testa? Vuoi che chiami il medico? Magari Mustang può raggiungerti, dato che si è preso cura di te, saprà se è il caso di andare o meno in ospedale, vero?"

"Shhh. Sto bene. Sono solo stanco. Mi fa ancora male un pochino la testa. Però non è più come prima."

"Sei sicuro? Non me lo dici solo per non farmi prendere paura?"

"Sono sicuro."

Ashlyn sospirò di sollievo. "Quand'è stata l'ultima volta che hai mangiato?"

"Prima di venire qui da te. Aleck mi ha preparato delle uova e un frullato."

"Che ne dici di sdraiarti a letto mentre io preparo qualcosa per cena? Magari delle lasagne? Ci metto più carne, così saranno piene di proteine. Anche i carboidrati dovrebbero farti bene."

"E se invece mi sdraiassi qui sul divano, mentre tu cucini?" ribatté lui.

"Va bene, anche meglio, così posso tenerti d'occhio," gli rispose Ashlyn, che poi aggiunse timidamente: "Tanto ci sono già il cuscino e la coperta."

Lui aggrottò la fronte. "Mi dispiace tanto di averti ferita, piccola."

"Lascia perdere, ormai è passata. Andiamo avanti. Cioè, a quanto pare un giorno ci sposeremo, anche se non mi ricordo che tu me l'abbia mai chiesto, né mi ricordo di averti risposto di sì."

Slate fece un gran sorriso e si abbassò per baciarla profondamente. "Me ne accorgo quando trovo qualcosa di buono, e tu, piccola, sei la cosa migliore che mi sia mai capitata. Ci sposeremo. Magari non domani, o non il mese prossimo, ma succederà."

"Sei tanto sicuro che andremo d'accordo? Che non ci stancheremo di stare insieme?"

"Sono sicurissimo," le rispose senza un briciolo di dubbio nella voce. "Non sono sopravvissuto a quell'esplosione per continuare a fare il deficiente."

Lei non poté che sorridere, anche se le dava un tremendo fastidio ripensare a ciò che Slate aveva passato. Poi le tornò in mente qualcos'altro. "Pensi che lui stia bene?"

Slate dimostrò di nuovo di essere sulla stessa lunghezza d'onda e non le chiese di chi stesse parlando. "Non lo so, ma a istinto direi di no, anche se spero che ce l'abbia fatta, dato che ce l'ho fatta io. Magari i suoi genitori sono arrivati in tempo e l'hanno tirato fuori dopo che noi siamo andati via. I ragazzi non l'hanno trovato, quando mi stavano cercando."

"Che tristezza," commentò Ashlyn.

"Infatti. I bambini sono innocenti, che schifo che qualcuno gli abbia fatto il lavaggio del cervello coltivandolo nell'odio in giovanissima età."

Ashlyn si sporse in avanti e si appoggiò a lui di peso. Slate la abbracciò e rimasero in quella posizione per qualche minuto.

"Pappa," disse Ashlyn, che alla fine si staccò da lui con un sospiro. Quando lo guardò in faccia, si accorse che aveva la fronte corrugata come se gli facesse male la testa. Si alzò in piedi, lo baciò brevemente, poi raccolse la coperta dal pavimento e indicò il cuscino. "Sdraiati."

"Sissignora."

"E pensare che avresti potuto usufruire di un eccellente servizio in camera, negli ultimi due giorni!" gli disse scherzando e sistemandogli la coperta mentre lui si sdraiava sulla schiena.

"Eh sì!"

Però, dal tono di voce, Slate non sembrava divertito.

"Stavo solo scherzando," gli disse.

"Io no. Ti ho fatta piangere, ti ho quasi persa... non succederà mai più."

"Lo so." Ashlyn lo sapeva davvero. "Fai un pisolino, Slate. Quando ti sveglierai, mangeremo, poi ti sistemo a letto. Aspetta, domani devi lavorare?"

"No. Ho una settimana di permesso."

"Ah, meno male. Telefono a Lex e vedo se qualcuno può sostituirmi a fare le consegne per qualche giorno."

"Posso anche stare con te, mentre fai le tue cose," ribatté lui.

"No. Su questo non si discute. Ti ho quasi perso," gli disse, sussurrando le ultime parole. "Dammi qualche giorno."

"D'accordo," le rispose senza esitare. "Mi farebbe davvero piacere che ti prendessi cura di me, mentre recupero."

Ashlyn annuì, poi si allungò verso la lampada vicino al divano. Spense la luce, andò alle tende delle finestre e chiuse anche quelle. Sapeva quanto desse fastidio la luce del sole, col mal di testa. Probabilmente faceva lo stesso effetto anche a lui. Il sospiro di sollievo di Slate glielo confermò

"Ah, te lo dico, non risponderò ai messaggi degli amici. Sei stato tu a inviare il messaggio, ci penserai *tu* a gestirli."

"Nessun problema. Li gestirò ignorandoli," le rispose con un sorrisetto, mentre chiudeva gli occhi.

Lei rimase per un po' di tempo a osservarlo. Si sentiva leggermente sopraffatta dal modo in cui era passata dal desiderio di staccarsi da Slate, all'ammissione di amarlo; non trattenne un sorriso. Ne avrebbe senz'altro parlato alle altre, raccontando ciò che era successo. Sarebbero state entusiaste per lei, probabilmente le avrebbero fatto dei commenti ironici, dicendole che lo sapevano, che lei e Slate sarebbero finiti insieme... *davvero* insieme.

Dopo un respiro profondo, Ashlyn passò in cucina per cominciare a preparare le lasagne. Doveva far tornare Slate in forze, farlo tornare il solito: autoritario, leggermente irritante, l'uomo che amava. Non le piaceva, quando era insicuro e sofferente.

Chissà come, un giorno che era cominciato nel peggiore dei modi, era finito come il miglior giorno della sua vita. Il rapporto con Slate avrebbe sempre portato ad alti e bassi, ma si sarebbero ripetuti di amarsi alla fine di ogni giornata, promettendosi di gestire ogni imprevisto della vita, e tutto sarebbe andato per il meglio.

CAPITOLO VENTI

GLI ULTIMI QUATTRO giorni erano stati tra i più felici della vita di Ashlyn, per il semplice motivo che li aveva passati insieme all'uomo che amava.

Erano rimasti da lei la notte di domenica fino al mattino del lunedì, poi erano tornati a casa di Slate per il resto della settimana. Quando lei gli aveva tolto lentamente la maglia, quella domenica sera, prima di farlo sistemare a letto, i lividi che gli ricoprivano il corpo l'avevano stupefatta. Slate aveva *davvero* minimizzato le ferite. Lei da quel momento si era rifiutata categoricamente di farlo sforzare, insistendo che avesse bisogno di tempo per guarire.

Dopo qualche giorno, le aveva dimostrato chiaramente di essere tornato quasi se stesso. Aveva insistito ad allenarsi, il giovedì mattina, sollevando alcuni pesi e facendo flessioni e trazioni... ancora niente corsa.

Era giunto il venerdì mattina, ormai dovevano entrambi tornare alle rispettive routine regolari. Anche se Slate non avrebbe dovuto riprendere servizio fino al lunedì, era ansioso di incontrare il comandante per fargli rapporto su quanto era successo in Afghanistan. Era un uomo cocciutissimo, ma guariva anche alla svelta, per fortuna.

La sera prima, finalmente avevano fatto l'amore. Lei aveva tentato di tenere il tutto lento e semplice, ma dopo poco si erano trovati entrambi troppo disperati, per andarci piano.

Slate era stato insaziabile e le aveva ripetuto più volte quanto l'amava, facendola nel frattempo venire tre volte con la bocca e con le dita, prima di sfogarsi e avere pietà di lei. Ashlyn aveva cercato di girarsi per farsi prendere da dietro... accidenti se le *piaceva*, quando la scopava in quel modo... ma lui non gliel'aveva permesso, costringendola a rimanere supina e affondando dentro di lei mentre si guardavano in faccia.

"Dopo tutto ciò che è successo, è la prima volta che *facciamo l'amore*," le aveva detto enfatizzando quelle parole. "Voglio vederti in faccia. Voglio guardarti negli occhi, farti vedere quanto ti amo."

Lei si era sciolta. Come poteva dire di no a quelle parole?

Lui aveva mantenuto la parola, continuando a spingere lentamente, incessante, senza mai smettere di guardarla negli occhi. L'aveva portata di nuovo al limite, fino a farsi pregare di farla venire. Appena lei si era contratta, cominciando a tremare, anche lui era esploso, penetrandola più volte e ripetendo *ti amo, ti amo* al ritmo delle spinte.

Poi erano rimasti abbracciati stretti, con i cuori che correvano a mille.

Ashlyn era in macchina e cercava di svegliarsi da quei sogni ad occhi aperti, riflessi della sera prima.

Non vedeva l'ora di incontrare di nuovo tutti gli utenti. Per lei erano più che semplici utenti. Erano amici, e Ashlyn era entusiasta di sapere cosa si era persa in quei quattro giorni. Era difficile credere che fosse solo venerdì. Le sembravano passate settimane. La sua vita era cambiata moltissimo, in quei pochi giorni... in meglio.

Elodie, Lexie, Kenna, Monica e Carly erano esplose dalla gioia, scoprendo quel cambio di rapporto tra lei e Slate. Sì, in effetti Ashlyn aveva sentito un sacco di "non mi sorprende" e di "era ora" dalle amiche, ma non le aveva dato minimamente fastidio. Era ovvio che fossero tutte felicissime per lei e per Slate.

Tutti gli utenti del giro furono felici di rivederla. Jazmin era entusiasta di mostrarle il primo dentino che spuntava dalle gengive di Henry. Briar e Curtis le avevano fatto vedere i loro ultimi disegni, Brooklyn scoppiava di gioia perché Trey aveva trovato un nuovo posto di lavoro e guadagnava ben cinque dollari all'ora più di prima. Persino Christi sorrideva più del solito, nei venti minuti in cui erano rimaste sedute sulla veranda.

L'unico a non essere felice era James.

Ashlyn era arrivata da lui particolarmente sprintosa, entusiasta di rivederlo, ma nell'attimo stesso in cui le aveva aperto la porta, lei l'aveva guardato e aveva notato che c'era qualcosa che non andava. Nel vederla, lui le aveva sorriso, ma c'era senz'altro qualcosa di... strano.

Ashlyn aveva dovuto essere molto persuasiva per convincerlo a parlare. Dopo una chiacchierata, dopo avergli impiattato la torta al lime che Elodie gli aveva preparato, e dopo avergli raccontato tutto sul cambio di rapporto con Slate, gli disse: "Allora, mi dici finalmente cosa c'è che non va, o va a finire che rimaniamo qui per tutto il tempo a far finta di niente?"

James sospirò. "Ho ottantanove anni. Ormai dovrei essere abituato ai comportamenti deludenti delle persone."

"Cos'è successo?" gli chiese Ashlyn.

"Si tratta di Aiden."

"L'assistente domiciliare?"

"Sì. Era già da tempo che mi dava da pensare, ma ho deciso di dargli il beneficio del dubbio. Quel ragazzo non ha avuto una vita semplice, e mi ha aiutato moltissimo," le spiegò James.

"Però?" aggiunse Ashlyn insistendo, dato che lui non proseguiva.

"Lo sai che non ho molta fiducia nelle banche, vero?" le chiese James.

Confusa per quel cambio d'argomento, Ashlyn annuì. "Te lo dico sempre che sono cambiate, da quando eri ragazzo; adesso è più sicuro lasciare i soldi nei conti."

James le regalò un sorrisetto. "Lo so, ma sai, le vecchie abitudini sono dure a morire. I miei genitori mi hanno raccontato tanto della grande crisi, la depressione, me ne parlavano sempre, quando ero piccolo. Ci avevano perso un sacco di soldi, con le banche in crisi, così da allora hanno sempre tenuto i risparmi in casa fino all'ultimo giorno. Non parlarmi dei tassi d'interesse," le disse alzando una mano. "Le briciole che le banche ti riservano sono peggio di uno schiaffo in faccia. Loro si arricchiscono con i nostri conti, eppure ci danne le briciole in cambio dei nostri soldi. È una truffa!"

Lei sapeva che James poteva scaldarsi parecchio, quando parlava di banche, così cercò di riportarlo in tema. "Cosa è successo con Aiden?"

James sospirò. "Ieri ho ritirato l'assegno della pensione. Aiden era tutto contento di accompagnarmi a incassarlo. Io aspetto sempre di rimanere da solo, prima di nascondere i soldi. Dopo che Aiden è andato via, a fine giornata, sono andato in cucina a mettere i soldi in uno dei miei nascondigli. Ho visto del movimento con la coda dell'occhio. Era Aiden che sbirciava dalla finestra. Non penso che si sia accorto che l'ho notato, ma ormai non mi fido più, non può più venire a casa mia."

"Oh, James, mi dispiace," gli disse Ashlyn. "Sei sicuro che

stesse davvero spiando?" Era una domanda sciocca, ma lei si sentì lo stesso di chiederglielo.

James la guardò semplicemente alzando le sopracciglia.

Lei sospirò. "Sì, scusa, che domanda sciocca."

"Non è solo questo," aggiunse James. "Cioè, potevo anche aspettare che fosse andato via e cambiare il nascondiglio dei soldi... ma ci sono stati altri episodi, dei comportamenti che mi hanno messo a disagio."

"Del tipo?"

Lui alzò la mano come per minimizzare. "Non importa. Ho telefonato all'agenzia, proprio prima che arrivassi tu, ho detto che non mi servivano più i servizi domiciliari." Poi James spinse la sedia e si alzò lentamente, si avvicinò a un tavolino contro il muro vicino della cucina e prese una scatola di cartone. Era grossa circa il doppio di una scatola da scarpe. La portò dove stava seduta Ashlyn e gliela porse.

Ashlyn gliela prese chiedendogli: "Questa cos'è?"

"Sono i risparmi di una vita," le rispose con calma tornando a sedersi.

"Cosa?"

"Sono tutti i soldi che ho al mondo. Mi è servito un po' di tempo per ricordare tutte le mazzette che avevo nascosto per casa, ma penso ci siano tutti."

"Non posso prenderli!" gli esclamò.

"Non è un regalo," le spiegò lui gentilmente. "Sarò anche anziano, ma non sono rimbambito... non ancora." Le sorrise, ma Ashlyn non ci trovava nulla di divertente.

"Vorrei solo che me li conservassi. Lo so che non è carino da parte mia farti questa richiesta, ma io ci provo lo stesso. Mi fido di te, Ashlyn. Non mi hai dato alcun motivo di non fidarmi. Ho tenuto mille dollari per ogni evenienza, ma non voglio più tenere tutti questi soldi in casa."

Lei cercò di pensare a cosa dirgli, ma era senza parole dalla sorpresa. Era troppo sbalordita per pensare.

"Mi mancano dei soldi," aggiunse James. "Non so quanti, ma sospetto che Aiden ne abbia presi per un po' di tempo. Non ho le prove e se anche lo denunciassi so che la polizia penserebbe che me ne sono solo dimenticato, che sono un vecchio pazzo."

"Magari sarebbe ora di aprire un conto in banca," gli disse con dolcezza.

James si limitò a scuotere la testa. "Non mi rimane tanto tempo a questo mondo, e va benissimo così; la mia Angie mi aspetta dall'altra parte e sono contento di rivederla presto. Però che mi venga un colpo se lascerò a qualcun altro i miei guadagni! Non sono tanti, forse ventimila, più o meno, ma li affido a te."

Lei voleva piangere. Certamente avrebbe preferito non essere responsabile dei risparmi di James, ma la preoccupava di più che li tenesse in casa, specialmente se era convinto che Aiden gliene avesse già sottratti. "Va bene, James, te li terrò io al sicuro."

Prima di tutto li avrebbe depositati sul proprio conto in banca; mai e poi mai avrebbe tenuto tanto contante nel proprio appartamento, ed era convinta che anche Slate non sarebbe stato d'accordo.

Dopo avergli risposto, le sembrò di vedere le spalle di James rilassarsi. Doveva essere stata una preoccupazione, per lui, che a quel punto sembrava cento volte meno stressato di quando era arrivata.

"Bene, di te mi fido, Ashlyn," le ripeté.

"Significa molto, per me, James," gli rispose, "ma come pensi di risolvere l'assistenza domiciliare? Non prendertela, ma ti serve comunque aiuto."

"Lo so. La settimana prossima telefonerò all'ufficio per i veterani, chiederò se hanno qualcun altro da consigliarmi. Nel frattempo, ci vediamo comunque il lunedì, il mercoledì e il venerdì, giusto?"

"Ma certo," lo rassicurò, "e magari potrei anche aggiungere una fermata negli altri giorni della settimana." James abitava lontano dalle case di altri utenti a cui Ashlyn consegnava i pasti negli altri giorni, ma in qualche modo avrebbe risolto.

"Sei una brava ragazza," le disse James, "sono fiero di conoscerti."

Lei gli sorrise. "Anch'io sono fiera di conoscere *te*."

"Adesso, se hai un po' di tempo, magari puoi raccontarmi come sei passata con Slate da un rapporto 'senza impegno' alla bomba TA?"

Lei scoppiò a ridere. "La bomba TA?" gli chiese lei tra una risata e l'altra.

"Non è così che voi giovani abbreviate per dire 'Ti amo'?" le chiese James.

Lei non poté fare altro che scuotere la testa. "Non lo so proprio," ammise, poi si abbassò per mettere la scatola coi soldi sul pavimento, prese il bicchiere d'acqua che si era versata su insistenza di James appena era arrivata, e raccontò tutto all'amico anziano.

Dopo una mezz'ora, Ashlyn sentì il suono singolo di una notifica. Tirò fuori il cellulare dalla tasca e vide il messaggio di Slate.

Slate: Saluta James da parte mia. Per caso sai a che ora torni a casa?

Casa. Santo cielo, che bella espressione. Dopo tutte le insistenze degli ultimi mesi sul fatto che non sarebbe andata a vivere con Slate, pensare a casa di Slate come alla *loro casa* la faceva stare molto bene.

"Immagino che sia il tuo bel giovane," le disse James.

"Sì, ti saluta e mi chiede a che ora torno a casa," gli spiegò Ashlyn.

"Si sta facendo tardi," commentò James, "dai, vai pure a casa dal tuo uomo."

Lei non vedeva l'ora di stare con Slate. Avevano passato insieme ogni minuto degli ultimi quattro giorni, tanto che le faceva strano non vederlo dalla mattina.

Tuttavia, chissà perché, non le faceva piacere andarsene da casa di James. "Non è tanto tardi."

"Ashlyn, vai a casa," le ripeté James con decisione. "Sai, comunque sono stanco, adesso accendo la tele e vedrai che finisco per addormentarmi qui in poltrona."

"Va bene, allora vado," gli disse Ashlyn, "però ti telefono domani per sentire come va."

"Andrà tutto bene," le disse per rassicurarla.

"Perfetto, allora ti telefono domani per salutare," ribadì lei.

James ridacchiò. "Sarei uno sciocco a continuare a protestare per non ricevere una telefonata da una bella signora, vero?"

"Eh sì." Ashlyn si alzò e si avvicinò alla poltrona di James. Si inginocchiò di fianco a lui e gli appoggiò una mano sul braccio. Le capitava spesso di dimenticare la fragilità di quel signore, anche per via della personalità vivace, ma toccandogli il braccio esile e standogli tanto vicino, Ashlyn si accorse di quanto fosse vulnerabile. "Mi dispiace tanto per Aiden, so che ti stava simpatico."

Lui serrò le labbra e annuì. "Ultimamente era cambiato. All'inizio non me ne sono accorto, ma adesso che ci ripenso, l'ho capito."

Ashlyn gli strinse il braccio gentilmente. "Meglio tardi che mai. Guarderò anch'io in giro, magari trovo qualcuno che assiste a domicilio, vedrai che risolviamo prestissimo."

"Sei una brava persona," le disse James.

"Ci provo," gli rispose Ashlyn. "Adesso, non mangiare le altre due fette di torta per cena. Elodie ha fatto i salti mortali per le polpette di pollo con il riso e l'hummus di ieri, te ne ho portate abbastanza per cenare due volte. C'è anche della frutta e del pane, tutto in cucina."

"Sei troppo buona," le disse James alzando la mano e posandogliela sulla guancia, proprio come faceva Slate.

Per un attimo, Ashlyn riuscì a intravedere il giovane James che corteggiava la moglie, protettivo e autoritario, proprio com'era Slate con lei. Quell'immagine la fece sorridere.

"Che bello vederti sorridere," le disse James. "Adesso sciò, vai a casa dal tuo uomo e passa un fine settimana fantastico."

"Ci sentiamo domani."

Lui alzò gli occhi al cielo, facendola sorridere di nuovo.

"Se hai bisogno di qualcosa, telefonami, dico sul serio, James!"

"Sissignora, va bene! Ah..." abbassò la voce, "grazie per aver accettato quel fardello." Le fece un cenno col capo verso la scatola, appoggiata sul pavimento vicino alla poltrona.

"Ma certo." Ashlyn si abbassò e lo baciò sulla guancia. "Allora ci sentiamo presto."

"Volentieri!"

Ashlyn si alzò, prese il bicchiere e lo portò in cucina, lo mise nel lavello. Poi tornò nel salottino, prese i risparmi di James, gli sorrise di nuovo e si avviò fuori, verso la macchina. Camminò con un passo più svelto del solito, preoccupata per via dei tanti soldi che stava portando.

Le venne in mente che Slate si sarebbe preoccupato, sapendo che lei si portava in giro ventimila dollari; così entrò in macchina e bloccò le serrature, poi prese il telefono.

Ashlyn: Torno adesso al centro di Food For All. Dovrei essere a casa tra tre quarti d'ora circa.

Slate: Benissimo. Per cena preparo la pasta con le verdure grigliate.

Santo cielo, che conversazione... familiare. Ashlyn ne andava pazza.

Ashlyn: Ottima idea. Ho tante cose da dirti, quando arrivo.
   Slate: Va tutto bene?
   Ashlyn: Sì. È stata una bella giornata.
   Slate: Ottimo. Ti saluto così puoi guidare. Vai pianino.
   Ashlyn: Va bene, ci vediamo tra poco.
   Slate: Ti amo.

Ashlyn sorrise e fissò le due parole sullo schermo. Era meraviglioso, quanto la facessero star bene.

Ashlyn: Ti amo anch'io.

Poi avviò il motore e imboccò la strada. La vita le stava andando talmente bene che quasi le faceva paura. Per un attimo, si chiese quando sarebbe capitata un'altra disgrazia. Le sembrava che andasse sempre allo stesso modo: quando tutto proseguiva a meraviglia, succedeva sempre qualcosa a rovinare tutto.

Però decise di non pensarci. Sarebbe andato tutto bene. Alla grande. Anche se lei e Slate avrebbero dovuto superare delle difficoltà inevitabili, in futuro; ma per il momento andava tutto a meraviglia.

———

Aiden chiuse la conversazione al telefono, lasciò andare la testa all'indietro e urlò per la frustrazione.

Era appena stato informato che James Mason non avrebbe più usufruito del servizio.

Quel vecchio bastardo non poteva licenziarlo! Proprio in quel momento. Quel lavoro gli *serviva*. Aveva bisogno dei soldi nascosti in quella casa. Senza la roba, Aiden sarebbe morto, letteralmente. O almeno si sarebbe sentito morire, in piena crisi di astinenza.

Ultimamente, per raggiungere lo sballo, aveva dovuto aumentare le dosi di eroina. L'unico modo in cui poteva permettersi la droga che voleva era arrotondando lo stipendio. I soldi di James erano il modo più rapido e semplice per arrotondare.

Quel tipo si faceva consegnare i pasti a domicilio, gratis, e non usciva mai di casa. Riceveva la pensione dalla Marina e il sussidio dell'assistenza. I soldi che gli aveva già portato via non gli erano certo mancati, maledizione, allora cosa cavolo gli importava se gliene prendeva ancora un po'?

Il giorno prima, Aiden era stato imprudente. Quando aveva riaccompagnato a casa James, dopo la visita in banca, si aspettava che lui nascondesse subito le banconote, appena rimasto solo... e a lui ne servivano alcune. Così era rimasto nei paraggi, di fianco alla casa, a osservare l'anziano nascondere i soldi. Per fortuna, perché James li aveva nascosti in un nascondiglio nuovo.

Non ricordava che James avesse guardato alla finestra... invece *doveva* averlo visto, e adesso l'aveva licenziato.

Fanculo anche James! Fanculo il lavoro! Non lo pagavano abbastanza per sorbirsi tutti i giorni le schifezze di quegli anziani. Puzzavano, erano noiosi, sporchi e patetici.

Aiden camminava avanti e indietro nell'appartamento

vuoto. Senza un lavoro, con una dipendenza da fronteggiare, non si sarebbe potuto permettere quel posto molto a lungo. Il pensiero di tutti i soldi che James poteva aver nascosto in casa gli fece venire l'acquolina in bocca.

Ormai non poteva più prelevare qualcosina ogni tanto, quindi non gli rimaneva da fare altro che andare a prenderseli tutti. Di sicuro ne avrebbe avuto abbastanza per un po' di tempo. Doveva solo trovarli.

La testa gli turbinava di pensieri. Il piano era di fare un ultimo giro in quella casa, scusarsi, tornare nelle grazie di James... poi drogarlo un'ultima volta. Da tempo, gli somministrava dei sonniferi sciolti nell'acqua. Era più semplice frugargli per casa, se l'anziano era fuori gioco, così Aiden non doveva preoccuparsi di essere catturato con le mani nel vaso dei dolcetti, per così dire.

L'aveva sentito parlare al telefono con quella stronza santarellina che gli consegnava i pasti, le diceva che si sentiva stanco, che andava più spesso del solito a letto a riposare. Che botta di fortuna, non sospettava di Aiden, nonostante l'avesse letteralmente beccato a mettergli una dose di sonnifero nell'acqua, tempo prima. Ma quanto era scemo?

L'indomani, quello scemo si sarebbe fatto un pisolino *molto* profondo, un sonno dal quale non si sarebbe più svegliato.

Aiden non si sentiva nemmeno in colpa, per aver deciso di dare a quel bastardo una dose eccessiva di sonniferi. Maledetto anziano sporco, che vita inutile! Gli avrebbe somministrato una dose tripla di pillole, poi avrebbe cercato i soldi. Avrebbe fatto attenzione a lasciare la casa esattamente come l'avrebbe trovata, così nessuno avrebbe sospettato di nulla e tutti avrebbero creduto che si trattava solo di un anziano che era andato a letto a dormire e non si era più risvegliato.

La polizia non avrebbe sospettato di Aiden, nonostante le impronte digitali, perché era andato in quella casa tre volte a settimana come assistente. Avrebbe parcheggiato a tre isolati di distanza da quella casa, così nessuno avrebbe visto la macchina parcheggiata vicino a casa di James. Aiden aveva anche guardato molti episodi di polizieschi in televisione, sapeva di dover lasciare il cellulare a casa; sarebbe stato il suo alibi, nel caso la polizia controllasse i registri e i ripetitori.

Più ci pensava, e più si eccitava all'idea.

Il piano avrebbe funzionato. Se quel vecchio non l'avesse licenziato, Aiden avrebbe continuato a prelevare qualche centino qua e là e non sarebbe stato un gran problema. Invece così avrebbe accalappiato tutto il malloppo.

"Stupido stronzo," mormorò tra sé. Aiden non aveva idea degli effetti di tre sonniferi, non sapeva se quel vecchiaccio sarebbe morto o no, ma non intendeva perdere tempo a preoccuparsene. Come minimo, James si sarebbe addormentato profondamente per ore, magari anche per tutto il giorno e la notte. A quell'ora, l'indomani, Aiden avrebbe avuto la sua droga e si sarebbe sentito di nuovo meglio. Se poi avesse trovato tanti soldi, sarebbe stato sistemato per molto tempo.

L'unico problema, in quel momento, era racimolare abbastanza quattrini per tirare avanti fino all'indomani. Pensò di irrompere nell'appartamento del vicino, c'era già riuscito una volta, ma decise che era meglio non rischiare tanto. Poteva tentare con la tipa che qualche volta si impietosiva e che gli lasciava qualche dollaro dopo che se l'era scopata... o magari poteva trovare un accordo con lo spacciatore. Non gli piaceva, era troppo pericoloso, ma a quel punto era disposto a tutto per la sua dose.

"L'ultima volta," si disse ad alta voce. "Sarà l'ultima volta che devo pregare qualcuno." Poi andò alla macchina; per fortuna aveva fatto rifornimento con una parte dei soldi che aveva preso l'ultima volta a casa di James, quindi aveva carburante a sufficienza per andare a Waikiki e tornare. Avrebbe telefonato al suo solito spacciatore, un bel buco, poi i dettagli del piano per il giorno dopo.

Era un sacco di tempo che Aiden non si sentiva tanto gasato; sorrise e saltò in macchina. Colpì un cartello segnaletico mentre usciva dal quartiere, ma non se ne accorse nemmeno, tanto era concentrato sul raggiungere la strada statale.

CAPITOLO VENTUNO

SABATO MATTINA, Slate era sveglio, sdraiato nel letto a guardare Ashlyn che dormiva. Aveva passato un venerdì difficile. Era andato alla base e aveva guardato i filmati ripresi dalle body cam la settimana prima in Afghanistan. Rivedendosi, aveva capito di aver fatto un errore, nel cercare di salvare quel ragazzo, ma per una strana ironia della sorte, quell'errore gli aveva salvato la vita.

Se avesse seguito gli altri giù per le scale, probabilmente non ce l'avrebbe fatta in tempo, prima che il razzo colpisse l'edificio. Inoltre, si sarebbe trovato più vicino al punto dell'impatto, dove il palazzo aveva cominciato a crollare, e le macerie l'avrebbero sepolto vivo. Invece, dal piano di sopra, sul lato opposto rispetto al punto dell'impatto, era riuscito a sfuggire al peggio.

Non era stato facile, guardare i filmati dei compagni che cercavano freneticamente di scavare tra le macerie per cercare di trovarlo, oppure vedersi privo di sensi, mentre lo trasportavano di peso nelle strade ostili della città, durante la ritirata.

Slate aveva sempre saputo che Mustang, Midas, Aleck,

Pid e Jag gli avrebbero coperto le spalle, ma rivederlo nei filmati, sentendo le loro voci stressate, la loro fiducia estrema nel riportarlo alla base sano e salvo non fece altro che stringere un legame già forte.

Aveva cambiato prospettiva sulle missioni. Certo, bisognava sempre intervenire per mettere a freno i cattivi, salvare cittadini innocenti, liberare compagni d'arme finiti prigionieri... ma ormai, per la prima volta nella sua carriera, Slate era un po' meno disposto a farsi ammazzare per raggiungere quegli obiettivi. Avrebbe sempre dato il massimo in ogni missione, amava ancora la patria, ma ormai c'era qualcosa... *qualcuno* che amava di più.

Ashlyn era sdraiata di fianco a lui, respirava lentamente, profondamente. L'amore che provava per quella donna gli sembrava esagerato. Come aveva fatto a non ammetterlo prima? Lui stesso non ne aveva idea. Era ridicolo, non essere stato in grado di riconoscere i propri sentimenti per quello che erano, specialmente perché non si era mai sentito prima tanto bene.

S'era dovuto far ferire, far ingelosire, per riuscire finalmente ad aprire gli occhi e vedere ciò che aveva davanti. Vedere Ashlyn entrare dalla porta di casa, la sera prima, era stato esattamente ciò di cui aveva avuto bisogno per mettersi alle spalle lo stress della giornata. Desiderava tornare con lei nella stessa casa, ogni singolo giorno.

Slate non aveva preso benissimo la scelta di James di consegnare ad Ashlyn ventimila dollari, perché se ne occupasse lei, ma almeno era un sollievo sapere che quell'anziano non aveva più in casa tanto contante. Nonostante ciò che pensava James sulle banche, Slate e Ashlyn sarebbero andati subito a depositare i soldi in un conto in banca, per sicurezza. L'aveva convinta ad aprire un conto separato per i risparmi di James, così non sarebbero sorti conflitti di alcun genere, nessuno avrebbe dubitato di lei.

Dopo la banca, non avevano programmi, se non quello di godere della compagnia reciproca. Slate stava sorprendentemente bene, dopo che il gonfiore al cervello si era ritirato; sarebbe tornato a lavorare a partire da lunedì. Prima, però, aveva due giornate piene da passare con Ashlyn.

Era difficile ricordare i tempi in cui lui e Ash non facevano altro che stuzzicarsi a vicenda. Slate aveva un ottimo ricordo di quei giorni; lei sapeva difendersi, sapeva tenergli testa, sapeva difendere ciò in cui credeva, e lui l'amava anche per questo... anche se lo faceva impazzire.

Ashlyn sarebbe stata disposta a donare i propri abiti, pur di aiutare qualcuno. Aveva accettato di conservare i risparmi di un anziano, pur di metterlo tranquillo. Si sarebbe sempre fatta in quattro, pur di aiutare gli altri... quindi lui doveva fare sempre in modo di proteggerla. Aiutare gli altri non doveva metterla in una posizione di pericolo. Slate era contentissimo di osservarla, mentre lei svolgeva i suoi compiti, ma sarebbe intervenuto quando la situazione l'avesse richiesto.

Si sentiva in colpa per l'ondata di sollievo al pensiero che Ashlyn non avesse alcun ex vendicativo, o che non fosse ricercata dalla mafia. Non c'era da preoccuparsi, perché nessuno voleva farle del male per qualche azione del passato. Probabilmente non aveva alcun nemico al mondo, davvero un gran sollievo. Slate non poteva sopportare la preoccupazione che Ashlyn venisse a trovarsi in una delle situazioni che le altre amiche avevano dovuto affrontare.

La loro vita insieme sarebbe stata il più noiosa possibile, ma entrambi ne sarebbero stati perfettamente felici.

Ashlyn cominciò a rigirarsi nel letto e Slate sorrise, guardandola risvegliarsi. Lei aprì appena gli occhi e lo guardò, poi guardò il telefono sul comodino dietro di lui, poi di nuovo lui. "È presto. Hai dormito bene?"

"Non è tanto presto, ma sì, ho dormito come un sasso, tenendoti tra le braccia."

Lei sorrise beatamente. "Anch'io."

Slate non si trattenne e ridacchiò. Ashlyn dormiva come un sasso *ogni* notte. Era una delle poche persone fortunate che si addormentano subito e non si svegliano più. Lui era grato anche per quello.

"Va bene, è vero, dormo come un sasso ogni notte," gli disse, leggendo bene quella risatina. "Però ho dormito anche meglio, perché sei con me."

Slate le passò un dito sul naso, poi la baciò con dolcezza.

"Abbiamo programmi per oggi?"

"A parte andare in banca, no," le rispose.

"Oggi è sabato, la banca oggi non apre, tipo, fino alle dieci, vero?" gli chiese.

"Sì, penso di sì."

Lei gli appoggiò il palmo di una mano sulla pancia e cominciò a spostarla lentamente verso l'inguine. "Allora abbiamo tutto il tempo di prendercela comoda, stamattina."

"Comoda?" le chiese con un sorriso. "Eh no, niente più comodità, ieri sera ho fatto tutto io."

Lei fermò la mano e si accigliò. "No caro, non è vero. Mi ricordo distintamente che ero sopra di te e avevo l'iniziativa."

Slate scoppiò a ridere. "Piccola, penso che la tua memoria sia un po' annebbiata," le disse. "Hai cominciato prendendo l'iniziativa, ma dopo il primo orgasmo non hai fatto altro che startene là, persa in un piacere stupendo, mentre io prendevo l'iniziativa. Sarai anche stata sopra, ma *ero io* che ti alzavo e ti abbassavo sull'uccello, ero *io* che ti scopavo."

Invece di prendersela, Ashlyn accennò appena un sorriso. "Sì, va bene, magari hai ragione," gli disse infilandogli la mano nei boxer e cominciando a maneggiargli l'erezione del mattino per farle raggiungere il massimo splendore. "Allora questa mattina puoi rilassarti, faccio tutto io." Si spostò, si mise in ginocchio e gli andò tra le gambe. Gli sfilò i boxer, poi si abbassò sull'uccello, ormai sveglissimo.

Gli sorrise, poi cominciò a leccarglielo dalla base alla punta.

Se quella era la comodità, per lei, Slate era davvero un uomo fortunato. Le infilò una mano nei capelli mentre lei abbassava la testa. Gemette, ma non chiuse gli occhi, mentre la sua donna gli faceva un bel servizio. L'amava da morire. Non aveva idea di come gli fosse capitata una fortuna del genere.

———

Un paio d'ore dopo, Ashlyn sorrideva a Slate: mettersi *comoda* con lui era stato meraviglioso. Sentiva di aver bruciato più calorie quel mattino in un'ora, di quante ne avrebbe bruciate per tutto il resto della giornata. Non capitava spesso che Slate potesse stare a letto fino a tardi, senza un impegno, quindi ne avevano approfittato fino all'ultimo minuto. La settimana successiva, lui sarebbe tornato ad alzarsi alle prime ore del giorno, riprendendo ad allenarsi con gli altri della squadra; quindi Ashlyn aveva tutte le intenzioni di godersi ogni secondo, facendo l'amore o coccolandosi.

Avevano appena finito colazione, stavano lavando i piatti insieme prima di uscire per andare in banca, quando squillò il telefono di Slate.

Lui si fece serio, si asciugò le mani e andò a prendere il telefono sul piano di lavoro.

"Parla Slate," rispose. "Sissignore. No, va bene, posso parlare. Però mi dia un secondo, va bene? Grazie."

Si appoggiò il telefono al petto e si voltò verso di lei. "È il comandante Huttner, deve farmi delle domande sul mio rapporto, per quel che è successo la settimana scorsa."

"Va bene," gli rispose lei senza esitare, "posso andare io in banca, adesso, così mentre torno prendo qualcosa da mangiare e passiamo qui il resto della giornata."

Slate si fece serio. "Non mi piace che tu vada in giro con tutti quei soldi."

Lei alzò gli occhi al cielo. "Andrà tutto bene, Slate, vado dritta in banca, apro il conto e fine. Non andrò in giro con un cartello con su scritto che sto portando un bel malloppetto. Non se ne accorgerà nessuno."

Lui si fece solo più serio.

"Dico sul serio, parla col comandante. Probabilmente sarò di ritorno prima che tu abbia finito. Magari mi fermo a prendere da mangiare in un ristorante hawaiano," concluse scherzando.

"Se mi intorti in questo modo non è un bell'inizio, per il nostro rapporto," le disse semiserio.

Lei fece una risatina. "In realtà, penso sia un ottimo segno per il nostro rapporto." Si avvicinò e lo baciò di sfuggita. "Ti amo," gli disse sottovoce.

"Anch'io ti amo," le rispose; sembrava non preoccuparsi del fatto che il comandante potesse sentirlo. "Stai attenta... e lascia perdere il ristorante hawaiano, che a te non piace, se no ti tocca fare due fermate per prendere qualcosa da mangiare anche per te."

"Sai che storia," gli rispose.

"Piccola. Ho due giorni liberi e voglio passare con te tutto il tempo possibile. Banca, pranzo, poi torni indietro da me così possiamo rilassarci."

Era tornato il solito Slate autoritario, ma dato che era anche dolcissimo, nel chiederle di passare più tempo insieme, lei non aveva di che lamentarsi. "Va bene, Slate."

"Ottimo."

Ashlyn si sentì addosso i suoi occhi, mentre Slate si riportava all'orecchio il telefono. "Eccomi qua, signore."

Continuò a guardarla, mentre Ashlyn infilava i piedi in un paio di infradito e afferrava la borsetta, gli occhiali da sole e le due buste imbottite in cui avevano infilato i soldi di James dopo averli contati e ordinati in mazzette. Ashlyn si prese un momento per ammirare Slate, che si era distratto per parlare al suo superiore.

Indossava un paio di jeans, che prendevano la forma delle sue cosce muscolose. Indossava anche una maglietta del forno Helena's, aveva i capelli arruffati e i piedi nudi che uscivano dall'orlo dei jeans. Tutto sommato, era un vero figo. Non le importava che avesse o meno l'uniforme, oppure un paio di jeans, o i pantaloni della tuta, o anche col sedere di fuori: era un esemplare magnifico di maschio.

"Torno presto!" gli accennò con la bocca mentre usciva dalla porta.

"Stai attenta," le accennò Slate di rimando.

Lei annuì, aprì la porta e andò alla macchina.

Mentre guidava verso la banca, lanciò una rapida occhiata alle buste imbottite. James aveva detto bene: aveva nascosto in casa ventimiladuecento dollari. Non era una cifra enorme, per un signore della sua età, ma lui sembrava contento del suo stile di vita.

La visita alla banca andò liscia. Ashlyn aprì un nuovo conto, ripromettendosi di aggiungere in un secondo momento il nome di James. L'impiegata alla cassa non fece una piega per quel versamento di oltre duecento banconote da cento. Ne controllò qualcuna per verificare che non fossero contraffatte, ma quando fu convinta che fossero tutti soldi veri, completò la transazione in poco tempo e le consegnò una ricevuta.

Ashlyn si sentì molto meglio, dopo aver messo i soldi al sicuro; uscì dalla banca sollevata per non dover più portarsi in giro tutti quei contanti.

Rientrando in macchina, ripensò alla promessa che aveva fatto a James, di chiamarlo per sentire come stesse, e pensò che quello fosse un buon momento per farlo. Ebbe la sensazione che, più tardi, sarebbe stata troppo impegnata con

Slate, e voleva essere sicura di non dimenticarsi di telefonare all'amico.

Recuperò il numero di James e aspettò che rispondesse. Lui non rispose. Ci furono cinque squilli, poi si attivò la segreteria telefonica. Ashlyn non si preoccupò di lasciare un messaggio. James le aveva confidato di non avere idea di come accedere ai messaggi in segreteria dal telefono di casa e quindi non l'avrebbe ascoltato.

Chiamò di nuovo, un'altra chiamata senza risposta. Cominciò a preoccuparsi e chiamò una terza volta, poi una quarta. Il telefono continuava a squillare.

Ashlyn si fece seria; nella mente le passavano immagini di cose orribili: James che giaceva a terra dopo essere caduto, incapace di rialzarsi; James che stava male e non riusciva a scendere dal letto; viveva da solo ed era un anziano fragile, erano tanti gli incidenti che potevano capitargli.

Decise sui due piedi di passare da lui per vederlo.

Cliccò subito sul nome di Slate e gli scrisse un messaggio.

Ashlyn: Soldi depositati in banca. Sarai ancora al telefono, voglio fermarmi al volo da James. Ieri era strano e voglio vedere se sta bene. Prendo il pranzo mentre torno. Ti amo.

Probabilmente si stava preoccupando troppo. Magari James era solo fuori casa a godersi l'aria del mattino e non aveva sentito il telefono squillare. Sarebbe passata da lui e si sarebbero fatti insieme due risate per quella paranoia, poi sarebbe andata a comprare da mangiare e sarebbe tornata a casa da Slate.

Se invece *fosse* davvero successo qualcosa, avrebbe aiutato James e poi telefonato a Slate. Non era il caso di farlo preoccupare per un nonnulla.

Ormai decisa sul da farsi, non sorpresa che Slate non avesse risposto subito al messaggio, Ashlyn avviò la macchina e partì in direzione della casa di James.

Ci arrivò dopo una decina di minuti, grazie al traffico più leggero del sabato. Non c'erano macchine parcheggiate, del resto lei se l'aspettava. Afferrò il telefono e scese dal RAV4, poi si incamminò verso l'ingresso. Bussò, ma non fu sorpresa di non sentir risposta. Provò ad aprire, ma la porta era chiusa a chiave.

Si morse un labbro, respirò a fondo e fece il giro intorno alla casa. Avrebbe trovato James nel giardino sul retro e gli avrebbe fatto una ramanzina per averle fatto prendere paura, poi si sarebbero fatti due risate e se ne sarebbe andata.

Prima di arrivare sul retro, fu distratta dalla porta della cucina. Era un ingresso laterale della casa, c'era la zanzariera chiusa, ma la porta interna era aperta. Era una stranezza che la fece fermare sul posto.

James non usava *mai* quella porta, in parte perché per scendere in giardino c'erano due gradini che avevano bisogno di una bella aggiustata. Lui non era sicurissimo nel mantenere l'equilibrio, quindi preferiva sempre entrare e uscire dalla porta principale, priva di gradini, dove il marciapiedi non era irregolare e non era tutto crepato.

Allora come mai la porta della cucina era aperta? Forse James si era fatto male e aveva cercato di uscire per chiedere aiuto, senza farcela? Sentì il cuore battere a mille all'ora e salì senza esitare quei due gradini per aprire la zanzariera.

Appena entrata nella cucina di James, si guardò attorno incredula per il disordine.

Sembrava che ogni mobile fosse stato aperto e svuotato. C'erano contenitori e piatti ovunque. Anche la dispensa era stata saccheggiata. Il pavimento era ricoperto di farina e zucchero, con contenitori sbattuti per terra e rovesciati ad aggiungere caos al caos.

"James?" lo chiamò, poi si prese a schiaffi mentalmente, esasperata. Era stupido attirare l'attenzione, quando era chiaro che qualcuno si era introdotto in quella casa... e lei non aveva idea se gli intrusi fossero o meno ancora all'interno. Doveva telefonare alla polizia. Ma non poteva andarsene senza prima aver cercato James.

Camminò su quel caos tremendo e guardò in salotto.

Con sua grande sorpresa, non vide James uscire da una delle camere da letto.

Vide Aiden.

I loro sguardi si incrociarono... e Ashlyn capì d'istinto di essersi messa in grossi guai. Dopo aver trovato la cucina sottosopra, avrebbe dovuto uscire subito da quella casa e avvertire immediatamente la polizia. Ormai era troppo tardi.

"Che cazzo ci fai tu qui?!" le disse con rabbia.

"Che cosa ci fai *tu* qui?" ribatté lei, tutt'a un tratto arrabbiata. Si rendeva conto della situazione e aveva paura, ma in quel momento la rabbia superava ogni altra sensazione. "James mi ha detto che ti ha licenziato."

"Infatti. Sono passato per scusarmi e gli ho chiesto di ripensarci," le rispose Aiden.

Lei non credette a una sola parola. Il salotto era in disordine quanto la cucina. Sembrava quasi che i cuscini fossero stati tagliati con un coltello! L'imbottitura era sparpagliata sul pavimento.

A quel punto lei capì: Aiden stava cercando i soldi di James, i contanti che le aveva dato proprio il giorno prima perché li tenesse al sicuro. L'anziano evidentemente sapeva bene ciò che faceva, affidandole quei risparmi. Aiden non avrebbe mai trovato i soldi che chiaramente stava cercando.

Si fissarono a vicenda per un lungo momento, poi furono entrambi sorpresi dallo squillo del telefono che Ashlyn teneva in mano.

"Cazzo!" Aiden si avviò verso di lei a falcate molto rapide, le prese il braccio con una presa ferrea e glielo strinse *forte*. "Non rispondere."

Lei abbassò lo sguardo e notò il nome di Slate sullo schermo. "È il mio ragazzo, se non rispondo capirà che c'è qualcosa che non va. Rispondo sempre alle sue chiamate."

"No," ripeté Aiden di gola, facendo per prenderle la mano.

Lei cercò di impugnare il cellulare con tutta la forza che aveva; sapeva che il telefono era l'unico contatto che aveva col mondo esterno, per chiedere aiuto. Non aveva idea di dove fosse James, di cosa gli avesse fatto Aiden, ma certamente nulla di buono.

Trovandosi faccia a faccia con Aiden, le venne anche il sospetto che avesse assunto qualcosa. Aveva le pupille dilatate e le guance paonazze. Anche mentre cercava di strapparle il telefono di mano, continuava a guardarsi intorno nervosamente, come se si aspettasse l'arrivo di qualcuno da un momento all'altro. Ne aveva tutte le ragione, del resto anche *lei* era arrivata all'improvviso.

"Dammi quel dannato telefono!" le urlò Aiden, cercando di farle aprire la mano con la forza. La tirò in salotto e la spinse sulla poltrona preferita di James. Non c'era il cuscino, ma lei se ne accorse appena, perché teneva gli occhi fissi su Aiden.

Lui guardò il telefono. "Qual è il codice?"

Lei strinse le labbra. Non avrebbe dato a quello stronzo il codice per accedere al telefono.

Aiden fece due passi verso di lei, sovrastandola, poi le disse con un tono inquietante: "Dammi il codice se no ti ammazzo, cazzo!"

"Tre due uno quattro cinque sei," gli disse immediatamente. In quel momento si accorse di quanto la situazione potesse precipitare. Aiden era disperato e messo alle strette. Aveva fatto qualcosa a James e lo stava rapinando, in più c'era una testimone. Una brutta situazione, davvero pessima.

Aiden le sbloccò il telefono e cominciò a scrivere.

"Cosa stai facendo?" gli chiese sussurrando.

"Rispondo a quel maledetto," sbottò lui.

Lei pensò per la prima volta all'app di tracciamento. Slate poteva usarla per capire dove si trovasse, ma lei gli aveva già detto dove stava andando nel messaggio precedente. Quindi non c'era motivo di pensare che le fosse successo qualcosa, vedendo dove si trovava.

Merda. Era in guai grossi... e non aveva idea di come uscirne.

"Dov'è James?" chiese sottovoce.

"Sta bene."

"Dov'è?" chiese lei di nuovo.

"Sta dormendo," le rispose Aiden guardando male il telefono, che poi gettò sul ripiano della libreria vicino a lei. Ashlyn lo fissò per un momento. Se Aiden si fosse distratto, lei poteva muoversi rapidamente e comporre il 911, oppure telefonare a Slate.

"Non pensarci nemmeno," disse Aiden, "tanto non ce la fai, lo spaccherei, ma quel dannato aggeggio mi serve per lavorare."

Ashlyn non si trattenne e gli chiese: "Perché?"

"Perché mi serve per il merlo," le rispose, poi andò al tavolo vicino all'ingresso e afferrò qualcosa. Tornò da lei con un oggetto luccicante in mano... e se Ashlyn aveva pensato di avere paura prima, a quel punto era *terrorizzata*.

L'oggetto che Aiden teneva in mano era una pistola, che in mano sua rendeva una situazione già di per sé brutta potenzialmente letale.

"Sei tu il merlo," le disse, dato che lei non reagiva a ciò che le aveva detto. "Il tuo telefono risulta qui, i vicini hanno visto la tua macchina, hai drogato James, l'hai svaligiato poi sei andata via. La polizia ti farà il culo... e invece io non sarò sospettato nemmeno lontanamente."

"Aiden non devi..." esordì Ashlyn, ma lui la interruppe con una risata.

"Invece *devo* farlo," le disse, "tu non capisci! Ma non importa, quando avrò trovato il malloppo, ce ne andremo, mi occuperò anche di te e sarò sistemato per un bel po'."

Lei non volle nemmeno pensare cosa potesse intendere con "mi occuperò di te". Non gli avrebbe detto una parola sull'inutile ricerca dei soldi di James: più a lungo cercava e più a lungo sarebbero rimasti in quella casa, così sarebbero aumentate le probabilità che Slate si accorgesse che c'era qualcosa che non andava e venisse a cercarla.

Ashlyn non aveva il minimo dubbio che il suo compagno super protettivo sarebbe venuto a cercarla, prima o poi. Non aveva idea di cosa gli avesse scritto Aiden nel messaggio, ma Slate era intelligente e avrebbe capito che non era stata lei a rispondere e l'avrebbe cercata. Ne era certa come di chiamarsi Ashlyn. Sperava solo di essere ancora a casa di James, quando lui sarebbe arrivato.

"Cosa c'è? Non dici niente?" le chiese Aiden schernendola.

Lei scosse solo la testa.

"Bene, tanto sono stufo di sentirti parlare. Metti giù le chiappe e fai la brava," le ordinò, puntandole la pistola alla tempia.

Lei si bloccò: non si era mai trovata davanti la canna di una pistola e non era certo un'esperienza piacevole. Strinse i braccioli della poltrona di James e cercò di rimanere calma. Slate sarebbe arrivato, lei doveva solo usare la testa fino a quel momento.

Aiden la fissò per un attimo da dietro la pistola, poi rise. Si infilò l'arma nella cinta dei jeans e le disse: "Seduta, giù, brava cagna." Poi fece una smorfia sprezzante e riprese la ricerca dei soldi di James. Soldi che non avrebbe mai trovato.

CAPITOLO VENTIDUE

Slate guardava perplesso il cellulare, su cui leggeva il messaggio di Ashlyn. Le aveva telefonato e lei non aveva risposto, il che era già di per sé una sorpresa. Non gli tornava in mente una sola occasione in cui non gli avesse riposto al telefono. Forse non avrebbe dovuto sorprendersi *troppo*, perché magari Ashlyn era impegnata in una conversazione con James, ma in passato nulla le aveva mai impedito di rispondere. Tuttavia, era proprio quel messaggio a convincerlo che stava succedendo qualcosa di strano.

Ashlyn: sn impgnta nn pss parl t kiam dop t amo

Di nuovo, Ashlyn non era mai stata troppo impegnata per parlare con lui, ma non era solo la mancata risposta che gli aveva fatto venire un brutto presentimento.

Ashlyn non abbreviava mai le parole quando messaggiava. *Mai*. Era una minuzia, c'era sempre la possibilità che si fosse distratta e avesse scritto in quel modo per far prima, ma Slate non ne era convinto.

Controllò di nuovo l'app di tracciamento e la vide ancora a casa di James. Almeno là si trovava il telefono di Ashlyn.

Si mosse prima ancora di pensare a cosa fare.

Doveva raggiungerla... anche solo per vedere coi propri occhi che fosse tutto a posto. Forse era una reazione eccessiva, ma pazienza. Ashlyn si sarebbe lamentata di quel modo di fare troppo protettivo, dicendogli di darsi una calmata, allora lui si sarebbe scusato. Però poteva anche *non* essere una reazione eccessiva...

Slate non aveva idea di cosa potesse andare storto, in una visita a casa di James. Sapeva solo di dover fare qualcosa, perché altrimenti, se Ashlyn avesse avuto bisogno di aiuto e lui non avesse fatto nulla, non si sarebbe mai perdonato. Per quel che ne sapeva, quel messaggio voleva indicargli proprio che *stava* succedendo qualcosa di strano. Era un messaggio anomalo, a meno che non l'avesse inviato qualcun altro. In ogni caso, non comunicava nulla di buono.

Per fortuna non trovò molto traffico per strada, perché guidò come un forsennato, ma il suo intuito lo spingeva a cercare di raggiungere Ashlyn il prima possibile.

Era a pochi minuti dalla casa di James, quando gli sovvenne che non era il caso di andarci da solo. Si era preoccupato troppo di cosa stesse succedendo, del perché Ashlyn non gli aveva risposto al telefono e gli aveva inviato quel messaggio strambo. Non aveva nemmeno pensato di avvertire i compagni di squadra.

Rimediò subito.

"Ciao Slate, che c'è?" gli chiese Mustang.

"Sto andando a casa di James Mason, mi serve aiuto," disse Slate al caposquadra.

"Com'è la situazione?" gli chiese Mustang, subito in una modalità professionale che fece calmare Slate di un briciolo.

"Non lo so, sto andando alla cieca. Ashlyn non mi ha risposto al telefono e mi è appena arrivato un messaggio che non mi sembra scritto da lei. Magari non è successo nulla... ma ieri James le ha consegnato ventimila dollari che nascondeva in casa per via che non si fida delle banche, le ha detto di metterglieli al sicuro, e ha anche appena licenziato l'assistente domiciliare perché l'aveva beccato che lo spiava, dopo che era uscito. Ho un presentimento poco bello."

"Hai chiamato qualcun altro?"

"No. solo te."

"Penso io a chiamare gli altri. Dove sei?"

"Arrivo tra tre."

"Aspettaci," gli ordinò Mustang.

Slate non era il tipo da disobbedire a un ordine diretto, ma col cavolo che sarebbe rimasto fuori ad aspettare, quando Ashlyn poteva essere in pericolo. "Lo sai che non posso aspettare," disse al caposquadra.

"Cazzo," imprecò Mustang, che però non si impuntò con Slate. "Appunto. Allora fai un sopralluogo, raccogli informazioni e comunicacele prima di entrare."

Se qualcosa di strano stava succedendo, Slate forse non sarebbe riuscito ad aspettare, ma rispose comunque: "Dieci-quattro."

"Stiamo arrivando, Slate, non permetteremo che succeda qualcosa alla tua donna, hai capito?"

Slate lo sentì, ma sapeva meglio di altri che a volte le disgrazie capitavano a prescindere dalle precauzioni, a prescindere dai risultati e dalla preparazione dei componenti della squadra. "Ti ho sentito," gli rispose finalmente. "Spero davvero che sia solo una reazione esagerata, la mia," gli disse, mentre la paura minacciava di avere il sopravvento.

"Non è una reazione eccessiva," gli rispose Mustang, "ti conosco, sarai anche un figlio di buona donna sempre impaziente, ma il tuo istinto ci prende sempre. Guardati alle spalle e cerca di non spararci quando entreremo," gli disse Mustang prima di chiudere la conversazione.

Il caposquadra non stava scherzando: era già successo che qualche altro SEAL fosse ferito da fuoco amico, incidenti successi in situazioni di disordine, ma quel giorno non sarebbe capitato... anche perché Slate si accorse di essere uscito di casa senza un'arma. Una mossa da idiota, ma si era preoccupato più di raggiungere Ashlyn che di armarsi.

Pregò che l'errore di lasciare la pistola a casa non risultasse fatale, ma cercò di darsi forza ripetendosi che non gli serviva un' arma per essere letale. Era addestrato al meglio del meglio, sapeva come uccidere anche a mani nude, o come usare qualunque oggetto a portata di mano come arma, se necessario. Se Ashlyn si trovava in pericolo, nulla gli avrebbe impedito di eliminare la minaccia.

Qualche minuto dopo, Slate imboccò la strada dove abitava James e fu davvero sollevato di vedere l'auto di Ashlyn parcheggiata davanti a casa. Non significava necessariamente che ci fosse anche lei, ma sarebbe stato molto peggio scoprire che il telefono era rimasto in quella casa mentre la macchina era sparita.

Parcheggiò qualche civico più in là e uscì dalla macchina, lasciando le chiavi nel blocco di accensione. Entrò in modalità SEAL e fece del suo meglio per rendersi invisibile mentre si avvicinava al bersaglio.

Evitò l'ingresso principale e fece il giro intorno alla casa per raggiungere la porta laterale, quella della cucina. La zanzariera era chiusa, ma la porta interna era spalancata. Ascoltò per un momento e non sentì nulla, un segnale non positivo. Ma un segnale ancora peggiore fu lo stato in cui trovò la cucina: c'erano vivande e rifiuti dappertutto, sembrava quasi che i mobili fossero stati svuotati e che tutto fosse stato sparpagliato sui piani di lavoro, sul tavolo, persino sul pavimento.

Imprecò tra sé e sé e si spostò alla finestra oltre la porta.

Guardò all'interno con cautela e vide James sdraiato a letto, sembrava che dormisse.

Pregando che la porta della cucina non scricchiolasse, Slate tornò indietro ed entrò. Rimase vicino al muro e camminò cercando il più possibile di non calpestare i cocci di vetro e di ceramica. Quando si trovò a pochi passi dall'atrio prima del salotto, finalmente sentì qualcuno parlare; ma non era Ashlyn.

"Cazzo! Ma vaffanculo! Dove diavolo l'ha messo?"

Slate non riconobbe quella voce, ma non gli importava: sbirciò dietro l'angolo e tirò un sospiro di sollievo appena vide Ashlyn. Era seduta sulla poltrona su cui di solito si sedeva James. Aveva le mani strette intorno ai braccioli della poltrona e teneva lo sguardo fisso verso l'altro lato della stanza, su un uomo che dava le spalle a Slate.

Tutto l'addestramento finì fuori dalla finestra. Mustang l'avrebbe preso a calci in culo, una volta fatto rapporto, ma l'unico pensiero di Slate era raggiungere Ashlyn.

Entrò rapidamente nel salotto alzando le mani per mostrarsi disarmato.

Ashlyn spalancò gli occhi appena lo vide, ma non fece alcun rumore. L'altro uomo nella stanza scelse proprio quel momento per girarsi.

Slate lo riconobbe subito: era Aiden, l'assistente domiciliare licenziato di recente.

"Ma che cazzo?!" esclamò Aiden. Ashlyn scattò dalla poltrona nonostante lui le urlasse: "No! Sta' seduta!"

Lei fece finta di non sentirlo e corse verso Slate.

Lui la prese tra le braccia e si girò subito per dare le spalle al resto della stanza. Se Aiden aveva un'arma e avesse sparato, il proiettile probabilmente l'avrebbe attraversato e avrebbe raggiunto Ashlyn, ma il primo istinto di Slate fu comunque quello di toglierla dall'eventuale linea di fuoco.

La sentiva tremare, ma non sembrava ferita, a parte la

paura. Slate sentì come un peso enorme sollevato dalle spalle; Ashlyn era con lui, respirava, sembrava tutta intera. Era un buon inizio.

"Togliti da là!" gridò Aiden.

Slate si voltò e vide che Aiden si era avvicinato di un passo, e aveva tirato fuori proprio una pistola. Evidentemente prima ce l'aveva nascosta addosso.

"No," gli rispose Slate cercando di rimanere calmo e valutare la situazione.

"Lo sapevo che saresti venuto," sussurrò Ashlyn.

"Ma certo," le rispose Slate.

"Chiudete quelle cazzo di bocche!" urlò Aiden, sempre più isterico.

Slate contrasse i muscoli e fece allontanare meglio Ashlyn ponendosi tra lei e la pistola e voltandosi verso Aiden.

"Pensavo ti avessero licenziato," disse Slate senza pensarci troppo. Agitare quell'uomo non era la mossa più furba. Il sollievo di trovare Ashlyn illesa gli aveva annebbiato i pensieri. Doveva tornare subito a concentrarsi.

"Sì, beh, ho pensato di passare a ringraziare il vecchio personalmente per avermi rovinato la vita," rispose Aiden con tono sprezzante.

In quel momento, Slate si accorse che Aiden era sotto l'influenza di qualche sostanza; sarebbe stato molto difficile farlo ragionare. L'arma che impugnava poteva diventare estremamente pericolosa, perché Aiden era ovviamente disperato e non pensava lucidamente.

"Merda!" esclamò a bassa voce Aiden, senza abbassare la pistola. "Non è così che doveva andare!"

"Ho capito che il messaggio non era di Ashlyn," gli disse Slate, nel tentativo di farlo parlare e guadagnare il tempo necessario per far arrivare Mustang e gli altri. "È stato un buon tentativo, ma conosco la mia donna e lei non usa mai delle abbreviazioni nei messaggi."

"Chi se ne frega! Togliti da lei! Vai a sederti là, sul divano," gli ordinò Aiden.

"No."

Aiden lo guardò malissimo. "Cosa?"

"No. Rimango qui con Ashlyn," gli disse Slate. In realtà avrebbe voluto spingerla in cucina e dirle di scappar via di corsa, ma anche se non erano lontanissimi dall'ingresso, scappando si sarebbe esposta al fuoco. Per il momento, avrebbe dovuto tenerla dietro di sé.

"Vaffanculo!" esclamò Aiden. "Sono io quello con la pistola! Fai quello che dico!" Era estremamente agitato.

"Stai cercando i soldi di James?" gli chiese Slate. "Forse possiamo aiutarti a cercarli. Prima li trovi e prima puoi andar via."

Aiden sembrò confuso per un secondo, poi sbottò. "Sì, certo, mi aiutate a cercare i soldi. Non sono mica un idiota! Appena mi giro tu mi salti addosso. So chi sei. Quel vecchio parlava di te continuamente. Sei un cazzone della Marina, il grande SEAL! Non ti tolgo gli occhi di dosso per un secondo!"

"Se sai chi sono, sai anche che non finirà bene per te," disse Slate con un tono implacabile.

"Ti sbagli!" Quelle parole gli uscirono come uno strillo.

"I soldi *non* ci sono più," disse Ashlyn ad Aiden sottovoce.

"Zitta, Ash," le disse Slate con un tono un po' più rigido di quanto volesse.

"No, cazzo, non stare zitta! Cosa vuoi dire? Ero con James quando ha incassato l'assegno, qualche giorno fa, so per certo che ha banconote nascoste in questa maledetta casa," disse Aiden, agitando la pistola mentre parlava.

"Si è accorto che lo stavi spiando," gli disse Ashlyn. "Ha capito che lo stavi derubando. Ha preso tutti i soldi e me li ha dati perché glieli mettessi al sicuro. Hai visto i miei messaggi, devi aver visto anche uno degli ultimi che ho inviato a Slate.

Ho depositato i soldi proprio questa mattina. Qui non c'è niente da trovare."

Slate si tese mentre Aiden spalancava gli occhi incredulo. "No..." sussurrò.

"Mi dispiace," aggiunse Ashlyn; sembrava quasi davvero dispiaciuta che in casa non ci fossero soldi da rubare. "A questo punto, la cosa migliore che puoi fare è andare via. Vai alla porta e vattene di qui."

"Ho *bisogno* dei soldi! Devo prenderli," disse Aiden, che sembrava sul punto di scoppiare a piangere.

Slate spinse leggermente Ashlyn tenendola stretta dietro di sé, pronto a scattare verso Aiden, che in quel momento disse: "Allora devo solo portarti con me. Andiamo in banca a riprendere i soldi. Quando ho il malloppo, ti scarico da qualche parte così andiamo tutti e due per i fatti nostri."

Stava farneticando. Mai e poi mai Slate gli avrebbe consentito di andarsene da quella casa portandosi via Ashlyn, e *nessuno* avrebbe mai creduto che poi l'avrebbe liberata, sana e salva.

"Dai, Aiden, è finita. Aspetteremo un po' di tempo prima di chiamare la polizia," insisté Ashlyn, "così quando arriveranno sarai già lontano."

"No!" gridò Aiden. "*No, no, no!* Non capisci!"

Slate capì che ormai non c'era più tempo da perdere. Aiden si stava alterando troppo rapidamente, sarebbe esploso prima dell'arrivo degli altri. James era ancora a letto, forse non stava solo dormendo, forse Aiden l'aveva ucciso. Era un pensiero vomitevole.

Bisognava farla finita. Subito.

Slate si spostò, pronto a scattare...

...quando si sentì un fragore dal retro della casa, proprio dalla camera da letto.

Aiden si girò d'istinto verso quel rumore, la mano che impugnava la pistola si abbassò leggermente... e Slate scattò.

Aiden premette il grilletto di riflesso, sparando a caso in varie direzioni, mentre Slate gli saltava addosso, afferrandolo intorno alla vita.

Caddero insieme all'indietro, sbattendo contro la libreria a parete. Il tonfo della testa di Aiden che colpiva lo spigolo di uno scaffale fu pesante, nonostante i botti degli spari. Slate sentì anche le grida di Ashlyn da dietro, ma era troppo concentrato sulla minaccia da neutralizzare.

Si schiantarono di peso a terra, trascinando la libreria, che li ricoprì di volumi. Una volta a terra, Slate afferrò il polso di Aiden, che però non impugnava più la pistola. Si guardò attorno e la vide a terra poco distante.

Aiden non stava nemmeno più lottando, ma Slate non voleva rischiare: con l'adrenalina abbondante nelle vene, allungò una gamba di lato e scalciò via l'arma, fuori portata. Poi afferrò l'altro polso di Aiden e lo bloccò, mentre cercava di riprendere fiato.

"Slate! Santo Dio, sei ferito!" urlò Ashlyn.

Solo in quel momento, Slate si accorse che gli bruciava un braccio. Abbassò lo sguardo e vide una macchia rosso scuro di sangue nella parte alta della manica della camicia, e sentì il sangue che gli scorreva sul bicipite.

"Merda!" esclamò piegando il braccio. Gli faceva un male cane, ma il sangue non usciva a fiotti: un buon segno. "Tirami su la manica, Ashlyn, non voglio lasciarlo andare per guardare la ferita."

Lei si avvicinò, aveva la faccia pallida come un lenzuolo; gli tirò su rapidamente la manica come le aveva chiesto lui. Appena sotto la spalla, c'era una striscia di pelle mancante. Era una ferita di striscio, tanto dolore, brutta da vedere, ma niente di grave.

"E lui..." Ashlyn si interruppe nel guardare Aiden, immobile sotto a Slate.

Slate finalmente si accorse che Aiden non stava più

lottando, ma aveva sotto la testa una pozza di sangue che si allargava a velocità allarmante.

"Cazzo," commentò Slate. Lasciò andare lentamente i polsi di Aiden e si tirò indietro fino a sedersi sui talloni. Aiden rimase immobile, esattamente nella posizione in cui era caduto. Aveva gli occhi chiusi e quando Slate lo osservò meglio si accorse che il torace non si muoveva.

"Non c'è molto che possiamo fare," le disse Slate, "vai a vedere come sta James?" Voleva allontanarla da quella stanza, per non farle guardare il corpo di Aiden che moriva, almeno non più di quanto avesse già visto.

Quando Slate si girò per guardare Ashlyn, fu allarmato nel vederla barcollare. Non pensava fosse possibile, ma la vide sbiancata ancor più di un momento prima.

"Ehm... non sto bene," gli sussurrò.

Slate si mosse prima che le gambe di Ashlyn cedessero.

"Ash!" gridò afferrandola e facendola sdraiare sul pavimento. Quando lei fu con la schiena a terra, Slate le esaminò freneticamente il corpo cercando di capire cos'avesse. Quando le sfiorò il lato sinistro del petto, lei cacciò un gemito di dolore.

Ashlyn indossava una maglia nera e non si vedevano tracce di sangue, ma Salte non esitò a sollevare il cotone per scoprire il motivo di quel dolore.

Per un attimo, Slate fece fatica a elaborare ciò che trovò.

Aveva un foro minuscolo nel petto, appena sotto i seni.

Maledettamente vicino al cuore.

Mentre la guardava, il sangue le usciva a fiotti dal corpo, come sincronizzato col battito cardiaco.

"Slate?" gli sussurrò, "faccio fatica a respirare."

Lui le abbassò la maglia e appoggiò le mani sulla ferita, premendo forte.

Al che lei gridò di dolore, inarcando la schiena verso di lui e cercando di sottrarsi a quella pressione.

"No, stai ferma!" le ordinò, con un tono che sembrò strano anche a lui.

Ashlyn smise di muoversi, alzò una mano e gli afferrò con forza un polso. "Mi ha sparato?" gli chiese.

"Sembra proprio di sì, però non preoccuparti, andrà tutto bene." Slate sapeva di non poterglielo promettere veramente, non aveva idea di come sarebbe andata. Se il proiettile aveva ferito anche solo di striscio il cuore, Ashlyn sarebbe morta dissanguata in pochi minuti. Si alzò sulle ginocchia e spinse con più forza sulla ferita, nel disperato tentativo di fermare l'emorragia.

"Oddio, Slate!" esclamò ansimando con un tono angosciato.

"No!" la interruppe quasi sbraitando. "Non ti arrendere! Andrà tutto bene!"

Ma una lacrima le uscì dall'occhio, scivolando tra i capelli dalla tempia. "Ti amo."

"Anch'io ti amo, ma non pensare che sia la fine. Ti ho appena trovata, non ti perderò proprio adesso!" Dove cazzo erano gli altri?

Sapeva che non era il caso di prendersela con gli altri della squadra: anche se a lui sembravano passate ore, da quando era arrivato, in realtà era successo tutto nel giro di qualche minuto, non abbastanza perché li raggiungessero gli altri. Però la verità era che aveva bisogno della squadra più che mai.

Sentì un rumore dietro la schiena e si voltò di scatto, senza mollare la pressione sul petto di Ashlyn. Se anche Aiden non fosse veramente morto, nonostante la ferita alla testa per il colpo contro lo scaffale, se anche fosse stato in grado di riprendere in mano la pistola, Slate non avrebbe mollato comunque la pressione sulla ferita: piuttosto che abbandonare il fianco di Ashlyn, si sarebbe fatto ammazzare.

Però non era stato Aiden a fare rumore: lui era ancora per terra dove l'aveva lasciato e non si muoveva. Era James.

Sembrava stanco, senz'altro non era completamente presente. Si era appoggiato allo stipite della porta della cucina.

"Ho telefonato alla polizia," disse, "stanno arrivando."

Nonostante il grande sollievo di vedere l'anziano ancora vivo, Slate non poté far altro che annuire e tornare a concentrarsi su Ashlyn. "Hai sentito, piccola? Stanno arrivando. No, non chiudere gli occhi! Continua a guardarmi."

Si vedeva che Ashlyn stava cercando di rimanere presente, ma non ci stava riuscendo.

"Slate," gli sussurrò.

Lui sentì un groppo in gola e deglutì a fatica. Doveva essere forte per lei, in quel momento, non poteva lasciarsi andare.

Slate aprì la bocca, ma prima che potesse dire una sola parola, sentì dei passi nella cucina. Poi arrivarono gli uomini della squadra e lui fu sollevato quanto mai.

"Mustang!" esclamò, non nascondendo l'angoscia, mentre alzava lo sguardo verso il caposquadra.

Mustang e Midas si inginocchiarono subito al fianco di Ashlyn. Aleck e Pid andarono da James, mentre Jag si avvicinò ad Aiden. Il solo arrivo degli altri riaccese le speranze di Slate.

"Ferita d'arma da fuoco al torace, sulla sinistra," disse Slate.

"Va bene, allora rimani dove sei e continua a fare pressione, non lasciare andare a qualunque costo," gli ordinò Mustang.

Slate annuì di scatto e tornò a guardare Ashlyn. Non aveva distolto lo sguardo da lui, faticava a respirare, ma non era nel panico.

"Stai andando alla grande, piccola, continua a respirare, anche se fai fatica, mi hai sentito?"

"Ti sento," gli disse ansimando.

Slate sentì Pid al telefono, molto probabilmente aveva

telefonato al numero d'emergenza per spiegare la situazione; sapeva di dover spiegare a tutti cos'era successo, ma in quel momento non poteva. Riusciva solo a fissare Ashlyn, come per trasmetterle più forza.

"Stai andando alla grande," le disse elogiandola.

"Sto morendo?" gli chiese.

"Col cazzo," le rispose con un tono più duro del previsto.

"Mi ha sparato..."

"Ha sparato anche a me," le disse, "ma starò bene, e anche tu."

"Penso... uno striscio al braccio... diverso... sparo al petto," gli disse con un filo di voce.

"Ecco qua la mia ragazza, sempre qualcosa da ridire," le disse.

"Perché ho ragione, tu no," aggiunse lei debolmente.

Slate voleva gridare, ciò che stava succedendo era ingiusto. La testa gli diceva che era stato un incidente stupido. Ashlyn non poteva aspettarsi di trovare Aiden a casa di James. Accidenti, nessuno s'era accorto di quanto potesse essere pericoloso. Eppure eccoli là.

Si sentì da lontano il suono delle sirene e Slate disse: "Lo senti, piccola? Sono quasi arrivati. I soccorritori ti rimetteranno in sesto in un attimo, tornerai come nuova."

Ormai il volto di Ashlyn era completamente impallidito, annaspava in cerca di ossigeno. "Non importa... cosa... succede..." gli disse tra gli affanni, "non mi pento... di averti chiesto... amicizia speciale."

"È stato il giorno più bello della mia vita," le disse a cuore aperto, "mi è servito un po' troppo tempo per togliere la testa da sotto la sabbia e vedere il tesoro che mi stava davanti, ma non ho mai incontrato una donna tanto perfetta, almeno per me." Continuò a parlarle, perché temeva che, smettendo, lei avrebbe chiuso gli occhi e avrebbe smesso di lottare. "Grazie a te sono meno brontolone, meno impaziente, apprezzo di più ciò che la vita mi ha dato."

"Però guidi... troppo forte..." gli disse cercando di sorridere. Poi Ashlyn chiuse gli occhi.

"No! Guardami, piccola!" le ordinò Slate freneticamente.

Passò un momento, poi lei si sforzò e riaprì gli occhi.

"Ti amo più di quanto abbia mai amato chiunque altro in vita mia, non lasciarmi!" la implorò con le lacrime che ormai avevano vinto il suo controllo ferreo e gli rigavano le guance. "Mi hai reso un uomo migliore, un SEAL migliore, un amico migliore. Ho bisogno di te!"

"Fa male, Slate," gli sussurrò.

"Lo so e mi dispiace, ma come dicono i SEAL, l'unico giorno facile era ieri! Combatti, Ash, fallo per me... per noi!"

"Va bene."

"Lo so che ti fa male, ma almeno vuol dire che sei viva, non ti arrendere, ti prego!"

Lei si leccò le labbra e annuì. Poi chiuse di nuovo gli occhi e la presa con cui gli teneva i polsi si allentò, infine la mano le cadde a terra.

"Cazzo," sussurrò Slate, con le lacrime che gli cadevano copiose dalle guance, andando a bagnare il materiale della maglia che lui sovrastava.

"Tutti fermi con le mani bene in vista!" ordinò una voce potente, ma Slate la ignorò. Non avrebbe tolto per nessun motivo le mani dal torace di Ashlyn. Il poliziotto che era appena entrato in casa avrebbe dovuto sparargli, piuttosto.

Passò qualche momento e la polizia prese il controllo della situazione, assicurandosi che gli uomini presenti in casa non fossero una minaccia. Poi arrivarono i soccorritori, ma Slate tenne ancora le mani ben premute sulla ferita di Ashlyn. Mustang parlò per lui, spiegando le condizioni di Ashlyn e chiarendo al massimo la situazione.

"Deve farsi da parte," gli disse uno dei soccorritori, "adesso ci pensiamo noi."

Slate non ce la faceva a spostarsi, era bloccato dalla paura.

Fu Jag a convincerlo a far fare ai soccorritori il loro mestiere dicendogli: "Hai fatto tutto il possibile, Slate. Se vuoi darle una speranza, devi lasciare il posto a loro."

Slate alzò lo sguardo e incontrò quello del soccorritore più vicino. Lo fissò negli occhi e disse: "Lei è tutto per me! Vi prego, non lasciatela morire!"

Quella preghiera sembrò innescare una maggiore determinazione nello sguardo di quell'uomo. "Non ho mai perso un paziente prima e non ho intenzione di cominciare oggi," gli rispose.

Slate annuì, poi si spostò. Alzò le mani e si tirò indietro rapidamente, lasciando agli altri due lo spazio per intervenire su Ashlyn. I soccorritori si mossero rapidamente, tagliarono la maglia, esaminarono con un'occhiata la ferita al torace e tornarono a fare pressione.

"Carichiamo d'urgenza," disse il più giovane dei due. Con l'aiuto degli altri della squadra, misero Ashlyn su una barella e la portarono fuori in meno di due minuti.

Slate cercò di seguirla, ma uno dei poliziotti lo fermò. "Deve spiegarci com'è andata."

Senza mai togliere gli occhi dalla barella su cui giaceva la donna che per lui rappresentava l'intero universo, ma che in quel momento non si muoveva, Slate disse: "Allora sarà meglio che muoviate il culo, perché io vado in ospedale con la mia donna."

Per fortuna intervenne Aleck che stemperò gli animi. Slate sapeva bene di avere alle spalle un uomo morto che giaceva sul pavimento, sapeva di rischiare un'incriminazione per omicidio colposo, ma nulla gli avrebbe impedito di andare in ospedale al fianco di Ashlyn.

"Slate?"

L'unica persona che poté impedirgli di seguire l'ambulanza nell'immediato fu James. Slate si voltò. Pid aveva fatto accomodare l'anziano sul divano. James guardava Slate con grande intensità.

"Si riprenderà."

A quel punto, James non poteva saperne più di Slate; non era certo un medium, né prevedeva il futuro, ma chissà come, quelle due parole rinfrancarono l'anima di Slate. "Lo so," gli rispose annuendo. Poi si girò e andò verso la porta.

Pid lo seguì alle calcagna con le chiavi in mano. "Guido io."

Slate annuì di nuovo. Non era nelle condizioni di guidare e lo sapeva. L'ultima cosa che voleva era essere coinvolto in un incidente e non poter prendersi cura di Ashlyn, quando l'avrebbero congedata. Perché *l'avrebbero* congedata. Non poteva pensare nulla di diverso.

CAPITOLO VENTITRÉ

SLATE ERA SEDUTO nella sala d'attesa separata che gli addetti avevano aperto appositamente per i sostenitori di Ashlyn. C'erano tutti: Elodie, Lexie, Kenna, Monica, Carly, la squadra di Slate e il comandante Huttner. C'era anche Kai, l'amico di Elodie che noleggiava una barca ai pescatori su cui anche lei aveva lavorato. C'era Theo, un ospite fisso di Food For All, oltre a tutti i colleghi del centro di supporto alimentare: Jack, Pika, Courtney, Natalie e Richard. Persino Kaleen, che lavorava al bar del Duke's, aveva sentito cos'era successo ed era corso a sostenerla. C'erano anche tutti gli utenti: gli uomini, le donne e i bambini a cui Ashlyn consegnava i pasti ogni settimana... Lori, la sorella della donna disabile, la famiglia Turner, Jazmin col neonato, insieme a vari altri che Slate non conosceva.

C'era anche James: l'avevano portato in ospedale per dei controlli, dopo i farmaci che Aiden gli aveva somministrato, ma anche dopo essere risultato perfettamente sano, lui si era rifiutato di andare a casa e si era seduto tra gli amici di Ashlyn, che pregavano preoccupati per lei.

L'amore enorme che circondava Ashlyn era più che

evidente: aveva toccato tutte quelle persone con la sua gentilezza e con il suo spirito aperto. Slate sapeva che avrebbe
dovuto parlare con tutti per rassicurarli, ma non trovava la
forza di fare alcunché, se non fissare nel vuoto, perso nei
propri pensieri.

Gli turbinavano nella mente tutti i momenti passati
insieme a lei: gli episodi in cui avevano discusso giocosamente, l'entusiasmo con cui gli aveva mostrato alcune delle
mosse imparate alle lezioni di autodifesa, le risate frequenti,
l'espressione sul viso, quando ce l'aveva con lui, il modo in cui
le guance le diventavano paonazze quando era arrabbiata, o
irritata, o eccitata. L'entusiasmo a letto, il carattere disposto a
offrirsi fino in fondo, anche per un rapporto senza prospettive... che alla fine si era dimostrato ricco di prospettive per
entrambi. Ripensò a quanto gli piacesse tenerla tra le braccia
mentre dormivano insieme. Ashlyn amava le coccole e aveva
il sonno pesante come un macigno.

Non poteva perderla. Non *poteva*.

Slate non aveva idea di come avrebbe potuto andare
avanti senza di lei. Il panico che si era sentito addosso quando
lei era uscita con qualcun altro non era *nulla*, rispetto al
terrore profondo che provava in quel momento.

"Duncan Stone?" chiamò un uomo appena entrato nella
sala d'attesa.

"Sono io," gli rispose Slate, alzandosi talmente alla svelta
da barcollare. Mustang lo raggiunse subito per sostenerlo a un
fianco, Pid arrivò dall'altro.

Slate non aveva idea di quanto tempo fosse passato, da
quando era arrivato in ospedale, ma gli altri della squadra
erano rimasti con lui per tutto il tempo. Pid l'aveva convinto a
lavarsi le mani e gli aveva comprato una maglia nuova al
negozio di regali, perché potesse gettar via quella che indossava, piena di sangue.

Quando era arrivato Aleck, aveva costretto Slate a farsi

visitare il braccio da un medico. Come previsto, la ferita era solo superficiale e un'infermiera gliel'aveva pulita, disinfettata e bendata. Poi Mustang era arrivato con due poliziotti e Slate aveva spiegato tutto ciò che era successo: le minacce di Aiden con la pistola, perché cercava di rubare i soldi di James, la minaccia di rapire Ashlyn; aveva ammesso di aver attaccato Aiden, che nel cadere aveva battuto la testa contro un ripiano della libreria.

Slate raccontò ai poliziotti dei soldi che James aveva dato ad Ashlyn, la quale li aveva depositati in un conto in banca per tenerli al sicuro.

Non nascose nulla, voleva solo concludere al più presto l'interrogatorio in modo da scoprire qualcosa, qualunque cosa sulle condizioni di Ashlyn. Invece aveva finito per aspettare ore.

Aleck gli aveva confermato da poco che tutta la sua deposizione combaciava con le prove ritrovate sulla scena del crimine e con la deposizione di James. Saltò fuori che Aiden aveva tentato di far bere a James una dose quadrupla di sonniferi, ma l'anziano aveva sospettato per via dell'insistenza con cui l'assistente voleva fargli bere la tazza di tè. James aveva aggiunto che Aiden gli aveva già somministrato farmaci contro il suo consenso, anche se lui se n'era accorto piuttosto tardi: era andato avanti forse per settimane.

James aveva assunto comunque parte dei sonniferi, sorseggiando controvoglia il tè, ma solo una dose minima, non sufficiente a ucciderlo o a farlo dormire tanto a lungo. Svegliandosi, aveva sentito Aiden urlare nell'altra stanza, aveva tentato di alzarsi, ma era inciampato contro il tavolino, facendo cadere per terra la lampada. Era stato quello il rumore che aveva distratto Aiden abbastanza a lungo perché Slate lo attaccasse.

Tutta la situazione si era rivelata una drammatica coincidenza. Da quel che si era capito interrogando i colleghi di

Aiden, il capo e un paio di altre persone che lo conoscevano, Aiden era stato un bravo dipendente e aveva lavorato sodo, ma un anno prima, a causa di un infortunio in servizio, aveva preso degli antidolorifici per sopportare il dolore alla schiena. Quando il medico aveva smesso di prescrivergli, lui evidentemente era passato a droghe più pesanti, entrando rapidamente nella spirale della dipendenza, alla ricerca disperata della dose che gli alleviasse il dolore, evitando una crisi d'astinenza.

Il medico fece cenno a Slate di uscire con lui da quella stanza... e per un attimo, Slate esitò. Non uscendo con lui, non poteva sentire brutte notizie su Ashlyn. Del resto, non poteva nemmeno sentirne di belle. Così Slate fece un respiro profondo e lo seguì.

Anche Mustang uscì con lui da quella stanza, e Slate fu di nuovo grato per la presenza del caposquadra, che aveva avuto l'idea di dire all'ospedale che Slate era il marito di Ashlyn. Slate non si aspettava che qualcuno ci credesse, ma dato che Ashlyn non aveva altri parenti sull'isola, il personale dell'ospedale non controllò nemmeno.

Il medico non esitò: "Ashlyn è uscita dalla sala operatoria, il proiettile le ha sfiorato il cuore a pochi millimetri, è stata molto fortunata. È stata colpita al polmone, per questo faceva fatica a respirare. Verrà trasferita subito in terapia intensiva."

"Se la caverà?" sussurrò Slate.

"Se non ci saranno infezioni o altre complicazioni, direi di sì," confermò il medico.

Slate sentì afflosciarsi ogni muscolo del corpo. Mustang gli mise un braccio intorno alle spalle, dandogli la forza di rimanere in piedi. "Quando posso vederla?" chiese Slate.

"Bisogna aspettare qualche ora, adesso è sotto sedativi, la terremo addormentata finché non saremo sicuri che possa respirare da sola."

"Mi avvertite subito, appena posso raggiungerla?" chiese Slate.

"Ma certo. Di solito non racconto certi dettagli ai parenti, ma... l'intervento non è stato affatto semplice. C'è stato un collasso della pressione sanguigna per ben due volte, ma per due volte è riuscita a riprendersi senza che dovessimo intervenire con la rianimazione. Sua moglie è una che lotta."

Invece di agitarsi per quelle parole, Slate si sentì per la prima volta completamente sollevato. La sua Ashlyn era tostissima, e aveva reagito proprio come le aveva chiesto. Aveva lottato per sopravvivere. Non si era arresa, anche quando sarebbe stato più facile mollare, per cedere al dolore.

"Non mi sorprende. È *davvero* una che lotta," gli rispose Slate.

"Vedo che sono in tanti a volerle bene, a giudicare dal numero di persone in sala d'attesa," aggiunse il medico indicando la saletta. "Adesso vado a controllare la mia paziente. Perché non tornate dagli altri a dare la buona notizia?"

"Grazie," disse Slate con un tono ricco di gratitudine.

"Non c'è di che." Poi il medico annuì verso Mustang e Slate, infine se ne andò da quel corridoio.

Slate si girò verso Mustang e lo abbracciò, stringendolo forte. L'amico ricambiò l'abbraccio. In passato, non tanto tempo prima, Slate non sarebbe stato mai tanto affettuoso con gli amici, ma le donne che erano entrate nelle loro vite avevano cambiato lentamente i loro rapporti, abbassando le difese che impedivano loro di manifestare apertamente i loro affetti.

"Grazie per esserci stato vicino," disse Slate sottovoce. "Mi avete salvato la vita in Afghanistan e ogni altra volta in cui ho avuto bisogno di voi... e grazie per avermi creduto, oggi, quando ho immaginato che stesse succedendo qualcosa."

Mustang si fece indietro e gli mise le mani sulle spalle. I

due SEAL si guardarono negli occhi e condivisero un lungo sguardo d'intesa. "Non succederà *mai* che non ti creda," gli rispose Mustang dopo un momento. "Sei come un fratello, per me, sotto tutti i punti di vista, proprio come considero Ashlyn una sorella. Darei la vita per ciascuno di voi. Spero che tu lo sappia."

"Lo so, e io darei la vita per te o per Elodie."

Mustang annuì. "Sono troppo contento che Ashlyn se la caverà."

"Anch'io, amico mio, anch'io," gli disse Slate.

"Che ne dici di comunicare anche agli altri quel che ha detto il medico? Ashlyn ha un sacco di amici, di sicuro saranno contenti di sentire immediatamente la buona notizia."

Slate annuì e respirò a fondo. Abbassò le spalle e si sentì tutt'a un tratto sfinito. Era andato avanti per ore solo ad adrenalina. Dopo che il pericolo era passato, si sentiva esattamente come dopo una missione pericolosa.

"Dopo aver dato la notizia, vediamo se riesco a trovarti un posto per riposare," gli disse Mustang accorgendosi che Slate ormai non ce la faceva più.

"Devo vedere Ash appena il medico mi dà il via libera," protestò lui.

"E la vedrai," gli rispose Mustang, "ma non è il caso che ti veda così, che non dormi da tre giorni. Per un po', dovrà appoggiarsi a te, dovrai essere forte, se no come farà, se non ti reggi in piedi? So che sei un testone impaziente, ma stavolta mi ascolterai."

Slate fece una risatina. "Solo *stavolta*?"

"Va beh, devi ascoltarmi *sempre*, dato che sono il tuo caposquadra, ma per una volta dovrai mettere da parte l'impazienza e dormire un poco, fallo per Ashlyn."

Per lei, Slate poteva sforzarsi di riposare. Annuì.

"Merda, spero solo che in futuro sia sempre così facile farti fare quello che voglio," mormorò Mustang.

"Non ci contare troppo, sono sempre il solito stupido brontolone e impaziente."

"Non ti cambierei per nessun motivo al mondo. Dai, andiamo a dare la buona notizia anche agli altri."

Slate tornò nella sala d'attesa, attirando di nuovo gli sguardi di quelli che avevano mollato tutto per presentarsi in ospedale e mostrare il loro sostegno ad Ashlyn. Gli era servito fin troppo tempo per accorgersi di quanto fosse perfetta per lui, ma alla fine aveva tirato fuori la testa da sotto la sabbia. Era un miracolo che lei lo trovasse minimamente interessante... Slate si era comportato da idiota, quando si erano conosciuti. Altezzoso, sempre con l'idea di saperla più lunga di lei in materia di sicurezza.

In fin dei conti, Ashlyn era un'anima generosa e lui decise in quel preciso istante che avrebbe fatto di tutto per darle lo spazio e il supporto necessari perché continuasse a essere se stessa. Quel che era successo quel giorno era stata una disgrazia. Certo, probabilmente potevano fare un po' più attenzione ad approfondire la vita privata degli utenti a cui Ashlyn consegnava i pasti a domicilio, ma Slate non aveva intenzione di usare un inciampo di percorso per soffocarla. Ashlyn sarebbe appassita e smunta, se non avesse potuto aiutare gli altri.

Lui si sarebbe sempre comportato da autoritario troppo protettivo, ma per la donna che amava avrebbe fatto il possibile per aiutarla a spargere bontà, senza mai metterle i pali tra le ruote.

La stanza risuonò di sospiri di sollievo e fiumi di lacrime appena tutti appresero che l'amica si sarebbe ripresa. Slate abbracciò uno a uno tutti quelli che erano intervenuti a sostegno di Ashlyn, sempre con un gran sorriso in volto. Ashlyn avrebbe adorato tutto quel supporto. Avrebbe adorato

vedere tutti gli amici riuniti insieme... tutti che si esprimevano sostegno a vicenda.

————

Più tardi, quella sera, dopo che se n'erano andati quasi tutti,
dato che non sarebbe stato possibile farle visita, dopo che
Slate ebbe dormito un poco, nella sala d'attesa erano rimasti
solo lui e Mustang. Un infermiere aprì la porta e disse che
Ashlyn si era stabilizzata e che poteva ricevere un visitatore.

"Io ti aspetto qui, poi ti accompagno a casa," gli disse
Mustang.

Slate avrebbe voluto protestare, insistendo di rimanere da
Ashlyn, ma l'avevano trasferita in terapia intensiva e non era
possibile rimanere con lei troppo a lungo. Era più logico
tornare a casa, farsi una doccia, cambiarsi, riposare qualche
ora e mangiare, per poi tornare il mattino dopo.

"Grazie."

"Smettila di ringraziarmi. È fastidioso," gli disse Mustang.
"Penso di essere più abituato allo Slate intrattabile."

"Oh, vedrai che tornerà prima di quanto tu creda, specialmente quando Ashlyn sarà convalescente e vorrà riprendere il
lavoro prima del dovuto, facendomi impazzire."

Mustang rise. "Vero. Va beh, allora prego. Vai a trovare la
tua donna. Portale l'affetto mio e di Elodie."

Slate annuì e seguì l'infermiera fuori dalla stanza. Fu
accompagnato attraverso una serie di doppie porte, poi
un'altra infermiera lo fece entrare nel reparto di terapia intensiva. Indossò un camice da ospedale che qualcuno gli passò e
dei copriscarpe. Moriva dalla voglia di vedere Ashlyn, per
accertarsi che stesse bene, ma cercò di controllare al meglio
l'impazienza.

Finalmente lo accompagnarono in uno scompartimento
separato e gli aprirono la tenda. L'infermiera gli disse qual-

cosa, ma lui non l'ascoltò. Aveva occhi solo per la sua donna.

Ashlyn era sdraiata su lenzuola bianche, aveva le guance più rosse dell'ultima volta che l'aveva vista, quando la stavano portando in ambulanza. Aveva flebo in entrambe le braccia, al naso un respiratore collegato all'ossigeno. Però non era intubata, sembrava quasi che stesse solo riposando beatamente, non dava l'idea di una donna che aveva rischiato di morire.

Slate ignorò la sedia, le prese la mano e le si avvicinò.

"Ciao, piccola," le sussurrò.

Lei lo sorprese, aprendo immediatamente gli occhi. Poi Ashlyn mosse la bocca, ma dalle labbra non le uscì alcuna parola.

"Non ho mai visto niente di più bello dei tuoi occhi marroni," le disse Slate.

"Slate," lo chiamò con un sussurro.

"Sono qui," le rispose rassicurandola.

"Dimmi..." proseguì lei.

"Dirti cosa?" le chiese.

"Cos'è successo? Sto bene?"

"Stai bene," le rispose subito, "ti hanno sparato, ma il proiettile non ha colpito il cuore. Ti ha forato il polmone, ma i medici ti hanno ricucita e presto sarai come nuova."

Ashlyn sorrise. "Penso che stai trascurando un sacco di altra roba."

Era vero, ma anche no. "No no, ho solo fatto il riassunto in poche parole."

"James?" gli chiese.

"Sta bene. Ha assunto dei sonniferi, ma non abbastanza per dormire tanto tempo. Gli altri l'hanno messo in una camera d'albergo intanto che la polizia procede con le indagini a casa sua, poi gliela puliranno e sarà tutto pronto per farlo tornare a casa il prima possibile."

"Bene. Aiden?"

Era da lei, preoccuparsi anche per quello stronzo che le aveva sparato.

"Morto," le disse Slate in breve.

"Non m'importa. Finirai nei guai?" gli chiese.

Slate accennò un sorriso. In fondo, Ashlyn non era preoccupata più di tanto per Aiden. "No, è stata legittima difesa."

"Bene." Poi le si spezzò la voce. "Sei il solito autoritario."

Slate aggrottò la fronte confuso. Non perché pensasse di *non* essere autoritario, lo era di sicuro, ma non capiva bene il perché Ashlyn glielo dicesse in *quel* momento. "Sì," confermò.

"Mi hai gridato quando mi stavano operando. Stavo dormendo, ma ti sentivo. Mi hai detto di lottare, io non volevo, mi faceva male, ma tu non mi uscivi dalla testa, continuavi a ordinarmi di sopportare e di tornare da te. Penso di avercela con te..."

Le lacrime bagnarono subito gli occhi di Slate. Aveva pianto più quel giorno che in tutta la sua vita, per quanto si ricordasse. Ma non se ne vergognava. Come poteva? "Puoi avercela con me, piccola, ma io sono fiero di te perché non ti sei arresa. Adesso vedrai che ti riprenderai. Io sono qui e ci penserò io."

"Ti amo, Slate."

"Anch'io ti amo, Ashlyn. Adesso chiudi pure gli occhi e dormi, io torno più tardi a vedere come stai."

Ashlyn annuì e chiuse lentamente gli occhi. Poi però li riaprì di scatto, come se le fosse venuto in mente qualcosa.

"Che c'è? Che succede, piccola?"

"Sei sicuro che posso chiudere gli occhi? Avevi detto di non chiuderli."

"Prima non potevi, adesso non c'è problema," le rispose, cercando di controllare la voce tremante.

Quelle parole rassicuranti erano tutto ciò di cui lei aveva bisogno; Ashlyn chiuse di nuovo gli occhi e sospirò, poi rallentò il respiro.

Slate rimase in piedi al suo fianco per vari minuti, la guardò respirare, nel frattempo piangendo in silenzio. Poi fece un gran respiro, si asciugò la faccia con la manica e si abbassò su di lei un'altra volta. La baciò dolcemente sulle labbra, poi si rialzò. Appoggiò la mano di Ashlyn sul letto e si girò, per uscire da quel piccolo scompartimento.

Si fermò sui suoi passi appena vide tre infermiere che lo fissavano dall'ingresso.

"Appena si è svegliata, dopo l'intervento, ha cominciato a chiedere di lei," gli disse una.

"Non si è calmata se non quando le abbiamo ripetuto più volte che lei stava bene," aggiunse la seconda.

"Adesso il suo cuore è tornato a battere nella norma," aggiunse la terza, indicando il monitor.

Slate annuì, non era minimamente sorpreso. La sua Ashlyn era una lottatrice imbattibile, era proprio da lei, pretendere di sapere che lui stava bene, quando era stata *lei* ad avere la peggio, colpita da un proiettile e quasi morta sul tavolo operatorio.

Si sarebbe ripresa. Anche lui. Avevano tutta la vita davanti, e Slate si ripromise di non sciupare nemmeno un giorno.

Uscì dal reparto di terapia intensiva con un umore molto più roseo di quando c'era entrato. Vedere Ashlyn aveva fatto miracoli sulla sua mente. Le prossime due settimane sarebbero state toste, la convalescenza sarebbe stata difficile, ma avrebbero affrontato tutto insieme, più forti sia psicologicamente come individui che come coppia, dopo quello che avevano passato.

Un sorriso gli spuntò in volto per la prima volta da quando le aveva detto 'a più tardi' quel mattino.

EPILOGO

Quattro mesi dopo

Ashlyn era sdraiata nella luce soffusa, aspettava che Slate venisse a letto; era determinata a tornare a una normale vita di coppia. Normale includendo il *sesso*. Si sentiva pronta, più che pronta, ma Slate era estremamente prudente e non voleva fare nulla che potesse causarle dolore.

Quel giorno, Ashlyn aveva superato un controllo e il medico aveva confermato che poteva riprendere tutte le attività di una vita normale... incluso il sesso. Il medico aveva aggiunto che forse era ancora un po' presto per attività estreme, come il parapendio o le immersioni subacquee, ma dato che Ashlyn non aveva alcuna attività di quel tipo in programma, aveva accettato più che volentieri.

Apprezzava moltissimo le attenzioni che Slate le aveva riservato negli ultimi mesi, ma era stanca di essere trattata come una statuetta di cristallo.

Nelle ultime settimane, Slate si era ammorbidito un briciolo, permettendole di usare le mani su di lui e facendola venire lentamente, con calma, con le dita. Però si era rifiutato di fare l'amore, dicendo che non si sarebbe mai perdonato, se solo le avesse causato un dolore anche minimo.

Quella sera però, dopo il permesso ufficiale del medico, Ashlyn non avrebbe più aspettato. Voleva il suo uomo.

Slate entrò in camera senza fare rumore, chiaramente convinto che lei stesse già dormendo. Andò in bagno e ne uscì dopo un paio di minuti con indosso solo un paio di boxer.

Appena salì sul letto e si infilò sotto le coperte, Ashlyn fece la sua mossa: gli mise una gamba sui fianchi, poi si tirò su a cavalcioni. Si era già tolta preventivamente i vestiti prima di coprirsi.

Inarcò un poco la schiena e lo fissò, come sfidandolo a respingerla.

Slate inspirò profondamente e alzò le mani, afferrandola ai fianchi.

"Ti amo," gli disse sottovoce.

"Ti amo anch'io," le rispose immediatamente.

"È ora, Slate. Quel che è successo è tremendo... ma adesso sto bene. Perfettamente bene. Hai sentito cos'ha detto oggi il dottore. Voglio fare l'amore col mio uomo."

"Fidanzato," la corresse.

Ashlyn alzò gli occhi al cielo. Ogni volta che Slate la presentava a qualcuno, la chiamava sempre 'fidanzata', anche se non aveva fatto nulla per ufficializzare.

Ashlyn alzò la mano sinistra e si guardò l'anulare spoglio in modo molto plateale. "Ma guarda un po'," disse fingendosi meravigliata, "il mio dito sembra tanto nudo..."

Ormai era diventata una battuta ricorrente tra loro due: Ashlyn aveva tutte le intenzioni di sposare Slate, ma si divertiva troppo prendendolo in giro, perché lui *presumeva* che si sarebbero sposati prima ancora di farle una proposta ufficiale.

Slate si mosse all'improvviso sotto di lei e a lei scappò un gridolino, ma non dovette preoccuparsi di cadere, perché lui la tenne salda con una mano sul fianco, mentre con l'altra apriva il cassetto del comodino.

Ne tirò fuori qualcosa, poi le prese la mano sinistra. Senza dire una parola, le infilò un anello al dito.

"Ecco, adesso non è più tanto nudo," le disse con un sorriso sornione e appagato.

Ashlyn si fermò a fissare l'anello che le aveva infilato al dito: era un diamante solitario taglio Princess che scintillava anche alla luce soffusa della lampada sul comodino di Slate. Spalancò la bocca, poi la chiuse, poi la spalancò di nuovo. Sembrava incapace di elaborare un pensiero di senso compiuto.

"Ti ho lasciata senza parole," disse Slate con una risatina. "Bisogna che me lo segni."

Lei deglutì a fatica e sbatté le palpebre per evitare di piangergli addosso.

"Non è grosso," le disse dopo un momento, "volevo prenderti il diamante più grosso in circolazione, ma poi ti avrei messa in pericolo. L'ultima cosa che voglio è che qualcuno ti veda l'anello e pensi di potertelo rubare. Quindi mi sono contenuto."

"È perfetto," gli disse Ashlyn dopo un momento.

"*Tu sei* perfetta," ribatté lui. "Sai che volevo un rapporto disimpegnato... ma dal momento in cui ti ho messo le mani addosso penso d'aver capito che era impossibile. Mi sei entrata dentro fin dal primo tocco, piccola... e non sono mai stato tanto felice."

Dopo un momento, dato che lui non proseguiva, Ashlyn alzò un sopracciglio e gli appoggiò i palmi delle mani sul petto. Vedersi l'anello al dito le faceva venir voglia di sorridere radiosamente, ma si sforzò di tornare seria. "Mi hai messo un anello, ma non ho ancora sentito alcuna *proposta*," gli disse.

In tutta risposta, Slate alzò le mani e le afferrò i seni.

Ashlyn inspirò di scatto e lasciò andare la testa all'indietro.

Lui cominciò a stimolare i capezzoli e Ashlyn sentì quel tocco sulla cicatrice sotto il seno sinistro. Voleva rassicurarlo di nuovo, dicendogli che stava bene, che era viva, che il proiettile di Aiden non l'aveva uccisa, ma lui le mise una mano dietro la schiena e la incoraggiò ad abbassarsi.

Poi le prese in bocca un capezzolo e lei non pensò più a null'altro, se non al piacere.

Slate passò un bel lasso di tempo stimolandole i seni, poi la fece sdraiare supina. Si abbassò subito su di lei, baciandole entrambi gli interni coscia, per arrivare finalmente al centro.

Non fu il sesso veloce e disperato che spesso avevano fatto. Se da un lato Ashlyn adorava il sesso energico e non vedeva l'ora di perdere il controllo come se non ci fosse un domani, desiderava anche quel sesso più calmo.

Era come una conferma dell'amore che li legava, un sesso diverso da quello da cui avevano cominciato, quando volevano solo star bene senza alcuna complicazione affettiva.

Slate la stimolò, portandola lentamente sempre più vicina all'orgasmo. Invece di spingere oltre, si fermò quando lei era sul punto di venire. Si tolse i boxer e si tirò su fino a sfiorarle il clitoride con la punta dell'uccello. Poi si afferrò la base dell'uccello con una mano mentre si teneva in equilibrio con l'altra.

Si spinse con dolcezza contro di lei, penetrandola centimetro dopo centimetro.

Ashlyn gemette e gli afferrò le natiche. "Di più," lo implorò.

Ma lui la ignorò: aveva gli occhi fissi su quelli di Ashlyn mentre la prendeva. Quando gli sembrò che le loro anime si fossero fuse, oltre ai corpi, Slate si abbassò appoggiando il peso sui gomiti.

Ashlyn sentiva la leggera peluria sul petto di Slate che le

sfiorava i capezzoli. Si sentiva circondata da lui e non avrebbe mai voluto spostarsi.

"Ti amo," le disse sottovoce Slate. "Voglio passare con te il resto della mia vita. Voglio svegliarmi al tuo fianco, andare a dormire abbracciato a te. Voglio ridere, piangere, guardare film strappalacrime insieme a te."

Lei arricciò il naso.

Slate le sorrise. "Sarò spesso un rompiscatole, probabilmente più protettivo di prima."

"Probabilmente?" ripeté lei scherzando.

"Però posso prometterti che nelle prossime missioni non correrò rischi inutili. Non farò nulla di stupido che possa portarmi via da te. Sei la mia donna, Ash, non vorrò mai cambiare, mai."

Lei fece un respiro profondo e annuì.

"Vuoi sposarmi? Potresti trovare molto meglio, ma io non voglio lasciarti andare. Cioè, capirei se mi odiassi, perché non sono un maniaco che fa lo stalker, ma il dolore mi ucciderebbe, letteralmente. Probabilmente mi perderei, diventando un guscio vuoto rispetto all'uomo che sono. Smetterei di mangiare, perderei troppo peso, la Marina dovrebbe cacciarmi perché un SEAL che pesa quaranta chili non è certo molto efficiente."

A quel punto lei non riuscì più a non ridere. Era tipico, il suo uomo la faceva ridere, non piangere."

"Ecco che adesso ride di me," le disse Slate con un sospiro.

Ashlyn alzò le mani e gliele appoggiò alle guance. L'anello di fidanzamento le brillava negli occhi, facendola sorridere. "Ma certo che ti sposo."

Slate era radioso. "Bene."

"Cioè, la Marina si incazzerebbe parecchio con me, se ti dicessi di no e dovessero cacciarti."

A quel punto fu Slate a ridere. "Appunto. Ci sono altri motivi per cui vuoi sposarmi?"

"Beh..." Ashlyn finse di pensarci su. "Che domanda difficile. Ti piacciono le ricette hawaiane più strambe, guidi troppo forte, hai anche la tendenza a tallonarmi sull'app di tracciamento... stavo pensando... forse non è stata una gran bell'idea darti l'accesso."

Slate mosse i fianchi e cominciò a oscillare lentamente, dentro e fuori Ashlyn.

Lei smise di pensare. Nella mente le rimase solo il piacere che provava sentendolo dentro di sé.

"Vero, anche se potrei avere delle qualità speciali nascoste," le rispose continuando a fare l'amore con lei.

Lei si aggrappò ai fianchi di Slate, che continuava a scoparla lentamente. Gli affondò le unghie nella carne. "Di più, Slate," gli disse gemendo.

"No."

"No?" ripeté lei accigliandosi.

"Lo so cos'ha detto il medico, ma col cavolo che ti scopo nel modo in cui sogno da mesi. Dovremo aspettare che tu ti sia ripresa al cento per cento secondo i miei standard."

"Slate," brontolò Ashlyn, "cosa devo fare, correre per dieci chilometri? Fare mille salti mortali? Sto *bene*."

"Dovrai compiacermi," le disse con faccia seria. "Sono invecchiato di vent'anni quando mi sono accorto che il proiettile ti aveva colpita. Per ora faremo l'amore lentamente, con calma. Perché, non ti piace?"

A lei piaceva, eccome! Ashlyn deglutì a fatica. "Mi piace," ammise, "ma mi piace anche quando mi scopi."

Lui scattò coi fianchi. "Sei insaziabile."

"Per te."

"Puoi dirlo forte. Vuoi venire?"

"Ma va là?!" gli rispose.

Le labbra di Slate si aprirono in un sorrisone. "Ecco, allora che ne dici di cominciare? Toccati, piccola."

Ashlyn non esitò. Infilò una mano tra i loro corpi, aiutata

da Salte che si sollevò per lasciarle più spazio. Poi cominciò a stimolarsi il clitoride mentre lui entrava e usciva da lei con dolcezza.

"Ti amo e non vedo l'ora di sposarti," le disse Slate mentre lei era sempre più sul punto di esplodere.

"Ti amo," gli rispose ansimando. "Dimmi dove e quanto, ci sarò."

"Vienimi sull'uccello, piccola," le rispose. "Non so se resisterò tanto a lungo."

Le bastarono pochi secondi. Era passato troppo tempo dall'ultima volta che era stata penetrata, e Slate l'aveva già surriscaldata con la lingua.

Ashlyn si inarcò contro di lui, mentre l'orgasmo la sopraffaceva, e gli affondò le unghie delle mani nella pelle.

Lui gemette e perse in parte il controllo, spingendo con più forza una volta. Poi un'altra, poi una terza, infine esplose e rimase immobile dentro di lei.

Slate abbassò la testa e incollò le labbra a quelle di Ashlyn, baciandola con grande passione.

Quando smise di tremare, la fece girare con sé, staccando le labbra da lei.

Quando Ashlyn si staccò da lui, le sembrava di aver corso una maratona. Ansimava e si sentiva palpitare tra le gambe. Sentiva ancora Slate dentro il proprio corpo.

"Ti amo," gli mormorò appoggiandogli la testa su una spalla.

Lui le mise una mano dietro al sedere, tenendola stretta, mentre le appoggiava l'altra mano dietro la schiena. "Tutto a posto? Niente dolore?"

"Non come lo intendi tu."

"Ti fa male?" le chiese più bruscamente.

"Sono passati mesi, e tu ce l'hai grosso, Slate. Però è un bel dolorino delizioso. Dovrai darti da fare, per farmi abituare di nuovo." Rassicurato che la ferita risanata non le facesse male,

Slate si rilassò. "Penso che dovremo fare l'amore almeno una volta al giorno per i prossimi mesi, così potrai farmi riabituare."

"Ah davvero?" le chiese.

"Eh sì."

Slate fece una risatina. "Vuoi che mi alzi a prenderti un antidolorifico? Ti preparo un bagno?"

"Se ti muovi adesso, dovrò farti male," lo avvertì.

"Appunto."

"Mi basti tu. Tienimi stretta. Amami."

"Volentieri, per tutta la vita."

Lei sorrise. Era divertente scoprire le sorprese della vita, a volte. Si era trasferita alle Hawaii per un altro uomo, ma alla fine aveva incontrato l'uomo senza il quale non aveva senso vivere.

"Dormi, piccola," le disse Slate. "Domani sarà una giornata lunga."

Lei sorrise appoggiata su di lui. "Va bene."

Slate le prese la mano sinistra, baciò l'anello che le aveva infilato prima, poi le chiuse la mano nella propria e se l'appoggiò di nuovo sul petto.

Ashlyn si addormentò con un gran sorriso in volto. Essere ferita da uno sparo era stata un'avventura drammatica, ma avrebbe affrontato tutto di nuovo, pur di restare con l'uomo che amava più della sua stessa vita.

———

Ashlyn stringeva la mano di Slate che la stava accompagnando al punto di ritrovo, il punto in cui Baker li aveva convocati d'ufficio, appena sopra Waimea Bay. Era una baia nota ai surfisti per le acque profonde e le onde enormi.

Stranamente, Baker, l'ex SEAL che aveva contribuito parecchio a soccorrere le altre donne del gruppo, si era incazzato a morte per quanto era successo ad Ashlyn. Quando era passato a trovarla, per sentire come andava la convalescenza, le aveva chiesto cosa potesse fare per aiutarla a star meglio. Ashlyn gli aveva risposto scherzosamente, dicendo di volere un posto in prima fila da cui osservare una delle gare più importanti di surf.

Lui l'aveva presa in parola. Aveva convinto un amico che abitava nella zona Nord-Est della baia a lasciargli usare il cortile per osservare la gara. Ashlyn non avrebbe dovuto sorprendersi più di tanto: quel Baker sembrava avere contatti dappertutto.

Il traffico sull'autostrada Kamehameha era stato orribile, come sempre, quando c'erano gare di surf nella North Shore, ma Slate sembrava non essersela presa, nonostante l'ora impiegata a percorrere tre chilometri scarsi.

Erano arrivati per ultimi. Lei e Slate si erano lasciati trasportare sotto la doccia, quel mattino, una cosa tira l'altra... e avevano passato fin troppo tempo a dimostrarsi quanto si amassero. Lui ci andava ancora molto piano, ma Ashlyn era contenta perché almeno lui sembrava rendersi conto che ormai era tutto a posto e potevano riprendere una normale vita amorosa.

"Ciao a tutti!" disse Ashlyn, non sentendosi minimamente in imbarazzo per il ritardo. Del resto era capitato ad altre coppie di presentarsi tardi a un'uscita, prima o poi, perché non riuscivano a togliersi le mani di dosso.

"Eccovi qua!"

"Santo cielo, dovete vedere che onde, sono incredibili!"

"C'è stato uno che è finito sotto un cavallone, ma chissà come ne è uscito e adesso sta bene, strabiliante!"

"Vieni qui, ti ho tenuto una sedia in prima fila."

L'ultima a parlare era stata Carly.

Ashlyn sorrise radiosa alle amiche. Non avrebbe mai dimenticato quanto le fossero state tutte vicine, mentre era in ospedale. Non era mai rimasta sola. Se non era Elodie a portarle dei biscottini al cioccolato fatti in casa, era Lexie che le portava l'ultimo romanzo rosa. Kenna, Monica e Carly le avevano tenuto spesso compagnia, coi rispettivi mariti.

Non solo, ma anche gli altri dipendenti di Food For All erano passati, oltre ad alcuni utenti.

James si era impuntato per starle vicino in ospedale ogni volta che Slate era impegnato. Quando poi Slate era tornato a lavorare, James era rimasto quasi sempre in quella stanza, su una poltrona, rifiutando di smammare se non dopo l'arrivo di Slate, nel tardo pomeriggio.

James aveva ringraziato profusamente Mustang e gli altri della squadra, che avevano assunto un'impresa di pulizie per mettergli a nuovo la casa, cambiandogli anche dei mobili... il tutto, naturalmente, senza fargli pagare nulla. James aveva anche un nuovo assistente domiciliare, mandato dal miglior centro per l'impiego della zona. Sembrava felice, con grande sollievo di Ashlyn.

Slate aveva passato ogni notte nella scomodissima brandina pieghevole che l'ospedale forniva ai parenti. Ashlyn aveva cercato di convincerlo a tornare a casa, ma lui si era rifiutato. Tutto sommato, Ashlyn si sentiva al settimo cielo. Rivedere i SEAL della squadra e le rispettive donne le ricordò di nuovo quanto fosse fortunata.

"Vuoi da bere?" le chiese Slate appoggiandosi a lei da dietro e sfiorandole l'orecchio con le labbra.

"Sì, grazie. Margarita?"

Slate sbuffò. "Sì, col cavolo! È troppo presto, ti prendo del succo."

Ashlyn alzò gli occhi al cielo. Nonostante il medico le avesse dato il nulla osta per riprendere le normali attività quotidiane, senza alcuna limitazione nel cibo e nelle bevande, Slate insisteva nell'essere fin troppo prudente: le preparava pasti altamente proteici con basso contenuto di carboidrati sia a colazione che a cena, insistendo che mangiasse più verdure. Era molto carino... ma cominciava a rasentare l'irritante. Lei però continuava a ripetersi che anche lui aveva sofferto, quasi quanto lei, quel giorno. Fosse stato lui a giacere sul pavimento, con una ferita d'arma da fuoco al petto, lei probabilmente si sarebbe comportata nello stesso modo; quindi lo lasciava fare.

"Siediti qui," le disse Elodie dando un colpetto sulla sedia tra sé e Carly.

Ashlyn si incamminò verso Elodie e si sedette. Guardò oltre la scogliera, nella baia, e ansimò: erano le onde più alte che avesse mai visto.

"Eh sì, è proprio meraviglioso, sbalordisce che ci sia qualcuno disposto a cavalcarle volentieri, vero?" le chiese Elodie.

"Direi che è terrificante," rispose Ashlyn, che poi si guardò intorno e aggiunse: "Viene anche Monica?"

"Non penso," le rispose Carly. "Ha qualche problema ad allattare Charlotte, e ovviamente Pid è stato contentissimo di rimanere a casa con le sue ragazze."

Ashlyn sorrise. Monica aveva partorito da un mese e Pid era andato praticamente fuori di testa. Aveva superato se stesso, comprando completini di ogni sorta e scattando un milione di foto della sua piccolina. Era diventato anche molto protettivo, chiedeva a tutti di indossare la mascherina quando venivano a trovarla, ma nessuno si formalizzava. Slate tormentava spesso Pid sostenendo che non condividesse abbastanza la neonata, anche se così divertiva Ashlyn: vedere il suo omone grande e grosso con quella minuscola creatura in braccio era uno spasso.

Slate tornò con un bicchiere che le consegnò. "Tutto a posto? Serve altro?"

"No, tutto a posto, grazie."

"Non stare troppo tempo al sole, piccola, se no ti bruci,"

le disse; poi si abbassò e la baciò sulla testa. "Allora vado a fare due chiacchiere con i ragazzi."

"Non vuoi guardare la gara?" gli chiese con un'occhiata.

Lui sorrise. "Non fa per me," le rispose in tutta semplicità.

"Ah, ma potevi dirmelo," gli rispose un po' preoccupata.

"Sono felice anche solo di stare con te, non importa cosa facciamo. Se vuoi guardare una gara di surf, allora è giusto che ti porti a guardare una gara di surf."

"Anche se il traffico ti fa impazzire? Con tutti quei turisti?"

"Eh sì. Fammi sapere se hai bisogno di qualcosa," le disse, annuendo verso Elodie, poi si avviò verso il gruppetto di Mustang, Jag e gli altri.

"Voi due siete carinissimi," commentò Elodie con entusiasmo, "non l'avrei mai creduto, quando vi siete conosciuti. Eravate sempre pronti a saltarvi alla gola."

"Sì, beh, è ancora in modalità 'proteggere Ashlyn'. Sono sicura che presto torneranno anche le frecciate," le rispose Ashlyn sorseggiando il succo che le aveva portato Slate.

"Aspetta un attimo... ma quello è un anello?!" esclamò Elodie.

Ashlyn fece un sorrisone e alzò la mano per mostrare l'anello a Carly ed Elodie. "Sì. Me l'ha chiesto ufficialmente ieri sera."

"Era ora! È da quando sei uscita dall'ospedale che ti chiama 'fidanzata'," commentò Elodie.

"Allora, quando vi sposate?" le chiese Carly.

Ashlyn fece spallucce. "Chi lo sa? Non abbiamo ancora definito i dettagli, però, sinceramente, non m'importa. Non voglio una cerimonia fastosa, voglio solo stare con lui per tutta la vita."

"Conosco la sensazione," rispose Elodie con un sorriso.

"Sono felicissima per voi," aggiunse Carly.

"Grazie."

Rimasero piacevolmente in silenzio per un po', poi Elodie domandò: "Come sta James?"

"Sta bene. Si è sentito in colpa per l'accaduto, ma finalmente penso di averlo convinto che non era il caso. Slate lo ha messo in contatto con un gruppo di veterani, si è trovato benissimo. Va agli incontri, così esce più spesso di casa e si distrae da quel che è successo."

"E come va con il nuovo assistente domiciliare?" chiese Elodie.

"Va bene. James era molto restio a far entrare qualcun altro in casa, almeno all'inizio, ma ci ha pensato Slate a convincerlo."

"In che modo?" chiese Carly.

"Ha fatto personalmente il colloquio a ciascuno dei candidati, in pratica li ha intimoriti dicendo loro che se anche sfioravano il suo amico nel modo sbagliato in un momento di rabbia, o se spariva anche solo un cotton fioc, avrebbero dovuto vedersela con *lui*."

"Ossignore!" esclamò Elodie ridendo. "Mi sorprende che qualcuno abbia accettato."

"Ero sorpresa anch'io, ma immagino che il tipo che è stato assunto abbia sentito ciò che era successo a James, allora ha guardato Slate negli occhi e gli ha promesso sul proprio onore che nessuno avrebbe mai più trattato male James."

"Wow, ecco, adesso capisco, allora va bene."

"Sì, comunque anche il nuovo assistente è un veterano della Marina e ha una famiglia allargata, sapete la tipica *ohana* hawaiana. Ogni domenica invita a casa tutti i parenti per passare il tempo e mangiare insieme, e ci porta anche James. È un tesoro, sono contentissima per James."

"Ma è fantastico!" esclamò Elodie con un sorriso.

Ashlyn annuì, poi sentì dietro di sé gli uomini che salutavano qualcuno. Si voltò e vide che stava entrando un tipo che lei aveva incontrato solo un paio di volte. Appoggiò il drink e si alzò per andare a salutarlo.

Baker aveva un bell'aspetto, come sempre. Indossava un paio di Bermuda e una maglia, gli si vedevano i tatuaggi sulle braccia. I capelli ormai brizzolati erano in disordine, come al solito, sembrava appena tornato dalla spiaggia dopo aver fatto surf tutto il giorno, il che probabilmente capitava spesso.

Ashlyn dovette aspettare il proprio turno, perché Baker era circondato dagli uomini, che gli davano pacche sulle spalle e gli stringevano la mano. Quando i saluti da macho furono terminati, lei gli si avvicinò.

Baker la abbracciò teneramente, come se fosse fatta di cristallo. Lei sorrise e ricambiò l'abbraccio, ma con più forza.

"Calma, cara," la avvertì lui tirandosi indietro.

Lei alzò gli occhi al cielo. Sentì dietro la schiena la mano di Slate, che le si era avvicinato.

"Grazie mille per tutto questo," gli disse Ashlyn indicando il cortile e il panorama della baia.

"Ci mancherebbe. Conosco la famiglia che abita in questa casa, lui era un surfista famoso e mi doveva un favore."

Ashlyn non fu sorpresa: non aveva idea di cos'avesse fatto Baker per quel signore, ma non le importava. Era felice di stare lontana dalle folle di abitanti del posto e turisti che si accalcavano più giù sulla spiaggia, tutti in cerca del punto migliore da cui guardare la gara.

Ashlyn si fece da parte e osservò Baker che salutava anche le altre, e le sovvenne un pensiero; quando i saluti furono terminati, gli chiese: "Dov'è Jody?"

Sentì su di sé gli occhi delle amiche. Avevano parlato sporadicamente della donna che sembrava piacere a Baker, invece lui non ne parlava mai. Forse avrebbe dovuto essere più discreta nel chiederglielo, ma aveva imparato fin troppo bene che la vita è breve, e voleva che anche Baker fosse felice come gli altri amici.

Baker la sorprese rispondendole senza alcun problema: "È giù in spiaggia, lavora."

"Lavora?"

"Sì, fa la volontaria, controlla che i surfisti ricevano acqua e snack quando ne hanno bisogno. Più che altro tiene d'occhio i suoi ragazzi."

"I suoi ragazzi?" gli chiese Lexie.

"Sì, sono i surfisti delle superiori. Vengono tutti in spiaggia a guardare, quando ci sono delle competizioni, e ci rimangono tutto il giorno. Lei fa in modo che non si mettano nei guai e che nessuno venga coinvolto in qualche tafferuglio," spiegò Baker.

"Che brava," disse Kenna.

Baker sbuffò: era ovvio che fosse di opinione diversa su quanto stava facendo Jody, ma non si espresse ad alta voce. "Comunque sia, sono passato solo per vedere che fosse tutto a posto. Adesso torno in spiaggia, se vi serve qualcosa, Jonny sarà felice di accontentarvi."

Jonny era il padrone di casa, l'avevano già incontrato e sembrava davvero contento di ospitare tutti, si era assicurato che si mettessero comodi.

"Prima o poi, mi farebbe piacere conoscerla," disse Ashlyn.

Baker alzò un sopracciglio.

"Dai, non guardarmi in quel modo; mi hanno sparato, ho il diritto di dire quello che penso."

Slate la avvolse da dietro con il braccio e le disse: "Non è il caso di spiattellare apertamente che ti hanno sparato, piccola."

"Dico davvero," aggiunse lei rivolgendosi a Baker, stringendo il braccio di Slate per fargli capire di averlo sentito. "Ti piace, è evidente, mi sembra una persona affascinante. È bello che si preoccupi per i ragazzi delle superiori. Ho sentito che porta loro degli snack anche al mattino, quando vanno a fare surf, poi li fa andare a scuola. Però non ho mai sentito nessuno che parlasse di aiutare lei, o che dicesse che anche lei passa il tempo con gli amici. Dato che ovviamente la stimi, dev'essere una persona meravigliosa. Forse non le dispiacerebbe stare anche in mezzo a noi."

"È più grande di te, Ash," le spiegò Baker.

"E allora?" ribatté lei. "Io ho tanti amici di età diverse. James adesso ha ottantanove anni e gli piace molto passare il tempo con me e con i miei amici."

"Vero," rispose Baker con un sorrisetto.

"Senti, lo capisco che ci tieni alla tua riservatezza, al mistero e tutto quanto... ma almeno potresti presentarcela."

"È insistente," disse Baker a Slate.

"È vero," disse Ashlyn prima che Slate potesse rispondere. "Perché ho la sensazione che questa tua amica sia una bella tosta, e io ho bisogno di tutte le amiche belle toste che posso trovare, per mantenere in equilibrio la mia ingenuità."

Risero tutti. Ashlyn sapeva di aver insistito parecchio, ma chissà perché sentiva che era una questione molto importante.

"Guardati attorno, Baker. Questi SEAL non erano nella tua squadra, ma tu li hai aiutati proprio quando avevano più bisogno di te. Sei loro amico, quindi sei anche amico *mio*, di Elodie, di Lexie, di Monica e di Carly. Farci conoscere Jody non svelerà alcun mistero oscuro su di te. Quindi presentaci... almeno questo!"

Baker la fissò tanto a lungo che lei dubitò di aver insistito *troppo*. Poi però le sorrise e scosse la testa. "Non sarai contenta se non quando vedrai tutti gli altri intorno a te contenti, vero?"

"Esatto," gli rispose con un sorriso. "Sono fatta così... come la fatina che sparge ovunque la polvere magica per aiutare tutti."

Risero tutti di nuovo, ma a lei interessava solo la risposta di Baker.

"D'accordo. Vedrò cosa posso fare," le rispose finalmente.

Ashlyn sorrise radiosa. "Fantastico, e non ci mettere troppo tempo!" esclamò.

"Adesso non esageriamo," ribatté Baker con una certa ironia. "Scusatemi tanto, ma vado a lavarmi di dosso questa cazzo di polvere magica così poi torno a lavorare."

Ashlyn non si sentì minimamente offesa. Fece un passo avanti, uscendo dall'abbraccio di Slate, e abbracciò di nuovo Baker. "Grazie, sei davvero fantastico. Brontolone, misterioso, un po' inquietante e imprevedibile, ma fantastico."

Fu ricompensata da un altro sorriso.

"A dopo," disse Baker salutando con un cenno del mento, poi si voltò e se ne andò.

Ashlyn non poté fare a meno di notare che aveva un gran bel sedere. Avrà anche avuto più di cinquant'anni, ma le altre avevano ragione: era un figo da far paura.

"Ti stai lustrando gli occhi con il sedere di un altro uomo?" le chiese Slate, mettendole di nuovo un braccio intorno alle spalle e facendola appoggiare al proprio petto.

"Eh sì," gli rispose Ashlyn senza esitare, poi si voltò tra le sue braccia e fissò l'uomo che amava. "Però non sei tu, quindi non mi interessa."

"Sarà meglio," commentò lui di gola.

"Tu sei l'unico uomo, per me, anche se sembro attirare gli uomini imprevedibili e brontoloni."

"Hai dimenticato 'impazienti'," le disse.

"Vuoi già andar via?" gli chiese stuzzicandolo.

"Vediamo; passare il tempo sotto il sole cocente a guardare un manipolo di idioti che rischiano la vita per salire su quei cavalloni oceanici, parlando con gli stessi colleghi che vedo ogni giorno... oppure tornare a casa con la mia donna, andare a letto, nudi, farle vedere quanto l'amo, ogni secondo di più? Decisione difficile," le disse con ironia.

Ashlyn sorrise e gli mise una mano sulla guancia. Lui si voltò subito per baciarne il palmo. "Grazie per avermi portata qui." Era chiaro che lui stesse scherzando; certo, non gli piaceva guardare i surfisti e rimanere imbottigliato nel traffico, ma gli piaceva stare con gli amici, anche se li vedeva tutti i giorni.

"Se te la senti, magari possiamo fermarci a trovare Monica, Pid e Charlotte mentre torniamo a casa," le suggerì Slate.

"Sì!" esclamò lei. Non avrebbe mai rinunciato alla possibilità di coccolare una neonata. Non era ancora pronta ad avere figli, forse non lo sarebbe mai stata, ma adorava spupazzarsi Charlotte, per poi restituirla ai genitori quando cominciava a piangere, o quando riempiva il pannolino.

"Mi piace vederti così," le disse Slate dopo un momento.

"Così come?"

"Felice."

"Sono felice," gli confermò con entusiasmo.

"Bene. Allora immagino che nel prossimo futuro faremo più gite qui alla North Shore?" le domandò Slate.

Ashlyn sorrise. "Sì. Sono determinata a incontrare questa Jody e a includerla nella nostra cerchia."

"Allora è una donna fortunata," commentò Slate, che poi si abbassò e la baciò a lungo, lentamente e a fondo, incurante degli sguardi indiscreti degli amici. Quando rialzò la testa, si leccò le labbra. "Ti amo, Ashlyn, più di quanto potrai mai sapere."

"Anch'io ti amo, Slate."

"Dai, vai a tener compagnia alle altre prima che ti prenda sulle spalle e ti trascini a casa."

Lei si mise a ridere. Non l'avrebbe mai presa sulle spalle, era passato troppo poco tempo dall'intervento… ma nel futuro, magari, poteva stuzzicarlo abbastanza da fargli perdere il controllo e farsi prendere sulle spalle come ai tempi dei cavernicoli.

"Vai," le ripeté, come se potesse leggerle nella mente.

Ashlyn si allontanò, si girò e raggiunse Elodie e le altre, ancheggiando un po' più del solito. Quando si voltò per guardarlo, lo trovò con gli occhi incollati: le stava fissando il sedere, proprio come lei voleva.

Che bella, la vita!

———

Jodelle Spencer teneva d'occhio i suoi ragazzi delle superiori stando seduta il più possibile lontano dalla folla, ma sempre a una distanza utile per controllare cosa stesse succedendo. Non le piaceva stare in quel posto, le ravvivava troppi brutti ricordi, ma c'erano i surfisti e quindi era quello il suo posto.

"Ha degli altri panini, Miss Jody?" le chiese un po' timidamente uno dei suoi ragazzi preferiti.

"Ma certo, Rome. Ne vuoi uno o due?"

"Se ce n'è abbastanza, anche due..." le rispose.

"Quando mai non ne ho avuti abbastanza per riempire la pancia ai miei ragazzi?" gli chiese.

Rome fece un gran sorriso. "Allora va bene due, grazie."

Jody infilò la mano nel frigo portatile che aveva sempre con sé e ne tirò fuori due panini.

"Grazie, Miss Jody. A dopo."

Lei chiuse il coperchio del frigo mentre il ragazzo smilzo se ne andava, tornando al gruppo di amici con cui stava.

Per lei era come una missione, tenere d'occhio quei ragazzi, a volte anche qualche ragazza, chiunque facesse surf la mattina prima di andare a scuola, o anche nel pomeriggio. Se solo ci fosse stato qualcuno a tener d'occhio...

No. Non era il caso di rivangare.

Si guardò attorno, in cerca degli altri ragazzi, li vide quasi tutti. Brent e Felipe stavano chiacchierando sulla sabbia, mentre guardavano i surfisti; Rome stava mangiando i panini che gli aveva dato e flirtava con una ragazza che indossava un bikini striminzito. Iwalani, che tutti chiamavano Lani, una delle poche ragazze a fare surf quasi tutte le mattine, si stava facendo fare l'autografo da un surfista professionista. Kalama era insieme a un gruppetto di ragazzi più grandi delle superiori...

Per quanto Jody lo cercasse, non riusciva a vedere Ben Miller.

Ormai era già da un po' che Ben la faceva preoccupare. Ultimamente era cambiato, non era più il ragazzo sempre allegro e felice, sorrideva appena e anche se andava a fare surf al mattino, sembrava non divertirsi più come prima.

La settimana prima, quando Jody era arrivata alla spiaggia in cui si trovavano solitamente i ragazzi delle superiori per fare surf prima della scuola, lo aveva visto dormire sul sedile posteriore della sua KIA, un vecchio modello. Era talmente alto che ci stava scomodo. Quando lei lo aveva avvicinato per chiedergli cosa stesse succedendo, come mai stesse dormendo in macchina, lui le aveva risposto male, rifiutando di parlarne.

Anche quella reazione la preoccupava. Di solito, Ben se ne stava seduto con lei a parlare di continuo del più e del meno, prima ancora di andare in cerca di onde. Invece ultimamente era sempre a testa bassa e a malapena guardava qualcuno. Era un cambiamento preoccupante, e la sua assenza alla competizione di quel giorno non era certo un sollievo.

"Ciao Jodelle," la salutò una voce profonda da dietro.

Lei sorrise... e si ripeté di non comportarsi da sciocca... poi si girò. "Ciao Baker."

"Tutto bene?"

Lei avrebbe voluto rispondergli che *no*, non andava tutto bene. Che si sentiva sola. Che le mancava il figlio ogni giorno di più. Era preoccupata per Ben. Che stava finendo i panini e sapeva di non poter andar via per poi cercare di tornare, perché non avrebbe più trovato parcheggio. Che la spaventava guardare i surfisti tra quelle onde enormi. Che lo riteneva un uomo tremendamente affascinante, tanto che faceva fatica a non mettergli le mani addosso. Che tornare a casa da sola la attirava ma la impauriva...

Non disse nulla di tutto ciò, ma solo: "Sì."

Baker però la guardava in un modo particolare, tanto da farle credere che sapesse interpretare ben oltre quelle risposte leggere, che sapesse leggerle dritto nel cuore, capendo che persona fosse. Era inquietante... ma allo stesso tempo esilarante.

Da quando lo conosceva, Baker non le aveva mai dato modo di pensare che fosse interessato ad andare oltre un'amicizia, quindi Jody si impegnava sempre per nascondere i propri sentimenti. Su di lui... su tutto.

"I tuoi amici si sono sistemati?" gli chiese. Baker le aveva già spiegato che gli altri avrebbero assistito alla competizione dall'alto della scogliera.

"Sì. Vogliono conoscerti," le rispose.

Jody sbatté le palpebre sorpresa. "Conoscermi?"

"Sì."

"Perché?"

"Perché no?" ribatté lui.

"Eh... non so..."

Baker accennò un sorriso simpatico che le fece tremare le ginocchia. Stava quasi per dirle qualcos'altro, quando Lani li raggiunse di corsa.

"Miss Jody! È successo qualcosa a Ben!"

Tutti i pensieri sull'attrazione per Baker svanirono all'istante. "Dov'è? Non l'ho visto."

"Aveva parcheggiato l'auto in fondo al parcheggio, qualcuno l'ha visto che ci dormiva e siccome fa molto caldo, gli è venuto un attacco, credo sia un collasso. I medici lo stanno visitando proprio adesso!"

Jody si girò verso il tendone dei medici, ma non vide troppo trambusto. Si incamminò subito verso il parcheggio.

Sussultò per la sorpresa, quando Baker allungò un braccio per prenderle il gomito.

Lo guardò negli occhi e si fece seria. "Non devi venire con me."

Lui ricambiò lo sguardo con un'espressione che non gli aveva mai visto in faccia. "Lo so, ma vengo lo stesso."

"Come mai?" gli chiese senza pensarci troppo.

"Perché qualcuno a me caro mi ha ricordato di recente che la vita è breve e quindi ho deciso di smettere di fare il distaccato, ho deciso di fare ciò che avrei dovuto fare un sacco di tempo fa."

Jody era confusa. Non aveva la più pallida idea di cosa intendesse Baker. Però non c'era tempo per preoccuparsene, in quel frangente. Doveva scoprire cosa diamine avesse costretto Ben a dormire in macchina in pieno giorno. Gli era sicuramente successo qualcosa, e Jody avrebbe scoperto cosa, a qualunque costo.

*

Libro 7, *Trovare Jodelle,* Prossimamente !

NOTE

CAPITOLO OTTO

1. In inglese, Stone significa "roccia" mentre Slate significa "ardesia" (NdT)

<u>***Also by Susan Stoker***</u>

<u>Forze Speciali alle Hawaii</u>

Trovare Elodie

Trovare Lexie

Trovare Kenna

Trovare Monica

Trovare Carly

Trovare Ashlyn

Trovare Jodelle (22 Luglio)

<u>Ricerca e soccorso Eagle Point</u>

In cerca di Lilly

In cerca di Elsie

In cerca di Bristol

In cerca di Caryn (4 Aprile)

In cerca di Finley

In cerca di Heather

In cerca di Khloe

<u>Il Rifugio</u>

Meritare Alaska

Meritare Henley

Meritare Reese (30 Maggio)

Meritare Cora

Meritare Lara

Meritare Maisy

Meritare Ryleigh

<u>Armi & Amori: verso il futuro</u>

Soccorrere Caite

Soccorrere Brenae

Soccorrere Sidney

Soccorrere Piper
Soccorrere Zoey
Soccorrere Avery
Soccorrere Kalee
Soccorrere Jane

Delta Duo

La forza di Gillian
La forza di Kinley
La forza di Aspen (1 Maggio)
La forza di Jayme (15 Giugno)
La forza di Riley (15 Agosto)
La forza di Devyn (15 Settembre)
La forza di Ember (1 Novembre)
La forza di Sierra

Mercenari di Montagna

Difendere Allye
Difendere Chloe
Difendere Morgan
Difendere Harlow
Difendere Everly
Difendere Zara
Difendere Raven

Delta Force Heroes

Salvare Rayne
Salvare Emily
Salvare Harley
Il Matrimonio di Emily
Salvare Kassie
Salvare Bryn
Salvare Casey
Salvare Sadie

Salvare Wendy
Salvare Mary
Salvare Macie
Salvare Annie

Armi e Amori

Proteggere Caroline
Proteggere Alabama
Proteggere Fiona
Il Matrimonio di Caroline
Proteggere Summer
Proteggere Cheyenne
Proteggere Jessyka
Proteggere Julie
Proteggere Melody
Proteggere il Futuro
Proteggere Kiera
Proteggere i figli di Alabama
Proteggere Dakota

Ace Security

Il riscatto di Grace
Il riscatto di Alexis
Il riscatto di Bailey
Il riscatto di Felicity
Il riscatto di Sarah

Una raccolta di storie brevi

Un momento nel tempo